LE RETOUR DE SILAS JONES

TOM FRANKLIN

LE RETOUR DE SILAS JONES

roman

Traduit de l'américain
par Michel Lederer

TERRES D'AMÉRIQUE

ALBIN MICHEL

« Terres d'Amérique »

Collection dirigée par Francis Geffard

Édition originale parue sous le titre :
CROOKED LETTER, CROOKED LETTER
Chez William Morrow, New York.

Pour Jeff Franklin
et à la mémoire de Julie Fennelly Trudo

« M, I, lettre tordue, lettre tordue, I, lettre tordue, lettre tordue, I, bossu, bossu, I. »

Comment on apprend aux enfants du Sud à épeler *Mississippi.*

1.

La fille des Rutherford avait disparu depuis huit jours quand, rentrant chez lui, Larry Ott trouva un monstre qui l'attendait.

La veille, la tempête avait soufflé sur la majeure partie du Sud-Est, crues, arbres cassés en deux et images de mobile homes disloqués aux infos. Larry, quarante et un ans, célibataire, vivait seul au cœur du Mississippi rural dans la maison de ses parents devenue la sienne, encore qu'il ne pouvait se résoudre à la considérer ainsi. Il l'habitait plutôt comme s'il en était le conservateur. Il faisait le ménage, répondait au courrier, réglait les factures, allumait la télévision aux heures prévues, accompagnait d'un sourire les rires en boîte, mangeait son McDo ou son Kentucky Fried Chicken devant ce que les chaînes proposaient, puis il allait s'asseoir dehors sur la véranda cependant que le jour rouge sang dégoulinait des arbres en bordure du champ et que la nuit s'installait, chaque fois différente, chaque fois pareille.

On était début septembre. Ce matin-là, il se tenait sur la véranda, et il transpirait déjà tandis qu'il contemplait l'herbe luisante de rosée, l'allée boueuse, la clôture de barbelés et, au-delà, le vert détrempé du champ hérissé de chardons, de verges d'or, de sauge des prés et, plus loin encore, à la lisière de la forêt, de chèvrefeuille. Il était à un kilomètre et demi de son voisin le plus proche et à un kilomètre et demi du magasin situé au carrefour, fermé depuis des années.

Au bord de la véranda, des fougères pendaient de l'avant-toit où gisait comme un pantin désarticulé le carillon éolien de sa mère. Il posa sa tasse sur la balustrade pour dégager les minces tubes pris dans les feuilles.

Il alla derrière la maison ouvrir les portes de la grange qui coulissaient sur des roues de tondeuse à gazon. Il ôta la boîte de conserve brûlée qui bouchait le pot d'échappement du tracteur et la suspendit au clou planté dans le mur, puis il grimpa sur le siège métallique. Il écrasa d'un pied l'embrayage et de l'autre le frein, mit le vieux Ford au point mort et tourna la clé. Le tracteur, comme tout le reste, avait été celui de son père, un Ford 8N avec garde-boues et capot gris mais tout le moteur peint du même rouge que les voitures de pompiers. Ce même moteur rouge démarra et il appuya deux ou trois fois sur l'accélérateur, si bien que d'agréables volutes de fumée bleue vinrent flotter autour de sa tête. Il recula, leva la fourche et sortit, rebondissant sur le siège tandis que les grosses roues du tracteur, l'une et l'autre lestées de soixante litres d'eau, roulaient sur le sol. Le Ford s'ouvrit un chemin au milieu des mauvaises herbes et des fleurs sauvages, délogeant bourdons, papillons, sauterelles trempées et ces libellules que sa mère appelait docteurs-serpents. Tandis que le tracteur jetait son ombre étirée vers la clôture du fond, il tourna et entreprit de longer près des barbelés le champ bordé de troènes et de grands arbres luxuriants, alors que le côté sud restait encore frais et humide de rosée. De mars à juillet, il débroussaillait deux fois par mois, mais l'automne venu, il laissait pousser les fleurs sauvages. En septembre passaient les colibris migrateurs. Ils planaient au-dessus de la sauge bleue qu'ils semblaient aimer, se battant entre eux pour s'en approprier les fleurs.

Arrivé devant le poulailler, il enclencha la marche arrière, puis abaissa la fourche. Il examina le ciel et secoua la tête. De nouveaux nuages s'amoncelaient au loin au-dessus des arbres, et il y avait de la pluie dans l'air. Dans la sellerie, il versa un mélange d'aliments pour volaille et de maïs dans une bonbonne de lait en plastique au goulot élargi. Les granulés marron et les grains d'un jaune poussiéreux dégageaient une faible odeur de terre. Il ajouta un peu de graviers écrasés pour aider les bêtes à digérer. Le poulailler d'origine, que son père avait construit à l'occasion d'une fête des Mères perdue quelque part dans la mémoire de Larry, courait sur six mètres le long du mur gauche de la grange, contigu à une pièce convertie en perchoir. Le nouveau était différent. Larry avait toujours déploré que les poules soient condamnées à passer leur vie enfermées dans cet espace exigu, obligées de parcourir ce même sol transformé en terre craquelée par temps sec et en boue par temps de pluie, alors que le champ de presque deux hectares et demi autour de la maison, planté seulement de mauvaises herbes, attirait les insectes dont les poules ne pouvaient malheureusement pas se régaler. Il avait essayé d'en laisser quelques-unes en liberté dans l'espoir qu'elles ne s'éloignent pas et qu'elles se perchent dans la grange, mais la première s'était glissée sous la clôture pour se diriger vers la forêt et on ne l'avait jamais revue. La suivante avait été aussitôt dévorée par un lynx.

Il réfléchit et eut une idée. Un week-end d'été, il fabriqua une haute cage mobile munie d'un plancher amovible et montée sur un jeu de roues de tondeuse à gazon. Il démantela le grillage installé par son père pour le remplacer par un autre aux dimensions de la porte du poulailler afin que les poules qui voulaient sortir se retrouvent dans la cage. Chaque matin, quand le temps le permettait, il fermait la cage puis l'attelait au tracteur pour la déposer sur un nouveau carré d'herbe, si bien que les poules bénéficiaient d'une nourriture fraîche – insectes, végétaux – et que leurs fientes fertilisaient le sol. Les poules ne manquaient pas d'apprécier et les jaunes de leurs œufs devinrent pratiquement deux fois plus jaunes qu'avant et deux fois meilleurs.

Il quitta la sellerie avec la bonbonne d'aliments pour volaille. Au nord, des nuages d'orage menaçants, pareils à une montagne tourbillonnante, s'accumulaient, le vent forcissait et faisait tinter le carillon de la véranda. Mieux vaut les laisser à l'intérieur, pensa-t-il, et il retourna, souleva le loquet en bois puis entra dans le poulailler imprégné d'une odeur de fientes et de poussière chaude. Il referma la porte derrière lui et des plumes voletèrent autour de ses chaussures. Aujourd'hui, quatre parmi les prudentes poules brunes couvaient dans leurs caisses en contre-plaqué, enfouies dans les copeaux de pin.

« Bonjour, mesdames », dit-il, et il ouvrit le robinet au-dessus du vieux pneu coupé au milieu comme un donut, et pendant qu'il se remplissait d'eau, Larry se baissa pour pénétrer dans la cage, les poules qui ne couvaient pas dans son sillage, tandis que de l'autre côté du grillage, le tracteur attendait, moteur tournant au ralenti. Il versa les graines et regarda un moment les poules picorer avec leurs mouvements saccadés de robot, caquetant, grattant et agitant la tête parmi les fientes mouchetées et les plumes détrempées. Il regagna le poulailler, chassa d'un coup de pied les poules qui couvaient, ramassa les œufs bruns criblés de merde et les mit dans un seau. « Bonne journée, mesdames. » Il ferma le robinet, remit le loquet, puis raccrocha la bonbonne à son clou. « On tâchera de prendre l'air demain. »

De retour dans la maison, il se moucha, se lava les mains, puis il se rasa devant la glace de la salle de bains, celle donnant sur le vestibule. Il tapota le rasoir contre le bord du lavabo pour le débarrasser des poils plus gris que noirs, sachant que s'il arrêtait de se raser, sa barbe serait aussi grise que celle que son père se laissait pousser durant la saison de la chasse trente ou trente-cinq ans auparavant. Larry avait été un gamin potelé, mais il avait maintenant un visage émacié surmonté de courts cheveux châtains qu'il se coupait tout seul depuis longtemps, avant même que sa mère ne parte pour River Acres, une maison de retraite loin de toute rivière et peuplée essentiellement de Noirs, tant les pensionnaires que ceux qui veillaient sur eux. Il aurait préféré quelque chose de mieux, mais il ne pouvait pas se le permettre. Il s'aspergea le visage d'eau chaude et, à l'aide d'une serviette, essuya son reflet dans la glace embuée.

Et voilà où il en était. Un mécanicien auto, mais uniquement en théorie. Il tenait un garage équipé de deux fosses sur la Route 11 Nord, un bloc de béton blanc qui s'effritait, décoré de moulures vertes. Il conduisait le Ford rouge de son père, un pick-up datant du début des années 1970 avec un plancher en bois, dont le compteur n'affichait cependant que quatre-vingt-dix mille kilomètres et qui possédait encore son six-cylindres d'origine ainsi que la plupart des pièces d'usine à l'exception des quelques parebrises et phares remplacés au fil des ans. Il y avait des marchepieds, une boîte à outils à l'arrière contenant un jeu de clés en croix et à pipe ainsi que des roulements au cas où on l'appellerait pour un dépannage. Il y avait aussi un râtelier à fusils sur la lunette arrière, sur lequel il mettait son parapluie – depuis le 11 septembre, on n'avait plus le droit d'exposer des armes à feu. Mais de toute façon, en raison de son passé, Larry avait été bien avant cela interdit de port d'arme.

Dans sa chambre encombrée de piles de livres de poche, il coiffa la casquette de son uniforme puis enfila son pantalon de toile kaki et une chemise en coton assortie dont la poche s'ornait d'un LARRY cousu dans un ovale, une chemise à manches courtes en cette saison. Il portait des chaussures de travail noires à bouts renforcés, une habitude héritée de son père, lui aussi mécanicien auto. Il mit à frire une demi-livre de bacon, fit des œufs brouillés dans la graisse, ouvrit un Coca et mangea en regardant les infos. On n'avait toujours pas retrouvé la fille Rutherford. Onze soldats tués à Bagdad. Résultats des matchs de football scolaire.

Il débrancha son portable du chargeur, pas d'appels, puis le glissa dans la poche de devant de son pantalon. Il prit le roman qu'il avait commencé, ferma la porte derrière lui, descendit prudemment les marches mouillées et se dirigea vers son pick-up dans l'herbe spongieuse sous ses pas. Il se glissa au volant, démarra et effectua une marche arrière. Le parebrise dégoulinait déjà de pluie. Au bout de la longue allée, il s'arrêta devant sa boîte à lettres accrochée de guingois sur un poteau, une boîte peinte en noir toute cabossée, à la porte et au drapeau rouge depuis longtemps arrachés. Il baissa sa vitre pour regarder à l'intérieur. Un paquet. Un envoi d'un de ses clubs du livre. Plusieurs catalogues. La facture de téléphone. Il jeta le tout sur le siège à côté de lui, redémarra et s'engagea sur la route. Arrivé à son garage, il leva le rideau de fer, sortit la poubelle, ouvrit les larges portes de derrière et orienta le ventilateur de manière à ce que l'air circule. Ensuite, il irait se placer devant les pompes à essence dans l'attente d'éventuelles voitures ou dans l'espoir qu'un des Mexicains du motel d'en face aurait besoin de faire réviser ses freins ou autre. Après quoi, il regagnerait le bureau, basculerait le panneau FERMÉ sur OUVERT, prendrait un Coca au distributeur installé dans le coin, ferait sauter la capsule au moyen de l'ouvre-bouteille, puis il s'assiérait dans son fauteuil d'où il pouvait surveiller la route par la fenêtre, une route où passaient peut-être une ou deux voitures toutes les demi-heures. Il ouvrirait le tiroir du bas, celui de gauche, poserait ses pieds dessus et déballerait le paquet pour voir quel était le livre du mois.

Quatre heures plus tard, il reprenait le chemin de chez lui. Il avait reçu un appel de sa mère sur son portable. Elle passait une excellente journée, lui avait-elle dit. Est-ce qu'il ne voudrait pas lui apporter à déjeuner ? Si, avait-il répondu.

En plus du déjeuner, il prendrait un album de photos – l'une des infirmières, la gentille, lui avait dit que cela aiderait à stimuler la mémoire de la vieille femme, lui permettrait de rester plus longtemps en contact avec le monde. En se dépêchant, il pourrait récupérer l'album, s'arrêter au Kentucky Fried Chicken et être là-bas avant midi.

Il roulait vite, ce qui n'était pas très intelligent de sa part. La police locale connaissait son pick-up et le surveillait de près, souvent postée à côté de la voie ferrée devant laquelle il passait tous les jours. Il recevait peu de visites en dehors de celles des jeunes qui, aux alentours de minuit, venaient faire du raffut, tourner dans sa cour en poussant des cris et en jetant des bouteilles de bière ou des pétards. Et, bien entendu, de celles de Wallace Stringfellow, son seul ami. Les visites à l'improviste le perturbaient toujours, comme hier, celle de Roy French, l'inspecteur principal du comté de Gerald muni d'un mandat de perquisition. « Vous comprenez, je pense, répétait-il à chaque fois, lui tapotant la poitrine avec le papier officiel. Je ne dois écarter aucune piste, et vous êtes parmi les personnes à interroger en priorité. » Larry acquiesçait et, sans même lire le document, il s'écartait pour le laisser entrer, puis il attendait sur la véranda pendant que French fouillait les tiroirs des chambres, la buanderie adjacente à la cuisine, les placards, le grenier et, à quatre pattes, promenait sa lampe sous la maison avant d'aller examiner la grange et effrayer les poules. « Vous comprenez », redisait-il en partant.

Larry comprenait, en effet. Si c'était sa fille qui avait disparu, lui aussi viendrait ici. Il irait partout. Il saurait que, impuissant, le pire l'attendait, que sa fille était perdue dans la forêt ou ligotée quelque part dans un placard, suspendue à la barre par son soutien-gorge rouge.

Bien sûr qu'il comprenait.

Il se gara et descendit, laissant la portière ouverte. Il ne mettait jamais sa ceinture ; ses parents n'avaient jamais mis la leur. Il grimpa les marches quatre à quatre, tira l'écran-moustiquaire qu'il maintint au moyen de son pied pendant qu'il prenait sa clé et tournait le verrou. Il entra et vit une boîte à chaussures ouverte sur la table.

Il se figea. Il pivota et aperçut le visage du monstre. Il reconnut aussitôt le masque, car c'était le sien, celui qu'il avait depuis qu'il était petit, celui que sa mère détestait et dont son père se moquait, un masque gris de zombie avec des balafres sanglantes, des plaques de cheveux qui pendaient et un œil en plastique qui se balançait au bout de filaments sanguinolents. Quel que soit celui qui le portait, il devait l'avoir trouvé là où il avait échappé à French, bien caché dans un placard.

« Qu'est-ce que... », commença Larry.

L'homme au masque le coupa et lança d'une voix aiguë : « Tout le monde sait que c'est toi. » Il brandit un pistolet.

Larry leva les mains et recula tandis que l'inconnu s'avançait vers lui. « Attendez... »

Il n'eut pas le temps de nier avoir enlevé la fille Rutherford la semaine précédente ou Cindy Walker vingt-cinq ans plus tôt, car l'homme lui enfonça le canon de son arme dans la poitrine et, l'espace d'un instant, derrière le masque de monstre, Larry vit des yeux humains, des yeux qui avaient quelque chose de familier. Puis il entendit la détonation.

Quand il ouvrit les paupières, il était allongé par terre, le regard fixé sur le plafond. Ses oreilles tintaient. Son ventre tressaillait sous sa chemise et il s'était mordu la lèvre. Il tourna la tête. Le monstre lui parut plus petit qu'auparavant, adossé au mur près de l'entrée, s'efforçant de reprendre sa respiration. Il portait des gants de jardinage en coton blanc et ses mains tremblaient, tant celle qui tenait le pistolet que l'autre.

« Crève », dit-il d'une voix rauque.

Larry n'éprouvait aucune douleur. Il n'y avait que le sang, le cœur qui battait si vite, qui faisait jaillir le sang rouge vif de ses poumons, ce sang dont il percevait l'odeur. Quelque chose brûlait. Il ne pouvait pas bouger le bras gauche mais, de la main droite, il se toucha la poitrine qu'il sentit se soulever tandis que le sang sourdait entre ses doigts et coulait sous sa chemise le long de sa cage thoracique. Il avait un goût de cuivre sur la langue. Il avait froid, il avait sommeil et très soif. Il pensa à sa mère. À son père. À Cindy Walker dans la forêt.

L'homme appuyé contre le mur s'accroupit et le regarda derrière son masque. Ses yeux brillaient dans les trous, et Larry, bizarrement, s'apitoya sur son sort, car tous les monstres étaient incompris. L'inconnu fit passer son arme dans la main gauche avant de toucher son masque sanglant comme s'il avait oublié qu'il se trouvait là, laissant une nouvelle trace rouge sur la joue grise, une tache bien réelle sur la peinture. Il portait un vieux jean coupé, effrangé aux genoux, et des chaussettes qui retombaient sur ses chaussures. Il avait une tache de sang sur la manche de sa chemise.

Un sifflement de serpent à sonnette bruissait au-dessus du crâne et de la figure de Larry qui s'entendit murmurer quelque chose comme *silence*.

L'homme au masque secoua la tête et fit repasser son pistolet dans la main droite. Ses deux gants étaient maintenant rouges.

« Crève », redit-il.

Larry n'avait rien contre.

2.

Il s'appelait Silas Jones, mais on le surnommait tout simplement 32, le numéro de son maillot de base-ball, ou bien *constable* 32, sa fonction. Unique représentant de la loi à Chabot, bourgade du Mississippi, plus ou moins cinq cents âmes, il conduisait une vieille Jeep équipée d'un gyrophare amovible, possédait trois armes à feu et un Taser dûment enregistrés ainsi qu'un insigne qu'il portait en général au bout d'un cordon passé autour du cou. Aujourd'hui, mardi, alors qu'il revenait de sa ronde de l'après-midi, l'insigne était posé sur le siège à côté de lui. Sur une petite route, un raccourci pour regagner la ville, jetant un coup d'œil par la vitre, il constata que le ciel à l'est était noir de vautours. Il y en avait des dizaines qui formaient des taches sombres sur les nuages plus sombres encore, pareils à ces obus de DCA explosant autour de bombardiers qu'il avait vus sur des photos de la Seconde Guerre mondiale.

Il pila puis effectua un demi-tour parfait pour se garer dans un chemin de terre. Il chercha à repérer la trace d'un cadavre de chien ou de cerf heurté par une voiture ou un quad, mais ne vit qu'une tortue sur la route, l'air d'un casque humide. Ce devait être près de la rivière à un peu plus d'un kilomètre en contrebas de la colline, caché au milieu des arbres. Il redémarra, s'engagea sur le sol boueux en dérapant jusqu'à ce que les roues se calent dans les ornières. Sans toucher au volant, il laissa la Jeep rouler toute seule et, arrivé à un virage dans la forêt, freina tout doucement pour ne pas risquer de partir dans le décor. Il s'arrêta devant un portail d'aluminium muni d'un panneau : CHASSE INTERDITE, signature de la Société Rutherford. On voyait ces panneaux dans toute cette partie du comté (de même que dans le comté voisin). La richissime famille Rutherford était propriétaire de la scierie de Chabot ainsi que de milliers d'hectares de forêt. Parfois, des notables, toujours des Blancs, venaient chasser le chevreuil ou le dindon, mais pas dans ces forêts-là plantées essentiellement de pins destinés à l'abattage, marqués de traits orange ou de petits drapeaux rouges.

Silas descendit de voiture et ses lunettes de soleil s'embuèrent. Il les enleva, les accrocha à son col, puis il s'étira, inspira l'air chaud d'après la pluie et, seul à la lisière d'un épais rideau d'arbres, à mille lieues de nulle part, il écouta le jasement des geais bleus. S'il tirait une balle avec son 45, rien ni personne ne l'entendrait hormis quelques cerfs ou ratons laveurs. Et certainement pas Tina Rutherford, une étudiante de dix-neuf ans, une Blanche, qu'à la fois il espérait et n'espérait pas découvrir sous le nuage de vautours. Fille du propriétaire de la scierie, elle avait quitté la maison familiale à la fin de l'été pour retourner vers le nord, à Oxford, en troisième année à « Ole Miss », l'université du Mississippi. Deux jours avaient passé avant que sa mère, inquiète, ne téléphone. Ses camarades de chambre ayant confirmé qu'elle n'était jamais arrivée, on avait lancé un avis de recherche. Depuis, tous les flics de l'État étaient sur la brèche, et en particulier ceux de la région : Oubliez le reste et concentrez-vous sur la fille.

Il sortit son trousseau de clés, prit celle munie d'une étiquette verte au moyen de laquelle il ouvrit le portail. Il remonta dans la Jeep, fit quelques mètres, puis alla le refermer.

Après quoi, vitre baissée, il roula au ralenti entre deux rangées de pins tous semblables, tandis que les hautes herbes humides qui poussaient au milieu du chemin effleuraient le capot comme les rouleaux d'un portique de lavage. Lorsque le terrain était en pente, les arbres inclinaient leur tronc à l'exemple de bras pliés au coude. Cahotant, dérapant, il souhaitait presque s'embourber. Étant donné que sa fonction l'amenait à passer beaucoup de temps sur les chemins de terre, il ne cessait de réclamer au conseil municipal de Chabot un nouveau Ford Bronco. Et ne cessait de se le voir refuser, condamné à conduire ce tas de ferraille qui, dans une autre vie, avait été une voiture postale – on distinguait encore l'inscription à demi effacée US POSTAL sur le petit hayon arrière.

Sa radio grésilla : « Vous arrivez, 32 ? »

Voncille. Au même titre qu'il représentait la police de Chabot, elle représentait la Mairie.

« Impossible, miss Voncille, répondit-il. J'ai quelque chose à vérifier d'abord. »

Elle soupira. S'il ne venait pas, elle devrait enfiler le gilet orange et aller régler la circulation devant la scierie à l'heure du premier changement d'équipe.

« Je vous revaudrai ça, dit-elle. Je sors de chez le coiffeur. »

Après avoir accusé réception, il accrocha la radio à sa ceinture et tiqua à la pensée du traitement qu'il s'apprêtait à faire subir à ses belles bottes en cuir.

Il ralentit, roulant à moins de 10 à l'heure. Le chemin s'arrêtait au pied de la colline. Il freina mais la Jeep glissa dans la pente boueuse, dérapa et ne tarda pas à s'immobiliser. Il prit son chapeau de cow-boy sur le siège à côté de lui, descendit, claqua sa portière puis dévala la pente entre les arbres, plantant ses talons dans le tapis de feuilles mouillées et s'agrippant aux lianes qui déversaient sur lui des paquets d'eau. Le terrain devint meilleur, trop abrupt cependant pour permettre de faire des coupes claires au milieu des pins. Sous la pluie, les troncs plus sombres luisaient, certains entourés de champignons ou couverts de mousse. À mesure qu'il descendait, l'air était plus frais, et quand il arriva au fond de la petite vallée, tournant le dos à la végétation tropicale de la colline, il brossa ses épaules et vida son chapeau rempli d'eau. Il régnait une odeur de pluie et de vers de terre, d'arbres dégoulinants, et l'atmosphère était électrique, comme si la foudre venait de frapper. Les écureuils s'élançaient vers les carrés de ciel visibles et on entendait, à quelques vallons de là, le roulement de tambour d'un pivert, le cri d'un héron.

Il se fraya un chemin le long de la berge de la rivière, délogeant des cannes de jonc et des roseaux toute une ribambelle de grenouilles. Cane Creek ressemblait davantage à un marécage, se dit-il. Il n'y avait pratiquement pas de courant et les eaux couleur de mûre n'étaient agitées que par le sillage des grenouilles, les bulles qui s'élevaient de son lit ou les nageoires des poissons. Au milieu des feuilles et des branches noires qui flottaient à la surface se reflétaient les bouteilles d'alcool et les canettes de bière qui s'accumulaient à chaque coude ou méandre, et il se demanda qui pouvait bien descendre jusqu'ici pour balancer des ordures. Il chassa de la main les insectes qui, pareils à des avions miniatures, tournoyaient parmi les branches. Ce n'est peut-être qu'un lynx, pensa-t-il. Venu mourir au bord de la rivière. L'instinct millénaire : une fois blessé, chercher l'eau.

Il songea à sa mère, morte huit ans auparavant. Au temps où tous deux habitaient une cabane de chasse sur une terre appartenant à un Blanc. Pas d'eau, pas d'électricité, pas de gaz. Ils l'occupaient depuis moins d'une semaine quand un soir, à la tombée de la nuit, un matou à l'oreille arrachée et aux testicules gros comme des noix apparut sur la véranda. Ils le chassèrent, mais au matin ils le trouvèrent couché au pied des marches, une souris encore vivante dans la gueule. Mon Dieu, fit sa mère, ce chat réclame du boulot. Ils l'engagèrent donc et le soir, il se glissait tout au fond du lit de sa mère où, disait-elle, il lui chauffait les pieds. Ils quittèrent la cabane quelques mois plus tard et le chat les accompagna. Il vécut plusieurs années avec eux et, juste avant que Silas retourne à Oxford à l'université, il disparut. Lorsque le garçon revint, sa mère lui apprit qu'il était parti depuis près d'un mois.

« Où ?

– Simplement parti, mon chéri.

– Parti ? »

Elle lavait des vêtements dans l'évier et n'avait pas encore enlevé le filet à cheveux qu'elle portait à son travail. « Parti mourir, Silas. Un animal, son heure venue, s'en va pour mourir. »

Les broussailles s'éclaircirent, l'air devint plus chaud, plus lourd, et soudain les arbres jetèrent leurs branches vers un ciel blanc au-dessus des piles de rondins luisants entourés de champignons fumants et de nuages de moucherons. Les feuilles humides étincelaient, prises dans un réseau miroitant de toiles d'araignée. Un moustique vrombit à son oreille, il se distribua des claques sur les bras et la nuque, puis il accéléra le pas cependant que les feuilles se collaient à ses semelles, conscient d'un changement dans l'atmosphère, d'une odeur douceâtre de pourriture.

À une cinquantaine de mètres devant lui, une ombre bougea. Il porta la main à son arme tandis que de nouvelles ombres s'avançaient vers lui et que le sol paraissait soudain grouiller de vie. L'ombre la plus proche s'arrêta et battit des ailes. Ce n'était qu'un vautour. Les autres alors s'envolèrent, rasant l'eau de leurs poitrines laineuses ou pataugeant au bord de la rivière.

À l'endroit où la terre cédait la place au marécage, l'odeur se fit plus forte. Un peu plus bas, d'autres vilains oiseaux étaient perchés sur la berge, pareils à des corbeaux gonflés aux stéroïdes, le cou déplumé, certains agitant leur tête rouge et couverte de tumeurs comme celle d'un coq, certains semblant danser d'une serre écailleuse sur l'autre, le bec grand ouvert.

Marchant dans la boue en s'éventant, il espérait ne pas avoir à en tuer. Depuis deux ans qu'il représentait la loi à Chabot, il n'avait jamais tiré sur quoi que ce soit sauf sur une cible. Pour s'exercer. Jamais pour de vrai. Pas même sur une tortue posée sur une souche.

Un nouvel oiseau s'envola, frôla la surface du marécage, brisant son propre reflet, puis alla se percher sur une branche basse noueuse qu'il agrippa entre ses serres. Silas se souvint que quelqu'un, Larry Ott, lui avait raconté un jour que quand un vol de vautours venait se percher dans un arbre, celui-ci commençait aussitôt à mourir. Il sentait pourquoi. Il respira une bouffée d'air fétide et poursuivit son chemin cependant que la végétation se refermait une fois encore autour de lui. Il écarta une liane, craignant les serpents. Les mocassins d'eau – les bouches de coton, comme les appelait sa mère. De méchantes vieilles bêtes, disait-elle. Grosses et brillantes comme le bras d'un Noir, et la gueule aussi blanche que le coton qu'il cueille.

Silas ôta son chapeau. Au loin, des lambeaux de tissu à carreaux flottaient dans l'eau au milieu d'un enchevêtrement de racines au cœur d'un paysage composé de cyprès chauves, de vautours noirs raides comme la justice et d'une nuée de plus de mouches que le monde n'en contenait. Une ombre immense passa au-dessus de lui et il leva les yeux. D'autres vautours décrivaient des cercles, certains très rapprochés mais sans jamais se télescoper. Ils semblaient se traverser les uns les autres, le bout des ailes et de la queue éclairé d'une lueur argentée par le soleil. Silas avait la bouche sèche.

Les premiers oiseaux étaient déjà à l'œuvre depuis un moment. Sans oublier la chaleur. D'où il se tenait, et compte tenu du degré de décomposition, une identification aurait dû être impossible. Silas, pourtant, hocha la tête. Et saisit sa radio.

C'est le tissu à carreaux, expliqua-t-il par la suite à French.

Quelques jours plus tôt, on l'avait appelé dans un endroit isolé derrière un champ de coton près de la décharge. Une vieille Chevy Impala brûlait. Le chauffeur d'un camion-poubelle avait vu de la fumée et prévenu par radio.

Silas reconnut la voiture à ses plaques d'immatriculation personnalisées à moitié calcinées, M&M, le surnom de Morton Morrisette. Au lycée, il jouait seconde base quand Silas occupait le poste de bloqueur. Après le bac, M&M avait travaillé une dizaine d'années à la scierie jusqu'à ce qu'il s'abîme le dos ; il touchait une petite pension d'invalidité qu'il complétait, disait-on, en vendant de l'herbe. Comme il était malin et prudent, et comme il ne s'était jamais aventuré sur le terrain des drogues dures, il ne s'était jamais fait épingler. Surveiller, oui : French et les agents de la brigade des stupéfiants du comté avaient l'œil sur tous les dealers connus ou soupçonnés de la région, mais en l'absence de preuves, de plaintes ou d'une dénonciation, ils ne pouvaient rien contre lui, et M&M fournissait de la marijuana à des gens du cru en qui il avait confiance, Blancs et Noirs, depuis le début des années 1990.

Après la découverte de la voiture en feu, Silas avait appelé French – pour tout ce qui allait au-delà des simples voies de fait, il devait en référer à l'inspecteur principal. French arriva tout de suite, prit la direction des opérations, et vingt-quatre heures plus tard il disposait du témoignage d'une vieille femme qui avait aperçu un homme dont la description correspondait à celle d'un camé bien connu en compagnie de M&M dans sa voiture. French et l'agent de la brigade des stups surveillaient cet homme – un nommé Charles Deacon – depuis un moment, et ils profitèrent de l'occasion pour obtenir un mandat d'arrêt. Jusqu'à présent, ils l'avaient cherché en vain. Pendant que Silas retournait à ses rondes, empêchait les intrus de pénétrer sur les terres des Rutherford, rédigeait des contraventions, réglait la circulation et débarrassait les routes des animaux écrasés, French avait fouillé la maison de M&M et conclu que quelqu'un, sans doute M&M lui-même, avait été abattu à l'intérieur puis transporté ailleurs. Quoique les lieux aient été nettoyés avec soin, ils avaient repéré quelques taches de sang et extrait du mur une balle de 22 si déformée par l'impact qu'on ne pourrait probablement rien en tirer. Par contre, aucune trace de l'arme. Quant à la drogue, ils ne mirent la main que sur un paquet de papier à cigarette de la marque Top, mais pas sur le moindre brin d'herbe. Quelques jours plus tard, ils trouvèrent le feutre à carreaux de M&M coincé dans un arbre près d'une rivière à des kilomètres de là, à Dentonville. Depuis la disparition de la fille Rutherford, tout le monde avait presque oublié Deacon et M&M.

Silas était assis sur un tronc d'arbre, tournant le dos au vent. Même de là, du bord du marais, il voyait combien le visage de M&M était boursouflé – de la taille d'un oreiller, plus noir qu'il ne l'avait été de son vivant, grotesque, rose aux endroits où la peau avait été arrachée, les yeux et la langue dévorées, les chairs lacérées par les vautours, tandis qu'un long chapelet d'entrailles serpentait paresseusement dans la rivière.

Croyant sentir une odeur de fumée de cigarette, Silas s'apprêtait à se retourner quand on lui tapa sur l'épaule.

« Merde ! » s'exclama-t-il. Il faillit tomber.

Planté derrière lui, French posa sa trousse d'enquêteur. « Bouh ! fit-il.

– C'est pas drôle, chef. »

French, un ancien garde-chasse et vétéran du Vietnam, éclata de rire, dévoilant ses petites dents pointues. Proche de la soixantaine, grand et mince, il avait des yeux vert pâle derrière ses lunettes de soleil, des cheveux roux coupés courts et moustache assortie, un menton en lame de couteau, et il jouait à faire bouger l'une ou l'autre de ses oreilles décollées. Au Vietnam, disait-il, on le surnommait « La Biche ». Il portait un jean et un T-shirt camouflage rentré dans le pantalon, décoré d'un Glock 9 mm serré dans un poing charnu et braqué devant lui. VOUS AVEZ LE DROIT DE RESTER SILENCIEUX, était-il écrit en dessous, POUR TOUJOURS. Le pistolet à sa ceinture était la réplique exacte de celui figurant sur le T-shirt.

Il demanda : « M&M ? »

Silas indiqua le cadavre d'un geste de la main. « Ce que les vautours et les poissons-chats en ont laissé.

– Vous êtes allé voir ?

– Sûrement pas.

– Parfait. »

L'inspecteur détestait qu'on touche à quoi que ce soit sur le lieu d'un crime. Il se pencha pour examiner le visage de Silas et ricana : « C'est pas grave si vous dégueulez dans cette flotte, les poissons-chats boufferont tout. »

Silas ne releva pas et contempla le bout de ciel qui apparaissait entre les arbres. Il pensa à M&M, à l'époque où ils étaient gamins, et comment, à chaque fois qu'on mangeait devant lui une barre chocolatée pendant la récréation, il en réclamait un morceau. Sans les repas scolaires, ses sœurs aux yeux très rouges et lui seraient morts de faim.

Une Camel qui pendait à sa lèvre inférieure, French s'assit sur le tronc d'arbre, enleva ses chaussures et mit des waders dont il ajusta les bretelles.

« Attention aux alligators », lui lança Silas.

French écrasa sa cigarette sur le tronc, glissa le mégot dans la poche de sa chemise puis enfila une paire de gants en latex.

« Je reviens », dit-il. Il se leva et, l'allure d'un pêcheur, s'éloigna et s'engagea dans le marais sans même marquer un temps d'arrêt, s'enfonçant à chaque pas comme s'il descendait un escalier, cependant que la trace qu'il laissait derrière lui s'effaçait doucement à mesure qu'il avançait.

Au-dessus, des corbeaux aussi tournoyaient, et leurs croassements que Silas entendait depuis un certain temps racontaient ce que peuvent avoir à raconter les corbeaux.

Près du cadavre, de l'eau jusqu'à la taille, l'inspecteur se baissa, ne semblant en rien perturbé par l'odeur ou le spectacle. Il sortit son appareil numérique puis, pataugeant dans la rivière, prit des photos sous tous les angles. Après quoi, il resta un long moment à regarder. Du service des bois et forêts, il était passé à la police où il avait gravi les échelons jusqu'à sa fonction actuelle. À en croire la rumeur, il pourrait se présenter aux élections de shérif quand celui actuellement en poste prendrait sa retraite l'an prochain.

Il revint, se rassit sur le tronc d'arbre, fit descendre ses bretelles d'un mouvement d'épaules puis se débarrassa des waders en s'aidant de ses pieds.

« C'est profond, là-bas ? » demanda Silas.

French entreprit d'enfiler ses chaussures avec un grognement. « Assez pour y jeter un corps, quelqu'un a pensé. La pluie l'a fait remonter.

– Vous croyez que son chapeau a flotté jusqu'à Dentonville ?

– À contre-courant ?

– Dans ce cas, on a essayé de vous mettre sur une fausse piste.

– Ouais, c'est ça, mon vieux. On dirait qu'on a affaire à un criminel d'une intelligence supérieure à la moyenne.

– Ça exclut Deacon.

– Peut-être. »

Ses chaussures mises, French se leva, photographia la berge, puis il tira une autre Camel de son paquet.

Un peu plus tard, tous les oiseaux s'envolèrent de nouveau d'un seul coup tandis que deux ambulanciers et le coroner débouchaient à pas lourds de la forêt en jurant et en se flanquant des claques sur les bras. L'un des nouveaux venus était Angie, une jolie femme à la peau claire, menue, les pieds légèrement tournés en dedans, que Silas fréquentait depuis quelques mois, ayant de moins en moins envie d'aller voir ailleurs au fil des semaines. Ce qu'il aimait surtout chez elle, c'était sa bouche, la petite moue qu'elle affichait en permanence au coin de ses lèvres qui paraissaient toujours en mouvement, comme si elle buvait un milkshake invisible. Elle reniflait aussi, à cause de ses problèmes de sinus, ce que, tout étrange que cela puisse sembler, il trouvait charmant.

Tab Johnson, le chauffeur, un Blanc plus âgé qui secouait tout le temps la tête comme en ce moment, mâchouillait son chewing-gum Nicorette.

Angie effleura de son épaule le dos de Silas qui s'appuya contre elle, se remémorant la nuit qu'ils venaient de passer, le visage d'Angie blotti dans son cou, la lente rotation de ses hanches et son souffle dans son oreille. Sa main, à présent, remontait le long de sa colonne vertébrale. Elle renifla. Baissant la tête, il lui jeta un regard par-dessus son épaule.

« Tu viens ce soir ? demanda-t-elle.
– Je vais tâcher. »

Elle ôta sa main. Le coroner s'approcha, un jeune Blanc grassouillet en chemise de jean à col boutonné, les lunettes remontées sur le front. Déjà quelques années au compteur. Arrivé avec Angie et l'autre ambulancier, tenant sa sacoche, le pan de sa chemise sorti de son pantalon, il s'avança vers la berge, la main en visière.

Il dit : « Je le déclare mort. Vous pouvez procéder.
– Beurk, fit Angie, levant les yeux sur Silas. T'aurais pas pu le trouver à une heure où j'aurais pas été de service ? »

Elle lui tira la langue, enfila des gants de caoutchouc qui claquèrent, puis fixa un masque chirurgical sur son visage.

La journaliste spécialiste des faits divers accompagnée de deux policiers descendait la colline. Profitant de l'occasion, Silas explora encore un peu le terrain dans l'espoir de découvrir un mégot de cigarette ou un fil pris dans une toile d'araignée. Et aussi pour éviter de les voir fourrer le cadavre en décomposition dans le sac mortuaire.

Deux heures plus tard, de retour dans son bureau, Silas ressassait des souvenirs. M&M et lui s'étaient perdus de vue quand il avait quitté le lycée, et il regrettait de ne pas être resté en contact. Il aurait peut-être pu faire quelque chose. Allons, qui cherchait-il à tromper ? M&M n'aurait jamais voulu avoir quoi que ce soit à faire avec un membre de la police. Il se serait tout juste montré poli. Pas de visites entre copains. Pas de parties de pêche.

Assis devant son ordinateur, il supprima des e-mails puis s'arrêta sur celui de Shannon Knight, la journaliste couvrant des faits divers, marqué « question complémentaire ». Il le lut et tapa une réponse. Bien que ce soit lui qui ait découvert le corps, il savait que Shannon interviewerait aussi French et que c'est ce dernier qu'elle citerait dans son article.

Il se radossa dans son fauteuil. Il partageait la pièce unique de la mairie de Chabot avec Voncille, l'employée municipale, dont le bureau se trouvait à gauche près de la fenêtre donnant sur les arbres. Elle bénéficiait de la vue, disait-elle, parce qu'elle était là depuis plus longtemps que lui et le maire réunis, sans compter que l'un et l'autre n'étaient presque jamais là. Silas l'acceptait sans problème. Miss Voncille et lui s'entendaient à merveille, sauf quand il oubliait de rabattre la lunette des toilettes. Ils étaient les deux seuls employés à plein temps, leur couverture sociale assurée par la scierie. Morris Sheffield, le maire à temps partiel, avait un bureau au fond ; il possédait une agence immobilière située de l'autre côté de la route. Il passait à la mairie une ou deux fois par jour, Blackberry vissé à l'oreille, cravate dénouée, pieds nus dans ses mocassins. Silas et lui étaient tous deux pompiers volontaires et ils ne se rencontraient pratiquement qu'au cours des réunions officielles mensuelles ou encore à l'occasion d'un incendie.

« Ça va, mon chou ? » s'enquit Voncille, faisant reculer son fauteuil à roulettes. Son bureau était derrière une cloison qu'elle avait achetée et installée elle-même. Elle avait les yeux bleus, un joli visage empâté, et elle le regardait par-dessus ses lunettes de lecture. Elle était blanche, la cinquantaine, plusieurs fois divorcée. Sa choucroute de cheveux roux ne semblait pas avoir souffert du temps consacré ce matin à régler la circulation.

« Oui, m'dame, répondit-il. Ça ira.

– Pauvre vieux M&M. Vous jouiez pas au base-ball ensemble ?

– À l'époque, on maniait la batte aussi bien que n'importe quel garçon.

– Vous vous parlez encore ? Avant, je veux dire.

– Pas vraiment. »

Comprenant tout en désapprouvant, elle haussa les épaules. En effet, qui voyait-il sinon d'autres flics et les gens qu'il arrêtait ? Il n'y avait qu'Angie. De qui d'autre aurait-il pu avoir besoin ?

Voncille s'était remise au travail. Silas se pencha par la fenêtre devant son bureau, maintenue ouverte à l'aide d'un vieux livre de Stephen King, qui donnait sur les autres bâtiments de Chabot : l'agence de Mo, surnom du maire, la poste, une banque qui était plutôt une société de crédit mutuel pour la scierie, un petit snack/épicerie appelé le *Hub*, une supérette IGA et un drugstore, tous deux au bord de la faillite à cause du Wal-Mart de Fulsom. Le troisième commerce, le *Chabot Bus*, était un vieux bus scolaire jaune posé sur cales et reconverti en bar avec un comptoir au fond et quelques chaises et tables en plastique à l'intérieur comme à l'extérieur. Silas y retrouvait Angie deux ou trois fois par semaine pour boire un verre en fin d'après-midi après que les ouvriers de la scierie étaient rentrés chez eux. La première fois, ils s'étaient rencontrés là par hasard. Ils avaient fait la fermeture puis commencé à s'embrasser dans sa Jeep jusqu'à ce que, dans le feu de l'action, il heurte le levier de vitesse laissé en prise, et s'il n'avait pas tiré à temps le frein à main, ils auraient fini dans la ravine. De la rangée de fenêtres du bus on apercevait les deux derniers bâtiments du village, des bureaux vides aux portes et fenêtres condamnées par des planches.

Silas vérifiait chaque soir que des vagabonds ou des fumeurs de crack ne s'y étaient pas introduits. Chabot avait été bâti au bord d'une ravine envahie de kudzu, une sorte de vigne que rien ne parvient à tuer, et d'ordures que quelqu'un ne cessait d'y déverser, attirant ainsi des ratons laveurs et des chats sauvages qui, agiles comme des esprits, erraient la nuit et laissaient leurs signatures sur les lieux.

À Chabot, il n'y avait même pas de distributeur automatique de billets. Le plus proche se trouvait à une quinzaine de kilomètres au nord, à Fulsom. À Chabot, les téléphones portables passaient ou non selon les jours. Comme le comté de Gerald était le seul de la région où la vente d'alcool était autorisée, on ne comptait plus les cas de conduite en état d'ivresse. Fulsom, chef-lieu du comté, avec son Wal-Mart, faisait figure de métropole à côté de Chabot et de ses minables magasins. Après la mort de l'unique coiffeur du village, son fils était venu démanteler le salon pour tout emporter petit à petit dans son pick-up. L'emplacement n'était plus qu'un terrain vague envahi de fleurs sauvages et de mauvaises herbes, et pour se faire couper les cheveux, on devait se rendre à Fulsom ou alors se débrouiller seul.

En raison de la ravine, tous les bâtiments de la bourgade étaient orientés à l'est, si bien qu'on aurait dit un public clairsemé ou un dernier carré de combattants. En face de la mairie, de l'autre côté de la route, au-delà d'une file de wagons de marchandises et de wagons-citernes, se dressait la scierie Rutherford, véritable ville-usine. Elle cachait la vue des arbres et emplissait le ciel de fumée brûlante qui s'échappait des nombreuses cheminées surmontées de lumières rouges clignotantes. Il y avait toute une série d'immenses ateliers en métal où bourdonnaient les convoyeurs, les monte-charges, les camions transporteurs de bois, les treuils et les débusqueurs reculant dans un concert de bips et écrasant la sciure sous leurs roues pour décharger les grumes destinées à être découpées en planches ou traitées à la créosote pour finir en poteaux électriques ou autres. Dans un énorme tintamarre, mélange de grondements et de grincements, la scierie crachait ses étincelles, sa poussière, sa fumée et ses planches seize heures par jour, six jours par semaine. Deux équipes de huit heures et une équipe de maintenance de six heures. Les bureaux, un bâtiment en bois de deux étages situé à une centaine de mètres de l'usine, abritaient une vingtaine d'employés, comptables, représentants, secrétaires et personnel administratif. Certains bénéficiaient même d'un véhicule de fonction, de gros pick-up 4×4 Ford F-250.

Mais pas Silas. Il n'était pas à proprement dit un salarié de la scierie, et il lui fallait se contenter de ce que Chabot pouvait se permettre. Sa Jeep, achetée dans une vente aux enchères, avait plus de trente ans. Elle possédait un système d'air conditionné emphysémateux et un maître cylindre qui fuyait, grands consommateurs l'un de fréon, l'autre de liquide de frein. Sans parler de l'huile. Le compteur restait bloqué sur 230 411 km. Quand il se plaignait de devoir conduire une vieille voiture postale, Voncille répliquait : « Vous avez encore de la chance, 32. Le volant aurait pu être à gauche. À droite, j'entends. »

Vers treize heures, French appela pour dire qu'il était au *Hub*, de l'autre côté du parking. Silas désirait-il qu'il lui rapporte quelque chose ?

« Certainement pas ! » se récria celui-ci.

L'inspecteur éclata de rire et raccrocha.

Quelques minutes plus tard, il entrait, un sac brun graisseux et un Coca à la main. Il s'installa au bureau du maire puis déballa son sandwich huîtres frites/salade/mayonnaise.

« Où est Son Altesse ?

– Partie acheter des terres, répondit Silas, désignant la porte d'un geste du menton.

– Roy, dit Voncille, passant la tête hors de son box dont chaque centimètre carré semblait occupé par des photos de ses enfants. Je comprends pas comment vous pouvez manger tous les jours la même chose, qui plus est au même endroit.

– Hé, répondit French, la bouche pleine. J'ai pas le choix. J'ai arrêté des types dans tous les restos du coin. Serveurs, plongeurs, cuistots, proprios et associés. Marla (la cuisinière du *Hub*) est dispensée de prison, y compris pour meurtre avec préméditation, tant qu'elle me nourrit. Faut donc que je bouffe chez elle.

– Et Linda ? »

Continuant à mâcher, il répondit : « Après le boulot, elle reste plantée devant les conneries de la télé. »

Une fois sa dernière bouchée avalée, il roula le sac en boule et l'expédia dans la corbeille à papier à côté du bureau de Silas. Après avoir vidé à grand bruit son Coca, il prit une Camel.

« Vous allez pas fumer ici ! » protesta Voncille.

Il alluma néanmoins sa cigarette, et il eut un large sourire en entendant Voncille soupirer et manier son agrafeuse avec fureur.

« Pour votre info, dit-il à Silas. Je suis passé voir Norman Bates l'autre jour. »

Silas jeta un coup d'œil dans sa direction. « Qui ?

– Dans *Psychose*, lui expliqua Voncille. Il veut parler de Larry Ott. »

French souffla un filet de fumée. « J'y vais chaque fois qu'y a une personne disparue, et en particulier une fille. Vous savez bien, les suspects habituels. »

Silas fronça les sourcils. « Vous croyez que Larry a quelque chose à voir avec la fille Rutherford ?

– “*Larry*” ? »

Silas regretta aussitôt d'avoir employé le prénom. « On est allés à l'école ensemble, c'est tout. Je l'ai un peu connu à l'époque.

– Il jouait pas au base-ball ? demanda Voncille.

– Nan. Y faisait que lire des bouquins.

– Des livres d'horreur, précisa French. Sa maison en est pleine.

– Vous avez trouvé des cadavres découpés ?

– Nan. J'irai fouiller son garage un peu plus tard. Essayer de le faire paniquer. J'y suis passé ce matin, mais il était pas ouvert.

– Quand ça ? » demanda Silas.

French réfléchit un instant. « Y a environ vingt minutes.

– Et c'était fermé ? »

L'inspecteur acquiesça.

Silas se cala dans son siège qui grinça, puis il croisa les bras. « Vous avez déjà vu qu'il était pas ouvert à cette heure-là ?

– Et alors ? Il a pas eu un seul client depuis je sais pas combien de temps. Ouvert ou fermé, ça change rien.

– Ouais, mais ça l'empêche pas d'y être, c'est ça que je veux dire. Du lundi au samedi, réglé comme une horloge. La plupart du temps, y va même pas déjeuner.

– C'est qui l'inspecteur, maintenant ? » se moqua French, affalé dans le fauteuil du maire. Il allongea ses jambes et rajusta le holster attaché à sa cheville droite à l'aide de son pied gauche. « Vous avez vu cet autre film d'Hitchcock, Voncille ?

– Lequel ?

– *Les Oiseaux* ?

– Oui, y a longtemps.

– Tous ces vautours et ces corbeaux de ce matin m'y ont fait penser. Moi, je l'ai vu dans un drive-in quand on était mômes. À la fin, mon petit frère m'a dit : "Tu sais, je voudrais voir ça en vrai. Avec des oiseaux comme ceux-là. Devenus cinglés. On se trouverait des casques de footballeur, un tas de flingues et de munitions et on se pointerait sur la route pour tuer les oiseaux et sauver les gens." »

Silas l'écoutait à peine. Il songeait comment, peu après son retour dans le sud du Mississippi, Larry Ott lui avait laissé un message sur son répondeur.

« Miss Voncille, dit-il. Vous êtes allée au lycée de Fulsom, non ? Vous avez connu Larry Ott ?

– Pas vraiment, mon chou, répondit-elle. Surtout entendu parler de lui. Il était de quelques années plus jeune que moi. »

L'inspecteur adressa un clin d'œil à Silas et demanda : « Vous êtes sortie avec lui, Voncille ?

– Juste une fois. Après, j'ai plus jamais eu de ses nouvelles. »

French ricana. « Ça vaut mieux pour vous. »

Silas roula une dizaine de minutes sur la route 11 avant de se rendre compte qu'il se dirigeait vers le garage de

Larry Ott. C'était le début de l'après-midi et la pluie avait enfin cessé. Des flaques fumaient sur la chaussée. Un chien d'une race indéfinissable secouait son poil trempé. Silas aurait dû être sur la 7, à mettre des contraventions pour excès de vitesse afin de remplir son quota de la semaine ainsi que les caisses de la ville, mais quelque chose le tracassait.

Le premier coup de fil de Larry datait d'il y avait près de deux ans. Silas n'utilisait guère son téléphone fixe et plusieurs jours s'étaient écoulés sans qu'il s'aperçoive que son répondeur clignotait.

« Allô ? entendit-il quand il appuya sur le bouton. Allô ? J'espère être au bon numéro. Je cherche à joindre Silas Jones. Excusez-moi si je me suis trompé. »

Il contempla l'appareil. Personne ne l'appelait plus Silas. Plus depuis la mort de sa mère.

« Silas ? poursuivit la voix. Je sais pas si tu te souviens de moi. Larry Ott. Pardonne-moi de te déranger, mais je voudrais juste te... te parler. Mon numéro de téléphone est le 633-2046. » Silas ne prit pas de papier pour le noter pendant que Larry s'éclaircissait la gorge. « J'ai vu que t'étais de retour, reprit-il. Merci, Silas. Bonne nuit. »

Il n'avait pas rappelé. Si Larry lui avait téléphoné à la mairie, il aurait été obligé de le faire.

Or, au lieu de comprendre, Larry avait de nouveau essayé. À huit heures et demie un vendredi soir, deux semaines plus tard. Silas était rentré se changer pour aller dîner avec une fille. Avant Angie. Le téléphone sonna et il décrocha. « Oui ?

– Allô, c'est... c'est Silas ?

– Ouais.

– Bonsoir.

– Qui est à l'appareil ?

– Larry. Larry Ott. Excuse-moi de te déranger.

– Ouais, j'étais sur le point de sortir. » Des gouttes de sueur perlaient sur sa poitrine. « Qu'est-ce qu'y a ? »

Larry hésita. « Je voulais juste… juste saluer ton retour. Au pays des lettres tordues.

– Bon, faut que j'y aille. » Silas coupa la communication. Il demeura une trentaine de minutes assis sur son lit, la chemise collée à son dos. Il se rappela le temps où Larry et lui étaient gamins, ce qu'il avait fait, la raclée qu'il avait mise à Larry quand celui-ci avait prononcé des paroles qu'il ne fallait pas.

Se dirigeant vers le garage, il se sentait moite de transpiration. Il avait su que plus personne ne parlait à Larry, mais c'est seulement à son retour dans le sud du Mississippi qu'il avait eu connaissance des détails.

Il ralentit derrière un camion de transport de bois. Un drapeau rouge était fixé à l'extrémité du tronc le plus long. Plaque d'immatriculation, feux arrière, tout était en règle. Il déboîta, écrasa l'accélérateur pour doubler, et la Jeep eut des ratés. Saloperie de bagnole. Il klaxonna en dépassant le poids lourd dans un nuage de fumée noire, et le chauffeur lui rendit son salut.

French avait raison : *Ottomotive Repair* n'avait pas eu un seul client du coin – ni aucun client, du reste – depuis que Larry avait repris le garage à la mort de son père. Silas pouvait en témoigner : il passait souvent devant quand il se rendait à Fulsom, et jamais il n'avait vu la moindre voiture en réparation. Personne sinon Larry et son pick-up rouge. Ce qui ne l'empêchait pas de venir tous les jours dans l'attente qu'un étranger, quelqu'un qui ignorerait sa fâcheuse réputation, s'arrête pour une mise au point ou une révision des freins. La porte du garage était toujours ouverte, pareille à la gueule d'un animal prêt à engloutir sa proie.

Larry semblait plus grand, plus mince. Silas ne l'avait pas regardé de près, mais son visage lui-même paraissait plus mince, et il gardait les lèvres serrées. Autrefois, il avait en permanence la bouche pendante, signe, croyait-on, qu'il avait l'esprit lent. Alors qu'en fait il était très intelligent. Savait les trucs les plus dingues. Il avait raconté un jour à Silas qu'un cobra royal pouvait mesurer plus de cinq mètres de long et se dresser à deux ou trois mètres en l'air. « Imagine ça, avait-il ajouté. Comme une espèce de créature écailleuse plus haute que toi et issue d'un autre temps qui te regarde juste avant que tu meures. »

Après le Wal-Mart et le panneau indiquant la zone d'activité commerciale de Fulsom, la route se réduisait à deux voies et les magasins s'espaçaient. Sur les trottoirs défoncés poussaient des mauvaises herbes, les portes et les fenêtres de nombreux bâtiments étaient condamnées par des planches. Silas longea l'ancien bureau de poste, puis un magasin de vêtements demeuré si longtemps sans clients qu'il s'était transformé l'espace d'une brève période en magasin de vêtements vintage sans avoir besoin de renouveler son stock. À droite se trouvait une ancienne boutique RadioShack aux vitres cassées et au toit effondré au point que des bardeaux jonchaient le sol et que les murs commençaient à s'affaisser. Les seules entreprises à subsister dans ce secteur étaient un motel bon marché qui abritait des petits cinq à sept et des ouvriers mexicains, ainsi que le garage dont il approchait, avec OTTOMOTIVE REPAIR peint sur le côté en lettres vertes à demi effacées.

Comme French l'avait dit, le pick-up de Larry n'était pas à son endroit habituel et le rideau de fer du garage était baissé. Silas ralentit. Il mit son clignotant et tourna pour s'arrêter devant les pompes comme s'il voulait faire le plein. Il n'était plus venu ici depuis... non, en réalité, il n'était jamais venu ici. Les deux antiques pompes à essence inutilisées depuis des années évoquaient un couple de robots. En lettres blanches en relief figuraient les prix de l'ordinaire et de l'éthanol datant de l'époque où elles fonctionnaient encore.

Silas coupa le moteur de la Jeep et contempla le carré d'herbe morte où, hormis le temps de son service militaire, Larry se garait tous les jours depuis qu'il avait quitté le lycée. Le même pick-up. Parcourant le même chemin depuis la même maison. Mêmes stops, mêmes feux rouges. Rien d'autre à contempler que l'herbe morte.

À l'intérieur du garage, il y avait une caisse à outils rouge, un cric hydraulique, une planche à roulettes pour travailler sous les voitures, des baladeuses suspendues au plafond. De temps en temps, de la route, Silas apercevait Larry qui, appuyé sur son balai, regardait passer les voitures. Silas gardait les yeux fixés droit devant lui, comme s'il était appelé d'urgence quelque part. Parfois, installé devant sa caisse à outils qu'il avait roulé dehors, Larry observait la circulation tout en nettoyant ses clés au moyen d'un chiffon. À l'occasion, il agitait la main.

Personne ne répondait à son salut. Personne de Chabot, en tout cas. En revanche, imaginons que vous soyez d'une autre région, que vos freins grincent, qu'un roulement chauffe, que vos amortisseurs soient morts ou que vous craigniez de tomber en panne. Vous voyez le garage, un bloc de parpaings blancs, plutôt vieillot, dont la peinture verte s'écaille, couleur de poudre à lessive, alors peut-être que vous allez ralentir et vous arrêter. Vous vous approchez des pompes à essence et vous esquissez un sourire (ou un froncement de sourcils) en lisant les prix affichés. Il n'y a aucun autre client et vous estimez avoir de la chance, car Larry sort aussitôt, tirant un chiffon de sa poche, son nom cousu sur sa chemise. Cheveux châtains coupés courts, casquette trop enfoncée sur les oreilles.

Vous avez de la veine.

Mais vous ignorez ce qui est arrivé. À savoir qu'au temps du lycée, une fille qui habitait près de chez Larry était allée avec lui voir un film au drive-in et qu'on ne l'avait plus jamais revue. Sa disparition avait fait la une de tous les journaux de la région. Le beau-père de la fille avait réclamé l'arrestation de Larry, mais on n'avait pas retrouvé de corps et le suspect n'avait rien avoué.

Silas consulta sa montre et resta un moment encore. Lui aussi connaissait Cindy Walker. La fille disparue. C'est Larry qui, d'une certaine façon, les avait présentés l'un à l'autre.

Il jeta un coup d'œil en direction de la route.

Bon sang, où était donc Larry ? Probablement chez lui, à lire un Stephen King. Peut-être qu'il prenait enfin un jour de congé. Ou qu'il renonçait.

Pourtant, son sentiment de malaise persistait. Et si un parent de Tina Rutherford, la fille qui venait à son tour de disparaître, se fondant sur la réputation de Larry, avait décidé de lui rendre une petite visite ?

Regarde-toi, 32 Jones, pensa-t-il. T'as ignoré ce pauvre type durant toutes ces années, et brusquement tu t'inquiètes pour lui !

« 32 ? » La radio.

« Oui, miss Voncille ?

– Faut que vous alliez au coin de la 14e et de West Avenue. Un crotale dans une boîte à lettres.

– Hein ?

– Crotale, répéta-t-elle. Boîte à lettres.

– Livré en recommandé ?

– Ah ! Ah ! C'est la factrice qui l'a signalé. Elle a failli se faire mordre en prenant le courrier. Ça devient un crime fédéral.

– Comment vous le savez ?

– 32, ça fait seulement deux ans que vous portez cet uniforme. Vous savez depuis combien de temps j'occupe ce fauteuil ?

– Ça s'est donc déjà produit ?

– Bien sûr, toutes les semaines ! J'appelle Shannon. »

Il coupa la communication, ravi que Voncille contacte la journaliste. Chaque fois qu'il avait sa photo ou son nom dans le journal, ça améliorait son image, ce qui lui vaudrait peut-être une augmentation lors de la prochaine révision des salaires. Avec un peu de publicité, il pourrait devenir un héros noir et, qui sait, se présenter lui-même comme shérif dans dix ans.

Il passerait plus tard chez Larry, décida-t-il. Après avoir fait démarrer la Jeep, il eut une meilleure idée. Il sortit son portable et composa un numéro.

« 32, répondit Angie. T'as pas un autre cadavre en décomposition sur les bras, quand même ?

– J'espère que non. Quoi de neuf ? »

Pas grand-chose, répondit-elle. Une collision sur la 5, avec un chevreuil mais pas de blessés. La police de la route est déjà repartie. Tab et le type qui est rentré dans le chevreuil étaient en train de le vider pour se partager la viande. « Tab t'a réservé un beau filet.

– Angie, demanda-t-il, tu connais Larry Ott ? »

Il y eut un bruit de friture. « Larry le Pourri ?

– Ouais. Tu veux bien faire quelque chose pour moi ? J'ai comme une vague intuition.

– Peut-être, mon chéri. Explique-moi.

– J'aimerais que tu files chez lui dès que t'auras une minute. Un chemin de terre qui part de la route du cimetière.

– Oui, je sais où il habite. Qu'est-ce qu'y a ?

– Juste quand t'auras une minute, répéta Silas. Voir si tout a l'air normal. C'est pas loin d'où t'es.

– Attends une seconde. »

Il se rangea sur le bas-côté. La Jeep trembla sous le souffle d'un camion qui passa dans un bruit de tonnerre avec son chargement de troncs qui s'entrechoquaient.

« Angie ?

– Je suis là, dit-elle. Seulement, 32…

– Ouais ?

– Ça signifie que tu m'accompagnes dimanche à l'église.

– On en reparlera, dit-il. Et garde-moi ce filet. »

À condition de mettre son gyrophare et de se magner le cul comme en ce moment, il pouvait parcourir en quinze minutes le territoire qui relevait de sa juridiction, à savoir celui qui allait de Dump Road, la route de la décharge, à l'élevage de poissons-chats. Il arriva bientôt près de la 14e Avenue ou Avenue de la Racaille blanche comme il l'appelait, une route en terre rouge vallonnée, bordée d'un côté par une dizaine de maisons et toute une flopée de mobile homes, et de l'autre par la forêt des Rutherford protégée par un grillage destiné à dissuader les péquenauds de venir chasser le chevreuil ou le dindon. La présence d'animaux sauvages était bonne pour l'image de l'usine. Roulant au milieu des pins, on freinait pour éviter un cerf, parfois un faon encore chancelant sur ses pattes, ou bien un rare renard roux ou un lynx, et le temps d'un instant, on oubliait presque que les arbres, ici, n'étaient qu'un produit de culture.

Il patrouillait dans le secteur une ou deux fois par semaine, à des heures différentes, et surveillait en particulier une caravane Airstream installée derrière l'une des maisons, à moitié dissimulée depuis la route par un hangar. Les fenêtres condamnées et la porte cadenassée lui laissaient penser qu'il s'agissait peut-être d'un labo de crystal meth, mais sans raison valable – la plainte d'un voisin, une explosion –, il ne pouvait pas perquisitionner.

Chaque fois qu'il passait dans le coin, les habitants blancs installés dans des fauteuils sur les vérandas fronçaient les sourcils, tant les femmes minces tatouées aux cheveux blonds décolorés avec des bébés sur les genoux que les grands-mères en robe d'intérieur à l'air tendu, une cigarette à la bouche. Dans les jardins jonchés d'ordures, des draps claquaient sur les cordes à linge à côté de petites culottes et de bas. Au milieu de l'un de ces jardins, il y avait une vieille Chevy Vega sans capot, des mauvaises herbes qui poussaient autour du moteur, les vitres brisées et le coffre ouvert – il avait vu un chien pantelant assis dedans. Et vu aussi une chèvre au bout d'une corde ainsi que de vieilles pièces détachées de voiture traversées par des brins d'herbe et des leurres de pêche accrochés aux fils électriques. Un vieux toit de pick-up transformé en poulailler, des poules et des pintades en liberté parmi les mauvaises herbes. Un canard dans un petit bassin pour enfants. Des gamins qui jouaient au volant de quads garés dans l'herbe. Il ne comprenait pas ce que les Blancs avaient avec leurs quads, mais il semblait y en avoir un devant chacune de ces satanées baraques.

Et avec leurs chiens.

Chaque maison en abritait une demi-douzaine, rarement de race connue, des corniauds pour l'essentiel, une meute de bâtards sans colliers qui se mettaient à aboyer dès que sa Jeep débouchait du virage au pied de la colline et qui couraient derrière jusqu'à l'entrée de la forêt.

Ils se précipitèrent comme d'habitude, véritable vague joyeuse et furieuse qui s'ouvrit au passage de la voiture, cependant que trois ou quatre grands chiens noirs bondissaient dans un concert d'aboiements basse, médium et jappements aigus mêlés. Il aperçut devant lui la Jeep postale, d'un modèle plus récent que la sienne, peinture neuve, garée à l'ombre sur l'accotement, les feux de détresse allumés. Il connaissait celle qui la conduisait, une femme prénommée Olivia. Ils s'étaient rencontrés au *Chabot Bus* et ils étaient sortis quelques fois ensemble, mais elle avait deux jeunes garçons et Silas n'aimait pas trop les enfants, tandis que, de son côté, elle n'avait rien à faire d'un homme qui ne se pâmait pas d'admiration devant les siens. Au cours de l'un de leurs rendez-vous, ils avaient parlé de l'Avenue de la Racaille blanche, comme il avait avoué l'appeler, et elle lui avait confié que c'était l'endroit de sa tournée qu'elle aimait le moins, et qu'elle refusait d'aller porter le moindre paquet jusqu'à la porte de ces Blancs à cause des chiens. Elle se contentait de klaxonner, ce qui, comme elle le savait, les énervait, et si personne ne répondait, elle glissait un avis de passage dans la boîte pour qu'on vienne retirer le colis à la poste. Et, au fait, pourquoi n'aimait-il pas les enfants ?

Olivia, descendue de voiture, discutait avec quatre autres femmes, toutes des Blanches, dont l'une tenait un bébé. Shannon n'était pas encore là. Dans le jardin voisin, de l'herbe jusqu'aux genoux, trois garçons, deux coiffés en brosse et le troisième portant les cheveux longs derrière et courts devant, observaient la scène. L'un avait un pistolet à plombs, un autre un arc en plastique et un jeu de fléchettes.

Silas ralentit, s'arrêta, puis coupa le moteur. Les chiens se massèrent devant sa portière. L'un des plus agressifs sautait si haut qu'il s'accrochait à sa vitre.

« Fiche le camp, dit-il, tripotant son Taser que, comme son pistolet, il n'utilisait jamais.

– Sellars, cria une femme, rappelle ces maudits chiens. »

Le garçon au pistolet à plombs, torse nu, la figure sale, s'avança vers la Jeep et décocha des coups de pied aux chiens pour que Silas puisse ouvrir sa portière. Son copain aux cheveux longs le rejoignit pour l'aider à disperser la meute.

« Salut, 32, dit Olivia.

– Salut, jeune fille. » Silas s'approcha du groupe, son appareil photo à la main, tandis que les femmes qu'il salua en portant un doigt à son chapeau le détaillaient.

« Hé, dit l'une d'elles, je suis drôlement contente de vous voir. » Elle portait un jean coupé et un débardeur par-dessus un soutien-gorge de sport. Elle était pieds nus. Mignonne. Vingt-deux, vingt-trois ans. Des tatouages aux deux bras, un autre qui apparaissait à l'encolure de son débardeur et un autre encore, une liane verte, qui sortait de son short. On ne pouvait pas s'empêcher de se demander d'où elle partait. « Irina Mott, se présenta-t-elle.

– Enchanté, Mrs Mott. 32 Jones. »

Elle inclina la tête et plissa les yeux dans le soleil avec coquetterie. « Appelez-moi Irina.

– C'est dans sa boîte, précisa Olivia.

– Sa sélection mensuelle du club du serpent est arrivée en avance, dit une autre femme, piercing au nez, eye-liner noir.

– Ouais, fit Irina, mais j'avais commandé une vipère cuivrée. »

Olivia désigna la boîte à lettres clouée de travers à son poteau avec l'adresse inscrite dessus qui s'écaillait. « Je vais pour l'ouvrir et j'entends aussitôt comme un bourdonnement de nid de guêpes. J'ouvre un peu plus grand et il y a un choc contre la porte. Là, je me dépêche de refermer. »

Silas examina la boîte à lettres, puis donna un petit coup dessus. Le bourdonnement reprit, pareil à celui d'un moteur miniature. « Quelqu'un peut me trouver une pelle ?

– Edward Reese, dit une femme corpulente à l'un des gamins qui observaient la scène depuis le jardin. Cours en chercher une, tu veux ? »

Le garçon disparut derrière la maison, suivi par les chiens qui remuaient la queue.

« Quand est-ce que vous l'avez ouverte pour la dernière fois ? demanda Silas à Irina.

– Hier soir, avant qu'il fasse nuit. Pour mettre le chèque du téléphone.

– Une idée de qui aurait pu faire ça ? »

Fronçant les sourcils, les femmes se consultèrent du regard. Celle qui portait le bébé le fit passer sur l'autre hanche.

« Un ex-mari ? reprit Silas. Un petit ami furieux ?

– Bon sang, dit Irina. On est trois filles divorcées à habiter ici. Alors, entre nous toutes... Combien de candidats tu vois, Marsha ?

– Mon Dieu, y en a trop.

– Les furieux, c'est une chose, dit Irina. Les jaloux, une autre. Et puis, y a la plus longue liste de toutes.

– Celle des cinglés, enchaîna Marsha. Sans oublier le reste. »

Le gamin revint en courant et tendit la pelle en présentant le manche.

« Merci, fiston », dit Silas, lançant un regard vers la route. Il envisagea un instant d'attendre Shannon, puis il reprit : « Bon, mesdames, reculez.

– Pas besoin de nous le répéter deux fois », dit Marsha.

Silas donna son appareil photo à Olivia, fit un pas de côté et ouvrit la boîte à lettres au moyen de la pelle. Le bourdonnement s'amplifia, accompagné d'un raclement. Les chiens s'étaient remis à aboyer.

« Fais attention », prévint Olivia.

Sans trop s'approcher, Silas jeta un coup d'œil à l'intérieur. Les femmes qui se tenaient prudemment derrière lui regardaient aussi. Le serpent était lové tout au fond, la tête plate et triangulaire dressée, les yeux furieux réduits à deux fentes, la langue dardée.

« Hé, fit Irina. Il a pissé sur ma facture.

– Ça pue, dit l'un des garçons, tâchant de rameuter les chiens.

– Crotale diamantin », annonça Silas. Olivia lui rendit l'appareil. Il prit quelques photos puis le lui redonna. Respirant un grand coup, il introduisit la pelle dans la boîte à lettres. Le serpent se détendit et frappa le métal. Irina poussa un cri, et lorsqu'elle lui agrippa le bras, Silas fit un bond.

« Merde ! » jura-t-il. Puis, pensant aux enfants : « Excusez-moi. »

Irina toujours accrochée à son bras, il glissa de nouveau la pelle. Le crotale se dressa et Silas lui coinça le cou contre le bord de la boîte à lettres, le tira puis le projeta par terre où il se lova, se gonflant et se dégonflant, cependant que les anneaux au bout de sa queue s'agitaient et produisaient un bruit de crécelle.

« Attention, maintenant, dit Silas. Et empêchez les chiens d'approcher.

– Tuez-le avec votre pistolet, dit l'un des gamins tandis qu'ils écartaient les chiens à coups de pied.

– Pas la peine. » Silas posa la pelle sur le cou du serpent qui s'enroula autour du manche. L'emprisonnant, il posa le talon sur la pelle et appuya pour lui trancher la tête jusqu'à ce qu'elle ne tienne plus que par un lambeau de peau. Le corps continuait à se tordre, à faire des soubresauts, et la sonnette à tinter.

« Il est mort ? demanda l'un des gamins.

– Ouais, mais soyez prudents. » Il crut soudain entendre la voix de Larry déclarer : « C'te tête, elle peut encore te tuer. Ces crochets, c'est comme des aiguilles. »

« Je peux avoir la sonnette ? » demanda le garçon aux cheveux longs.

Silas interrogea les femmes du regard.

« J'ai rien contre, dit la plus grosse d'entre elles. Son anniversaire tombe le mois prochain. » Elle fit un clin d'œil pour montrer qu'elle plaisantait. Il se baissa afin de couper les anneaux avec la pelle, et ensuite, il shoota dedans pour les éloigner de la tête. Le garçon les ramassa, les renifla, puis il partit au galop en les secouant, suivi par ses copains et par les chiens.

Silas ramassa à l'aide de la pelle le serpent long de près d'un mètre qui bougeait encore, puis il traversa la route et le balança dans la forêt par-dessus le grillage. Olivia s'en alla sans emporter l'enveloppe mouillée, mais Silas resta sur les lieux pour recueillir des témoignages et prendre des notes guettant l'arrivée de Shannon, s'efforçant de ne pas trop flirter avec Irina. Il se surprit à raconter l'histoire du jour où il avait tenté d'écraser un serpent, un énorme mocassin d'eau à rayures jaunes. Avec cette même Jeep. Alors qu'il revenait d'Oxford.

« Oxford ? l'interrompit Irina.

– Chut, dit Marsha. Laisse-le finir.

– On peut pas rouler sur un serpent et continuer comme si de rien n'était, reprit Silas, repoussant son chapeau sur sa tête. Parce que ça les rend juste furieux. Faut faire marche arrière et l'écraser sous les roues pour le tuer. » Il marqua une pause puis reprit : « C'est ce que j'ai voulu faire. J'ai pilé au milieu de la route et reculé pour m'arrêter juste au-dessus du mocassin. Une fois la queue du serpent sous le pneu arrière gauche, pendant que la sale bête plantait ses crochets dans le caoutchouc, j'ai embrayé. Seulement, au lieu de crever, le mocassin s'est dressé, toujours vivant, pour se loger dans le moyeu. Je suis reparti et, penché à la portière, j'ai guetté le moment où le serpent allait tomber de la Jeep. Et il est jamais tombé, conclut-il.

– Merde ! s'exclama Irina. Et après ?

– Il est mort là. Dans le bas de caisse. Ça a pué pendant deux mois. Au plus fort de la chaleur de l'été. Des fois, en conduisant, je jurerais encore sentir l'odeur. »

Les femmes souriaient. Lui aussi.

« Bien fait pour vous », dit Irina.

Quand il regarda sa montre, son sourire s'effaça. Il allait devoir se dépêcher pour être de retour à Chabot à temps pour le changement d'équipe de cinq heures et demie. Impossible de ne pas y être. Il en allait de la coiffure de miss Voncille.

« Mesdames, dit-il, portant de nouveau un doigt à son chapeau et tendant à Irina l'une des cartes de visite qu'il s'était lui-même fait faire. Appelez-moi si quelque chose vous revient.

– On n'y manquera pas », dit la jeune femme.

Un quart d'heure plus tard, campé sur la route devant la voie ferrée, en gilet orange et lunettes de soleil, il transpirait tellement que son chapeau s'en trouvait alourdi et sa chemise d'uniforme un peu plus sombre à l'endroit où elle collait à son ventre. À sa gauche, l'usine grondait et bourdonnait tandis que les scies hurlaient comme des gens brûlés vifs. Il prit son sifflet, arrêta la circulation sur les deux voies, puis il s'écarta pour faire signe de passer à la file de pick-up qui attendaient dans la cour de l'usine, conduits par des hommes sales aux cheveux aplatis par le port du casque qui allumaient des cigarettes dans leurs cabines climatisées et qui, pour certains, s'apprêtaient à aller boire une bière au *Chabot Bus*. Ceux-là, Silas les enviait.

Son portable se mit à vibrer. Il n'était pas censé répondre pendant qu'il réglait la circulation, et il continua à diriger la sortie des camions pendant que dans les voitures qui attendaient sur la route, on lui décochait des regards assassins comme s'il était là exprès pour leur gâcher leur journée, comme si c'était le but de son existence, la raison pour laquelle il s'était bousillé le bras en jouant au base-ball à l'université avant de s'engager dans la marine puis, une fois rendu à la vie civile, de s'inscrire à l'école de police de Tupelo et de consacrer dix ans à jouer les baby-sitters auprès des étudiants de Ole Miss, à intervenir dans leurs fêtes, à être de service à l'entrée du stade pendant les matchs de football et à dresser des contraventions pour conduite en état d'ivresse, tout cela dans le seul objectif de venir ici leur pourrir la vie. Il s'était imaginé quelque chose de bien différent. *Constable d'un hameau*, ainsi était rédigée l'annonce sur Internet. Il avait vérifié le sens de *constable* et de *hameau* dans le dictionnaire, mais les deux mots lui plaisaient et on lui promettait un travail de maintien de l'ordre, des horaires flexibles et un véhicule de fonction.

Impatients, les automobilistes klaxonnaient. Silas s'efforça de faire accélérer le mouvement des pick-up qui traversaient les rails au pas. Et pour ne rien arranger retentit le sifflet du train de marchandises de deux heures et demie en provenance de Meridian, en retard de quarante-cinq minutes, qui débouchait du virage dans un tourbillon de fumée et ralentissait avant de s'arrêter pour charger troncs d'arbre et poteaux. Silas s'avança et, la main levée, stoppa le pick-up suivant, un gros Ford F-250, dont le chauffeur, qui se trouvait être le contremaître de l'usine, freina puis descendit sa vitre.

« T'aurais pu me laisser passer, dit-il. Merde, 32, je vais à la pêche. »

Silas mordit son sifflet cependant que le train approchait et jetait un instant son ombre sur lui.

« Merde », répéta le contremaître, et il se mit à son tour à klaxonner.

Silas ne fit pas attention à lui. Il ôta son chapeau, cracha son sifflet qui vint pendre sur sa poitrine au bout du cordon, puis il s'éventa avec son couvre-chef. Son portable vibra de nouveau. Tant pis, se dit-il, et il répondit. Si le maire Mo voulait le virer pour avoir répondu au téléphone, qu'il le fasse !

« 32 ? » C'était Angie.

« Ouais ? »

Un bruit de parasites. « 32 ? redit-elle. On est chez Larry Ott comme t'avais demandé.

– Et alors ?

– Oh, mon Dieu », dit-elle.

3.

Ce qu'il remarqua d'abord, c'est qu'ils n'avaient pas de manteaux. C'était en mars 1979, un lundi, au petit matin. Son père le conduisait à l'école dans son pick-up Ford qui crachait derrière lui un nuage de fumée bleue. Les vacances de printemps étaient passées, mais une vague de froid inopinée avait gelé le sol, un froid si glacial que les poules de sa mère refusaient même de sortir de la grange. Les conifères défilaient derrière les vitres du camion couvertes de givre, tandis qu'il s'était plongé dans la lecture de son nouveau livre. Il était en cinquième, fasciné par Stephen King, et quand son père freina, il leva les yeux de *Salem*.

Tous deux se tenaient dans le virage près du magasin, une femme noire grande et mince avec son fils, à peu près de l'âge de Larry, un garçon vif et efflanqué qu'il avait aperçu à l'école, un nouveau. Il se demanda ce qu'ils fabriquaient là, si loin, avant l'heure d'ouverture. Malgré le froid, le garçon ne portait qu'un jean élimé et une chemise blanche, et sa mère, une robe bleue que le vent gonflait autour de son corps. Elle avait un fichu sur la tête, et son haleine s'échappait d'entre ses lèvres comme des mouchoirs en papier tirés de leur boîte.

Son père ne ralentit pas. Larry tourna la tête, vit le garçon et sa mère qui les suivaient des yeux.

Il regarda son père. « Papa ?

– Et zut », fit celui-ci. Il écrasa le frein, recula pour s'arrêter à leur hauteur, puis il se pencha par-dessus Larry assis sur la banquette (recouverte par sa mère d'une couverture de l'armée) pour ouvrir la portière, et un tourbillon d'air glacé s'engouffra, qui sembla se prolonger même après que la femme l'eut refermée. Ils se retrouvèrent tassés à l'intérieur, Larry contre le garçon d'un côté et son père de l'autre, mal à l'aise car, hormis quelques poignées de mains empruntées et quelques corrections reçues, ils n'avaient guère de contacts physiques. Pendant un moment, ils restèrent tous les quatre assis là, moteur tournant au ralenti, comme s'ils reprenaient leur respiration après une catastrophe. Larry entendait claquer les dents du garçon.

Son père dit alors : « Larry, jette donc une bûche dans ce satané feu pour réchauffer ces gens. »

Il mit le chauffage à fond, et bientôt le garçon noir cessa de trembler.

« Alice, reprit son père en démarrant, présente ces deux mioches.

– Larry, dit la femme comme si elle le connaissait, c'est Silas. Silas, c'est Larry. »

Celui-ci tendit la main sans ôter son gant. La fine main brune de Silas était nue, et même au cours de la brève petite poignée de main qu'ils échangèrent, il sentit combien l'autre avait la peau froide. S'il lui donnait un de ses gants, ils pourraient avoir chacun une main au chaud. Il aurait aimé le faire, mais comment ?

Silas et sa mère dégageaient une odeur de feu de bois, et Larry comprit où ils devaient habiter. Son père possédait plus de deux cent cinquante hectares de terres, la plupart au sud-est du comté, et tout au bout, à un peu moins d'un kilomètre de la route non pavée, il y avait une cabane de chasse en rondins entourée de quelques arbres devant un champ qui formait juste une petite bosse sur le paysage. Mobilier réduit à l'essentiel, sol en terre battue, ni eau ni électricité. Chauffée par un poêle à bois. Mais quand s'y étaient-ils installés ? Et à la suite de quel arrangement ?

Son père et la femme appelée Alice parlaient du froid.

« On se pèle le cul, disait son père.

– Mmmh-Mmmh.

– T'as déjà vu ça ?

– Non, monsieur.

– Même pas à Chicago ? »

Elle ne répondit pas, et quand le silence devint pesant, son père mit la radio, et ils écoutèrent le type de la météo raconter qu'il faisait froid et que le froid allait durer. « Laissez couler un filet d'eau pour que les canalisations ne gèlent pas cette nuit. »

Larry jeta un regard à la dérobée sur le garçon à côté de lui, puis il feignit de se replonger dans son livre. Les garçons noirs le terrifiaient. À la suite d'un réaménagement de la carte scolaire, il avait dû quitter le collège de Fulsom pour celui de Chabot où 80 pour cent des élèves (de même qu'un grand nombre de professeurs ainsi que la directrice adjointe) étaient noirs, presque tous des enfants d'ouvriers de l'usine, de bûcherons ou de chauffeurs de camions de bois. Tout ce que Larry ne savait pas faire – smasher au volley, plaquer au football, manier la batte –, les garçons noirs pouvaient le faire. Et le faisaient. Ils manipulaient les balles comme des magiciens, faisaient tournoyer les ballons de basket, projetaient des balles incroyables au base-ball, et ils se lançaient dans la vie avec la souplesse et l'aisance de boomerangs. Par contre, aucun ne lisait ni ne comprenait l'amour de Larry pour les livres. Il tourna la tête et vit que Silas, les lèvres pincées, avait les yeux rivés sur la page ouverte devant lui.

« T'es dans quelle classe ? » demanda Larry.

Silas consulta sa mère du regard.

« Réponds-lui, dit celle-ci.

– Quatrième.

– Moi aussi. »

À Chabot, son père s'arrêta en face de l'école. Alice descendit la première, suivie de Silas. Larry se rendait compte combien il était insolite, inapproprié, de voir des Noirs sortir de la voiture d'un Blanc. Alors qu'il se glissait sur la banquette, Larry se tourna vers son père qui fixait la route devant lui. Silas avait disparu – sans doute conscient lui aussi de l'étrangeté de la situation. Larry passa à côté de la femme nommée Alice, remarquant pour la première fois, comme elle lui souriait, combien elle était jolie.

« Au revoir, dit-elle.

– R'voir », marmonna-t-il. Il s'éloigna, ses livres à la main. Il lança un regard par-dessus son épaule, vit son père dire quelque chose et la femme secouer la tête.

Le midi à la cantine, il chercha Silas parmi les élèves noirs qui occupaient les deux tables du milieu, mais il ne le trouva pas. Il devait se montrer prudent, car s'ils le surprenaient à les regarder, ils lui casseraient la figure. Comme de coutume, il s'assit avec son plateau et son lait à quelques pas d'un groupe de garçons blancs. Parfois, ils l'invitaient à se joindre à eux. Mais pas aujourd'hui.

L'après-midi, sa mère vint le chercher comme d'habitude et, comme d'habitude, l'interrogea sur sa journée. Quand il lui raconta qu'ils s'étaient arrêtés pour prendre le garçon et sa mère, elle parut étonnée. Elle demanda où c'était.

« Ils avaient pas de manteaux, dit-il. Ils mouraient de froid.

– Où habitent-ils ? »

Sentant qu'il en avait déjà trop dit, il répondit qu'il l'ignorait. Sa mère garda le silence pendant tout le reste du trajet.

Quel que soit l'endroit où Alice et Silas vivaient, le lendemain matin, ils attendaient de nouveau là, à la même place, à la même heure. Le père de Larry s'arrêta et l'odeur de feu de bois envahit la cabine, accompagnée d'une bouffée d'air glacial, et ils repartirent en silence, serrés les uns contre les autres. Larry ouvrit *Salem* et le tint de manière à être sûr que Silas le remarque. Il abordait le meilleur passage, celui où la fille revient en vampire et flotte devant la fenêtre de Ben.

Le mercredi et le jeudi, ce fut pareil, la mère et le fils de couleur montèrent dans le pick-up, sa mère à lui vint le chercher après l'école et l'interrogea sur le trajet du matin. Est-ce que la femme paraissait se comporter en amie avec son père ? Comment celui-ci réagissait-il ? Est-ce qu'il se conduisait avec rudesse comme il pouvait le faire et le faisait la plupart du temps ? Ou bien…

« Pourquoi ça t'intéresse ? » demanda Larry.

Elle ne répondit pas.

« Pourquoi, m'man ?

– Ça ne m'intéresse pas. Je veux juste savoir comment se déroulent tes journées.

– Je crois... commença-t-il, craignant de lui faire de la peine, je crois qu'ils habitent dans la vieille cabane, là-bas derrière le champ.

– Ah, bon », fit sa mère.

Le soir à table, il se rendit compte que quelque chose n'allait pas. Elle demanda à Larry de donner à manger aux poules alors qu'il l'avait déjà fait, et elle dut demander à son mari de dire la prière. Ses parents remplissaient leurs assiettes de courge et de tourte à la viande sans échanger une parole. Juste avant de se lever pour débarrasser, sa mère déclara que le lendemain matin, elle conduirait elle-même Larry à l'école, dans sa voiture.

Le père de Larry jeta un coup d'œil en direction de son fils. « Pourquoi, Ina ?

– Oh, répondit-elle, le type pour la citerne de gaz doit passer et je ne tiens pas à le voir. Tu lui diras de venir une fois par semaine, insiste jusqu'à ce qu'il comprenne bien. Et puis... » Elle alla mettre la vaisselle dans l'évier et revint s'asseoir. « ... et puis, j'ai des choses à rapporter chez Bedsole. »

Son père hocha la tête et se tourna un instant vers Larry avant de repousser sa chaise et de se lever pour prendre dans le réfrigérateur une Budweiser qu'il ouvrit en s'installant dans son fauteuil, prêt à regarder les informations.

« Carl ? » Sa mère posa sur la table un moule à tarte, un peu brutalement.

« Bon appétit », dit son père.

Pendant qu'il essuyait les assiettes que sa mère lui tendait, il réalisa qu'il avait trahi la confiance de son père, et le lendemain matin, dans la Buick de sa mère, à la sortie du virage habituel, il vit Alice et Silas qui attendaient, tremblants, blottis l'un contre l'autre. Alors que la voiture ralentissait, Silas s'écarta de sa mère tout comme Larry l'aurait fait à sa place. Malgré ses traits tirés et le froid qui lui pinçait les lèvres, le visage d'Alice restait beau. Sa peau avait la couleur du café tel que les femmes le buvaient, ses cheveux étaient ramenés sous un fichu et elle avait les yeux agrandis et effrayés.

« Chéri, dit sa mère à Larry, ouvre ta vitre, s'il te plaît. »

Sans quitter la femme du regard, il tendit la main vers la manivelle et s'exécuta.

« Miss Ina », dit Alice. Elle se tenait bien droite. Silas s'était reculé et avait détourné le visage.

La mère de Larry prit un grand sac en papier posé sur le siège arrière, d'où elle sortit deux manteaux provenant du placard dans le couloir, un vieux manteau à elle pour Alice et un vieux manteau de Larry pour Silas. « Ils devraient vous aller », dit-elle en les passant par la vitre, aidée par Larry dont les mains agrippèrent l'étoffe qui conservait la chaleur de la voiture et du placard et, avant cela, celle de leurs deux corps, une chaleur qui réchauffa un instant les doigts noirs et nus dans le froid.

Alice se contenta de prendre le manteau sans l'enfiler. Silas décocha à Larry et sa mère un regard qui étincelait de colère, puis il fit un pas en arrière.

« Ça ne t'a jamais gêné d'emprunter les affaires des autres », dit la mère de Larry à Alice en la regardant bien en face.

Elle écrasa l'accélérateur, et Larry les vit disparaître dans le rétroviseur, les manteaux sur les bras.

Un moment plus tard, sa mère lui effleura le genou. « Larry. »

Il se tourna vers elle. « Oui, m'man ?
– Remonte ta vitre, dit-elle. On gèle. »

Larry ne les revit plus jamais là, Silas et sa mère. Quant à son père et lui qui n'avaient déjà pas grand-chose à se dire avant, ils parcouraient les kilomètres de chemin de terre et de route goudronnée à deux voies sans échanger la moindre parole, le silence brisé seulement par les nouvelles agricoles diffusées à la radio et le chauffage qui soufflait de l'air chaud sur leurs pieds.

Il se disait que Carl aimait à peu près tout le monde sauf lui. Après une phase de bégaiement, une enfance souffreteuse et asthmatique jalonnée de rhumes des foins et d'allergies, de fréquents saignements de nez et de maux de ventre, de problèmes de myopie précoce qui l'obligeaient à porter des lunettes qu'il ne cessait de casser, il finit par acquérir la démarche traînante, les épaules voûtées et l'embonpoint de ses oncles maternels décédés, des oncles réduits aux cadres de leurs photos rangées dans des boîtes, car son père ne voulait pas les voir sur le mur. L'un d'eux, Colin, était venu leur rendre visite quand Larry avait cinq ou six ans. Au dîner, le premier soir, oncle Colin déclara qu'il était végétarien. Au spectacle de son père demeuré bouche bée, Larry supposa que ce mot, dont il ignorait le sens, s'appliquait à quelque chose d'horrible. « Pas de steak ? » demanda son père. « Nan. » « Côtelettes de porc ? » « Jamais. » Secouant la tête, Carl insista : « Du poulet, alors ? » « Non point, répondit l'oncle avec un sourire. Même cuit à point, plaisanta-t-il en grignotant son pain de maïs. Je mange juste de temps en temps un bout de poisson. Du tilapia. Ou un bon mahi-mahi. » Carl, qui avait déjà reposé son couteau et sa fourchette, jeta un regard furieux à sa femme, comme si elle était responsable du crime contre nature que constituait la présence de cet homme à leur table.

L'oncle Colin était aussi la seule personne que Larry ait jamais vue boucler sa ceinture dans la voiture pour se rendre à l'église (où il refusa de prendre le cracker et le jus de raisin de la communion). Le coup de la ceinture irrita plus encore Carl que le refus d'oncle Colin de manger de la viande parce que, bien que son père ne l'ait jamais dit, Larry savait qu'il considérait le port de la ceinture de sécurité comme un signe de lâcheté. Larry était devenu expert dans l'art de déchiffrer les marques de désapprobation de son père, regards obliques, petits soupirs, sa manière de fermer les yeux et de secouer la tête devant la bêtise d'un acte. Ou d'une personne.

La veille du départ d'oncle Colin, au cours du dîner, la mère de Larry déclara, observant son frère et son fils : « Vous vous ressemblez tous les deux. »

Carl était occupé à couper sa tranche de gibier.

« Mon petit alter ego », dit Colin.

Carl leva les yeux. « Qu'est-ce que t'as dit ? Ton petit quoi ? »

Oncle Colin s'efforça d'expliquer que le mot n'avait rien à voir avec le sexe, qu'il signifiait quelque chose comme un autre moi-même, mais Carl refusa de l'écouter et quitta la table.

« Alter ego », cracha-t-il, décochant un regard noir à son fils.

Au lieu d'avoir hérité de la grande taille de son père, de son physique de joueur de base-ball, de ses cheveux blonds bouclés, de sa peau brune et de ses yeux verts,

Larry avait le teint olivâtre, les cheveux châtains raides et les yeux marron aux longs cils de son oncle et de sa mère qui, séduisants chez une femme, donnaient à Larry et à oncle Colin l'allure efféminée de ceux qui mettent leur ceinture de sécurité et mangent du tilapia.

De plus, Larry n'était pas « enclin à la mécanique », selon l'expression de son père. Il ne se rappelait jamais dans quel sens on vissait un boulon, ni quelle clé utiliser ou sur quelles bornes fixer un câble de batterie. Son père s'était servi de son manque de dispositions pour lui interdire pratiquement l'entrée du garage sous prétexte qu'il risquait d'endommager le matériel, si bien que des années durant, Larry passa tous ses samedis à la maison.

Lorsqu'il eut douze ans, sa mère réussit à convaincre son mari d'accorder à Larry une nouvelle chance et c'est ainsi que par un chaud samedi matin, angoissé, apeuré, vêtu d'un vieux jean et d'un T-shirt couvert de taches, il partit avec Carl pour *Ottomotive Repair*. Il balaya, nettoya, fit tout ce que son père lui demandait et même davantage. Il aimait l'odeur riche et métallique qui régnait dans le garage, la façon dont l'huile et la poussière formaient sur le sol une espèce de couche qu'il fallait gratter à l'aide d'une lame fixée au bout d'un long manche qu'il se plaisait à glisser sous les croûtes pour les faire sauter, et il pouvait ainsi mesurer le travail accompli. Il aimait également astiquer les lourdes clés en acier et les tournevis, les diverses pinces coupantes, plates ou crocodiles, les marteaux à panne ronde, les rochets, les linguets et les jeux de clés à pipe de même que les rallonges souples et gracieuses et puis sa préférée, la clé serre-tube à chaîne. Il adorait les essuyer avec un chiffon de coton rouge avant de les aligner dans les tiroirs qui, bien huilés, coulissaient sans bruit. Il aimait soulever les voitures à l'aide du cric et les faire redescendre dans un sifflement hydraulique, et puis faire glisser les planches à roulettes pareilles à des skate-boards pour les ranger à la verticale contre le mur du fond, voir les baladeuses se balancer au bout de leurs fils orange et sentir l'odeur du savon Gojo avec lequel il se lavait les mains.

Ce qu'il appréciait cependant le plus, c'était l'arrivée du camion Coca-Cola qui, après avoir repris les casiers vides en bois, en livrait sept ou huit peints en rouge et jaune qu'on empilait à côté du distributeur, remplis de Sprite, de Mr. Pibb, de Tab, d'Orange Nehi et de Coca-Cola, petites et grandes bouteilles. Il attendait avec impatience le moment de déverrouiller le gros appareil rouge en tournant le curieux cylindre qui faisait office de clé pour libérer la serrure carrée. Tout le devant du distributeur s'ouvrait alors dans un chuintement pneumatique et on se retrouvait face à une espèce de paradis. De longues clayettes perlées de glace s'inclinaient vers la fente où l'on récupérait les bouteilles, et on respirait une bouffée d'air froid imprégné d'une odeur douce de métal. La boîte contenant l'argent était lourde, pleine de pièces de monnaie, *quarters*, *dimes* et *nickels*. Il prenait ensuite les bouteilles dans les casiers pour les placer une à une sur les clayettes et, se conformant aux ordres reçus, veiller à ne pas les entrechoquer.

Il apprit à être invisible pendant la majeure partie de la journée tandis que Cecil Walker, leur plus proche voisin, et d'autres hommes se réunissaient pour ce qui était aux yeux de Larry une quasi-révélation : son père racontant des histoires, ce qu'il ne faisait jamais à la maison. Vers la fin de l'après-midi, à l'heure de la sortie de l'usine, d'autres hommes arrivaient dans leur pick-up, parfois pour un crochet d'attelage cassé ou un bruit dans le moteur, et parfois simplement pour écouter Carl à son établi, les hommes groupés sur trois ou quatre rangs, pendant que le garagiste posait un carburateur sur un chiffon.

Faisant circuler une bouteille, Cecil demandait : « Carl, qu'est-ce que tu disais l'autre jour à propos de ce cinglé de nègre... ? »

Et avec un petit rire, choisissant un minuscule tournevis pour démonter le carburateur, Carl racontait comment Gaste Chapman qui venait d'acheter d'occasion à Meridian une petite MG Midget rouge rentrait chez lui sur Dump Road quand, au moment où il passait devant *Ottomotive*, son capot s'était détaché. Carl braquait son tournevis. « Juste là. Une décapotable, la capote repliée. Je l'ai dit ? Et Gaste, il a sa coiffure afro, large comme une corbeille de pêches, avec un de ces peignes ornés du poing du Black Power fiché dedans.

« Bon, il a baissé la capote passqu'il aime sentir le vent dans ses cheveux, il a dit. Et même s'il l'a pas reconnu, c'est probablement ce nid de cheveux qui lui a sauvé la vie quand le capot, y s'est envolé alors qu'il roulait à près de cent à l'heure. Je l'ai vu de mes propres yeux. » Carl mettait les pièces du carburateur sur un tamis qu'il plongeait ensuite dans une cuve remplie de nettoyant noir comme de l'encre à l'odeur nauséabonde. « Le capot, il a heurté le bord du parebrise, rebondi et frappé Gaste sur le crâne, boum ! La Midget, elle a fait un tête-à-queue, et coup de bol, y avait pas de voiture en face, et le Gaste, il a réussi à s'arrêter dans un nuage de poussière. »

Tout en parlant, il soulevait le tamis, le posait sur un chiffon propre et ne s'interrompait que pour les opérations délicates, déloger un ressort coincé dans une valve, par exemple. Ce qui pouvait exiger cinq ou dix secondes, une minute peut-être. Ou alors, il s'excusait et écartait ses auditeurs pour aller chercher une minuscule clé, une autre pince. Il lui arrivait aussi de s'adresser à une vis : « Pourquoi tu t'es coincée, toi ? » ou simplement de grimacer, mais quel que soit le temps qu'il ait mis (jamais long), une fois le problème résolu, il reprenait comme si de rien n'était :

« ...donc, y s'arrête juste devant. Le Gaste, il entre en chancelant, couvert de poussière, et y se tient la tête en hurlant : "Appelle une ambulance, bon Dieu !" Il a un filet de sang qui coule le long du nez, et y jure tout ce qu'y sait, putain de ça, putain de ci, et puis bordel de saloperie de merde. Et ce cinglé de nègre, poursuivait-il en riant, y me vend sa bagnole là, tout de suite, pour deux cents dollars cash. Je rafistole le capot et je le ramène chez lui dans c'te même voiture, et lui, il est tassé pendant tout le trajet à cause du capot qui lui flanque la frousse. J'y demande s'il veut un casque de moto, non, y répond, ça ira jamais sur mes cheveux. »

Tous les hommes s'esclaffaient et Cecil, à moitié ivre, une cigarette à la bouche et une autre glissée derrière l'oreille, riant le plus fort, disait : « T'es un sacré numéro, Carl. Raconte quand t'y as demandé pour son nom. »

Et Carl, penché sur le carburateur, de raconter : « Ouais, un jour, j'y ai demandé : "Gaste, c'est un satané drôle de nom. Tu sais ce que ça veut dire ?" Et y m'a répondu qu'il avait regardé. "C'est un vieux, vieux mot qui veut dire terre désolée, vide, déserte. À l'école, on m'appelait 'Rien'."

– Ouais, t'es un sacré numéro, répétait Cecil. Et puis, l'histoire du chien, Carl. » Et Carl parlait de la fois où, à l'enterrement du père d'Untel ou Untel, ils étaient tous debout autour de la tombe au milieu de nulle part, peut-être à quinze ou vingt kilomètres de la route bitumée la plus proche et alors « ... Quelqu'un faisait l'éloge de M.O. Walsh – c'était lui, je me souviens –, mentant comme un arracheur de dents pour dire quel grand monsieur c'était, quand y a eu un coup de feu derrière nous. Pan ! Juste après, on a entendu un petit chien japper, et j'allais rigoler quand c'te maudite bête, elle a déboulé de la forêt, le flanc tout rouge de sang. Elle a filé entre nos jambes et traversé tout le cimetière en aboyant avant de s'écrouler sur le chemin. Je me suis penché et j'ai dit : "Les gars, mon heure venue, je veux avoir droit à au moins trois chiens pour me saluer." »

L'hilarité redoublait, et c'était toujours Cecil qui riait le plus fort. Ils buvaient du Coca ou de la bière, la joue gonflée par leur chique. Ils crachaient et s'essuyaient les lèvres d'un revers de main. La plupart coiffés de casquettes de base-ball. En T-shirts blancs. Tous en chaussures à bouts renforcés. Par la porte, on voyait les pick-up alignés sur le parking tandis que les deux gros ventilateurs électriques brassaient l'air chaud et que la fumée des cigarettes qui s'élevait en minces volutes formait comme des nids d'oiseau fantômes au milieu des chevrons. La bouteille de Cecil continuait à circuler, et Carl aussi buvait, pendant que Larry, caché dans son coin, écoutait ces histoires qui frappaient son imagination, et la voix de son père faisait naître un sentiment qui devait être proche du bonheur alors que Carl soulevait le carburateur qu'il avait remonté pour aller le poser sur la voiture qui attendait, un chiffon propre sur le collecteur d'admission, et que de ses mains énormes, avec toute la délicatesse d'un chirurgien remettant un cœur en place dans une poitrine, il vissait, rebranchait le tuyau d'alimentation puis, la tête inclinée, écoutait pendant que le propriétaire de la voiture se glissait au volant et, portière ouverte, une jambe sortie, accélérait sur commande pour permettre à Carl de régler le carburateur avant de poser enfin le filtre à air dessus et de serrer le papillon tandis que le moteur tournait, que l'air sentait les vapeurs d'essence et que Carl se reculait, croisait les bras, hochait la tête, imité par les hommes qui se tenaient derrière lui comme des ombres, et que Larry continuait à regarder, dissimulé derrière le distributeur de boissons et que Cecil disait : « Carl, raconte celle du vieux nègre qui prêchait debout sur une souche… »

Et là, sur le chemin de l'école, alors qu'ils cahotaient le long des routes du Mississippi hachées par les ombres, qu'ils franchissaient collines et vallons, Larry craignait d'avoir perdu à jamais le privilège de venir à *Ottomotive Repair*. Ils s'arrêtèrent au coin du gymnase où il descendait. Avant de refermer la portière du pick-up, il disait à chaque fois : « Au revoir, p'pa, et merci.

– Bonne journée », répondait son père, lui adressant à peine un regard.

Dans les jours qui suivirent, il lui arriva de croiser Silas dans la cour de récréation ou dans le couloir. À la cantine, Silas s'asseyait en compagnie d'un groupe de garçons noirs avec qui il riait et même parlait de temps en temps. Une trahison aux yeux de Larry. Car Silas n'était-il pas en quelque sorte son alter ego ? Il le voyait aussi jouer au base-ball sur le terrain près des arbres après avoir accroché au grillage ses chaussures qui paraissaient trop grandes pour lui, et attraper des balles à mains nues.

Et puis un dimanche après-midi de la fin mars, sa mère partie faire du bénévolat et son père au garage (même le dimanche, de retour de l'église, il enfilait son uniforme, se plaignant du montant de leurs dépenses qui ne lui laissait pas d'autre choix que de travailler), Larry se mit en route le long du chemin de terre qui bordait leur maison, armé de son couteau à cran d'arrêt et d'une Marlin 22 long rifle à répétition manuelle, l'une des vieilles carabines de son père. Depuis l'âge de dix ans, il emportait toujours un fusil quand il allait dans la forêt. Il tirait parfois sur des oiseaux ou des écureuils, sans beaucoup de conviction, si bien qu'il touchait rarement sa cible, mais quand cela se produisait, il restait une seconde à la regarder, puis il l'abandonnait sur place, éprouvant un mélange confus de fierté et de culpabilité. Ce jour-là, il mit la carabine en bandoulière, cran de sûreté enclenché. Comme il faisait encore froid pour la saison, il portait son épaisse parka, une casquette et un pantalon de camouflage ainsi que des bottes fourrées. Il ne laissait aucune empreinte dans la boue gelée. D'habitude, il prenait vers l'est, vers chez les Walker. Cecil Walker habitait avec sa femme et la fille de celle-ci, Cindy, âgée de quinze ans, que Larry espérait apercevoir. L'été, il se faufilait derrière la maison à travers la forêt et la regardait étaler une serviette sur les planches de leur terrasse pour se faire bronzer en bikini. Couchée sur le dos, le visage à moitié dissimulé par d'énormes lunettes de soleil, une jambe déjà brunie relevée, elle restait ainsi quelques minutes, puis elle se retournait, glissait un doigt sous une bretelle de son soutien-gorge puis sous l'autre afin de les baisser, et elle demeurait ainsi, allongée sur ses seins. Le cœur de Larry bondissait comme une grenouille cherchant à s'échapper de sa poitrine. Plus tard dans la saison, elle sortait fumer, traînant derrière elle le fil du téléphone, mais elle ne parlait pas assez fort pour que Larry entende. Elle n'avait échangé avec lui que quelques mots, et parfois, quand Cecil venait l'embêter, lui dire de raccrocher ou d'éteindre sa cigarette, Larry s'imaginait qu'elle allait se précipiter vers lui pour réclamer son aide, et de temps en temps, pendant qu'elle se dorait au soleil ou fumait une Camel, il souhaitait qu'elle le repère pendant qu'il l'observait, caché à la lisière de la forêt.

Ce jour-là, par contre, il passa sous la clôture et partit de l'autre côté dans les bois. Les nuits froides, on entendait souvent des sons pareils à des coups de feu. C'est à la vue d'un arbre fendu net qu'il comprit que le froid pouvait les briser. Les jeunes comme les vieux. Sous l'effet répété du gel, l'arbre explosait, le haut basculait et tombait avec un horrible craquement, tournoyant comme un pendu.

Tout en marchant, il se demanda s'ils habitaient toujours là, Silas et sa mère. Il obliqua pour descendre prudemment la pente rocailleuse puis, une fois en bas, il se fraya un chemin à travers un enchevêtrement de ronces avant de s'enfoncer dans la forêt touffue.

L'idée d'avoir un copain noir ne l'avait jusqu'à présent jamais effleuré, mais maintenant il y songeait. Depuis le redécoupage scolaire, Larry était tout le temps au contact des autres enfants noirs. À l'inverse des écoles, les églises pratiquaient toujours la ségrégation, et Larry se demandait parfois pourquoi les adultes laissaient les enfants se mêler les uns aux autres alors qu'eux-mêmes ne le faisaient pas. Il se rappelait comment, lors de son premier jour au collège de Chabot, un garçon blanc l'avait accueilli par un : « Bienvenue dans la jungle. »

D'autres garçons blancs lui parlaient à l'occasion, en général quand ils se trouvaient seuls avec lui ou qu'ils le rencontraient dans la cour loin de leurs copains. Dans les couloirs, Larry se dépêchait, veillant à ne croiser aucun regard, le nez dans son mouchoir ou dans un livre, lui le nouveau que les autres n'acceptèrent jamais tout à fait. En groupe, ils se moquaient de lui, même s'ils lui permettaient parfois de les suivre, objet de leurs plaisanteries mais néanmoins ravi d'être parmi eux. Les garçons noirs se montraient plus agressifs : ils le bousculaient au passage, faisaient tomber ses livres de son pupitre comme par accident ou lui faisaient des croche-pieds lorsqu'il allait aux toilettes.

Un jour, vers la fin de l'année scolaire, il faisait de la balançoire entre deux garçons blancs, Ken et David. Leurs pères travaillaient à l'usine et ils étaient tous les deux plus pauvres que Larry – il le savait, car ils avaient droit à la cantine gratuite. Poussant avec ses jambes, Larry se balançait de plus en plus haut, surplombant, à flanc de colline, le bâtiment gris de l'école à deux étages et ses escaliers de secours extérieurs où les professeurs, tous des Noirs, fumaient et riaient, hors de portée de voix.

Sur la droite en dessous d'eux, un groupe de filles noires maigrichonnes, coiffures afro et shorts ultra courts, sirotaient des Coca achetés au distributeur du gymnase et partageaient un paquet de chips sans réellement prêter attention aux garçons, parlant de ce dont peuvent parler les filles noires et éclatant de temps en temps d'un rire aigu accompagné d'un « T'es folle ! » que Ken imitait sans qu'elles entendent.

David dit à voix basse : « Ces négresses, on dirait une bande de guenons.

– Toi aussi, t'es un nègre », lui lança Ken, et Larry s'esclaffa.

« Ta mère est une négresse, reprit David, jouant le petit jeu en vogue cette année-là.

– Toi, ton père, dit Ken.

– Toi, ton frère », et ainsi de suite jusqu'aux parents lointains, demi-frères et sœurs, grands-tantes et cetera.

Ken se lassa bientôt et, du bout de sa chaussure, il désigna le groupe de filles noires. « Hé ! Regardez Lèvres de Singe. » On surnommait ainsi la fille nommée Jackie Guimmons, une petite gamine à la peau très foncée, aux grandes dents et aux grosses lèvres. « L'est si noire que la nuit tu la vois seulement si elle te sourit. »

Larry s'esclaffa de nouveau et dit : « Jackie Guenon.

– Quoi ? fit Ken.

– Tu vois des dents pareilles dans le noir, et tu crèves de trouille, mais finalement tu t'aperçois qu'en fait tu regardes un film d'horreur au ciné », dit David.

Se balançant et se croisant dans l'air, les garçons parlèrent alors du drive-in sur la Route 21. Ken dit qu'il y avait vu un film appelé *Phantasm*. Larry le connaissait grâce à ses magazines. C'était l'histoire de deux frères qui s'introduisaient par effraction dans un salon funéraire. Ken raconta le passage où des boules d'acier volantes munies d'une lame perçaient le front des visiteurs importuns et faisaient jaillir une fontaine de sang comme d'un foutu tuyau d'arrosage.

« Z'y allez quand ? » demanda-t-il à Ken qui avait ajouté que son frère aîné les emmenait parfois, David et lui, avec sa petite amie, et qu'il les laissait s'asseoir à l'avant pendant que la fille et lui se pelotaient sur la banquette arrière. Ken et David évoquèrent d'autres films qu'ils avaient vus, *Zom-*

bie dont Larry avait également entendu parler et qu'il avait hâte de voir, une histoire de morts-vivants qui déchiquetaient les gens pour les manger alors qu'ils hurlaient encore, et un autre, *American College*, où le John Belushi de *Saturday Night Live* grimpait sur une échelle pour espionner les filles d'un dortoir qui se livraient à une bataille d'oreillers et se déshabillaient...

« Z'avez vu leurs nénés ? demanda Larry.

– Putain, ouais, répondit Ken. Et même leurs chattes, aussi.

– On y va tout le temps, dit David, le frôlant dans un souffle. Moi et Ken, on y va vendredi soir, pas vrai ?

– Ça, ouais. »

Larry agrippa les chaînes de sa balançoire. « Vous croyez que des fois, je pourrais venir ? », demanda-t-il, se démanchant le cou pour voir David passer derrière lui, à côté de lui, au-dessus de lui.

David et Ken, décrivant des trajectoires opposées à l'exemple de deux jambes pendant la course, avaient du mal à se consulter du regard.

« Mon frère, y voudra pas de toi », répondit Ken, et David éclata de rire comme si la question de Larry était idiote.

« Y a une façon que tu pourrais venir », dit David, et bien que Larry l'ait surpris à jeter un coup d'œil entendu à Ken, il ne put s'empêcher de mordre à l'hameçon.

« Comment ça ?

– Faut que tu fasses partie de notre club.

– Ouais, approuva Ken.

– Comment je fais ? »

Un moment passa.

« Faut que t'appelles Jackie "Lèvres de Singe", finit par dire David. En face. »

La cloche sonna et les professeurs éteignirent leurs cigarettes.

« Regardez ! » David poussa plus fort, si fort, si haut que les chaînes entre ses mains se détendirent et qu'il rebondit sur le siège en caoutchouc. Lorsqu'il revint en arrière, les chaînes se tendirent de nouveau, et alors que la balançoire remontait, il sauta et parut voler dans les airs – la chemise qui flottait, les bras écartés et les pieds qui pendaient – pendant que le siège vide ballottait derrière lui, et il atterrit dangereusement près des filles noires qui, regagnant leur classe, continuaient à pouffer.

Elles sursautèrent et lâchèrent un cri quand David glissa et projeta du sable sur elles.

« Mais t'es complètement frappé, dit l'une d'elles, riant presque, en s'époussetant le dos.

– Y va se casser le cou », ajouta une autre.

Devant l'école, les professeurs s'étaient arrêtés avant d'entrer.

Larry n'avait pas encore réalisé que Ken s'élançait à son tour. Les chaînes s'entrechoquèrent, le siège vide claqua, et les filles se reculèrent tandis que le garçon faisait un saut périlleux et atterrissait sur les pieds, les mains tendues devant lui comme pour récolter les applaudissements.

« Ces Blancs sont cinglés », s'écria une troisième fille. Leur petit groupe s'éloigna de quelques pas, et tous, David, Ken, les filles, les professeurs, avaient les yeux fixés sur Larry. Il poussa de toutes ses forces pour se préparer. Il se disait que s'il réussissait un beau saut, plus beau que celui des autres, ils le laisseraient les accompagner au drive-in, et il s'imaginait l'annoncer à son père : Où tu vas comme ça ? Au drive-in avec mes copains, en voiture.

Il revint à la réalité et poussa, poussa. Les filles regardaient. Ken et David regardaient. Il pensa qu'il pourrait atterrir au milieu des filles qui, prises de panique, détaleraient, et à l'histoire que ça ferait. Il reviendrait en classe avec Ken et David qui raconteraient à tout le monde que Larry avait volé très loin et foncé comme un missile sur le groupe des petites négresses.

Au prochain coup, il sauterait. Deux des professeurs avaient déjà passé la porte. Larry se balança pour monter encore plus haut. Les filles noires se détournaient. Larry avait envie de leur crier d'attendre, mais la seconde sonnerie retentit, un professeur agita le bras pour faire signe de rentrer, et la cour commença à se vider.

Lorsqu'il sauta, seul Ken le vit. David aussi avait perdu patience. Larry s'envola, les jambes pédalant dans le vide, les bras en arrière.

Il hurla : « Lèvres de Singe », atterrit sur le mauvais pied et, moitié courant, moitié vacillant, s'écroula à plat ventre dans la poussière qu'il venait de soulever, le souffle coupé, puis il roula sur le dos et ouvrit les yeux sur le ciel blanc treillissé de feuilles. Le visage qui se matérialisa un instant plus tard au-dessus de lui était celui de Jackie. Larry eut conscience du silence qui régnait dans la cour maintenant que presque tous étaient rentrés, si bien que son cri avait porté loin. Ken et David s'étaient arrêtés pour observer la scène.

« Comment tu m'as appelée ? » demanda Jackie.

Il était incapable de reprendre son souffle. Incapable de répondre.

« Alors, petit Blanc ? »

Il ouvrit la bouche.

Mais elle s'éloignait déjà pour rejoindre ses copines qui la tapotèrent dans le dos tout en jetant derrière elles des regards incendiaires à Larry. Quant à Ken et à David, ils se dépêchèrent de traverser la cour sans plus s'occuper de lui. Regrettant ses paroles, les poumons en feu, les larmes qui lui brûlaient les paupières, Larry se dressa sur les coudes. Mrs Tally, une prof noire, sortait pour s'avancer à la rencontre des filles au moment même où Ken et David entraient.

« Vous savez comment ce garçon blanc a appelé Jackie ? » dit l'une des filles.

Mrs Tally s'accroupit devant Jackie, lui dit quelque chose, puis elle les envoya toutes en classe. Larry commençait à se relever lorsque Mrs Tally se planta devant lui et lui boucha la vue.

« Cette gamine n'a donc pas assez de problèmes dans ce monde pour qu'en plus, un garçon blanc la traite de cette manière ? »

Il n'osait pas la regarder. « Je m'excuse.

– Ce n'est pas à moi qu'il faut le dire. C'est auprès de Jackie que tu dois t'excuser.

– Oui, m'dame.

– Je devrais convoquer ton père, dit-elle, s'apprêtant à regagner l'école. Mais à quoi ça servirait ? »

Il rentra en classe où Ken, David, deux filles et lui étaient les seuls Blancs au milieu de neuf filles et huit garçons noirs. Mrs Smith, une Noire, elle aussi, l'air consterné, lui désigna son pupitre et reprit son cours d'histoire mondiale.

Elle leur demanda ensuite de continuer à lire leur manuel, puis elle quitta la salle. Larry, qui n'avait pas encore osé lever les yeux, gardait le regard rivé sur l'exemplaire en poche de *Shining* ouvert devant lui quand un lourd livre d'histoire le frappa à la tempe. Il tressaillit. Le livre glissa le long de son épaule, tomba par terre. L'impression d'avoir l'oreille arrachée, il croisa les bras sur son pupitre et posa la tête dessus. Les filles et les garçons noirs se mirent à ricaner.

« Petit Blanc », cracha une nommée Carolyn. L'une des copines de Jackie, une costaude à la peau claire. Une méchante.

Il ne répondit pas.

« Petit Blanc ! File-moi ce bouquin ! »

Sa tête l'élançait. Il ne bougea pas.

« Petit Blanc ! TOI ! » cria-t-elle.

Larry sentit tous les yeux ramper sur lui. Il entendit Ken et David rire, les deux filles blanches pouffer. Les garçons noirs sifflaient et huaient. Un nouveau livre l'atteignit. Puis un autre. Larry ne redressa pas la tête. Il sentait son haleine aigre sur les pages de *Shining* tandis qu'une avalanche de livres s'abattait sur lui. Il se doutait que quelqu'un était posté devant la fenêtre pour surveiller Mrs Smith qui, dans le couloir, fumait une cigarette en discutant avec un autre professeur.

Lèvres de Singe, se répétait-il sous la pluie de livres. *Lèvres de Singe, Lèvres de Singe, Lèvres de Singe*. Puis, *Négresse négresse négresse négresse.*

Une chaise racla le sol et on le frappa du plat de la main sur l'arrière du crâne. « Tu ferais mieux de répondre avant que je te foute une trempe.

– Vas-y, fous-lui sa trempe, Carolyn », l'encouragea l'un des garçons noirs.

Nègre nègre nègre nègre.

La fille l'empoigna par les cheveux et lui souleva la tête, de sorte que, n'étant plus étouffés par ses bras, les rires résonnèrent plus fort à ses oreilles. Il espérait encore que les garçons blancs allaient prendre son parti, l'admirer pour ce qu'il avait dit, mais ils riaient et le montraient du doigt, imités par les deux filles blanches, et il comprit que cela ne se produirait jamais, de même qu'il n'irait jamais avec eux au drive-in.

Carolyn le tira par les cheveux. Luttant pour ne pas pleurer, Larry tenta en vain d'écarter son bras, mais la fille lui cogna violemment la tête sur le pupitre. Tous éclatèrent de rire, et elle recommença.

Il jeta un coup d'œil à la dérobée et vit le visage de Carolyn. Il n'avait jamais été aussi en colère. Il ignorait qu'il pouvait l'être à ce point tout comme il ignorait s'il en avait le droit. La fille lui tordit le bras et le fit tomber de son siège. *Shining* atterrit à côté de lui.

Sans le lâcher, elle plaqua son pied sur sa nuque et appuya.

« Carolyn ! siffla une voix. Mrs Smith ! »

Aussitôt, il se retrouva libre tandis que des mains noires s'emparaient des livres. Il venait à peine de se rasseoir quand la prof entra, mâchant une tablette de chewing-gum, et demanda : « Qu'est-ce que c'était que ce chahut ? »

Elle promena son regard sur la salle. Par miracle, chacun avait regagné sa place et avait les yeux baissés sur son manuel d'histoire. Son regard s'arrêta sur Larry.

« Mon Dieu, dit-elle. Tu as besoin d'un coup de peigne. Et pourquoi es-tu si rouge ? »

Toute la classe éclata de rire, et Larry reposa la tête sur son pupitre.

Maintenant encore, plus d'un an après, alors qu'il s'enfonçait dans la forêt avec sa carabine en bandoulière, ce souvenir le couvrait de honte. Le soir, son père l'avait fouetté à coups de ceinture pour avoir déchiré ses vêtements en sautant de la balançoire. *Des vêtements que je te paye à la sueur de mon front.* Le lendemain, il était allé trouver Jackie pour lui présenter ses excuses. « Pardon », avait-il balbutié. Elle s'était contentée de lui tourner le dos sans plus s'occuper de lui.

Comme il approchait de la cabane où vivaient Silas et sa mère, la forêt s'éclaircissait, et quand il arriva en bordure du champ couvert de sillons gelés, il aperçut le coude de fumée noire qui s'échappait de la cheminée.

Il se tapit derrière un arbre tombé à la lisière de la forêt, le visage hachuré par les ronces, de sorte qu'on ne pourrait pas le voir depuis les fenêtres. Il connaissait bien cette cabane. Il en avait déjà poussé la porte montée sur des gonds de cuir pour jeter un coup d'œil dans la pénombre où des rais de lumière filtraient entre les rondins mal jointoyés. Il n'y avait pas grand-chose d'autre. Une table en bois, deux lits d'une personne utilisés autrefois par les chasseurs, une bassine. Au fond dans un coin, un poêle, porte en fonte ouverte, dont le tuyau s'élevait à la verticale jusqu'au toit, maintenu par des plaques d'aluminium tordues et noircies. Un coffre à bois couvert de poussière qui, avait-il constaté en soulevant le couvercle, ne renfermait que des cafards morts et des crottes de rats.

Observant la cabane, il se demanda si Silas faisait ses devoirs à la lueur du poêle. L'eau, il fallait aller la chercher jusqu'à la rivière qui coulait de l'autre côté du champ, à l'orée de la forêt. Larry envisagea de décrire un cercle pour s'approcher davantage, ce qui l'obligerait à parcourir une centaine de mètres sur un terrain découvert où seul se dressait un chêne blanc qui paraissait projeté contre le ciel comme par une explosion. Non, mieux valait attendre la nuit. Ils n'avaient pas de chien, sinon il l'aurait déjà entendu.

« Hé », fit une voix derrière lui.

Il pivota sur ses talons, carabine braquée. C'était Silas, les bras chargés de bois. Pour le feu.

Le garçon noir lâcha le bois et leva les mains comme un voleur. Ce que, l'espace d'un instant, il sembla être, planté là dans le vieux manteau de Larry et coiffé de l'un de ses vieux bonnets que sa mère avait sans doute pensé à glisser dans la poche du manteau avant de le lui donner.

Silas ouvrit la bouche : « Tu vas me tirer dessus ? »

Larry abaissa son arme. « Nan, répondit-il. Tu m'as flanqué la trouille, c'est tout. Arriver en douce comme ça.

– Je suis pas arrivé en douce. » Silas laissa ses bras retomber le long de son corps.

« Excuse-moi. » Larry posa la 22 long rifle contre un arbre et, après une courte hésitation, il s'avança pour tendre la main à Silas. Une habitude héritée de son père. Silas hésita à son tour et, peut-être parce qu'ils étaient seuls dans la forêt, loin de l'école, ils échangèrent une poignée de main, si bien que les doigts de Silas vinrent de nouveau serrer le gant de Larry.

Ils restèrent un instant à se dévisager, puis tous deux s'accroupirent pour ramasser le bois. Larry posa les branches mortes sur la pile que Silas tenait dans ses bras. Le garçon noir murmura un bref merci, passa devant Larry, puis s'arrêta en bordure du champ. Il jeta un coup d'œil par-dessus son épaule.

« Au fait, qu'est-ce que tu fais là ?

– Cette terre, elle est à mon père. » Larry se tourna vers l'endroit où la carabine était appuyée contre l'écorce d'un pin, canon en l'air. « Je chassais.

– T'as tué quèque chose ? »

Il fit non de la tête.

« Parce que j'ai pas entendu de coup de feu.

– Je chasse le chevreuil.

– Si j'aurais un fusil, je tuerais des écureuils. Comme ça, m'man les mettrait à frire. »

Larry prit la 22.

« Tu crois que je pourrais avoir celle-là ? demanda Silas. Ton père, y doit bien en avoir au moins vingt-cinq, je parie. »

Il en possédait en effet plusieurs. Larry se servait de cette carabine parce qu'il n'y avait pas de recul et que les détonations n'étaient pas aussi bruyantes que celles des fusils de chasse calibre 12 ou 20 ou autres armes de calibre supérieur.

« Comment que vous allez en ville, maintenant ? demanda Larry.

– Ma mère, elle a une voiture.

– Elle l'a eue comment ?

– Je sais pas. Ton père, il l'a eu comment son camion ?

– Y l'a payé. »

Silas lança un regard en direction de la cabane, puis il lâcha de nouveau sa pile de bois, se tourna et désigna la 22 long rifle. « Laisse-moi tirer avec. »

Larry regarda à son tour vers la maison. « Ta mère, elle va pas entendre ?

– Elle est au travail.

– Je croyais qu'elle faisait juste le matin au magasin Piggly Wiggly.

– Ouais, mais après elle travaille au snack de Fulsom. Donne. » Il s'avança et prit la carabine des mains de Larry qui ne songea même pas à protester. « Comment tu fais ? demanda le garçon noir.

– Y a déjà une cartouche dans la chambre. Suffit d'armer et puis de tirer.

– Comment qu'on tire ?

– T'as jamais tiré ?

– J'ai jamais touché un fusil. » Silas tenait la carabine comme s'il s'agissait d'une barre d'haltères sans les poids au bout.

Larry mima le geste d'armer. « T'es droitier ?

– Hein ?

– De quelle main tu te sers ? La droite ou la gauche ? Moi c'est la droite.

– Moi, la gauche.

– T'es le contraire de moi. Bon, tu vois ça, c'est le chien. » Larry le lui désigna. « Ramène-le en arrière. »

Silas s'exécuta, puis il leva la carabine.

« Plaque ta joue contre la crosse, dit Larry.

– C'est froid.

– Maintenant, ferme ton œil droit, et avec l'autre tu regardes le long du canon. Tu vois le cran de mire, le petit bout de métal qui dépasse au bout ? Tu le pointes sur ta cible, c'est tout. »

Silas visa quelque chose de l'autre côté du champ, trop près de la cabane au goût de Larry, puis il pressa la détente. L'écho du coup de feu résonna parmi les arbres.

« Elle fait pas beaucoup de bruit. » Silas abaissa la carabine, regarda dans la direction où il avait tiré.

« C'est pour ça que je la prends.
– Je peux tirer encore une fois ?
– Vas-y.
– Combien de balles t'as ?
– Des cartouches. Celle-là, elle tire des cartouches. De vingt-deux.
– Vingt-deux fois ? »
Larry ne put s'empêcher de sourire. « Nan, c'est une carabine calibre vingt-deux. Elle peut tirer des cartouches longues ou courtes. Là, c'est des longues.
– Combien t'en as ?
– Assez. »
Silas leva de nouveau le fusil, visa, puis appuya sur la détente. Rien ne se produisit.
« Actionne le levier », dit Larry, lui montrant par gestes.
Silas eut un mouvement de recul lorsque la douille jaillit.
« Tu vois, maintenant, elle est armée, prête à tirer. Alors, fais gaffe. »
Tenant la carabine avec une espèce de déférence, Silas se baissa pour ramasser la douille.
« Attention, c'est chaud. »
Malgré l'avertissement, le garçon noir la saisit puis la glissa dans sa paume. « On en fait quoi ?
– On les jette », répondit Larry, haussant les épaules.
Silas renifla la douille. « Ça sent bon.
– Poudre à canon.
– Poudre à canon. »
Ils se regardèrent.
Silas leva la carabine, balaya du canon le champ, la cabane, puis revint sur la forêt avant de s'arrêter sur Larry. L'espace d'un instant, celui-ci contempla le O parfait que

formait l'extrémité du canon qui se prolongeait jusqu'à l'œil grand ouvert du garçon noir. Larry se figea.

« Voilà, maintenant, on est quittes », dit Silas.

Il reprit son mouvement, visa un pin et tira. Après quoi, il éjecta la douille et, cette fois, il la rattrapa. Elle tinta contre l'autre qu'il tenait toujours. Il les fourra dans la poche de son manteau, et une vague de tristesse déferla sur Larry à la vue d'un garçon qui conservait des douilles comme s'il s'agissait d'objets précieux.

« Vas-y, garde-la, lâcha-t-il. La carabine. »

Silas, lorsqu'il sourit, déploya une rangée de belles dents blanches. « Pour de vrai ? »

C'était la première fois que Larry le voyait sourire. « Faudra quand même que je la récupère. Dans deux, trois jours, d'accord ? Tu promets ?

– Juste le temps que je me fasse quelques écureuils », répondit Silas. Il visa la cime d'un arbre. « T'as les balles ? Les cartouches, je veux dire ? »

Larry ouvrit la fermeture éclair de la poche de sa parka pour prendre les deux petites boîtes blanches qu'il tendit au garçon noir. Silas s'en saisit avec révérence, les mit dans sa propre poche. Larry lui apprit à charger l'arme, puis il lui donna des tuyaux sur la manière de viser et de tirer, ces mêmes tuyaux qu'il tenait de son père. Lorsqu'il eut fini de montrer à Silas comment nettoyer l'arme, le ciel au-dessus de la forêt rougissait, les branches paraissaient plus sombres et la fumée ne s'échappait plus de la cheminée de la cabane.

« Oh ! là là ! » s'écria Silas. La carabine dans une main, il ramassa de l'autre tout le bois qu'il pouvait. « Si le poêle est éteint, ma mère, elle va me tuer. »

Encombré de son semblant de fagot, il courut vers le soleil couchant, et quand Larry ne parvint plus à distinguer le canon de la 22 long rifle du bois pour le feu, il fit demi-tour et se dirigea vers la forêt que la nuit commençait déjà à envelopper. Il se sentait bien, tout léger. À l'orée du bois, il tira sur les doigts de son gant gauche pour l'ôter, renouvela l'opération avec le droit, puis il planta un bâton fourchu dans l'humus glacé sous le feuillage. Sur chacune des branches, il ficha un gant.

4.

« Grave », annonça la voix d'Angie à propos de l'état de Larry. Arrivés sur les lieux, ils l'avaient trouvé étendu sur le dos dans une mare de sang. Une balle en pleine poitrine, pistolet dans la main.

Il entendait la sirène. « Il va s'en sortir ?

– On sait pas encore », répondit Angie d'une voix entrecoupée.

« Y avait quelqu'un d'autre ? Des traces de bagarre ?

– On a vu personne, et non, tout avait l'air en ordre. On a laissé le pistolet par terre. »

Silas passa son téléphone portable sur l'autre oreille. Dans le pinceau des phares, le bitume lisse de la route à deux voies se déroulait au milieu des collines arasées comme une pellicule, avalé par la Jeep.

« Rien d'autre ? demanda-t-il.

– Non, on a rien remarqué. Mais on était plutôt occupés.

– Je sais, mon cœur. Merci d'y être allée.

– Tu viens à l'hôpital ? »

Il savait que si c'était le cas, elle l'attendrait, peut-être pour boire un café au self.

« Nan, je vais passer chez Lar..., chez Ott, jeter un coup d'œil.

– Je te vois ce soir au *Bus* ?

– Ça risque d'être dur.

– Bon Dieu, j'espère bien ! »

Il éclata de rire. « Je sais pas combien de temps ça va me prendre là-bas. »

Ensuite, il appela French à son bureau de Fulsom. L'inspecteur avait la bouche pleine.

« Vous vous foutez de ma gueule, dit-il.

– Pas du tout. Une balle dans la poitrine.

– Les emmerdes vont pleuvoir. » French semblait ennuyé. « Pourquoi y sont allés là-bas ? »

Silas ralentit derrière un camion de bois. Sur les branches encore accrochées au tronc le plus long, il restait quelques aiguilles tremblotantes. « C'est moi qui les ai envoyés. »

Long silence. « Vous les avez envoyés.

– Ouais. »

French marqua une nouvelle pause. « Ouais ? »

Silas hésita, choisit ses mots avec soin. « Sur une intuition.

– Une *intuition* ! Vous vous prenez pour qui, Ed Cercueil ? »

Silas lui dit ce qu'il en pensait.

« Merde, 32, fit French. Le matin, suivre un nuage de vautours pour trouver un cadavre flottant dans l'eau, et l'après-midi, découvrir sur une intuition une tentative de meurtre. Vous voulez me piquer mon boulot, ou quoi ? »

Silas mit son clignotant pour doubler le camion, agitant la main au passage par habitude. « Nan, juste une augmentation. Mais pour Ott, ce sera peut-être plus qu'une tentative.

– On verra bien. » Mâchant toujours. « On aura peut-être la chance qu'il s'en sorte pas.

– C'est un sandwich aux huîtres frites, chef ?

– Aux crevettes, gros malin. » Il rota.

« Ouais, c'est vrai, je le sens au téléphone.

– Je vais faire un tour à l'hôpital, reprit French. Jeter un coup d'œil sur la victime. Vous, magnez-vous d'aller chez votre copain et je vous rejoins dès que possible. Et surtout, touchez à rien. »

Silas raccrocha, soulagé à l'idée de ne pas avoir à rendre visite à Larry.

Le soir tombait et il alluma ses phares qui éclairèrent une maison délabrée. Un vieux Noir fumait une cigarette, installé dans un rocking-chair sous la lampe de la véranda. Silas klaxonna et l'homme salua de la main.

Le garage de Larry était situé dans les faubourgs de Fulsom, mais lui-même habitait la commune d'Amos, à la limite de la juridiction de Silas. Les gens des villes moyennes considéraient Chabot comme une bourgade, mais comparée à Amos, Mississippi, où il n'y avait plus une seule boutique, c'était une métropole. Quelques routes pavées et de nombreux chemins de terre sillonnaient cette zone déboisée, creusée de ravines et de fossés d'évacuation des eaux usées où les maisons et les mobile homes se détachaient au milieu du paysage désolé comme des grains de beauté après une coupe de cheveux. Le train de Meridian ne s'y arrêtait plus et passait en bringuebalant. La population d'Amos n'avait cessé de diminuer au cours des douze dernières années et il ne restait pratiquement plus que des Noirs qui habitaient le long de Dump Road. La mère de

Silas avait vécu là quelque temps, elle aussi, dans la caravane que la banque avait ensuite fait saisir. Amos ne comptait plus que quatre-vingt-six âmes.

Quatre-vingt-cinq, rectifia-t-il, songeant à M&M.

Il ralentit près du petit pont et du panneau BIENVENUE À AMOS. Juste après se trouvait Larry Ott Road – depuis le 11 septembre, en prévision d'une éventuelle nouvelle attaque terroriste, chaque route, y compris les routes en terre, devait avoir un nom et un numéro. Mais sur cette route-ci, les panneaux ne demeuraient jamais longtemps en place, fauchés par les jeunes.

Silas freina, tourna à gauche, et ses phares balayèrent la boîte à lettres cabossée de Larry avant que, mettant les pleins phares, il s'enfonce dans les ténèbres le long d'un chemin qu'il n'avait plus emprunté depuis au moins deux décennies. Cinq cents mètres plus loin, il y avait la maison des Walker, celle où Cindy, la fille disparue, avait vécu, et qui n'était plus qu'une ruine au toit affaissé, aux fenêtres condamnées par des planches et à la véranda effondrée, le tout envahi de mauvaises herbes. Les marches en ciment n'étaient plus là, sans doute volées par quelqu'un.

La Jeep dérapa, chassa et il ralentit. Il repéra des traces de pneus, celles de l'ambulance et celles d'un pick-up, sûrement celui de Larry, qui se croisaient et se séparaient comme des fils qu'on dévide. Les chemins de terre constituaient une bénédiction pour un enquêteur. Silas avait travaillé sur un certain nombre d'affaires avec French, deux ou trois cambriolages et quelques voies de fait ainsi qu'un meurtre environ un an plus tôt, et il avait regardé comment l'inspecteur utilisait de la poudre magnétique noire pour relever les empreintes puis de l'eau distillée et des boules de coton pour recueillir les échantillons de sang. Rien de comparable à ce qu'on voyait au cinéma ou à la télévision où l'on retirait des phalènes de la bouche de la victime à l'aide d'une pince à épiler. Il s'agissait surtout d'être minutieux et observateur, un cheveu dans le lavabo, une rognure d'ongle prise dans les poils d'un tapis.

Il s'arrêta devant chez Larry alors que le ciel s'éclaircissait. Pas encore d'étoiles, mais une demi-lune qui brillait entre les arbres de l'autre côté du champ. Il enfila des gants de latex, descendit de voiture et alluma sa torche. Beaucoup de boue, beaucoup d'empreintes.

Le pick-up de Larry était garé dans l'allée, portières fermées. S'il n'avait tenu qu'à lui, Silas aurait attendu le matin. La nuit, on risquait trop d'effacer des indices, de marcher où il ne fallait pas. D'un autre côté, plus les traces étaient fraîches, mieux cela valait, en particulier pour les empreintes. Mais il ne possédait pas le matériel nécessaire, et de toute façon ce n'était pas son boulot. C'était celui pour lequel on payait grassement French quatorze dollars de l'heure.

Il examina d'abord le camion. La vitre côté conducteur était baissée. Il appliqua le dos de la main sur le capot. Froid. La pluie avait pénétré dans la cabine, mais il ne remonta pas la vitre, n'ignorant pas qu'il était préférable de laisser les choses en l'état.

La pluie avait cessé. Avant d'entrer dans la maison, il éteignit sa lampe, respira à pleins poumons l'air nocturne, écouta le cri lointain d'un engoulevent et le chant continuel des criquets.

La maison, petite, en bois, peinte en blanc, possédait des fondations surélevées, une véranda avec une balustrade et des fenêtres équipées d'écrans-moustiquaires. Il gratta la boue de ses chaussures sur la marche du bas, puis il monta. Il regarda autour de lui. Il y avait un rocking-chair muni d'un coussin, et Silas imagina Larry assis là chaque soir. Toujours seul.

Il tira l'écran-moustiquaire qu'il maintint entrebâillé au moyen de sa hanche, puis il tourna le bouton de la porte avec deux doigts, sachant que c'était un endroit où on laissait souvent des empreintes. Elle grinça. Elle n'était pas fermée à clé. Il la poussa de la paume de la main, puis promena sur le sol le faisceau de sa torche qui se refléta dans la flaque de sang. Le pistolet à côté, la crosse maculée de sang.

Il entra, trouva l'interrupteur et alluma. La pièce apparut, bien rangée, balayée. Un vieux téléviseur, un fauteuil, une petite table roulante repliée contre le mur. La cuisine sur la gauche. Il s'accroupit à côté du pistolet, sans y toucher. Un calibre 22, semblait-il.

Prenant une profonde respiration, il se redressa. Ça sentait le désinfectant et le moisi. Il n'était venu ici qu'une seule fois, il s'en souvenait encore. Il ferma la porte, prenant garde à ne pas marcher dans le sang, puis il traversa la pièce vers le couloir plongé dans l'obscurité. Il alluma. Trois chambres et une salle de bains au fond. Une maison toute en longueur. Il se rappelait que la première était celle de Larry. L'armoire à fusils le long du mur ne contenait que du vieux courrier et des livres.

Il entra dans la chambre de Larry et alluma. Lit fait, boiseries. Étagères bourrées de livres que Larry lisait enfant. Les Stephen King reliés. Les Tarzan en poche, Conan le Barbare. Harlan Ellison. Louis L'Amour et nombre d'autres dont il n'avait jamais entendu parler. Dans un coin, un nouveau tas de courrier jauni. Des centaines de catalogues et prospectus. Une pile de catalogues du

Club du Livre du mois. Une du Club Doubleday. Et une du Club du Livre de poche. Plusieurs piles de vieux magazines télé. Silas entrouvrit la porte du placard et fronça les sourcils à la vue d'une série de chemises et de costumes, ceux d'un garçon, puis ceux d'un adulte, rangés par taille. Des uniformes par terre, chemises marquées LARRY.

Dans la salle de bains, il surprit son reflet dans la glace de l'armoire à pharmacie. Pas de médicaments sinon une boîte d'aspirine. Un tube dentifrice. Pas de fil dentaire.

La cuvette n'était même pas marquée, comme celle de chez lui, d'un cercle noir, ce qui signifiait qu'on utilisait régulièrement du produit détartrant. Il y avait même un de ces petits désinfectants bleus. Derrière le rideau, la douche était propre, juste un peu de rouille autour de l'écoulement, quelques cheveux. Du shampooing Head & Shoulders, un bout de savon.

Explorant le reste de la maison, il ouvrit les tiroirs, regarda sous les lits, mais ne découvrit rien d'anormal. Il laissa toutes les lumières allumées et sortit par la porte de derrière. Il demeura un instant dans le noir à écouter les oiseaux et les insectes. Il y avait une pelouse qui, en réalité, ressemblait plutôt à un champ en friche. Le pinceau de sa lampe éclaira d'autres traces de pas et, veillant à ne marcher qu'en terrain vierge de toute empreinte, il se dirigea vers le portail. Il s'arrêta.

C'était là.

La grange.

Adossé au portail, il se revit des années plus tôt, le jour où il était venu ici. Pas d'adultes, pas de profs, pas d'autres filles ou garçons, noirs ou blancs, rien que Larry et lui. Il se souvenait avoir traversé la maison avec Larry, être passé devant l'armoire où carabines et fusils de chasse étaient alignés dans les râteliers. Il se souvenait avoir débouché dans le champ puis fait coulisser la porte de la grange avant d'y pénétrer. Ils étaient grimpés sur le tracteur, ils avaient attrapé des lézards – des anoles, les appelait Larry. Puis il s'était empressé d'ajouter : « Mais y a des gens qui les appellent aussi des "lézards". » Ils « incarcérèrent » (terme employé par Larry) les anoles dans un aquarium qu'il avait déniché dans une pièce sombre encombrée d'un tas de fouillis où Silas n'était pas entré. Ils découvrirent, enroulé autour d'une poutre sous l'avant-toit, ce que Silas affirma être un mocassin d'eau, mais que Larry déclara être une couleuvre. Après l'avoir saisie par la queue, il déploya la couleuvre qui chercha à le mordre et darda sa langue. Il l'empoigna alors derrière la tête et la tint ainsi, énorme et grise, ornée d'ovales vert foncé, plus longtemps qu'aucun garçon ne l'avait jamais fait. Silas voulait-il la prendre ? Bon sang, nan ! Elle avait dans le ventre une bosse de la taille d'une balle de base-ball et Larry dit qu'elle avait dû manger un rat ou quelque chose comme ça. Il dit qu'il y avait des rats énormes dans la grange. Silas demanda pourquoi ils n'incarcéreraient pas aussi le serpent, et ils le mirent dans une bonbonne en verre de quatre litres à côté de leur aquarium. « Comme une maison pour reptiles », avait dit Silas. « Un herpétarium », avait corrigé Larry.

Silas inspira profondément et retrouva l'odeur de pastèque de l'herbe coupée. Il promena sa lampe sur le champ, récemment tondu, puis revint vers la grange et, précédé par le pinceau lumineux, il s'y dirigea puis fit coulisser la large porte. Se glissant à l'intérieur, il se remémora le crotale dans la boîte à lettres et essaya de se rappeler si les serpents avaient l'habitude de traîner la nuit. La lueur de sa torche projeta contre le mur du fond l'ombre du tracteur. Il examina le sol, pas de plancher, juste de la terre battue. Un rat qui s'éloigna en se dandinant. La poignée de la tondeuse qui se détachait dans la pénombre, entourée de chatterton noir. Une tronçonneuse suspendue à un crochet. Il vit une porte sur la gauche, entendit un mouvement. Entendit remuer.

Son cœur s'accéléra. En guise de loquet, il y avait une planchette de bois clouée au mur. Il fit passer sa lampe dans la main droite, tira son 45 de son étui et s'avança. Drôle d'odeur. Qu'est-ce que ça pouvait être ? Un moment, il crut que c'était celle d'un cadavre. Le pistolet braqué, il se servit de la lampe pour soulever le loquet. La porte s'ouvrit toute grande et le bruit cessa. Il passa la tête à l'intérieur, et une poule battit follement des ailes. Il poussa un cri et un coup de feu partit, qui fit s'envoler toutes les poules.

« Merde ! » s'exclama-t-il, et il éclata de rire.

Les poules approuvèrent.

Il attendait sur la véranda de Larry en écoutant le carillon éolien quand Angie appela pour lui dire que Tab et elle se rendaient au *Bus*. Est-ce qu'il comptait les y rejoindre ? Oui, s'il pouvait, répondit-il.

Un peu plus tard, le Bronco de French arriva, cahotant sur les ornières et l'éblouissant avec ses phares avant de se garer à côté de sa Jeep. L'inspecteur descendit, rajusta son holster. Il tenait un sac plastique à la main. Regardant bien où il mettait les pieds, il fit le tour de son 4 × 4, ouvrit le coffre et en tira sa lourde trousse noire d'enquêteur, puis il monta les marches de la véranda. Une cigarette pendait à sa lèvre inférieure. Il posa le sac.

« Comment y va ?

– Il est pas mort. » French montra le sac qui contenait des clés, un portefeuille et un téléphone portable. Il souffla la fumée par le nez, secoua la tête, peut-être devant l'état du monde en général. « Il a perdu des litres de sang.

– Ouais, j'ai vu. »

French désigna l'allée en ciment marquée d'empreintes sanglantes de petites chaussures qui s'éloignaient de la maison, s'effaçant au fur et à mesure.

« Ça, c'est Angie. »

Silas coiffa son chapeau et, de l'autre bout de la véranda, éclaira le sol à l'aide de sa propre lampe. Les criminels pensent souvent à essuyer les objets où ils auraient pu laisser leurs empreintes, à détruire les vêtements et à cacher les armes, mais ils pensent rarement aux plus vieux et aux plus simples des indices : les traces de pas. Ou de pneus.

Sa cigarette allumée à la main, French s'accroupit au pied de la véranda pour examiner le terrain. Silas revint se planter en haut des marches.

French tourna sa lampe-torche vers lui. « Montrez-moi la semelle de vos chaussures. »

Silas s'exécuta.

« Ouais, ça doit être les vôtres. »

L'inspecteur sortit de la poche de sa chemise un paquet de gros élastiques. « Mettez ça autour de vos chaussures », dit-il. Silas les passa. French, lui, en avait déjà. Ainsi toute empreinte sans marque d'élastique appartiendrait à quelqu'un d'autre qu'un représentant de la loi et serait analysée.

« Désolé, chef », dit Silas.

French fit tomber la cendre de sa cigarette dans sa paume et la dispersa dans le vent. « Ça, vous pourrez l'être quand je vous aurai fait mouler toutes ces saloperies d'empreintes autour. »

Sans se donner la peine d'éteindre sa cigarette, French empoigna sa trousse et entra dans la maison, suivi par Silas. L'inspecteur tira une chaise de sous la table de la cuisine, posa dessus la trousse et le sac plastique, puis il se redressa et appuya les mains dans le creux de ses reins jusqu'à ce que ses vertèbres craquent.

Dans le séjour, ils scrutèrent le sol. Le sang avait séché, devenu de la couleur de la mélasse, et la pièce dégageait une odeur désagréable. French se baissa pour ramasser le pistolet en le tenant par le canon – l'arme laissa par terre une traînée sombre –, l'examina, puis éjecta la douille. « Calibre 22, annonça-t-il. Un seul coup de feu. » Il le retourna. « Numéro de série presque illisible. » Il le remit à la même place et se releva. « Le shérif Lolly a retiré à Ott son permis de port d'armes. Après la mort de son père. Il était pas supposé posséder un pistolet.

– Retiré comment ?

– Juste retiré. »

Ils se dirigèrent vers l'armoire à fusils dans le couloir, considérèrent un instant les vieux magazines empilés sur le feutre vert. French ouvrit le tiroir du bas, rempli de courrier. « Ott bossait peut-être au noir comme facteur.

– Où ils sont passés ? demanda Silas. Tous les fusils ?

– Le comté les a vendus aux enchères, j'espère.

– Alors, où il s'est procuré son pistolet ?

– Si c'est bien le sien. Prêteur sur gages. Foire aux armes. C'est un vieux modèle. Il a pu appartenir à une dizaine de personnes différentes. Je vais essayer de voir de ce côté-là, mais ça aboutira probablement à rien. »

Il sortit son appareil photo de sa poche.

« La balle est entrée tout droit », dit-il, faisant défiler les photos. Silas s'approcha pour regarder. Visage livide de Larry, à moitié caché par le masque à oxygène. Et ensuite, petite séance diapos : photos de Larry sur une table dans sa tenue de mécanicien, la poitrine ensanglantée. La chemise de Larry découpée aux ciseaux, un goutte-à-goutte dans le bras, gros plans sur la blessure, chairs déchiquetées et peau noircie.

« Mon avis ? dit French. Il s'est tiré dessus. »

D'autres photos, le pantalon découpé à son tour, les jambes couleur cachet d'aspirine, des gens portant des blouses et des masques chirurgicaux, des clés et un portefeuille, un téléphone portable, des billets disposés en éventail, gros plan sur le permis de conduire de Larry.

« Il aurait pu surprendre un fumeur de crack, dit Silas.

– Ouais, peut-être. » French continua à étudier les photos. « Mais il avait encore son portefeuille sur lui. Et vous voyez les brûlures, là ? Sur la chemise et la peau. C'est le signe d'un tir à bout portant, pas à plus de quelques centimètres. »

Il laissa Silas regarder, puis il se dirigea vers le meuble-téléviseur en acajou, un vieux modèle encore doté d'un vrai bouton qu'on tournait, et il jeta un coup d'œil derrière l'appareil.

« J'ai comme l'impression que notre victime est le dernier habitant du Mississippi à pas avoir de télécommande. Ou le câble. » Il suivit jusqu'à la fenêtre le fil plat de l'antenne. « Pas de répondeur. Pas d'ordinateur.

– Et alors ?

– Drôle de type. Le genre congelé dans les années 1960. Tenez, vous êtes allé dans son garage ? Des trucs datant du Moyen Âge. Il tourne ses rotors à la main. Pas d'outils électriques. Un cric manuel. Allez voir chez Koen plus bas sur la route, le gars il a des clés à cliquet pneumatique, des compresseurs, des ordinateurs et tout le cirque. Le voyant moteur s'allume, les vitres électriques tombent en panne, les injecteurs sont bouchés, suffit de remplacer cette saloperie d'ordinateur. C'est tout ce qu'y font maintenant. On change une puce et terminé. Tout marche à coups d'informatique.

– Comme il a pas de clients, Larry Ott a pas besoin de s'équiper. »

Ils se turent.

Silas finit par dire : « Peut-être qu'on peut pas avoir le câble ici.

– Il aurait pu installer une parabole.

– Je suppose qu'y lit plutôt des livres.

– Ouais, des livres. »

Ils regardèrent autour d'eux.

« Chef, dit Silas. Vous avez peut-être raison. » Il traversa la pièce et prit sur une étagère quelque chose qu'il venait juste de remarquer, une brochure DIRECTV qui donnait la liste des chaînes et les possibilités d'abonnement.

French s'approcha et passa un doigt ganté sur le dos de l'un des livres. « Que des trucs d'horreur et autres conneries. Y en a encore des tas dans sa chambre et aussi dans l'autre. Mais pas dans celle des parents. Plus de bouquins, je parie, que dans tout le comté réuni. Bibliothèque comprise. »

L'inspecteur s'engagea dans le couloir. Silas resta un moment dans le séjour. Il se souvenait de ce livre-là et il le revoyait entre les mains de Larry qui lui racontait l'intrigue. Les deux garçons marchaient dans la forêt, armés chacun d'un fusil.

Il rejoignit French qui fouillait les tiroirs dans la chambre des parents de Larry. L'inspecteur se pencha sur l'un d'eux, rempli de vêtements de femme. « Sauf pour le séjour, la maison est comme elle était la semaine dernière quand je suis venu. À mon avis, il a pas touché à cette chambre depuis que sa mère est en maison de retraite.

– Ça a rien de bizarre.

– J'ai pas dit que c'était bizarre. La mère de ma belle-sœur est morte, et y a juste elle qu'a le droit d'entrer dans sa chambre. Des fois, elle s'y enferme des heures à chanter des chansons *soul* de Boz Scaggs, alors, venez pas me parler de bizarre. »

De retour dans la cuisine, French ouvrit le réfrigérateur.

« Tiens, ça c'est bizarre. »

Silas regarda par-dessus son épaule. Il y avait un pack de bières Pabst Blue Ribbon au milieu des œufs et des cartons de fast-food. Il manquait une canette.

« Larry a jamais bu une goutte d'alcool de sa vie. Son père est mort dans un accident de voiture. Ivresse au volant.

– Il s'y est peut-être mis.

– Ouais, peut-être. »

French alla examiner la surface de la table, puis il étala dessus un torchon avant de fouiller dans sa trousse en cuir noir qui rappelait à Silas celle d'un médecin de campagne d'autrefois, mais en plus grande ; il enviait tout ce matériel, mais quand il avait demandé au conseil municipal de lui en fournir une, même meilleur marché, il s'était heurté à une fin de non-recevoir.

L'inspecteur rembobinait une cassette de sa caméra, la tête enveloppée dans les volutes de fumée de sa cigarette. « Vous avez pas oublié comment on fait les moulages ?

– Nan.

– J'ai les sachets. Et du durcisseur, aussi. Relevez toutes les empreintes inconnues. Devant et derrière. »

Silas prit l'aérosol de durcisseur de surface, trois cadres de bois ainsi que trois des kits de moulage. Ils se composaient d'un sachet d'eau, à peu près de la taille d'un paquet de sucre en poudre, dans lequel flottait un sachet plus petit contenant du ciment. Il les posa sur la véranda et, muni de sa lampe, commença par examiner les traces de sa Jeep, puis celles du Bronco de French. La pluie avait en grande partie effacé celles des autres véhicules. Il y avait aussi plusieurs empreintes de pas, plus ou moins effacées. Il délaissa les siennes et celles d'Angie, mais il en découvrit d'autres au bord de l'allée. Il installa un cadre autour et alla chercher l'un des kits. Il le tâta pour localiser le sachet de ciment qu'il pressa entre ses deux pouces, puis il pétrit le tout afin de bien mélanger l'eau et le ciment. Après quoi, il vaporisa du durcisseur sur la boue, déchira une extrémité du sachet pour en déverser soigneusement le contenu sur l'empreinte de pas avant d'ajuster le cadre autour. Plus loin, il trouva d'autres empreintes et renouvela l'opération.

Lorsqu'il regagna la maison, French avait glissé le pistolet dans une pochette et relevé les empreintes digitales.

« Tenez, dit-il. Mettez des étiquettes là-dessus. »

Ils consacrèrent près d'une heure à répertorier les empreintes qui, selon French, appartenaient probablement toutes à Larry. L'inspecteur utilisa ensuite l'eau distillée et les boules de coton pour recueillir des échantillons de sang, mais il n'y avait que celui répandu sur le sol du séjour. Et celui sur le pistolet. Ils sortirent par la porte de derrière et demeurèrent un instant à contempler la grange dans la nuit qui vibrait de la clameur des oiseaux, des grenouilles et des insectes.

« Vous avez été voir ? demanda French, pointant sa cigarette sur la grange.

– Ouais. J'ai même été attaqué par une volée de poules. »

French ricana.

Dans la grange, les poules faisaient leurs bruits habituels. L'inspecteur fouilla l'obscurité et les coins poussiéreux à l'aide de sa lampe-torche Maglite, à la recherche de terre fraîchement retournée, de planches déclouées, de sang, de cheveux ou de n'importe quel autre indice qu'on ne pourrait identifier qu'en le voyant.

« Ça m'a l'air pareil. » Il poussa la porte du perchoir et braqua sa lampe.

Ils restèrent un petit moment encore, puis ils retournèrent vers la maison récupérer les moulages en ciment pour les mettre dans le Bronco. French condamna la porte de la grange au moyen de rubans jaunes posés en croix puis, dans l'ombre du bâtiment, il alluma une cigarette dont la fumée qui planait dans l'air immobile évoquait des draps sur une corde à linge. Silas crut entendre au loin le cri d'une chouette, et il se rappela que Larry lui avait appris qu'on appelait ça le « hululement ».

« Demain, j'irai à Oxford, déclara l'inspecteur. Voir le shérif. Et puis interroger quelques-uns des copains et copines de la fille Rutherford. Son petit ami. Peut-être un ou deux profs, aussi. » Il jeta sa cigarette, l'écrasa sous son talon et ramassa le mégot. « Demain matin, après votre boulot devant la scierie, pourquoi vous reviendriez pas jeter un nouveau coup d'œil dans le coin ? Y a probablement d'autres empreintes dont vous pourriez prendre le moulage. Explorer le terrain. Y me semble qu'Ott a encore dans les cent cinquante hectares.

– Vous croyez que c'est lié à l'affaire Rutherford ?

– Je l'exclus pas, répondit French. Vous vouliez du vrai travail de flic ? Eh bien, voilà l'occasion. »

Après avoir aussi condamné les portes de derrière de la grange et de la maison, ils revinrent vers la véranda. Silas monta éteindre la lumière. L'inspecteur ferma la porte d'entrée, posa les rubans jaunes, puis il lui lança le trousseau de clés et le téléphone portable de Larry. « Rapportez-les quand vous aurez fini, dit-il. Et tenez-moi au courant si vous trouvez quelque chose.

– D'accord.

– Et quand y se réveillera, on ira le voir. »

French alla ranger sa trousse dans le coffre du Bronco. « Gardez les deux autres kits de moulage, dit-il. Vous en aurez peut-être besoin demain.

– Très bien. Vous voulez que j'appelle Shannon ?

– Nan. Elle l'apprendra toujours assez tôt. » Il s'étira. « Je rentre chez moi. »

Silas posa les affaires de Larry sur la table de la cuisine de son mobile home puis son ceinturon à côté, content d'être débarrassé de tout ce poids. Les menottes, la lampe-torche, les chargeurs. Il ouvrit le réfrigérateur, tira une Budweiser du pack de douze presque vide et prit un verre sur l'égouttoir près de l'évier. Durant son séjour dans la Marine, il avait bu de la bière dans différents pays dont l'Angleterre où on la sert tiède, la Belgique où il y a un verre pour chaque marque de bière et le Brésil où on la sert dans d'énormes bouteilles à partager avec ses voisins de table avant de la boire dans des petits verres. Il avait conservé cette habitude, mais seulement chez lui. Au *Bus*, il buvait à la bouteille, car réclamer un verre aurait paru affecté. Il emporta le verre à eau qu'il aimait bien ainsi que la bouteille dans le séjour où il les posa sur la table basse. Après quoi, il se laissa tomber dans le vieux canapé et retira ses chaussures pour laisser ses pieds prendre l'air. N'ayant pas les moyens de s'offrir une machine à laver et un sèche-linge, il portait ses affaires sales à Angie pendant le week-end.

Il décapsula la bouteille, remplit son verre, le vida d'un trait, puis versa le reste. Il regarda à l'autre bout de la pièce ses clés et celles de Larry côte à côte sur la table de la cuisine. Il finit sa bière, alla chercher la dernière puis passa dans le couloir en déboutonnant sa chemise d'une main. Dans sa chambre, il s'assit sur son lit défait, se tourna vers la table de nuit sur laquelle il avait jeté un T-shirt blanc.

Il consulta sa montre. Onze heures. Il devrait peut-être appeler Angie pour lui dire qu'il était trop crevé pour venir la rejoindre. Il remplit son verre, le but, puis posa la bouteille par terre, s'allongea, ôta le T-shirt et regarda son répondeur. Il clignotait. Il tendit le bras et appuya sur le bouton.

« Silas ? »

Il se redressa.

« Désolé de te déranger, dit la voix de Larry Ott. Je sais que t'es très occupé, mais s'il te plaît, rappelle-moi dès que possible, même tard. On est lundi matin et je suis au garage. » Tout en écoutant, Silas gardait les yeux fixés sur la moquette épaisse qui était déjà là quand il avait acheté le mobile home et qu'il envisageait tous les jours d'arracher. Dans le placard, derrière deux uniformes de rechange, là où il ne serait pas obligé de la voir, il y avait la Marlin 22 long rifle à répétition manuelle.

Larry donna le numéro de téléphone du garage, lentement, comme s'il récitait le code nécessaire à désamorcer une bombe. Puis il conclut : « S'il te plaît, rappelle-moi, même tard. C'est assez important, mais je veux pas en parler au téléphone. Merci. »

Rappelle-moi, même tard.

Eh bien, il était tard, Larry, non ? Trop tard.

5.

Larry se réveilla avant que sa mère frappe. On était samedi, premier jour de l'été. L'école était finie et trois longs mois de liberté l'attendaient. Il enfila les vêtements qu'il avait préparés la veille, un vieux T-shirt et un jean troué aux genoux, la tenue idéale pour se salir. Il glissa son couteau à cran d'arrêt dans sa poche de derrière, laça ses baskets et sortit sans qu'on le voie. Il sauta sur son vélo qu'il avait laissé en bas appuyé contre la véranda et fila dans l'allée entre les arbres, évitant les flaques d'eau et prenant garde aux serpents. Il passa devant chez les Walker où Cecil, qui buvait un café sur la véranda, le salua en levant sa cigarette. Larry lui rendit son salut, continua son chemin, puis s'arrêta en dérapant devant les deux boîtes à lettres, la leur et celle des Walker. Sans descendre de vélo, il prit le courrier. Alors qu'il recevait parfois des illustrés ou des magazines, des trucs qu'il avait commandés, Cindy Walker ne recevait jamais rien. La boîte des Walker ne contenait en général que des publicités ou autres cochonneries.

Lorsqu'il repassa, Cecil n'était plus là et il laissa les prospectus sur la véranda. Chez lui, il posa le courrier de son père sur la table de la cuisine puis s'installa. Quelques minutes s'écoulèrent et sa mère entra par la porte de derrière, des œufs dans son tablier.

« Tu m'as fait peur, dit-elle.

– Excuse-moi. »

Elle mit les œufs sur le comptoir et remarqua le courrier.

« Tes illustrés sont arrivés ?

– Non, m'dame.

– Lundi, peut-être. »

Comme il faisait chaud, elle était pieds nus. Elle frotta une allumette, l'approcha du brûleur, et la flamme jaillit dans une odeur de gaz provenant de la citerne métallique de la cour remplie une fois par mois.

« Tu n'as pas eu trop de mal pour respirer cette nuit ? demanda-t-elle, nettoyant les œufs.

– Nan, pas du tout.

– Très bien. » Elle ouvrit des tiroirs, alluma un deuxième brûleur. « Tu les veux sur le plat ?

– Oui, m'dame. »

Une porte claqua à l'arrière de la maison, et ils échangèrent un coup d'œil. On entendit la télévision et la voix du présentateur du journal se fit plus forte après que Carl eut monté le son. C'était son rituel matinal : regarder les infos et lire son courrier en prenant son petit-déjeuner.

Une seconde plus tard, il arriva dans la cuisine en rentrant le pan de la chemisette de son uniforme dans son jean, autre signe qu'on était bien samedi, car les autres jours de la semaine, il portait un pantalon vert assorti. Il se plaignait souvent d'être obligé de travailler le samedi, mais Larry savait qu'il préférait être au garage plutôt qu'à la maison. Et n'importe quel autre samedi, Larry aurait brûlé d'envie d'y aller avec lui.

Mais pas aujourd'hui.

« Bonjour, papa », dit-il dès qu'il entendit une publicité, car l'écran n'était visible que de la place occupée par son père.

Celui-ci étala le courrier devant lui. « 'Jour. »

Sa mère apparut à ses côtés, une cafetière en céramique à la main, et elle lui remplit sa tasse.

« Merci. » Il versa une énorme quantité de sucre dans son café.

Elle resta debout près de lui. « Chéri ? »

Il but une gorgée, nota que, ligués contre lui, tous deux le questionnaient du regard, autre rituel du samedi, pour savoir si Larry pourrait l'accompagner au garage.

Cette fois, cependant, Larry fut soulagé de voir son père reporter son attention sur la lettre qu'il tenait entre ses mains et dire : « J'ai une journée chargée, Ina. Deux transmissions et un carburateur. Y ferait qu'être dans mes jambes. »

Derrière eux, la poêle sur la cuisinière commençait à grésiller.

« Tant pis, p'pa, dit Larry.

– La semaine prochaine, peut-être », dit sa mère.

Carl leur avait fait depuis longtemps comprendre qu'on ne discutait pas, et que non, c'était non.

Sa mère posa devant Larry ses œufs au bacon qu'il sala et avala en trois bouchées. Après quoi, sentant le regard de son père fixé sur son assiette, il demanda : « Je peux me lever de table ?

– Qu'est-ce que tu dis à ta mère ?

– Bon appétit.

– Très bien, va. »

Il se dirigeait vers sa chambre quand son père le rappela : « Hé, petit ? »

Larry revint aussitôt. « Oui, monsieur ?

– Tu restes dehors, aujourd'hui. Tu tonds la pelouse. »

Ce qui signifiait : *Passe pas ta journée à lire.*

« Oui, monsieur. »

Dans le couloir, il ramassa le sac à ordures alourdi par les bouteilles de bière vidées la veille, puis il alla le mettre à l'arrière du pick-up de son père qui le jetterait dans la poubelle du garage.

Il sortait la tondeuse de la grange lorsque Carl arriva dans le Ford rouge, s'arrêta et baissa sa vitre.

« Passe pas sur les branches avec la tondeuse, dit-il. Je viens juste d'affûter les lames.

– Oui, monsieur. »

Larry agita la main au départ de son père, puis il contempla un instant le terrain d'un hectare et demi qui entourait la maison et la grange jusqu'aux arbres. Une matinée de travail, sinon plus.

« Merde », souffla-t-il.

Autant s'y coller tout de suite. Comme ça, il aurait peut-être son après-midi de libre et ne risquerait pas d'avoir des ennuis. Il mit de l'essence dans le réservoir, vérifia le niveau d'huile. La tondeuse démarra du premier coup et il commença par la bordure, l'engin projetant dans l'allée des graviers ainsi que des petits morceaux de bois broyés. Il était content que l'école soit finie. L'an prochain, il irait à Fulsom où se trouvait le seul lycée public du comté.

Continuant à tondre la pelouse, il songea à la voiture d'Alice, au fait que c'était sans doute Carl qui la lui avait donnée, mais il se garderait bien d'interroger son père à ce propos. Il l'avait déjà trahi en ne comprenant pas que la femme noire et son fils étaient un secret qui leur appartenait. Il aurait dû savoir que les hommes ne parlent pas à leur femme (ou à leur mère) des histoires d'hommes.

Depuis qu'il avait prêté sa 22 long rifle à Silas, il emportait une Modèle 94 à répétition manuelle, calibre 33, celle qui, parmi toutes leurs armes, s'approchait le plus de la 22. Sa mère aurait été incapable de faire la différence, mais son père l'aurait remarqué tout de suite s'il avait pris un fusil sans levier, un fusil de chasse à pompe ou encore l'une des carabines automatiques ou à un coup.

Au printemps dernier, dès qu'il le pouvait, Larry s'échappait dans les bois avec sa carabine en direction de la cabane. À chaque fois, Silas surgissait armé de la 22 comme pour un simulacre d'embuscade, un grand sourire aux lèvres, et Larry savait que le garçon noir l'attendrait aussi longtemps qu'il le fallait.

À mesure que le temps se réchauffait et qu'on avançait dans l'année scolaire, Silas avait troqué le manteau et les gants de Larry pour de meilleurs vêtements que sa mère (avec ses deux emplois, serveuse au snack de Fulsom et à la cafétéria du supermarché) lui avait achetés au T.G.&Y. Les deux garçons tiraient au fusil, jouaient à planter le couteau de Larry dans la terre, à cache-cache, à la guerre, aux cow-boys et aux Indiens, grimpaient dans les arbres. Silas prenait le vélo de Larry, filait devant, revenait, roulait sur une roue, dérapait, pendant que Larry, un bâton à la main, cherchait des serpents qui se doraient au soleil sur le chemin. Quand ils en trouvaient un – couleuvre agile, couleuvre à nez de cochon –, Larry lui coinçait la tête avec son bâton, l'attrapait et le tenait tandis qu'il s'enroulait autour de son bras, langue dardée. Silas restait toujours à distance pendant que Larry fourrait le serpent dans la taie d'oreiller qu'il emportait pour ça.

En avril, ils pêchèrent dans la rivière de l'autre côté de la cabane. Dans un coin de la grange, le père de Larry rangeait plusieurs cannes ainsi que des moulinets accrochés à des clous sur le mur et une énorme boîte d'articles de pêche, et tant qu'il se montrait soigneux, Larry était autorisé à s'en servir.

Un jour qu'ils marchaient côte à côte, chargés de leurs fusils et de leurs équipements de pêche, Silas demanda à Larry s'il comptait s'inscrire au base-ball cette année. Larry répondit que non, qu'il n'y avait jamais joué et n'avait jamais envisagé d'y jouer.

« Pourquoi ?

– Je suis nul. »

À l'endroit où la rivière était la plus large, il montra à Silas comment amorcer l'hameçon, lancer la ligne, attraper et vider un poisson. Et aussi quels appâts artificiels utiliser, vers en caoutchouc, vairons en plastique, mouches Snagless Sally, cuillères ou autres leurres. Mais comme c'était surtout bon pour les perches et qu'ici elles étaient rares et difficiles à pêcher, ils employaient essentiellement des bouchons et des plombs, ce que préféraient les gros poissons-chats gris qui paressaient au fond de la rivière. Larry avait proposé à Silas de rapporter à sa mère leurs premières prises enfilées sur un anneau, soit plusieurs kilos de poissons, mais celui-ci avait refusé.

« Pourquoi ? demanda Larry.

– Maman. Elle dit que je dois pas jouer avec toi.

– Pourquoi ? »

Silas se contenta de hausser les épaules. Les poissons-chats croassaient et le garçon les remit dans l'eau. « C'est quoi, ça ? »

Larry lui sourit. « C'est comme ça qu'y parlent. »

Il les ressortit de l'eau. « Fais attention à leur longue nageoire. Elle pique. »

Silas approcha son visage d'un poisson. « Qu'est-ce que tu dis, Mr Poisson-Chat ?

– C'est parce que je suis blanc ? demanda Larry.

– Hein ?

– C'est parce que je suis blanc que ta mère veut pas que tu joues avec moi ?

– Je sais pas.

– Elle t'a pas dit ?

– Elle a juste dit : "Je t'interdis de voir ce garçon. Promets-moi."

– Pourquoi ?

– Je viens de te dire que je savais pas. »

Larry était perplexe. C'était sûrement la couleur de sa peau. Qu'est-ce que ça aurait pu être d'autre ? Il n'ignorait pas que son père aussi désapprouverait. Larry ne lui parlerait jamais de son copain, mais est-ce que cela ne devrait pas être différent pour Silas ? Une femme noire ne serait-elle pas heureuse de savoir que son fils avait un copain blanc ? Ils leur avaient donné des manteaux, une voiture. Il avait toujours supposé que la colère ressentie par les Noirs était une réaction à l'attitude des Blancs envers eux. *C'est vous qu'êtes responsables de tout !* Mais si un Blanc voulait être ami avec un Noir, lui offrait des cadeaux et même un endroit où habiter, le Noir ne devrait-il pas lui en être reconnaissant ?

« T'y as dit pour la carabine ?

– Ah ! Nan ! Je la cache.

– Pourquoi ?

– Passqu'elle m'obligerait à la rendre.

– Faut que tu me la rendes. Avant que mon père il la cherche. Tiens, dit Larry lui tendant son couteau. Je te l'échange.

– Un couteau contre un fusil ?

– S'te plaît.

– Raconte-moi une de tes histoires. »

Il faisait allusion aux histoires de Stephen King. Larry lui avait prêté des livres, mais Silas disait qu'il n'aimait pas lire, que ses devoirs lui suffisaient. Et de toute façon, il n'y avait pas de lumière dans la cabane. Rien qu'une lampe à huile et des bougies. Une lampe électrique. Par contre, il aimait bien écouter Larry lui raconter les histoires. Cette fois, il choisit celle des « Camions de l'enfer » où une force surnaturelle s'est emparée de tous les camions à une sortie d'autoroute (et sans doute partout ailleurs dans le monde) et où un groupe de gens se retrouvent prisonniers dans un restaurant, entourés de véhicules meurtriers. Vers la fin, les camions se mettent à klaxonner et l'un des survivants s'aperçoit que c'est du morse.

Silas était occupé à accrocher un ver sur son hameçon triple. « C'est quoi, ça ? »

Larry lui expliqua le système des combinaisons de points et de traits, puis que les camions klaxonnaient en morse pour demander qu'on leur fasse le plein. Le récit se terminait au moment où, alors que les gens se relayaient pour remplir les réservoirs des camions, le narrateur voyait approcher deux avions et disait : « Mon Dieu, j'espère qu'il y a des êtres humains dedans. »

Silas avait alors levé les yeux vers le ciel.

Larry finit de tondre l'herbe juste avant midi, et pour le déjeuner, sa mère lui prépara du corned-beef accompagné d'un sandwich mayonnaise et de crackers. En mangeant, il lut un illustré, puis il vida son verre de Coca, remercia sa mère et alla chercher la 33 dans l'armoire à fusils ainsi que deux boîtes de cartouches et le recueil de nouvelles de Stephen King intitulé *Danse macabre* et, arrivé à la porte, il cria : « Je m'en vais », avant de laisser l'écran-moustiquaire claquer derrière lui, devinant la présence de sa mère qui le regardait partir. Pour éviter les explications, il prit comme toujours la direction de la maison de Cindy et, la carabine à l'épaule, il s'éloigna le long du chemin. Après le premier virage, il revint sur ses pas et obliqua vers l'est.

Silas jouait maintenant au base-ball dans l'équipe du lycée et Larry craignait de perdre son amitié. Il l'avait invité une fois chez lui. Ils avaient joué dans la grange et Silas avait tondu la pelouse, mais il savait que son copain noir n'accepterait sans doute plus jamais de venir. Par contre, il pourrait couper avec lui à travers bois jusque chez Cindy. La fille, c'était son secret, et l'heure était peut-être venue de le partager.

Une demi-heure plus tard, il s'accroupissait à la lisière de la forêt, la carabine à la main. De l'autre côté du champ, il vit Silas qui, debout sur un petit tas de terre qu'il avait amassé derrière la cabane, jetait un coup d'œil dans sa direction. Larry s'aplatit au sol avant de se rendre compte qu'en réalité, Silas regardait un joueur imaginaire s'élancer de la première base. Le garçon ramena alors les deux mains sur sa poitrine, souleva une jambe puis lança une balle grise vers l'arbre situé à près de vingt mètres. La puissance de l'impact contre le tronc impressionna Larry. Silas se précipita pour aller récupérer la balle au milieu des mauvaises herbes, puis il fit semblant de viser Larry, un mouvement aussi fluide que celui d'un joueur des *Atlanta Braves* à la télévision.

La voiture de sa mère n'était nulle part en vue, ce qui signifiait qu'elle devait être au travail. Autour de la cabane, le champ qui, durant l'hiver, avait été si gris et dénudé, à présent verdoyait, et les papillons voletaient au-dessus des verges d'or et des araignées diadèmes nichées au centre de leurs toiles comme la pupille au milieu de l'œil.

De retour sur son tas qui lui servait de monticule comme au base-ball, Silas chercha du regard les coureurs imaginaires de la première et de la deuxième bases avant de lancer de nouveau sa balle. Larry s'assit, adossé contre un arbre, et ôta les gratterons qui s'étaient logés dans son pantalon et ses chaussettes. Il entendait le choc sourd de la balle, accompagné parfois d'un grognement ou d'un cri de Silas, et au bout d'un moment, il ouvrit *Danse macabre* sur l'une de ses nouvelles préférées, « La Presseuse ».

Lorsqu'il leva les yeux, Silas se tenait au-dessus de lui, haletant. « Tu m'espionnes ? »

Larry ferma son livre. Il aperçut le chat à quelques pas derrière Silas et comprit que l'animal avait probablement flairé sa présence et que le garçon l'avait suivi.

« Non. » Larry haussa les épaules, se remit debout et jeta un coup d'œil sur la carabine. « Je suis venu te voir, mais t'étais occupé à lancer. »

Silas le dévisagea. Il avait sa balle à la main, et Larry se demanda s'il ne l'avait pas fauchée à l'école.

Le garçon noir regarda vers le monticule, puis vers l'arbre. « Je parie que je peux lancer à plus de cent kilomètres à l'heure.

– Ouais, dit Larry. Vu d'ici, ça m'a paru drôlement rapide.

– Qu'est-ce que tu lis ? »

Larry lui montra le livre. La couverture représentait une main humaine avec des yeux dans la paume et sur les doigts. Une partie de la main et des doigts était enveloppée dans de la gaze, comme une momie.

Silas demanda : « Ça fait peur ? »

Larry lui raconta en détail la scène où les inspecteurs viennent interroger la fille qui s'est fait trancher les doigts sur la presse à vapeur de la blanchisserie. Selon la théorie farfelue des policiers, à la suite d'un étrange concours de circonstances, un démon a pris possession de la machine surnommée « la Presseuse ». La dernière pièce du puzzle, c'est le sang d'une vierge. Les flics interrogent alors la fille : « Êtes-vous vierge ? » et elle répond : « Je me garde pour mon mari. » Mais c'est trop tard et la Presseuse va s'attaquer à eux tous.

Silas fronça les sourcils. « C'est quoi, une vierge ?

– Une fille qu'a pas eu de rapports.

– Des rapports ? Une fille qu'a jamais été baisée, tu veux dire ?

– Ouais.

– Raconte-m'en une autre. »

Ils marchaient côte à côte, Silas avec la balle qu'il serrait dans son poing et Larry avec son fusil en bandoulière.

Il lui parla de « Celui qui garde le ver », expliqua que c'était une nouvelle qui annonçait le roman *Salem*.

« C'est ce que je lisais la première fois que je t'ai rencontré. Quand on vous a pris en voiture. Tu te rappelles ?

– Je me rappelle pas un livre. »

Larry haussa les épaules.

« On va où ? demanda Silas. Je veux pas aller chez toi. »

Ils étaient dans la forêt, à environ cinq cents mètres de la grange, et ils se dirigeaient vers la maison des Walker.

« Je veux te montrer quelque chose, dit Larry. Quelqu'un.

– Qui ?

– Tu verras.

– Une fille ?

– Ouais, et vachement jolie.

– C'est qui ?

– Notre voisine. Son beau-père, Cecil, c'est un type marrant, y fait toujours des trucs dingues.

– Dingues comment ? »

Larry s'arrêta et lui fit le récit du soir de la Saint-Sylvestre où, il y a deux ans, les Walker étaient venus chez eux. Carl avait acheté des feux d'artifice. S'efforçant de s'interrompre là où son père le faisait, il raconta : Les mères, Ina et Shelia, bavardent dans la cuisine en préparant un poulet pendant que Larry, Cindy, Carl et Cecil tirent les feux d'artifice dehors. Les deux hommes sont ivres et c'est l'un des meilleurs souvenirs de Larry, bombes fumigènes jaunes et rouges, chandelles romaines, et même Cindy, en général tellement distante, rit devant Cecil qui fait l'idiot, ses fusées à la main dont certaines explosent avant qu'il les lance, de sorte qu'il a les doigts noircis et qui fument. Il en a aussi tout un stock qui dépasse de la poche de son manteau, mèche vers le haut, et qu'il allume au fur et à mesure. Carl se contente pour l'instant de regarder, installé sur les marches avec sa bière et sa cigarette.

Cecil approche la flamme d'une allumette de la mèche d'une nouvelle fusée et la laisse brûler. Cindy se trouve à quelques pas de lui. Elle a quatorze ans, des couettes, et accroupie à côté de sa bouteille de Coca, elle s'apprête à allumer à son tour une fusée avec un briquet.

« Hé, Cin », l'appelle Cecil, et quand elle lève les yeux, il lance sa fusée droit sur elle.

Elle pousse un cri et s'écarte d'un bond. La fusée la frôle en sifflant et explose dans le champ.

« Cecil, arrête, dit-elle, tandis qu'il en allume une autre et la vise.

– Danse ! hurle-t-il, comme si, armé d'un revolver, il essayait de lui tirer des balles devant les pieds.

– Tu vas rendre cette fille sourde, intervient Carl. Ou tu vas l'éborgner. »

Larry se recule derrière Cecil et le regarde allumer encore une fusée avant de la lancer.

Cette fois, elle l'atteint au moment où elle s'enfuit. La fusée la touche dans le dos et elle pousse un hurlement. Carl se lève et descend les marches, tandis que Larry va voir si Cindy n'a rien. Jetant un regard paniqué vers la maison, Cecil lâche son allumette. Cindy est en larmes, les femmes sortent sur la véranda juste à temps pour constater qu'elle n'est pas blessée. La fusée a rebondi et explosé dans l'herbe.

L'allumette lâchée par Cecil est tombée dans la poche de son manteau où se trouve le reste des fusées, et lui, il est tellement soûl qu'il regarde autour de lui et dit : « Ça sent le brûlé.

– C'est votre manteau », dit Larry, le montrant du doigt.

Cecil lève le bras et baisse les yeux au moment où la première fusée jaillit de sa poche dans un sifflement. Suivie d'une autre. Il agite le bras et crie alors qu'une troisième explose, puis une quatrième. Son manteau prend feu, et Larry entend son père s'esclaffer pendant que Cecil se met à courir, hurlant, tâchant d'éteindre les flammes avec ses mains, et que de nouvelles fusées partent. Cindy se met à rire, puis Larry, et même les femmes. Shelia, la main devant la bouche, essaie cependant d'étouffer son hilarité. Cecil s'est débarrassé de son manteau qui continue à tirer des feux d'artifice et il le piétine, riant à son tour. Et Larry, arrivé à la fin de son récit, riait aussi.

Mais pas Silas.

Larry avait déjà entendu Carl raconter l'histoire au garage devant les hommes qui se tenaient les côtes, Cecil davantage encore que les autres qui, entre deux hoquets, confirmait que ouais, c'était vrai, qu'il avait brûlé son foutu manteau et qu'en plus, il s'était fait engueuler par sa légitime.

Silas n'esquissa même pas un sourire.

« C'est plus méchant que marrant, dit-il. Je sais pas si j'ai envie de voir un type pareil. »

Larry le tira par la manche. « Allez, viens. »

Quand ils arrivèrent à la lisière de la forêt bordant la propriété des Walker, Larry mit un doigt sur ses lèvres et marcha sur la pointe des pieds, plié en deux, imité par Silas à quelques pas derrière lui. Ils grimpèrent une légère pente, et juste avant que la maison apparaisse, Larry s'aplatit au sol. Silas hésita, comme s'il ne voulait pas salir ses vêtements, mais il vint s'allonger à côté de lui, et les deux garçons dressèrent la tête pour regarder. À une cinquantaine de mètres d'eux, la maison des Walker formait un rectangle sale flanqué de dépendances mal conçues, couvertes de papier goudronné qui gondolait. À l'avant de la maison, il y avait une terrasse rudimentaire où Cindy prenait souvent des bains de soleil.

Aujourd'hui, il n'y avait que Cecil en compagnie de Carl en personne.

« C'est ton père, dit Silas. Qu'est-ce qu'y fait là ? »

Larry n'en avait aucune idée.

Carl fumait une cigarette et parlait comme il le faisait dans son garage en buvant une bouteille de bière, tandis que Cecil écoutait. Il avait travaillé à l'usine comme scieur de long jusqu'à ce qu'il s'abîme le dos, et il utilisait sa maigre pension d'invalidité pour s'acheter de la bière et des cigarettes.

« Partons », murmura Larry. Il se recula en rampant.

« Attends. » Silas lui empoigna le bras. « Maintenant qu'on est là. La fille va peut-être venir. »

Ils attendirent, tapis au milieu des broussailles. Larry saisissait un mot par-ci, par-là, cependant que les deux hommes rivalisaient à celui qui descendrait le plus de bières, et lorsque Cindy finit par déboucher sur la terrasse, ils semblaient déjà sérieusement ivres.

Larry se figea.

Cindy, enveloppée dans une petite serviette, une autre enroulée en turban autour de la tête, se disputa avec Cecil, une main qui balayait l'air, l'autre qui plaquait la serviette contre sa poitrine.

Elle éleva la voix : « M'man a dit que je pouvais y aller ! »

Sa mère, Larry le savait, travaillait à la fabrique de traverses à Fulsom.

« Comment t'as dit qu'elle s'appelait ? chuchota Silas. Je l'ai vue au lycée.

– Cindy. »

Elle était furieuse, et elle criait.

Cecil se pencha, donna un petit coup de coude à Carl, puis il tira sur la serviette de Cindy. Elle lui tapa sur la main, mais il tira plus fort, tandis que Carl riait et se levait des marches pour aller s'adosser à la balustrade d'où il bénéficiait d'une meilleure vue sur la naissance des seins et les fesses à moitié dénudées de l'adolescente.

« Cecil ! hurla celle-ci. Lâche-moi ! Je vais le dire à maman ! »

Comme s'il n'avait pas entendu, son beau-père murmura quelque chose, adressa un clin d'œil à Carl qui se grattait la joue et buvait une longue gorgée de bière, alors que la serviette de Cindy commençait à glisser.

Silas était déjà à mi-chemin de la maison, se débarrassant des feuilles collées à ses genoux, quand Larry réalisa ce qui se passait. Marchant à pas vifs, le garçon avait soudain l'air plus grand qu'avant.

Comme tétanisé, Larry le vit monter vers les deux hommes blancs éméchés que son apparition avait rendu muets.

« Laissez cette fille tranquille », dit-il.

Cecil lâcha Cindy qui rajusta la serviette et regarda ce garçon noir sur leur terrain, aussi stupéfaite que les autres, puis elle pivota sur ses talons et rentra dans la maison, claquant la porte derrière elle.

Le bruit fit sursauter Cecil. « T'es qui, toi ? »

Silas se borna à contourner la terrasse pour se diriger vers la route.

« Attends ! cria Carl. Hé, petit ! » Il descendit les marches avec sa bouteille, mais Silas, parti en courant, avait disparu.

Larry se recula au milieu des feuilles qui bruissaient, rampant comme un serpent et, parvenu en bas de la pente, il tâcha de reprendre son souffle. Il s'apprêtait à se relever, sa carabine à la main, pour rentrer à la maison quand il aperçut au-dessus de lui, à la lisière des arbres, Carl qui examinait les alentours, peut-être pour voir s'il n'y avait pas d'autres garçons noirs cachés dans la forêt. Larry s'aplatit, se félicitant d'avoir mis une tenue de camouflage. Carl se déhancha, ouvrit sa braguette. Larry ferma les yeux pendant que la pisse de son père craquait sur les feuilles mortes comme des bûches dans le feu. Une fois qu'il eut fini, son père resta encore un moment planté là.

« Hé, Carl ! »

La voix de Cecil.

« D'autres indigènes par là ? Attention à pas te faire transpercer par une lance. »

Lorsque Larry rouvrit les yeux, son père n'était plus là.

Silas lançait sa balle contre un gros magnolia puis la rattrapait.

« Merci de l'avoir aidée », lui dit Larry.

Le garçon noir lança de nouveau sa balle, mais au lieu de la rattraper, il la laissa retomber dans les mauvaises herbes. « T'espionnes tout le temps les gens, dit-il.

– J'espionne pas.

– T'es déjà sorti avec cette fille ? »

Larry ne répondit pas.

« Tu l'aurais pas aidée.

– Je voulais. »

Silas l'étudia un instant, puis il ramassa sa balle et prit le chemin de chez lui. Larry le suivit. Il faisait plus frais dans la forêt. Les feuilles crissaient sous leurs pas et ils devaient parfois se baisser pour éviter les branches. Arrivant à une clairière, Silas sprinta et, sans cesser de courir, se retourna pour lancer la balle à Larry. Celui-ci tendit le bras, ferma les yeux et la rata. La balle rebondit et se perdit dans les broussailles.

« Merde », fit Silas.

Il passa devant Larry et se mit à chercher sa balle.

À peine entré par la porte de derrière pour aller ranger la 33 dans l'armoire à fusils, Larry devina que les ennuis l'attendaient.

Carl sortit de la cuisine.

« Viens ici », dit-il.

Larry se contraignit à s'avancer vers son père qui l'attrapa par la manche pour le traîner dans le séjour. Il lui prit la carabine des mains.

« Où est ma Marlin ? »

Larry baissa les yeux.

« Va la chercher », ordonna son père.

Larry ne bougea pas.

« Petit.

– Je l'ai pas, papa.

– L'ai pas, papa !

– Oui, monsieur. Non, monsieur, je veux dire. »

La mère de Larry les avait rejoints. « Carl », dit-elle.

Celui-ci leva le doigt pour la faire taire, puis il se tourna de nouveau vers son fils. « Où est ma satanée carabine, petit ? »

Larry se tordait les mains. « Je l'ai prêtée à mon ami.

– Ton ami ? dit son père. Je savais pas que t'en avais un.

– Carl…

– Ina Jean, ce garçon sous-traite mes armes à feu. Je veux savoir à qui. Alors ? »

Larry garda le silence.

« Je te le demanderai pas deux fois.

– Le garçon qu'on a pris en voiture.

– Quel garçon ?

– Silas.

– Silas, répéta son père. Silas, ce négrillon ?

– Carl ! »

Son père approcha son visage si près du sien que Larry sentit l'odeur de bière et de cigarette de son haleine. Il comprit aussitôt que Carl l'avait vu au pied de la colline.

« Attends une seconde, bon Dieu. Tu me racontes que t'as donné ma carabine à ton copain nègre ?

– Carl, arrête. »

Il regarda sa femme qui avait le doigt pointé sur lui.

« Carl Ott, je te dis d'arrêter tout de suite. »

Son père lâcha la manche de Larry. « T'as peut-être raison. Tu veux les inviter à dîner après l'église ?

– T'es…, balbutia-t-elle. T'es qu'un…

– Demain, ordonna Carl à son fils. Demain à la première heure tu files à la cabane qu'ils occupent et tu récupères ma bon Dieu de Marlin. C'est clair ?

– Carl, ton langage.

– Ina Jean, c'est pas le moment.

– C'est quand le moment, alors ? Depuis combien de temps ils habitent là, Carl ?

– Ferme-la.

– C'est pas bien. »

Larry s'était réfugié dans le coin derrière le fauteuil de son père.

« Pas bien, persifla ce dernier.

– S'ils partent pas, dit Ina, c'est Larry et moi qui partons. Ce soir. »

L'espace d'un instant son père sembla sur le point d'éclater de rire, puis il secoua la tête. « Me tente pas, dit-il.

– Carl », souffla-t-elle.

Il agita une main menaçante en direction de son fils. « Quand tu vas sortir de là, toi...

– Carl.

– Demain, parti ou pas, tu me rapportes cette carabine », dit-il entre ses dents.

Il se dirigea vers la porte de devant, ouvrit l'écran-moustiquaire d'un coup de pied et sortit sur la véranda pendant que l'écran se refermait lentement derrière lui.

« Carl, appela sa femme du seuil de la pièce. Où tu vas ? »

De derrière le fauteuil, Larry n'entendit pas la réponse de son père.

Ce soir-là, comme tous les soirs, sa mère entra dans sa chambre et s'assit sur son lit. Il était tourné face au mur et il ne bougea pas, même quand il sentit la main de sa mère avec son odeur familière de savon à vaisselle se poser sur son épaule.

« Larry ? »

Il ne répondit pas.

« Fils ? »

Durant ses crises d'asthme, elle restait à son chevet, tandis qu'il luttait pour respirer – le pire, c'était la nuit –, elle lui frictionnait la poitrine avec du Vicks, et ils priaient ensemble pour qu'il guérisse. Dès que le coq chantait, il savait que la longue nuit allait enfin s'achever. Quand il était petit, il lui avait raconté qu'il avait demandé à Shelly Salter de l'épouser et qu'il lui avait envoyé un mot en bas duquel il avait tracé deux petits carrés à cocher, oui ou non. Elle avait coché non. « Elle est stupide, cette fille, avait dit sa mère, lui frottant la poitrine. Un beau garçon comme toi ? Si je n'étais pas ta mère, moi j'aurais accepté. » Plus tard, l'année où il commença à bégayer, il lui raconta que tout le monde à l'école se moquait de lui, et elle pria pour que son bégaiement disparaisse. Il n'avait pas disparu. L'asthme non plus. Les deux empirèrent. En classe, on devait parfois lire à voix haute, une épreuve qu'il redoutait. Dès qu'il se mettait à bégayer, les autres garçons riaient, et l'instituteur, croyant qu'il le faisait exprès, le réprimandait. « Demain, c'est à mon tour de lire », disait-il à sa mère assise sur le lit. « Seigneur, priait-elle alors, merci pour Vos bienfaits. S'il Vous plaît, aidez Larry à bien lire demain, faites que son bégaiement s'en aille et qu'il respire bien cette nuit, et Seigneur, envoyez-lui un ami, un ami rien que pour lui. » Les prières finirent par donner des résultats, mais avec un temps de retard. « Dieu choisit Son heure », dit sa mère. Son bégaiement cessa au cours de sa huitième année, presque du jour au lendemain, et ne revint qu'en de rares occasions. Son asthme se calma petit à petit pour disparaître complètement à la fin de l'été, juste avant ses dix ans. Puis vint Silas. Un ami. Silas, sa première prière exaucée dont il ne pouvait pas parler à sa mère, car il savait qu'il retrouverait alors cette mère froide et distante qui avait donné les manteaux à Silas et Alice Jones, et qu'elle s'arrangerait pour les faire partir de la cabane dans la forêt. Maintenant, elle priait ainsi : « Merci Seigneur pour Vos bienfaits, et merci d'avoir guéri Larry de son asthme et de son bégaiement. S'il Vous plaît, envoyez-lui un ami, un ami rien que pour lui. »

Était-ce mal de prier pour quelque chose qu'on avait déjà ? Il commençait à craindre que son asthme et son bégaiement reviennent.

« Fils ? »

Il était toujours tourné face au mur et elle ôta sa main de son épaule.

Il garda le silence.

Elle demeura encore un moment assise à côté de lui. Il respirait l'odeur de la chambre, la poussière derrière son lit.

« Larry ? »

Il soupira et sentit de nouveau sa main sur son épaule. « Seigneur, pria-t-elle. Merci pour Vos bienfaits. Merci d'avoir guéri Larry de son asthme et de son bégaiement. S'il Vous plaît, poursuivit-elle, et il se rendit compte qu'elle étouffait ses larmes, S'il Vous plaît, Seigneur, envoyez-lui un ami. Rien que… rien que pour lui. Amen. » Elle se leva et sortit.

Le matin lorsqu'il se réveilla, il constata qu'il avait les dents râpeuses car il s'était couché sans se les brosser. Sa mère préparait le petit-déjeuner dans la cuisine comme si de rien n'était. Par la fenêtre, il vit partir le pick-up rouge de Carl, et il se demanda si son père avait passé toute la nuit chez Cecil.

Il se faufila hors de la maison sans déjeuner et se dirigea au pas de course vers la cabane de Silas, le livre dans sa poche de derrière. Dissimulé parmi les broussailles, il repéra la voiture de la mère de Silas garée devant la maison et il attendit qu'elle sorte dans son uniforme de chez Piggly Wiggly, un filet sur les cheveux. Le vieux chat qui dormait au soleil sur le capot se leva et s'étira quand elle le gratta derrière les oreilles. Après quoi, elle le chassa et s'installa au volant de la voiture, une vieille Chevy Nova criblée de taches de rouille et dépourvue d'enjoliveurs. Elle tira plusieurs fois sur le démarreur avant que le moteur se mette enfin en marche, puis elle recula, suivie des yeux par le chat assis sur le chemin de terre.

Silas ne tarda pas à sortir à son tour. Il sauta à bas de la véranda et commença aussitôt à lancer sa balle. Il avait maintenant un gant de base-ball. Larry déboucha de la forêt et s'approcha.

« Salut, dit-il.

– Salut. »

Larry regarda autour de lui, puis il pêcha le livre dans sa poche. « Je t'ai apporté ça. »

Danse macabre.

« Je sais que t'aimes pas lire, mais c'est rien que des nouvelles et certaines font juste quelques pages, alors peut-être que t'auras envie d'essayer. »

Silas logea sa balle dans le creux de son gant, prit le livre et l'examina.

« Faut que je récupère la 22, dit Larry.

– Pourquoi ?

– Faut, c'est tout. S'il te plaît, Silas.

– Dis-moi pourquoi. Toi, t'en as plein, et moi, j'en ai pas.

– Je viens de te le dire. Y me la faut.

– Nan. Nous, on en a besoin.

– C'est à mon père.

– C'est à mon père », répéta Silas, se moquant de lui.

Larry glissa la main dans la poche droite de son jean où se trouvait son couteau à cran d'arrêt. Il savait pourtant qu'il ne s'en servirait jamais et, brusquement, il considéra que d'une certaine manière il le plaçait même en position d'infériorité.

« T'as... » Silas s'interrompit. Il regarda par-dessus l'épaule de Larry en direction de la lisière de la forêt, et Larry se retourna, devinant déjà ce qui l'attendait.

Carl s'avançait vers eux, une bouteille de bourbon à la main. « Bon sang, je t'ai suivi, petit. Juste derrière toi, et tu m'as même pas vu. Même pas repéré une seule fois. Même à moitié ivre, je suis arrivé à te suivre. » Il titubait, mais il continuait d'approcher. « T'as aucune idée de ce qui se passe autour de toi, toi et tous tes bouquins de monstres. Dans le temps, tu serais mort depuis une paye. Un Indien t'aurait tranché la gorge, ou un chinetoque avec une grenade. T'as la belle vie. Le petit garçon à sa maman qui lit toute la journée. Va donc regarder tes dessins animés, va jouer avec tes poupées et lire tes illustrés. Tu serais pas capable de dévisser une satanée vis, même si ta vie en dépendait, pas capable de changer une satanée batterie. Et pour la bagarre, t'es pas capable non plus de reprendre la carabine de ton père au garçon qui l'a volée.

Arrivé devant eux, il toisa Silas. « Ça te plaît pas ce que je dis, hein, petit ? »

Silas croisa les bras, le gant dans la main droite. Il refusait de regarder Carl.

« Réponds-moi, petit.

– Nan.

– Nan qui ?

– Nan, monsieur.

– Et pourquoi ? »

Cette fois, le garçon leva les yeux. « Parce que j'ai rien volé.

– Alors, si t'as rien volé, t'as pas besoin de te sentir offensé. » Il but une longue gorgée au goulot, s'essuya les lèvres avec les doigts. « Et si t'as rien volé, je vais reprendre ce qu'est à moi. »

Son regard allait d'un garçon à l'autre. « Bon, on dirait qu'on a affaire à un conflit racial. Quel âge t'as, petit ? demanda-t-il à Silas.

– Quatorze ans.

– C'est qui ton père, dis-moi ? » Il attendit. « Je répèterai pas deux fois.

– Il est mort.

– Mort ! Oh, c'est bien triste. Et y t'a pas laissé de fusil ? C'est pas le devoir d'un père, ça ? Laisser une arme à son fils ? »

Il se tut un instant, puis reprit : « Bon, je vais vous dire ce qu'on va faire. » Il se dirigea vers l'arbre au milieu du champ, posa la main sur le tronc éraflé par la balle de Silas et se laissa tomber au pied pour s'asseoir jambes croisées. « Comme ça, vous voulez tous les deux la carabine ? Vous vous rappelez dans la Bible ? L'histoire du roi Salomon ? Le plus sage des hommes ? Deux femmes arrivent devant lui avec un bébé que toutes les deux, elles prétendent qu'il est à elles. Alors, vous savez ce qu'il a dit ? Coupez-moi ce mioche en deux et donnez la moitié à chaque femme. » Carl mima le geste de scier un bébé pour en donner une moitié à Larry, l'autre à Silas. « Une des deux femmes dit : "Bon, allez-y.", et l'autre : "Non, tuez pas ce mouflet. Elle a qu'à le prendre." Et hop, le mystère est résolu. Ce que je veux dire, les mômes, c'est que vous devez me mettre dans la position de Salomon. Faut que je me coupe un bébé en deux.

– C'est moi qui garderai le fusil, déclara Silas.

– T'emballe pas, petit, dit Carl, levant de nouveau la bouteille. Faut que la lumière vienne. Après, on décidera. Attendez... » Il toussa, s'essuya la bouche d'un revers de main. « Ah, ça y est, j'ai une idée. Homme contre homme. Blanc contre Noir. Le vainqueur gagne la carabine. »

Silas croisa de nouveau les bras et s'apprêta à partir, mais Carl le menaça alors de tout raconter à sa mère, si bien que quand elle rentrerait crevée après ses deux boulots, elle trouverait Carl dans la cabane, et un poil plus bourré, même.

« Battez-vous », conclut-il.

Aucun des deux garçons ne parla.

« Bon, Larry est un peu plus âgé, mais avec son côté fillette, ça équilibre.

– Vous pouvez pas m'obliger, finit par dire Silas.

– Ah, tu crois ? Je peux pas ?

– Nan.

– Nan, *monsieur.* » Carl se leva et défit sa ceinture qui se déroula dans son poing comme un serpent. « Si vous vous battez pas, je vous fouette tous les deux. »

Il s'avança vers eux, la ceinture à la main, et alors Silas poussa Larry, pas trop fort. Carl s'arrêta et s'accroupit à l'exemple du propriétaire d'un coq avant le combat. Comme Larry ne réagissait pas, Silas le poussa de nouveau, et Carl hurla : « Bats-toi. » Silas recommença, et cette fois, Larry le saisit à bras le corps, mais sans grande conviction. Silas lui décocha un coup de genou dans le bas-ventre.

Larry le lâcha et tomba, l'entrejambe en feu, le souffle coupé, ce qui, heureusement, l'empêcha de pleurer.

« Relève-toi », lui cria Carl.

Il resta étendu, face contre terre.

« Il a son compte, dit Silas.

– Bouge ton cul de tapette, petit », dit Carl qui s'approcha et lui fouetta les fesses avec la ceinture.

Larry ne sentit presque rien, tellement la honte lui brûlait les joues. Il regarda ses mains griffer la terre tandis qu'il prenait appui pour se relever. Silas s'était légèrement reculé. Il se tenait prêt, et quand Larry chargea, il s'écarta d'un pas et lui fit un croche-pied. Larry tomba sur le dos, et les deux garçons luttèrent au sol au milieu des chocs sourds, des grognements et des bruits de vêtements déchirés. Carl, la bouteille à la main, les encourageait, Allez-y, mordez, arrachez-vous les yeux, les couilles, tous les coups sont permis, allez, allez, pas de quartier, du sang, du sang… jusqu'à ce que Silas immobilise Larry. La poussière se dissipa. Le combat était terminé. Il n'avait duré que quelques secondes.

« Lâche-moi, dit Larry d'une voix étouffée.

– On dirait bien que tu t'es gagné une carabine, petit, dit Carl.

– Lâ-lâ-lâ-che m-m-moi », répéta Larry, plus fort, une note de panique dans la voix.

Silas resserra sa prise.

« Écoutez-moi le petit bébé à sa maman qui bégaie.

– A-a-arrête, Si-si-Silas. S'il te-te p-p-plaît. »

Silas ne le lâcha pas.

« Espèce d-d-de sa-sa-sale nègre. »

Silas le lâcha et se remit debout. Il recula, paumes tournées vers le ciel.

Larry se redressa sur un genou, essuya son visage maculé de terre et cracha. Les larmes coulaient le long de son menton, dégoulinaient sur le devant de sa chemise déchirée. Il se leva pour regarder Silas qui lui parut soudain différent. Dans ses yeux brillait le même éclat de fureur que dans ceux des autres garçons noirs de l'école, celui qu'il avait lu aussi dans les yeux de Carolyn. Il regrettait déjà, mais il savait que c'était trop tard.

Parce que Silas s'avançait vers lui pour le frapper, mais cette fois de sa propre initiative, le poing gauche serré. Larry ferma les paupières, attendit, puis sa tête tressauta et l'univers explosa dans un bruit blanc accompagné d'éclairs de lumière. Lorsqu'il rouvrit les yeux, il faisait face à une autre direction. Ses genoux avaient cédé sous lui et il cherchait désespérément son souffle, un goût de sang dans la bouche, se repentant davantage encore d'avoir traité Silas comme il venait de le faire et, la vision brouillée par les pleurs, il vit *Danse macabre* tombé à plat dans la poussière. Quelque part derrière lui, il entendait leurs voix, et il se tourna pour regarder un monde qui ne serait plus jamais le même.

Carl avait lâché sa bouteille et, chancelant, il s'accrochait à Silas, de sorte que tous deux semblaient engagés dans une danse étrange cependant qu'ils se dirigeaient vers la cabane parmi les plantes sauvages, et que Silas, lui-même au bord des larmes, tentait de se dégager en disant : « Laissez-moi, Mr Ott, s'il vous plaît », et que Carl lui murmurait à l'oreille d'une voix pâteuse quelque chose qui obligeait le garçon à le repousser. Il réussit à se libérer, sprinta vers la forêt de l'autre côté, et Larry resta seul, par terre, dans les mauvaises herbes, avec son père.

6.

Le mercredi matin, Silas, installé au *Hub* à la petite table du fond, avalait la dernière bouchée de son deuxième hot-dog. La veille, il avait appelé Angie pour lui dire qu'il ne viendrait pas la rejoindre, mais qu'ils pourraient déjeuner ensemble le lendemain. Il avait mal dormi et même rêvé de Larry Ott, un rêve qu'il avait néanmoins oublié quand, assis au milieu de ses draps emmêlés et moites de transpiration, il avait essayé de retrouver le fil de son étrange récit. Sur le chemin du *Hub*, il avait téléphoné à l'hôpital où une infirmière lui avait annoncé que Larry avait été transféré en réanimation. Il avait été opéré avec succès, mais il n'était pas encore réveillé.

Par la fenêtre, il contemplait les cheminées de la scierie, soulagé une fois encore à l'idée de ne pas avoir à affronter Larry. Depuis longtemps, il se servait de ce « sale nègre » bégayé jadis comme d'une excuse pour l'éviter. Lors de ses rares retours au village, lorsqu'il était à l'université ou à l'armée, il ne demandait jamais de nouvelles de Larry. De temps en temps, quand il buvait et fumait de l'herbe avec M&M et leurs copains, on parlait de lui. Larry le Pourri, comme on l'appelait ; est-ce qu'ils ne devraient pas aller lui flanquer une branlée ? Silas s'efforçait de changer de sujet, de se sortir Larry de l'esprit. Bien sûr, il avait appris la mort de Carl Ott. Mais qu'est-ce qu'on en avait à foutre ?

« Tu veux un autre hot-dog, mon chou ? » lui demanda Marla. Elle portait un filet sur ses cheveux gris et un T-shirt plein de taches de graisse. Elle avait un peu plus de soixante ans, une bedaine, et elle faisait déjà la cuisine ici quand il était à l'école. Elle avait des mains parcheminées et une voix d'homme. Elle ressemblait étrangement à French, mais Silas voulait bien être pendu si cette femme ne savait pas cuire correctement un hot-dog !

« Non, merci, miss Marla », répondit-il, se tamponnant le menton avec une serviette en papier tirée du distributeur en aluminium posé sur la table puis se reculant sur son siège pour que ses menottes ne le gênent pas. Il s'essuya la bouche et sirota son Pepsi. Il adorait la nourriture ici, en particulier les hot-dogs qui lui rappelaient Chicago. Marla utilisait des saucisses fumées qu'elle faisait presque noircir, et elle mettait des tonnes de ketchup, de moutarde, de condiments et d'oignons hachés. Elle rajoutait par-dessus une couche de sauce piquante, si bien qu'ensuite les lèvres vous brûlaient.

Il se leva, glissa son carnet dans sa poche de derrière, puis il prit son chapeau sur la chaise à côté de lui et il se dirigea vers la caisse. En face de lui, un mur de cigarettes, de briquets, de cigares bon marché, de vitamines, d'aspirine et autres analgésiques.

« Je te prépare deux hot-dogs dans un sac », lui lança Marla par-dessus son épaule. Elle avait à la bouche une cigarette dont la fumée s'élevait à la verticale, aspirée par la hotte du gril.

« C'est gentil », dit-il, faisant passer son chapeau dans l'autre main.

Un instant plus tard, elle vint lui donner un sac graisseux.

« Merci, miss Marla », dit-il. Il avait depuis longtemps renoncé à faire semblant de payer et, à la place, quand elle lui tourna le dos pour prendre quelque chose derrière elle, il mit un billet de cinq dollars dans le pot des pourboires.

« Je t'ai vu », dit-elle en lui tendant quatre sachets de ketchup ainsi que quelques sachets de sel et de poivre. Elle écrasa sa cigarette dans le cendrier à côté de la caisse. « Paraît qu'on a tiré sur Larry Ott.

– Ouais, c'est exact. Je vais là-bas jeter un coup d'œil.

– Comment y va ?

– Il est en réanimation.

– Mon Dieu, mon Dieu, dit-elle, le visage grave. D'abord Tina Rutherford, puis M&M et maintenant lui. » Elle fit claquer sa langue. « Enfin, on dit que les catastrophes vont par trois, alors on devrait être tranquilles pour un bout de temps, non ?

– Oui, en effet. »

L'air absent, elle prit derrière elle un paquet de Marlboro dont elle déchira l'enveloppe de cellophane. « Tu sais, 32, j'ai toujours eu un peu pitié de lui. Larry.

– Ah, bon ?

– Ouais, mon chou. Tout le comté croit que c'est un kidnappeur, un violeur ou un assassin, ou même les trois à la fois, mais je me souviens qu'il venait ici acheter des illustrés. À l'époque où on en vendait encore. Un modèle de politesse, ce gamin. Y te regardait à peine dans les yeux.

– Vous l'avez revu récemment ? »

Elle fit signe que non, et après avoir extrait une cigarette du paquet, elle l'alluma. « Y a quelques années, j'avais encore une fille à la caisse. J'ai pas entendu quand c'est arrivé, mais elle m'a raconté plus tard, toute fière, comment elle lui avait dit qu'il était pas le bienvenu dans cet endroit "respectable". Je m'en suis séparée à peu près à ce moment-là. »

Silas hocha la tête et coiffa son chapeau.

« Tu vas voir Roy, aujourd'hui ? demanda Marla.

– Je sais pas. » Il ouvrit le sac encore chaud et glissa les sachets dedans.

« Si tu le vois, tu y diras que j'ai des poissons-chats tout frais.

– J'y manquerai pas. Merci. » Il leva le sac plus graisseux encore qu'à l'instant où elle le lui avait remis. « Pour ça aussi.

– De rien, mon chou », dit-elle, tirant une bouffée de sa cigarette.

Il s'arrêta devant les cuves d'essence d'*Ottomotive* et descendit, faisant tinter les clés de Larry. Le garage ne paraissait pas avoir changé avec ses parpaings peints en blanc qui s'effritaient doucement et les touffes d'herbe qui poussaient le long des fondations. Rien ne bougeait. Le silence régnait dans le motel de l'autre côté de la route où un vélo d'enfant était appuyé contre le mur près de la porte. Larry aurait-il causé la mort de ce quartier ? Certes, Fulsom s'était déplacé vers l'est, mais pourquoi ? Silas lança les clés en l'air, les rattrapa, puis il remonta dans sa Jeep qui sentait le hot-dog et alla se garer à l'endroit où Larry se mettait chaque jour, sur ce rectangle d'herbes mortes de la dimension du Ford où l'on ne distinguait pas la moindre tache d'huile. Le pick-up de Larry devait être le véhicule le mieux entretenu de tout le comté, à l'instar d'un malade à qui serait attaché un médecin à plein temps. Larry était sans doute à l'écoute du moindre bruit, le moteur qui cogne, une courroie qui couine ou les freins qui grincent.

Silas choisit la bonne clé, et quand il ouvrit la porte du bureau, un triangle de lumière troué de son ombre tomba sur le sol. Il alluma. Odeur de graisse et de poussière, pas désagréable. La pièce était petite, un bureau sur la droite, quelques chaises le long du mur sous un calendrier, un vieux distributeur de Coca, des casiers de bouteilles vides et des étagères bourrées de livres.

Bien sûr, pensa-t-il. Des livres. Il y en avait partout, empilés sur deux rangées, écornés, des romans au milieu des manuels de réparation dans des classeurs marron. Au fond de la pièce, une porte donnait sur le garage. Il chercha l'interrupteur à tâtons et alluma. Le garage était immense, haut de plafond, et sur les chevrons en bois apparents s'entassaient pare-chocs, tubes et durites. Au mur du fond étaient accrochés des outils et des courroies. Il y avait aussi une étagère de batteries Interstate, un établi en métal muni d'une rigole pour recueillir l'huile, des fûts de deux cents litres stockés dans un coin, et dans un autre, un cric hydraulique à côté d'une grande boîte à outils rouge montée sur roulettes. Il alla ouvrir le tiroir du haut qui coulissa avec une douceur incroyable.

Il actionna la chaîne qui soulevait le rideau de fer, puis resta immobile sur le seuil, le regard fixé sur la route, frappé par un souvenir. Quelques années auparavant, apprenant la mort de sa mère, il était revenu d'Oxford.

Sur le chemin de Fulsom, il était passé ici, et par la vitre de sa voiture, il avait aperçu Larry planté là, à l'endroit précis où il se tenait en ce moment. Silas avait gardé les yeux rivés droit devant lui, comme si Larry risquait de le voir, comme si depuis toutes ces années, il ne faisait que guetter le retour de Silas. Mal à l'aise, il s'était dépêché de régler les affaires de sa mère, pressé de foutre le camp du sud du Mississippi. Elle avait tout organisé en vue de sa mort et payé d'avance les frais d'obsèques ainsi que le petit emplacement dans un cimetière du comté. Silas n'avait plus qu'à signer quelques papiers et à récupérer ses maigres possessions, dont la vieille carabine de Larry. Il avait tout emporté, la Marlin rangée dans un étui, et en partant il était repassé devant *Ottomotive* où Larry se tenait toujours au même endroit. Silas n'avait pas tourné la tête vers lui.

Arrivé chez Larry, il descendit de voiture et se tint un instant au soleil. Il regarda le ciel tel que le voyait Larry, et puis les arbres, la maison. Il respira l'air que Larry respirait.

Baissant les yeux, il vit quelque chose qui scintillait au milieu des pierres et de la boue du chemin. Il repoussa son chapeau sur son crâne, ôta ses lunettes de soleil et s'accroupit. Du verre. Sans y toucher, il approcha son visage de la terre qui dégageait déjà de la chaleur. De tout petits morceaux carrés, épais. Un parebrise ou une fenêtre. Pas très nombreux, éparpillés ici et là, comme si on avait nettoyé en hâte. À quatre pattes comme un chien, il pro mena son regard sur le chemin.

Il alla chercher des sacs en plastique dans le carton qu'il avait sorti de la Jeep puis ramassa quelques bouts de verre à l'aide d'une pince à épiler.

Après quoi, il explora la cour, refit le tour de la maison. Il ne trouva rien, pas même un mégot de cigarette, et il se dit qu'il fallait prendre tout son temps, que la clé de l'énigme pouvait être n'importe quoi.

French l'appela par radio pour demander s'il y avait du nouveau. Négatif, répondit Silas.

« Vous êtes allé le voir ? Ott ? »

Silas dit que non, et il sentit que French attendait des explications.

« Il est pas encore réveillé. J'irai après.

– S'il se réveille. » French coupa la communication.

Au loin, le grondement d'un moteur. Silas savait faire la différence entre le bruit des tronçonneuses qu'on entendait presque à longueur de journée et celui des quads qu'on entendait le reste du temps. C'était un quad. Il se dirigea vers le champ qui s'étendait au-delà de la grange. Des bûches étaient empilées contre le mur, les plus grosses fendues à la hache, toutes protégées des intempéries par l'avant-toit du bâtiment. À l'orée du bois, il distingua quelques souches, sans doute celles des arbres que Larry avait abattus pour se fournir en bois de chauffage, et il devina que Larry ne prenait que les arbres morts ou près de mourir. Jamais il n'aurait abattu un arbre sain. Il se tourna vers la grange. Le sol était mou. Il baissa les yeux.

Puis s'accroupit de nouveau. Des traces de quad. Il les étudia. Elles montaient. Par là. Il se releva pour les suivre. Sur l'empreinte d'un pneu, on voyait un petit cercle parfait à intervalles réguliers, peut-être un clou sur lequel le véhicule avait roulé. Il lui semblait qu'il restait encore un des kits de moulage que French lui avait laissés.

Une heure plus tard, assis sur la véranda, en nage, il attendait que le moule sèche en mangeant l'un des hot-dogs de Marla lorsqu'il aperçut quelque chose dans l'herbe. Un objet minuscule qui lui avait échappé jusqu'à présent.

Le mégot d'un joint, mouillé, sale, dont on ne tirerait probablement rien, mais qui sait ?

Il le récupéra au moyen de la pince à épiler pour le glisser dans un sac, et il réalisa soudain que grâce à cette seule découverte, il n'avait pas perdu sa matinée. Il voulait bien rendre son badge si Larry fumait de l'herbe ! Quelqu'un d'autre était venu ici. Il posa le sac en plastique à côté des deux autres contenant les morceaux de verre, puis il fit une nouvelle fois le tour de la maison. Quand il arriva devant le poulailler, tous les volatiles se précipitèrent vers lui.

« Z'avez faim, hein ? » dit-il, prenant leurs caquètements et leurs gloussements pour une réponse : Bien sûr qu'on crève la dalle, ducon. File-nous donc à bouffer !

Il remarqua les roues à l'arrière de la cage, fronça les sourcils, se retourna et s'avança le long du grillage, suivi de l'autre côté par les poules. Il tâta du pied le crochet d'attelage. Pourquoi Larry avait-il monté des roues sur son poulailler ? Portant son regard vers le champ, il vit plusieurs carrés brunâtres au milieu de l'herbe verte et des fleurs sauvages, chacun de la dimension de la cage à côté de lui. Il imagina alors Larry tractant le poulailler plein de poules qui voletaient à l'intérieur. Il traversa le champ, s'arrêta devant le carré le plus éloigné de la grange où l'herbe était écrasée dans la boue constellée de plumes et de fientes, celui où la cage avait dû être posée dernièrement. Revenant sur ses pas, il constata qu'à côté, dans un nouveau carré, quelques brins pointaient comme des périscopes. Dans le suivant, l'herbe avait déjà meilleure allure et la merde avait commencé à se fondre dans le sol sous l'effet de la pluie et de la rosée. Plus loin, l'herbe avait repoussé, parsemée ici et là de sauge bleue et de verges d'or sur lesquelles son ombre qui s'allongeait lui faisait prendre conscience du temps qui s'était écoulé. D'ici une semaine, le champ aurait repris ses droits : on ne verrait plus les endroits où la cage avait séjourné.

De retour à la grange, il se glissa sous le ruban jaune pour entrer et resta un moment à contempler le vieux tracteur sur lequel il avait grimpé bien des années auparavant.

Entendant les poules râler, il se dirigea vers le mur où étaient accrochés une faucille et d'autres outils dont il ignorait l'usage, en particulier un gros ressort en fer enroulé autour d'une barre métallique. Le genre de choses qui devait décorer le salon des Rutherford. Il passa la tête dans le poulailler, et les poules s'éparpillèrent. Il demeura un moment perplexe devant les deux sacs d'aliments, l'un rempli de granulés, l'autre de maïs. Il finit par décider qu'il valait mieux les nourrir trop que pas assez, et il versa un quart de chacun des sacs sur le sol au milieu des traces de pattes. Les volailles se mirent aussitôt à picorer, et Silas se rappela comment Larry et lui retournaient les bûches pour récupérer les divers insectes et cafards logés en dessous afin de les pousser sous le grillage pour que les poules les attrapent et les mangent.

Il se rendit ensuite dans la sellerie où il vit une vieille tronçonneuse, les cannes à pêche de Larry soigneusement rangées sur de gros clous le long du mur et sa boîte à hameçons dans un coin, ancrée au sol par un réseau de toiles d'araignées poussiéreuses. Il se baissa pour l'ouvrir et fureta parmi les mouches et les leurres, encore impeccables, dont certains lui parurent familiers quoiqu'ils aient l'air beaucoup plus petits dans sa paume qu'ils ne l'étaient des années plus tôt. Il se souvenait des parties de pêche en compagnie de Larry, les deux garçons qui parlaient sans arrêt, mourant d'envie de partager les connaissances qu'ils possédaient sur les serpents, les poissons-chats, les hiboux ou les tondeuses à gazon.

Dans la maison de Larry, portant des gants, il mit en route le bruyant climatiseur devant la fenêtre. Il consacra un long moment à examiner les livres dont il se remémorait si bien les titres et le contenu grâce aux récits que Larry lui en faisait. Dans la cuisine, il ouvrit le réfrigérateur d'où s'échappa une odeur aigre. Un pack de Pabst. Des bouteilles de Coca et quelques boîtes en polystyrène en provenance du rayon alimentation de chez Piggly Wiggly. Il prit un Coca qu'il décapsula à l'aide d'un magnet marqué « Jésus » et le but pendant qu'il ouvrait tous les tiroirs l'un après l'autre. Fourchettes, cuillères, couteaux. Il prit une chaise et fouilla dans les placards dont un grand nombre servait de rangement pour le courrier. Catalogues, prospectus, publicités, journaux. Silas en descendit tout un tas, souffla la poussière dont il était couvert et regarda la date. 11 juin 1988. Un autre tas remontait au début des années 1980. Il y avait une pile de magazines d'horreur, *Eerie* et *Creepy*, et une autre d'un magazine sur les films d'horreur intitulé *Fangoria*. Il se souvenait d'en avoir lu certains avec Larry. Il descendit, prit la chaise pour explorer un autre placard, déplaçant chaque pile pour vérifier ce qu'il y avait derrière. Sur les étagères du bas, encore du courrier, sauf sur l'une d'entre elles où se trouvaient les produits d'entretien.

Il passa dans le couloir et s'arrêta devant l'armoire à fusils. Poussant un soupir, il feuilleta le courrier, les prospectus, les catalogues de clubs du livre, les exemplaires de *Chasse et pêche*, de *Nature*. Une étiquette portant le nom et l'adresse de Carl Ott était collée sur chacun de ces deux magazines.

Silas commençait à se sentir la nuque raide, et alors qu'il faisait des mouvements pour se détendre, il remarqua la trappe du grenier.

Il alla chercher une chaise dans la cuisine, monta dessus pour ouvrir la trappe. Muni de sa lampe, il se hissa dans le grenier qui baignait dans une pénombre chaude et humide peuplée de tout un univers de cartons. Il éternua. La lumière qui filtrait par l'unique fenêtre éclairait des toiles d'araignées accrochées dans les coins du plafond. Un fil pendait, et il tira dessus pour allumer. Il éternua de nouveau, défit le bouton du haut de sa chemise.

Dans les cartons, il découvrit de vieux actes notariés relatifs à des achats de terres, des avis d'imposition ainsi que des lettres jaunies et craquelées. Il les parcourut, étonné qu'on puisse tant écrire sur des choses et des personnes disparues depuis si longtemps. Il étudia ensuite les papiers. Carl Ott avait possédé autrefois plus de deux cent cinquante hectares. Selon les documents, Larry en avait vendu près de la moitié au cours des vingt dernières années, parcelle après parcelle, à la Société Rutherford. Ce n'était pas surprenant. Larry n'avait pas d'entreprise, pas de revenus, et ce salaud de Rutherford cherchait à acheter tous les lots de forêts disponibles.

Silas ne trouva pas de notes d'honoraires d'avocat. Une heure plus tard, il se redressa dans la faible lumière, s'étira et remarqua alors un meuble-classeur tout au fond. Il enjamba les cartons dont il venait d'examiner le contenu et se dirigea vers le meuble, lequel n'était pas fermé à clé. Il ouvrit le tiroir du haut qui protesta en grinçant. Il était rempli de dossiers kraft, tous étiquetés. L'un renfermait cinq mandats de perquisition correspondant aux visites de French. Un autre, les reçus de la maison de retraite où était Ina Ott. Un troisième, des factures de gaz, d'électricité, de même que des récents doubles de déclarations d'impôts. Il mit de côté le dossier marqué TÉLÉPHONE.

Le tiroir du bas ne contenait qu'une boîte à chaussures pleine de vieilles photos. Il la prit ainsi que les factures de téléphone et redescendit. Il posa le tout sur la table de la cuisine. Ses vêtements étaient trempés de sueur. Il alla dans le séjour et resta planté plusieurs minutes devant le climatiseur. Il enleva ses gants, secoua ses mains, puis retourna dans la cuisine.

Il ouvrit le dossier avec les factures de téléphone et les étudia. Pas d'appels hors du Mississippi. Pas d'appels 900-SEXE. Rien que des communications locales. Une autre liasse de factures lui fit froncer les sourcils : celles d'un portable. Celui que French avait emporté. Un seul numéro figurait, qu'il nota dans son carnet. Parfois, un appel par mois, et certains mois, aucun. Il remit les papiers en ordre et se balança sur sa chaise pour jeter un coup d'œil dans le séjour où la tache de sang sur le parquet était devenue noire.

La boîte à chaussures, maintenant. La plupart des photos, apparemment empilées en désordre, étaient des polaroïds. Comme il y avait quelques albums de photos dans la chambre du bout, il devait y avoir des doubles. Il les regarda rapidement une par une, Larry adolescent dessinant, lisant, brandissant un poisson. Il remarqua que Carl et Ina ne figuraient presque jamais sur les clichés, et il n'eut pas besoin de réfléchir pour savoir que c'était Ina qui les avait pris. Larry tondant la pelouse, posant un fusil à la main, ouvrant son cadeau, un G.I. Joe, sous un sapin de Noël, en costume pour Pâques, tenant un crapaud. Le petit Larry dans sa baignoire, sur son tricycle, en larmes, Larry qui rajeunissait à mesure que Silas fouillait vers le fond. L'une des photos montrait Larry bébé sur les genoux d'une femme dont on ne voyait que les mains noires. Une domestique, se dit-il. Il en découvrit quelques autres, des bras noirs qui tenaient Larry dans son bain, une main noire qui lui glissait sa sucette dans la bouche. Une femme qui n'était jamais le sujet de la photo mais juste une sorte d'objet pris dans le champ, comme une table ou une chaise.

Son visage n'apparaissait que sur une seule. Et Silas découvrit avec stupeur que cette femme était sa mère.

Silas avait treize ans quand Oliver, le compagnon de sa mère avec qui ils vivaient depuis près de sept ans, fut arrêté pour tentative de meurtre. Cela se passait à Joliet, dans la banlieue sud de Chicago. Les policiers défoncèrent la porte de leur maison, armés de fusils, d'énormes pistolets et de boucliers anti-émeute, tandis qu'Oliver essayait de filer par la porte de derrière avant même que Silas ait esquissé un geste.

Ce n'était pas un quartier sensible et ce genre d'intervention n'était pas courant comme à Chicago, en particulier dans le South Side. Tous trois habitaient une rue noire, tranquille, dans un quartier noir où les trottoirs étaient bordés de poiriers de Chine. Il y avait de l'ombre, des bancs, une cabine téléphonique. Tout le monde ou presque possédait un petit jardin et un petit chien qui aboyait sous la clôture. Nombre de familles possédaient en outre une petite piscine, et dans l'une d'elles barbotait même un canard. Rien à voir avec la série préférée de Silas, *Good Times*, où la famille Evans vivait confinée dans l'appartement de leur cité. Silas n'avait jamais vu de cité et, à ses yeux, elle aurait aussi bien pu se trouver sur Mars. Mais il n'avait pas vu beaucoup de Blancs, non plus. C'est seulement quand sa mère et lui vinrent s'installer dans le Sud qu'il en rencontra.

Oliver était chauffeur-livreur. Il était souvent absent. Quand il était à la maison, il ne prêtait guère attention à Silas.

Les flics le ramenèrent, menotté, jetant des regards mauvais aux huit policiers qui fouillaient l'appartement. Blotti sur le canapé à côté de sa mère qui sanglotait, Silas n'éprouvait aucun chagrin. L'histoire de sa mère avec Oliver lui avait appris deux choses : Premièrement, que les hommes s'intéressaient à Alice Jones, et deuxièmement, que les hommes qui cherchaient une femme ne tenaient pas à s'encombrer d'un enfant. Silas ne se doutait pas que les flics avaient établi un rapport entre Oliver et une bagarre intervenue deux soirs auparavant au cours de laquelle un homme avait reçu une balle, et qu'ils étaient sur le point de retrouver l'arme. Il savait juste qu'Oliver avait fait clairement comprendre que s'il n'y avait pas eu sa mère, lui, Silas, serait à la rue.

L'un des flics s'écria « Bingo ! » et brandit un petit pistolet trapu qu'il venait de découvrir tout en haut d'un placard de la cuisine, tandis que l'expression d'Alice indiquait qu'elle en ignorait l'existence et que celle d'Oliver n'était que haine. Deux des flics le relevèrent pour l'entraîner hors de la pièce, cependant qu'il hurlait « Appelle un avocat ! » à la mère de Silas qui, horrifiée, plaquait une main sur sa bouche.

Deux jours plus tard, elle mettait la maison en vente afin de réunir l'argent pour la caution, mais à peine dehors, à quelques pas du tribunal, Oliver dit à Alice : « Organise un vide-grenier et récolte ce que tu peux. Y a un autre mandat d'arrêt contre moi et je sais pas pourquoi ils ont pas fait le rapprochement, mais ils le feront, et ce coup-là, je suis bon pour rester à l'ombre un bout de temps. » Il embrassa Alice sur les lèvres, lui caressa les seins, là, en pleine rue, devant Silas. « Au revoir », dit-il, sans même jeter un regard en direction du garçon.

Et il disparut.

Alice fit son vide-grenier avant que les gens apprennent qu'Oliver était définitivement parti et elle en tira un peu d'argent. Lorsque la police débarqua avec le second mandat d'arrêt, Oliver était au Mexique ou ailleurs, et Silas et sa mère avaient déménagé.

Dans le car, appuyé contre l'épaule d'Alice qui se balançait au rythme du Greyhound, il demanda : « On va où, m'man ?

– Dans le Sud, répondit-elle.

– Pourquoi ?

– Parce que j'ai de la famille là-bas.

– Mon papa ?

– Tais-toi, petit. Non.

– Qui, alors ? »

Elle lui donna un coup de coude. « Pose pas tant de questions. Lis ton magazine. »

Il ouvrit *Sports Illustrated* qu'il tenait sur ses genoux mais, ne se sentant pas d'humeur, il préféra regarder par la fenêtre. Il était content de quitter Chicago. Oliver ne s'adressait à lui que pour lui demander de descendre acheter des cigarettes au tabac du coin ou pour lui dire d'aller se faire voir ailleurs pendant que sa maman et lui avaient « à causer ». Silas s'installait alors sur la petite véranda et regardait dans la rue les dizaines de petites vérandas semblables où des gens étaient assis, de grosses femmes aux bras mous comme des oreillers dont les chairs pendaient, des hommes âgés qui fumaient des cigares et poussaient des dominos sur des tables pliantes, tandis que des chiens étaient attachés à la balustrade. Sa mère travaillait dans une fabrique de chemises et Oliver conduisait sa camionnette marron. Ce n'était pas une vie désagréable, devait se dire Silas par la suite. Il mangeait toujours chaud et il avait sa propre chambre. Sa télé. Il se tordait de rire devant les aventures de James Junior, dit « J.J », dans *Good Times*, et Alice elle-même souriait devant le visage d'Oliver quand il imitait le comique Flip Wilson. Silas fréquentait une école correcte où il avait des copains. À deux rues de chez lui, il y avait un terrain vague où les garçons jouaient au base-ball. Silas avait eu son premier gant pour le Noël de ses neuf ans ; comme il était vite devenu trop petit pour lui, il en avait eu un autre l'année suivante.

Et maintenant, en route pour le Sud. À chaque fois que le car bringuebalant s'arrêtait dans une nouvelle petite ville, il descendait pour s'étirer. Ce pouvait être à l'arrière d'un garage, dans une station-service ou simplement à un carrefour comme à Gladiola, Illinois, où il bruinait – l'Illinois tout plat, qui s'étendait à l'horizon de part et d'autre des fenêtres du car comme une photo, un océan de champs de blé ou de maïs déjà fauchés où quelques éteules desséchées perçaient la neige grisâtre, un paysage uniforme brisé seulement par des silos et de curieuses maisons hautes entourées de bosquets d'arbres.

Il avait réussi à dormir pendant qu'ils traversaient le Missouri et l'Arkansas, et il se réveilla plus loin de chez lui qu'il ne l'avait jamais été. Prochain arrêt, Memphis, le bruit et la foule de Beale Street dans le matin ensoleillé, et sa mère qui le poussait (traînant une valise dans chaque main), elle-même chargée de deux autres. L'adresse qu'on lui avait indiquée était celle d'un bâtiment condamné par des planches, et ils restèrent là, à se demander ce qu'ils allaient faire, tandis qu'autour d'eux les passants vaquaient à leurs occupations.

« Où on va, m'man ? interrogea-t-il.

– On retourne à l'arrêt du car », répondit-elle. Ce n'était pas très loin. Ils pouvaient y aller à pied. Elle pensait se rappeler le chemin.

Alors qu'ils marchaient sur le trottoir, épuisés, elle se rendit compte qu'elle avait emporté trop d'affaires. Elle repéra une boutique de prêteur sur gages tenue par un homme blanc à nœud papillon. Pendant qu'il flirtait et ouvrait les valises pour en sortir la vaisselle et la porcelaine, enveloppées dans un soutien-gorge ou une culotte, et qu'il évaluait chacun des objets que sa mère avait accumulés toute sa vie durant, Silas examinait les étagères et les casiers bourrés de tout ce dont les gens acceptaient de se dessaisir quand ils traversaient une mauvaise passe. Cannes à pêche, carabines, pistolets, une petite moto de cross, postes de télévision, tourne-disques. Il regarda sa mère qui faisait la grimace devant le peu d'argent que tout cela allait lui rapporter.

Plus tard ce soir-là, ils arrivèrent à Jackson, Mississippi. Le chauffeur du car, un Blanc corpulent, aida Alice à descendre sur le trottoir les deux valises qui restaient. Le centre de Jackson paraissait calme comparé à Chicago et à Memphis, très calme même sans les trains, les sirènes et les klaxons avec lesquels Silas avait grandi. Il était dix heures et les rues étaient désertes hormis quelques ivrognes qui se passaient des bouteilles et titubaient dans l'ombre. Deux ou trois hauts bâtiments et un pont au-dessus d'une rivière froide se découpaient contre le ciel nocturne. Le chauffeur se tenait sur le trottoir. Il transpirait bien qu'on fût en janvier, et la chemise bleue de son uniforme était sortie de son pantalon. Il ôta sa casquette, la remit.

« Vous allez où, maintenant ? demanda-t-il.

– On va chercher un motel », répondit Alice.

Il jeta un coup d'œil sur la plus grosse des deux valises, unique rescapée d'un set de voyage acheté par Oliver.

« Y a pas de motels dans le coin, dit l'homme. Rien qu'un hôtel chic. Le Edison Walthall, à cinq cents mètres d'ici.

– Chic, dit Alice. De ceux qu'acceptent pas les Noirs, c'est ça ? »

Le chauffeur tritura le revers bleu de son uniforme Greyhound. « Non, je veux dire que les chambres sont très chères. Je pourrais pas me permettre d'y descendre. »

Alice parcourut la rue du regard.

« Je vais vous dire, reprit l'homme. J'ai terminé ma journée, et j'ai mon camion garé par-là. Si ça vous fait rien d'attendre un peu, je vous dépose.

– Vous avez pas besoin de faire ça, dit Alice.

– Ça me dérange pas. Restez là et je reviens tout de suite. » Il s'apprêta à entrer dans le bureau de la station. « Allez attendre devant la porte. Faut pas traîner le soir. Je vais prévenir Wanda.

– Ça ira », dit la mère de Silas.

Le chauffeur parut dubitatif, mais il entra.

Il faisait froid.

« On va avec lui ? » demanda Silas.

Alice examinait la rue déserte. En face se trouvait une teinturerie, fermée, et à côté une officine de prêteur pour cautions. Un homme blanc fumait une cigarette, assis sur les marches, et les observait. Pas de restaurant en vue.

« Maman ? »

Penchée en avant, elle étudiait les alentours. Elle portait un manteau bleu et une écharpe. Une voiture passa et le conducteur, un Noir, les regarda un peu trop longtemps. Silas jeta un coup d'œil en direction du bureau où le chauffeur corpulent écrivait quelque chose sur un écritoire à pince. Il aperçut Silas et lui sourit.

« Maman, répéta-t-il. Où on va ?

– Silas, répondit-elle, scrutant la rue. Maintenant, tu te tais.

– Maman, on va avec cet homme blanc ?

– Je t'ai dit de te taire.

– Maman… »

Elle pivota si vite qu'il ne vit pas sa main partir. Elle l'avait déjà frappé, mais jamais comme ça, jamais en pleine rue. Sa première réaction fut de regarder si le chauffeur s'était rendu compte de ce qui se passait. Si c'était le cas, l'homme faisait comme si de rien n'était. Sa deuxième réaction fut de partir en courant, mais elle lui avait déjà saisi le poignet.

« T'avise pas de fuir la seule personne au monde qui t'aime », dit-elle.

Il se dégagea d'un mouvement brusque.

« Tu sais pas où on va », affirma-t-il.

Il vit qu'elle était au bord des larmes. Il savait qu'il aurait dû arrêter, mais il s'en sentait incapable. « Maman, j'ai froid. Je veux rentrer.

– Rentrer où ?

– À la maison.

– Ça suffit », dit-elle sans le regarder.

Le pick-up du chauffeur de car arriva, et le gros homme descendit, vêtu non plus de sa veste d'uniforme mais d'un blouson en jean et coiffé d'une casquette de base-ball décorée d'un oiseau rouge. Un supporter de l'équipe des *Cardinals*. Du lanceur Bob Gibson.

Il avait mis ses feux de détresse. Il souleva la valise d'Alice avec un grognement. « Vous transportez quoi, là-dedans, des pierres ? » demanda-t-il.

Alice eut un sourire tremblant.

« Je m'appelle Charles », dit l'homme.

Alice se présenta puis présenta Silas.

« Ravi de faire ta connaissance, Silas. » Charles lui tendit la main.

« Silas », dit sa mère.

Il serra la main de l'homme, épaisse comme un steak, pendant que sa mère faisait le tour du camion, ouvrait la portière et l'attendait. Il évita son regard et, au lieu de la rejoindre, il balança son sac à dos et sa valise à l'arrière du pick-up avant de grimper à son tour.

« Petit, dit Charles. Y fait trop froid pour que tu restes là.

– Silas, dit sa mère d'un ton mi-suppliant, mi-menaçant. Monte devant. »

Le chauffeur tapa dans ses mains. Son haleine formait un mince filet blanc. « Petit, fais ce que ta mère te demande.

– Silas ! »

Il se buta. « Je veux pas aller devant », dit-il. Il n'osa pas affronter le regard de sa mère, mais il perçut sa gêne, tandis que les deux adultes avaient les yeux fixés sur lui.

Finalement, sa mère déclara d'une voix faussement enjouée : « Après tout, on vient de Chicago. Je suppose que le Mississippi lui paraît pas si froid que ça. »

Avant de fermer sa portière, l'homme blanc dit : « Si tu te gèles trop, petit, frappe à la lunette arrière. »

Silas s'adossa au fond, ramena la valise et le sac à dos contre lui, cependant que Charles démarrait sur la route déserte. Il envisagea de sauter dès que le pick-up ralentirait pour tourner. Il claquait des dents et le camion cahotait. Il jeta un coup d'œil à la dérobée par-dessus son épaule et vit sa mère sur la banquette, réfugiée le plus loin possible, tassée contre la portière. À la manière dont bougeait la main de Charles, désignant ceci ou cela, Silas se rendait compte qu'il parlait.

Il savait ce que le chauffeur de car attendait de sa mère, et il savait aussi que lui, Silas, constituait d'une certaine façon un obstacle. Sans lui, elle pourrait faire ce qui était nécessaire, sans témoin, pour survivre à cette nuit glaciale, pour aller où elle désirait aller. Il savait que sa mère était belle.

De nouveau, il envisagea de sauter dès que l'occasion se présenterait. Quelques instants auparavant, il avait entendu une locomotive siffler et il se disait qu'il pourrait retourner vers le nord en suivant la voie ferrée comme le racontaient les vieux qui se réunissaient dans les arrière-cours de leur quartier devant un fût métallique de deux cents litres où brûlait un feu, ressassant leurs souvenirs du monde qui, vu d'un wagon de marchandises, se déroulait comme une fresque murale infinie qu'on saluait en levant sa timbale de bourbon.

Il était presque dix heures et demie, et Silas se recroquevillait de plus en plus sur lui-même. Le pick-up s'arrêta à un feu rouge. Silas regarda à gauche par-dessus le sac à dos qu'il utilisait pour se protéger du vent, et il distingua une succession d'enseignes au néon parmi lesquelles il y avait sûrement celle d'un motel. À droite, les lampadaires éclairaient un carrefour d'où partait une route déserte.

Le chauffeur de car tourna pour s'y engager. Un peu plus loin, ils s'enfoncèrent dans les ténèbres. Silas se redressa pour examiner le profil de sa mère qui écoutait en souriant l'homme blanc qui, une main sur le volant, l'autre gesticulant, racontait sans doute une histoire censée la faire rire. Et il savait sans même la regarder qu'elle rirait, parce qu'elle était polie et qu'elle vivait dans un monde où il lui fallait tout le temps être polie.

Un monde auquel il ne voulait plus avoir affaire. De même qu'il ne voulait plus avoir affaire à sa mère. Il était déjà debout, son sac à dos à la main. Il sauta par-dessus le hayon et disparut. Comme un hobo, il allait grimper dans le premier train de marchandises roulant vers le nord et rentrer chez lui. Il courut en direction des lumières, tandis que derrière lui les stops de Charles s'allumaient. Il s'engouffra entre deux bâtiments plongés dans le noir et déboucha dans une rue sombre qui donnait sur une autre, éclairée par quelques lampadaires. Voyant le pick-up approcher au ralenti, il s'accroupit derrière une poubelle. L'homme blanc et sa mère descendirent en l'appelant à grands cris, et il perçut une telle note de panique dans la voix de sa mère qu'il faillit se précipiter vers elle, mais il se boucha les oreilles et s'enfuit à toutes jambes.

Il ignorait s'il s'était écoulé dix minutes ou une heure, il n'avait aucune idée du chemin qu'il venait de parcourir et, alors que la peur le gagnait, on le happa par-derrière pour l'attirer entre deux poubelles, lui arracher son sac à dos, son blouson, tandis qu'une main se glissait dans sa poche pour lui prendre son canif et les quarante *cents* qu'il avait sur lui. Il voulut crier, mais une autre main se plaqua sur sa bouche cependant qu'on lui retirait ses Nike. Il se débattit, mordit la main qui le bâillonnait et, libéré, se mit à hurler. Une seconde plus tard, Charles accourait, empoignait l'un des agresseurs cependant que l'autre s'enfuyait dans la ruelle. Celui que Charles avait saisi par la manche de sa chemise était un garçon noir à peine plus âgé que Silas.

« Lâche-moi, enculé », cracha-t-il, et il dégagea son bras avec tant de force que la manche se déchira, puis il disparut à son tour dans la ruelle, tandis que l'homme blanc n'avait plus dans son poing qu'un bout de tissu évoquant une manche à air en l'absence de vent.

« Tu n'as rien, mon chéri ? » Sa mère le serrait dans ses bras. Elle le repoussa un peu pour l'examiner. « Il t'a fait mal ? »

Silas secoua la tête. Il commençait à réaliser que c'était fini, qu'il était sauvé. Quelques lumières s'allumaient dans les immeubles décrépits.

Charles et sa mère l'aidèrent à se relever puis à marcher jusqu'au pick-up garé non loin.

« Merde », jura l'homme blanc. On lui avait fauché ses enjoliveurs.

« Je suis sincèrement désolée, Charles », dit Alice.

Elle lui effleura le poignet.

On avait volé aussi la valise de Silas restée à l'arrière du pick-up, ainsi qu'à l'intérieur, celle de sa mère. De même que son manteau qu'elle avait laissé sur le siège. Par miracle, elle avait toujours son sac qui contenait leur argent. Sa mère s'installa à côté du chauffeur et Silas contre la portière qui était toute froide. Il s'appuya néanmoins contre elle, tremblant, les pieds glacés dans ses chaussettes.

« Mon Dieu, dit Alice à Charles. Quelle nuit on vous fait passer.

– Bon, dit-il. En fait, je crois pas que vous trouverez une chambre de motel à pareille heure. Y sont sûrement complets, les convenables, en tout cas.

– Alors, faudra peut-être qu'on se contente d'un moins convenable.

– Eh bien… » Charles, la voix épaisse, étouffa un bâillement. « Je pourrais vous emmener. »

Silas entendit sa mère protester, mais il était si fatigué qu'il ferma les yeux. Quand il les rouvrit, il faisait plus chaud et ses chaussettes avaient séché grâce au chauffage. Alice bavardait, sans trace d'affolement, heureuse de savoir que Charles allait les conduire à destination.

Le garçon ferma de nouveau les paupières.

Un peu plus tard, sa mère le secoua et lui demanda de l'attendre une minute dans le renfoncement de la porte de la station de cars. Il s'exécuta, encore tout ensommeillé. Le ciment sous ses pieds, froid comme de la glace, le fit frissonner. Maintenant réveillé, il regarda par la vitrine. Dans le faible éclairage, il distingua le guichet fermé et une grosse pendule qui indiquait presque 6 heures du matin. Il se retourna. Sa mère se tenait à côté du pick-up et parlait à Charles qui avait baissé sa vitre.

Il perçut derrière lui un bruit de verrou, et la porte s'ouvrit. Une femme blanche munie d'un énorme trousseau de clés passa la tête dehors. Elle était vêtue d'un uniforme bleu semblable à celui des policiers, et une cigarette pendait à sa lèvre inférieure.

« Mon Dieu, petit, dit-elle. Entre avant de mourir de froid. »

Il entra pendant qu'elle allumait un à un chaque néon du plafond.

« T'es tout seul ? demanda-t-elle. Viens, suis-moi. » Sur son uniforme était cousu son nom : CLARA.

« Non, répondit-il, lui emboîtant le pas sur le carrelage blanc et froid. Ma mère arrive tout de suite.

– Non, *m'dame*, le reprit-elle. Où est-elle ?

– Elle arrive », répéta-t-il.

Clara lui sourit et écrasa sa cigarette dans un cendrier sur pied. « Tu viens du nord ?

– Ouais. »

Elle fronça les sourcils.

« Ouais, m'dame. Chicago.

– Je m'en doutais. Tu causes pas comme les garçons de couleur d'ici. »

Quand Alice entra quelques minutes plus tard, Clara avait servi à Silas un chocolat chaud dans un gobelet en polystyrène et lui avait même déniché une paire de tennis non réclamée parmi les objets trouvés. Sa mère alla parler à Clara à présent installée derrière le guichet, puis elle s'avança vers Silas assis sur une chaise à côté du radiateur.

« Maman…

– Silas, je veux pas que tu me parles. »

Il la suivit dehors dans le froid en direction d'un snack-bar. À l'intérieur, il faisait bon et les tables en formica brillaient sous l'éclairage. L'espace d'un instant, la tête lui tourna. Il sentait l'odeur du café et du bacon. Ils se glissèrent dans un box du fond, et il agita ses orteils dans ses nouvelles chaussures trop grandes pour lui, tandis que sa mère ouvrait un menu plastifié géant. La serveuse, une jeune fille blanche, posa une tasse de café devant Alice qui commanda pour lui des œufs au bacon avec du gruau de maïs, des toasts, de la confiture et un jus d'orange, puis elle déclara que pour elle, le café suffirait. Pendant qu'ils attendaient, elle resta tournée vers la fenêtre sans plus prononcer un mot. La commande de Silas arriva et, tenant sa tasse entre ses deux mains, buvant à petites gorgées, elle continua à regarder dehors où une aube furtive s'annonçait, où quelques silhouettes en manteau passaient devant la vitrine et où des voitures klaxonnaient déjà.

La serveuse rapporta de la confiture à Silas puis remplit la tasse vide d'Alice.

« Si vous avez pas trop de monde, dit celle-ci, est-ce qu'on pourrait rester un peu, jusqu'à l'arrivée de notre car ?

– Oui, m'dame, répondit la fille. Appelez-moi si vous désirez autre chose. »

Dès qu'elle se fut éloignée, Silas demanda : « Maman ? »

Elle ne le regarda pas.

« Maman ?

– Quoi ?

– T'as pas faim ? »

Cette fois, elle se tourna vers lui : « Tu comprends donc rien, Silas ? » Elle avait une expression dure. « T'as pas connu des moments aussi difficiles. Mais moi, j'en ai connu plein. Jusqu'à maintenant, t'as eu la vie bien plus facile que moi. Et quand je vois le genre de garçon que t'es devenu, je me demande si je t'ai pas rendu un mauvais service. »

Cette fois, ce fut lui qui évita son regard.

« J'en ai assez de me bagarrer avec toi, alors je vais te dire ce que j'ai l'intention de faire. Ici, on est à Fulsom, Mississippi, près de l'endroit où j'ai grandi. Je vais prendre un bus pour une petite ville appelée Chabot. C'est pas loin. De là, je vais marcher ou peut-être trouver une voiture. Pour aller dans un endroit que je connais. Au début, ce sera dur, mais dès que j'aurai un travail, ça ira mieux. Si tu veux venir avec moi, faut que tu changes. C'est clair ? »

Il ne répondit pas.

« Silas ? »

La serveuse arriva avec une autre assiette, deux œufs sur le plat, quatre petites saucisses, du gruau de maïs et une brioche grosse comme une tête de chat. Elle prit l'assiette vide de Silas, posa la nouvelle entre eux.

Alice leva les yeux vers elle. « Miss ? C'est pas pour nous, ça. »

Les cheveux de la serveuse frisottaient sous l'effet de la vapeur qui s'échappait des plats. « Quelqu'un l'a renvoyée, dit-elle. Le vieux ronchon, là-bas dans le coin. Si vous la voulez pas, faudra que je la jette.

– Merci, dit Alice.

– Bon appétit, dit la fille avant de les laisser.

– Silas ? demanda sa mère.

– Quoi ?

– Tu veux me faire plaisir ?

– Quoi ?

– Trouve-toi un box et laisse-moi déjeuner toute seule.
– Mais, maman…
– Va. Et s'il vient du monde, tu peux revenir. »

Il se glissa hors du box, s'installa dans un autre un peu plus loin derrière elle d'où il regarda sa tête bouger pendant qu'elle mangeait lentement. Le snack demeura à moitié vide, et il chercha des yeux le vieux grognon qui avait renvoyé son plat, mais il ne vit personne qui attendait sa commande.

Sa mère et lui restèrent chacun dans leur box jusqu'à ce qu'elle se lève. Il l'imita et attendit près de la porte le temps qu'elle paye puis retourne à sa table poser un billet d'un dollar comme pourboire. Après quoi, elle réclama quelque chose à la serveuse qui lui tendit un papier. Un formulaire de demande d'emploi.

Luttant contre le froid, Silas suivit sa mère dans le petit matin jusqu'à l'arrêt du bus qui, à travers plus d'arbres qu'il n'en avait jamais vu, devait les conduire à Chabot situé à huit kilomètres à l'est, et où il apercevrait pour la première fois la scierie devant laquelle il réglait maintenant tous les jours la circulation. Un vieil homme au volant d'un antique pick-up au tableau de bord déglingué et équipé de pinces en guise de lève-vitres les déposa près du magasin situé dans un virage au bord de la route appelée Amos. Sa mère entra et Silas resta derrière elle pendant qu'elle arpentait les rayons pour effectuer quelques achats, puis qu'elle payait et tombait d'accord avec le caissier, un gros homme blanc, pour dire que oui, il faisait vraiment très froid pour la saison. Ensuite, ils marchèrent trois kilomètres sur une route en terre, chacun portant un sac en papier, sans manteaux, Silas nageant dans ses chaussures trop grandes. Lorsqu'ils enjambèrent une vieille chaîne rouillée pour s'engager dans ce qui n'était guère plus qu'un sentier, bordé par de grands arbres qui cachaient les nuages, il grelottait. Quand ils arrivèrent enfin à la cabane de chasse au milieu du champ entouré par la forêt, Alice Jones s'adressa à son fils pour la première fois depuis le snack.

« Va chercher du bois », dit-elle.

Vingt-cinq ans plus tard, la tête remplie d'images du passé, là, dans la cuisine de Larry Ott, Silas contemplait la photo de sa mère. Comme ils avaient perdu leurs affaires au cours du voyage qui les avait menés de Chicago à Chabot, c'était la première photo d'elle qu'il voyait depuis des décennies. La peau claire, les cheveux emprisonnés sous un foulard, elle arborait le sourire qu'elle réservait aux Blancs et non celui qu'il se rappelait, celui qu'elle avait quand elle était réellement heureuse, quand ce n'étaient pas uniquement ses lèvres qui souriaient mais son visage tout entier, et qu'alors son front se plissait, ses yeux pétillaient et ses dents blanches étincelaient, le genre de sourire qu'il avait vu de moins en moins souvent à mesure qu'elle vieillissait. Ce sourire de papier glacé, cette photographie, c'était toutefois mieux que rien.

Son portable sonna et il sursauta.

« C'est toujours d'accord pour déjeuner ? demanda Angie.

– Ouais.

– Qu'est-ce qui va pas, mon chéri ? T'as une drôle de voix.

– Rien, répondit-il, les yeux rivés sur le visage de sa mère. J'arrive. »

Il coupa la communication, jeta un regard autour de lui et glissa la photo dans la poche de sa chemise, vaguement conscient de subtiliser une preuve sur les lieux d'un crime. Il se leva, en nage, avec l'impression d'être épié. Mais qui cela pourrait-il gêner qu'il garde une malheureuse photo ? Les fantômes qui rôdaient ici connaissaient déjà tous les secrets.

7.

On était en 1982. Larry s'assit dans son lit, frotta ses yeux lourds de sommeil et regarda dehors où une clôture barrait en partie la vue sur le champ de maïs et, au-delà, sur la lisière de la forêt. Sa vie venait de changer. Il se leva, s'habilla rapidement et, dans la salle de bains, examina son visage dans la glace. Les cheveux encore mouillés, il entra dans la cuisine où sa mère lui écrasait ses œufs à la fourchette comme il les aimait, puis les salait et les poivrait avant de poser l'assiette devant lui.

« Merci.

– Papa a déjà dit la prière. »

Une serviette en papier glissée dans l'encolure de la chemise de son uniforme, son père, assis en bout de table, suivait les informations sur le téléviseur du séjour. Pendant une publicité, il reporta son attention sur ses œufs accompagnés de gruau de maïs et de bacon. Il rajouta du sel.

« Où est le courrier ? » demanda-t-il.

Larry n'y avait même pas pensé. « J'ai oublié, répondit-il.

– Larry, intervint sa mère. Tu l'as dit à papa ? »

Carl cessa de mâcher et, sans regarder son fils, il lança : « Dire quoi à papa ?

– Larry a demandé à Cindy de sortir avec lui. »

Cette fois, son père se tourna vers lui. « Eh bien, ça, nom de Dieu !

– Carl !

– Excuse-moi. »

Assise à côté de Larry, sa mère souffla sur son café. « Raconte-nous comment ça s'est passé.

– Je lui ai demandé, c'est tout », bredouilla Larry. En réalité, cela avait plutôt été l'inverse.

La veille, comme un millier de fois auparavant, il était passé devant chez les Walker avec sa carabine. Leur voiture n'était pas là, aussi il fut étonné de voir Cindy déboucher de la maison comme si elle l'attendait. Elle portait un jean coupé et un T-shirt, et d'un seul coup, alors qu'il se tenait là, content d'avoir le fusil pour occuper ses mains, elle lui adressa la parole :

« T'aimes le cinéma ?

– Ouais, répondit-il. Le cinéma.

– T'y vas des fois ?

– On a vu *La guerre des étoiles*. Et aussi *Cours après moi shérif*. À Meridian.

– T'as déjà été au drive-in ? »

Il n'y était jamais allé. Situé au bord d'une route à deux voies peu fréquentée, à environ vingt minutes en direction de Hattiesburg, il ne passait en général que des films interdits aux mineurs. Il se rappelait que Ken et David en avaient parlé dans la cour de récréation quelques années plus tôt. Maintenant, ils s'y rendaient tous les week-ends avec deux filles qu'ils pelotaient en buvant de la bière et en fumant des joints.

« On pourrait y aller, dit Cindy.

– On ?

– Tu peux trouver une voiture ? »

Il en volerait une si nécessaire. « Ouais. »

Ainsi, là, au milieu de la route, une fille lui donnait rendez-vous.

« Vendredi soir ? avait proposé Cindy.

– D'accord, vendredi soir », avait-il acquiescé.

Carl dit : « Je veux bien être pendu. »

Sa mère se pencha pour lui remplir sa tasse. « C'est formidable, Carl, non ? »

Mais la publicité était terminée, et son père regardait de nouveau les informations en sirotant son café.

Larry jeta un coup d'œil suppliant à sa mère qui, la cafetière à la main, fit le tour de la table puis se pencha vers son mari, lui bouchant la vue : « Il a besoin de ma voiture, Carl, dit-elle. Je lui ai dit de te demander la permission. »

Il avait fait le geste de l'écarter, mais son visage s'était détendu, comme quand Larry tondait la pelouse de sa propre initiative. « S'il me demande lui-même, peut-être bien qu'il pourra la prendre », dit-il.

Sa mère se recula et fit signe à Larry.

« Je peux ? demanda celui-ci.

– Tu peux quoi ?

– S'il te plaît emprunter la voiture de maman vendredi soir pour aller avec Cindy au drive-in ? » Il regretta aussitôt d'avoir ajouté ce dernier détail.

« Où ça ? dit sa mère. Je sais pas... »

Carl réprima un sourire. « C'est là qu'y a de la fesse ?

– Carl...

– Pas toujours, papa. » Larry avait rougi. « Vendredi, c'est un western. *Le Gang des frères James.*

– *Le Gang des frères James*, répéta son père. Il est classé X.

– Carl... »

Larry baissa les yeux sur son assiette.

« Un film sur Jesse James avec des filles à poil !

– Carl ! »

Il souriait presque et une lueur amusée brillait dans son regard. « Y en avait aussi à cette époque, Ina, j'en suis sûr. Ouais, petit, tu peux y aller, dit-il à Larry. Prends la Buick. La banquette arrière est plus grande.

– Carl Ott, ça suffit !

– Ina, ce garçon a seize ans passés, non ? Bon sang, c'est même moi que je vais payer. » Il tira un billet de vingt dollars de son portefeuille, le lissa sur la table puis le fit glisser vers l'assiette de Larry.

Celui-ci n'aurait pas été plus surpris s'il s'était agi d'un billet de mille dollars. Il resta sans voix.

« Larry ? » Sa mère fronça les sourcils.

« Merci, monsieur.

– Et maintenant, va chercher le courrier. »

Son père le conduisait toujours au lycée, et il leur fallait à l'un et à l'autre subir le long trajet qui se déroulait en silence. Ils n'avaient jamais reparlé de ce qui était arrivé à la cabane, de la bagarre entre les deux garçons. Le soir, Carl était rentré à la maison, pas d'excuses, pas d'allusions à la carabine, comme s'il avait passé la journée au garage. Une bière dans le frigo, son fauteuil devant un match de base-ball à la télé. Ils avaient dîné sans pratiquement échanger la moindre parole sinon la prière dite par Carl sur l'insistance de sa femme. « Bénis cette nourriture, amen », mais petit à petit, dès le lendemain, leur vie avait repris son cours normal. Carl partait travailler, Ina faisait la cuisine et le ménage, du bénévolat pour l'église, et Larry allait en cours.

Aujourd'hui, blotti contre la portière du Ford rouge, il regardait par la vitre se dérouler le panorama de son existence qui lui paraissait soudain différent, les arbres et les lianes, la maison des Walker avec sa véranda de guingois, ses murs en papier goudronné, la maison où la fille avec qui il avait rendez-vous se levait, s'habillait, se déshabillait, son joli visage reflété dans la glace de la salle de bains.

Larry et son père passèrent bientôt devant les maisons disparates aux abords de Fulsom, puis devant le garage avant de traverser la ville jusqu'au lycée où Larry dit : « Au revoir, p'pa » et descendit, à quoi Carl répliqua : « Bonne journée » avec, comme d'habitude, à peine un coup d'œil en direction de son fils qui, ses livres à la main, s'apprêtait à aller en cours.

Il était en avant-dernière année dans cet établissement qui comptait davantage d'élèves noirs que blancs, mais pas dans une proportion aussi importante qu'à Chabot, de sorte que Larry, l'un des quatre garçons blancs – contre cinq noirs –, se sentait plus en sécurité. Les filles étaient en nombre égal.

Se glissant sur sa chaise, il ne put s'empêcher de dire à Ken, assis derrière lui : « Je vais au drive-in ce week-end.

– Tout seul ? »

Un rang plus loin, David ricana. « Mais, non, Kenny. Il a un rencard. » Il agita le poing, mimant le geste de se masturber. « Le même rencard qu'il a tous les soirs.

– Avec Cindy Walker, dit Larry qui se tourna au moment où la prof entrait et réclamait le silence.

– Ben, merde alors, siffla Ken. Elle sortirait quand même pas avec toi !

– Eh bien, si, murmura Larry par-dessus son épaule.

– Mr Ott, dit la prof. Y a-t-il quelque chose dont vous aimeriez faire part à la classe ? »

Tous les regards se fixèrent sur lui, et il répondit : « Non, m'dame. »

À la récréation, il longea l'un des bâtiments de l'école puis le gymnase en direction du terrain de base-ball. Il y avait deux petites tribunes constituées de gradins métalliques, dont l'une était réservée aux élèves fumeurs. Larry n'y venait pas souvent, préférant rester seul dans le gymnase à lire sur un banc, mais aujourd'hui ce n'était pas pareil. Il savait que Cindy fumait et qu'elle traînait là avec ses copines en jeans et T-shirts délavés. Une équipe de base-ball s'exerçait sur le terrain, et Larry vit Silas qui, en position de bloqueur, attrapait des balles frappées avec violence et les renvoyait facilement au joueur de deuxième base, Morton Morrisette. Le duo était célèbre dans la région, 32 Jones et M&M, deux jeunes, avait-on écrit dans le journal, qui rattraperaient même des balles tirées par un canon.

Larry regarda un moment, puis il repéra Cindy qui fumait au milieu d'un groupe de filles blanches. Il se détacha de l'ombre des gradins, lui adressa un signe de la main. Cindy dit quelque chose à ses copines et se dirigea vers lui.

« Salut, dit-il.

– Salut. » Elle aspira une bouffée de sa cigarette qu'elle laissa ensuite tomber entre eux. « Qu'est-ce qu'y a ?

– Je voulais juste te dire que c'est *Amityville* qui passe au drive-in.

– Quel film ?

– *Amityville.* L'histoire d'une maison hantée. J'ai lu le résumé dans un magazine. Ma mère me laisserait jamais voir un film d'horreur, alors tu sais ce que j'y ai raconté ? »

Cindy suivait les évolutions des joueurs sur le terrain. « Non, quoi ?

– Qu'on allait voir *Le Gang des frères James.* C'est la bande à Jesse James.

– Qui ça ?

– Jesse James. C'était un hors-la-loi, à l'époque du Far West.

– Ah, bon. »

Ils se turent.

« Bien, reprit-elle. Faut que j'y aille.

– Attends une seconde. À quelle heure tu veux que je passe te prendre ?

– Mettons sept heures. La séance commence pas avant qu'y fasse nuit.

– D'accord », dit-il. Elle s'éloignait déjà.

Elle se retourna : « Larry ?

– Ouais ?

– Tu peux apporter quelques bières ?

– Je crois, ouais. »

Il resta un instant à la regarder, puis il se tourna vers le terrain où Silas n'avait cessé de les observer. Larry agita la main, espérant bien que le garçon noir l'avait vu parler à Cindy, mais M&M lui dit quelque chose derrière son gant, et Silas pivota juste à temps pour bloquer une balle qui roulait.

Ce fut la semaine la plus longue de sa vie. Les pendules étaient devenues ses ennemies, avec leurs aiguilles qui semblaient s'être arrêtées pour se moquer de lui. Les cours qui se déroulaient déjà avec une lenteur exaspérante lui donnaient à présent l'impression de s'éterniser, et il avait même perdu tout intérêt pour la lecture. L'après-midi, sa mère venait le chercher et lui demandait comment s'était passée sa journée. Bien, répondait-il. Est-ce qu'il avait parlé à Cindy ? Nan, m'dame. Et pourquoi ?

« Maman, arrête de me poser des questions, lui dit-il le mercredi.

– Je pensais juste que tu discuterais avec elle de ce que vous alliez faire.

– On en a parlé lundi, je te l'ai dit. On va au cinéma.

– Elle est impatiente ? »

Elle ne paraissait pas l'être. À la cantine, il la saluait d'un geste de la main et elle se bornait à hocher vaguement la tête, l'air embarrassé.

« Ouais, je suppose.

– Je me souviens de mon premier rendez-vous.

– Avec papa ? »

Elle lui jeta un coup d'œil. « Non. C'était avec un autre homme. » Elle raconta qu'elle était allé pêcher avec lui, qu'il lui avait amorcé son hameçon et qu'il avait failli tomber à l'eau tellement il était nerveux. Pendant que sa mère parlait, Larry se demanda si, pour leur deuxième rendez-vous, il devrait emmener Cindy à la pêche.

Le jeudi au déjeuner, il porta son plateau orange contenant des bâtonnets de poisson pané accompagnés de haricots verts et de maïs vers la table des garçons blancs et s'assit à quelques chaises du groupe où se trouvaient Ken et David. Au bout de leur table, de même qu'au bout de chacune d'elles, il y avait un professeur chargé de maintenir la discipline, en l'occurrence Mr Robertson qui enseignait l'agriculture, et à côté de qui avait pris place un garçon obèse nommé Fred dont le père était éleveur de bétail. Par-dessus les têtes des filles et des garçons noirs penchés sur leurs assiettes, Larry regardait manger Cindy dont les cheveux étaient ramenés sous un bandeau. Comme d'habitude, Silas était avec l'équipe de base-ball et le coach Hytower.

« Ott », appela Ken.

Larry leva les yeux et Ken l'invita d'un geste à se joindre à eux. À la fois étonné et inquiet, il fit glisser son plateau sur la table.

« T'as une capote ? » lui demanda David.

Larry répondit que non.

« Le meilleur endroit où les acheter, reprit David, c'est au drugstore Chapman. Le vieux Chapman t'en vendra. Et y te vendra *Playboy* aussi.

– Tu crois ?

– Pourquoi il a besoin d'une capote ? demanda un autre garçon prénommé Philip.

– Ott sort avec une fille vendredi, pas vrai ? »

Larry acquiesça.

« Qui ?

– Jackie », dit quelqu'un, et tous de s'esclaffer.

Rougissant, Larry s'apprêtait à répondre quand Ken dit à sa place : « Cindy Walker. »

Toutes les têtes des garçons se tournèrent vers lui.

« C'est une salope, dit l'un d'eux.

– Comment tu le sais ? demanda Ken.

– D'après toi ?

– Paraît qu'elle aime les nègres, affirma Philip.

– Ta mère aussi, elle aime les nègres », dit Larry doucement. Sans réfléchir.

Un silence incrédule s'abattit soudain sur leur table, pareil à l'œil du cyclone, tandis que les regards des garçons allaient de Philip à Larry, lequel eut conscience de la présence de son couteau à cran d'arrêt dans sa poche. Puis Ken éclata de rire et tendit sa paume ouverte à Larry qui tapa dedans.

« Alors, comme ça, t'es devenu un dur de dur ? dit Philip.

– Y t'a bien eu, dit l'un des garçons.

– C'est quoi, le film ? » demanda Ken à Larry, brisant la tension.

Il répondit, et ils commencèrent à en discuter, à parler du côté sanglant d'*Amityville*, et Philip lui-même donna son avis, voulant, s'imagina Larry, se rattraper après qu'il lui avait cloué le bec. Larry contemplait le maïs sur son plateau, trop heureux pour manger, lui qui avait rendez-vous demain avec une fille et des amis avec lesquels partager son bonheur. À l'autre extrémité de la salle, Cindy se leva en compagnie de deux de ses copines pour se frayer un chemin au milieu des tables occupées jusqu'au guichet où d'épaisses mains noires s'emparèrent de leurs plateaux, puis elle sortit en direction de la zone fumeurs.

Dehors, Larry se trouva à marcher aux côtés de Ken et de David qui sortit son portefeuille.

« Tiens », dit-il, lui tendant un petit paquet plat sous cellophane marqué TROJAN.

Larry, qui n'avait jamais vu de préservatif mais qui savait ce que c'était, le prit et le sentit tout glissant sous ses doigts. « T'en as pas besoin ?

– Bon Dieu, non », répondit Ken à sa place, et tous trois éclatèrent de rire. Larry sortit à son tour son portefeuille, puis il rangea le préservatif à côté du billet de vingt dollars.

Il traînait dans la cuisine pendant que, dans la pièce d'à côté, son père regardait les nouvelles en buvant de la bière et que sa mère faisait du pain de maïs. Il passa dans le couloir, longea l'armoire à fusils, alla s'examiner dans la glace de la salle de bains, ressortit, jeta un coup d'œil sur son père installé dans son fauteuil, puis il retourna dans la cuisine. Il ouvrit le réfrigérateur, compta neuf Budweiser. Sa mère fredonnait. Elle le regarda et sourit.

« Conduis-toi en gentleman, dit-elle.

– D'accord.

– Tu sais ce que ça signifie ?

– Être gentil ?

– Oui, naturellement, mais aussi te lever quand elle entre dans une pièce. Lui tenir les portes. Lui avancer sa chaise si vous allez manger quelque part.

– On va au cinéma, lui rappela-t-il.

– Alors, lui payer sa place. Avec l'argent que papa t'a donné. Demande-lui si elle veut du pop-corn et va le lui chercher. C'est romantique de partager un grand sachet, mais si elle préfère en avoir un pour elle toute seule, c'est bien aussi. »

Il glissa une canette de bière dans sa poche et sortit de la cuisine, marchant en crabe pour dissimuler son forfait. Son père sirotait sa bière, en chaussettes – ses chaussures de travail se trouvaient sur la véranda, près de la porte. Une fois dans sa chambre, il cacha la canette froide sous son lit, puis il retourna dans la cuisine, ouvrit de nouveau le réfrigérateur.

Sa mère beurrait une poêle. « C'est quoi, le film que vous allez voir ? »

Le Gang des frères James, lui redit-il, et quand elle lui demanda de quoi ça parlait, il lui résuma de nouveau l'histoire, s'efforçant de gommer une certaine note d'impatience dans sa voix pendant qu'il fauchait une deuxième bière.

« Petit ! »

La voix de son père le fit sursauter. Il se figea. « Monsieur ?

– Apporte-moi une bière.

– Oui, monsieur. »

Il sortit la canette de sa poche et, dans le séjour, vit son père accroupi devant le poste pour changer de chaîne. Il posa la bière sur la table basse et s'apprêta à retourner dans la cuisine.

« Hé ! »

Il s'arrêta. « Monsieur ? »

Carl l'étudiait. « Surtout, file pas un sou de cet argent à Cecil.

– Oui, papa.

– S'y te reste de la monnaie, tu la rapportes.

– Oui, monsieur. »

Il prit une autre bière, sachant qu'il n'oserait pas en subtiliser davantage. Il avait la cuisse glacée et une tache d'humidité sur son pantalon.

Au dîner, tandis que son père coupait sa tranche de rôti en petites bouchées et que sa mère racontait leurs premiers rendez-vous, Larry avalait son riz en sauce pratiquement sans mâcher.

« Doucement, lui dit sa mère. Faut jamais arriver en avance. Les filles détestent ça.

– Oui, m'dame. »

Carl réclama les pommes de terre, et elle les lui passa.

« Tu te souviens de ce vieil arbre, Carl ? demanda-t-elle.

– Quel arbre ?

– Mais si, tu te souviens. C'était avant notre mariage. En haut de la ravine ?

– Ah, ouais. » Il mélangea la viande, le riz et la sauce, ajouta des carottes et des pommes de terre pour faire un énorme plat. « Le terrain du vieux Collins.

– Oui, il s'appelait bien comme ça. Y avait un arbre qui poussait sur la pente, expliqua-t-elle à Larry. Qu'est-ce que c'était déjà comme arbre, Carl ?

– Un chêne de Virginie.

– Oui. On voyait les racines à nu, et en dessous, tout un tas de ronces, tu te souviens, Carl ?

– Ouais. L'aurait fallu un satané bulldozer pour dégager tout ça.

– C'était là que papa et moi, on retrouvait nos copains, pas vrai, Carl ? On faisait un feu, les garçons grimpaient à ce vieil arbre et ils se balançaient à une corde qu'ils avaient attachée là, et nous les filles, on regardait.

– Ta mère, elle aurait jamais osé, dit Carl à Larry.

– Ç'aurait pas été convenable, dit Ina. En robe. »

Ils mangèrent un moment en silence. Sa mère lui resservit du thé alors que son verre était encore presque plein.

« Tu te rappelles la fois où j'ai proposé de l'argent à Cecil qu'était complètement soûl pour qu'y grimpe dans l'arbre ?

– Non. »

Larry observa son père.

« Peut-être que t'étais pas là. » Il fit un clin d'œil à son fils. « Peut-être que je m'étais dégotté une autre fille.

– Carl Ott !

– Qu'est-ce qui s'est passé ? » demanda Larry.

Carl repoussa son assiette et se leva pour aller chercher une autre bière dans le réfrigérateur. Larry craignit qu'il remarque qu'il n'en restait plus que six, mais il revint s'asseoir, reprit son assiette et tira sur la languette de la canette.

« On commençait par grimper dans ce vieil arbre. Y avait deux grosses branches, une sur laquelle on se tenait, et l'autre, plus haute, où on attachait la corde. Y avait un gros nœud pour s'accrocher et une boucle où glisser le pied. On se mettait debout sur la branche, on prenait sa respiration et on se lançait dans le vide au-dessus de la ravine. Le mieux, c'était la nuit, on avait l'impression de voler dans le noir comme une satanée chauve-souris. »

Larry s'imagina planer ainsi au-dessus du monde, ses soucis demeurés sur l'arbre, virevolter comme en apesanteur, puis remonter avec le mouvement de balancier de la corde pour saisir la branche qui vous attendait comme une main amie.

« Ta maman, elle a raison pour les ronces en bas, poursuivit Carl. Des épines noires, grosses comme sur la nageoire d'un poisson-chat. Plus dangereuses que toute une rangée d'hameçons triples. Et du sumac vénéneux, pour rien arranger. Un truc qu'on aurait dit sorti de tes illustrés.

« Seulement, le Cecil, il a le vertige, et même monter les marches du bus scolaire, il aime pas trop, et y préférerait mourir que grimper à cet arbre. Mais ce jour que je me rappelle, on était six ou sept garçons, on avait picolé de la bière et on l'avait charrié tout l'après-midi, le traitant de fillette, de dégonflé, et le soir, j'y dis : “Hé, Cecil, je te file un dollar si t'y vas.”

« Cecil, y regarde le grand arbre, et y fait : “Pour un dollar, pas question.”

« “Bon, dit un des gars, deux, alors.”

« Cecil, y boit un coup de bière, et y dit : “Y a des choses qui s'achètent pas, mais pour trois, je le fais.” »

Son père souriait en racontant l'histoire. « D'abord, y veut voir l'argent. Il porte juste un jean coupé, pas de chemise, pas de chaussures, ses parents, y sont pauvres comme des nègres. Tous les étés, quand l'école est finie, sa mère coupe ses pantalons longs pour en faire des courts et elle garde ses chaussures pour un de ses petits frères. L'été, y se trimballe pieds nus, comme nous tous en ce temps-là, et on a les pieds si pleins de corne qu'on peut tailler un bon moment dedans avec un canif avant qu'on sente quelque chose.

« Donc, le Cecil, déjà rond comme une queue de pelle, y s'envoie un autre coup de bière, y fait craquer ses jointures, et l'air d'un Tarzan devenu cinglé, il escalade l'arbre, s'assoit à califourchon sur la branche sans regarder en bas. Il est à peu près à trois mètres du sol, mais la ravine, elle doit bien être profonde de six ou sept mètres, une sacrée chute. »

Carl s'interrompit pour boire une gorgée. « Je me faufile à côté d'un des garçons accroupi devant le feu, et j'y dis : “Viens voir un peu ça” juste au moment où Cecil s'empare de la corde. On le distingue à peine tellement qu'y fait noir. Il glisse tant bien que mal son pied dans le nœud coulant. On sait qu'il est bourré, parce que sinon, il aurait jamais grimpé à cet arbre, et encore moins sauté. Et voilà qu'avec un grand cri, y se jette dans le vide. Il pousse son cri de Tarzan, mais d'un seul coup, ça devient comme une espèce de gémissement, et on se précipite tous au bord pour essayer de regarder. Et qu'est-ce qu'on voit ? La satanée corde qui se balance, sans rien au bout, sans le Cecil. On entend alors un hurlement et comme un bruit de branches brisées, là, tout en bas au milieu de ces foutues ronces. On se regarde tous, bouche bée, et on se dit qu'on a tué Cecil.

« Mais une seconde après, c'est des jurons qu'on entend, tout au fond, comme à un kilomètre de là. Fils de p..., enc... de ta mère, nom de D... et nom de D...

– Carl ! s'exclama sa femme, réprimant un sourire.

– Bon, et nous, on s'écroule de rire à l'idée que le pauvre Cecil, il a même pas de vêtements pour se protéger des ronces et des épines. Et quand y finit par remonter dans les vingt minutes plus tard, on dirait qu'il a passé la journée dans la cage d'un lynx. Il est tout couvert de zébrures, des coupures partout, y saigne et il a une énorme bosse sur le crâne. On rigole tellement que je suis tout rouge, que je m'étrangle à moitié, et Cecil est là, devant le feu, éclairé par les flammes, des épines plantées dans les cheveux, et quand y voit qu'on est tous là à se marrer, y se met à se fendre la pêche, ce crétin, et y tend sa paume pleine de sang pour réclamer son argent. »

Carl secoua la tête et sourit. Sa femme riait, imitée par Larry.

« Il est où cet arbre ? demanda-t-il, envisageant d'y emmener Cindy. La corde est toujours là ? »

Lui décochant un coup d'œil, son père répondit : « Nan.

– Qu'est-ce qu'elle est devenue ?

– On l'a coupée. Les gens de la scierie. » Carl repoussa son assiette et quitta la table. « Bon appétit. » Il alla prendre une nouvelle bière dans le réfrigérateur, passa dans le séjour.

Larry et sa mère restèrent un moment encore dans la cuisine tandis que s'élevait le son de la télévision.

« Tu ferais bien d'y aller, dit Ina. Ne la fais pas attendre. »

Il gara la Buick devant chez les Walker. Leur voiture n'était pas là. La mère de Cindy devait donc être au travail. Cecil fumait une cigarette sur la véranda, portant son habituelle casquette de base-ball graisseuse, un jean coupé et un T-shirt blanc sale. Il était pieds nus.

« Salut, Cecil », dit-il en traversant la pelouse, ayant encore à l'esprit l'image du garçon couvert de sang et d'égratignures.

Cecil projeta son mégot de cigarette dans sa direction. « Petit, m'appelle plus jamais Cecil. Pour toi, c'est toujours Mr Walker, pigé ? »

Larry s'immobilisa.

« Je t'ai demandé si t'avais pigé.

– Ouais.

– Ouais qui ?

– Oui, monsieur.

– Viens ici », dit Cecil.

Larry s'avança, jeta un coup d'œil vers les fenêtres de la petite maison, espérant voir Cindy apparaître.

« Y a quelque chose qui va pas, Ce… » Il se reprit : « Mr Walker, je veux dire. »

Il s'arrêta en bas des marches. Peut-être que Cecil plaisantait, peut-être qu'il allait d'une seconde à l'autre lui adresser ce sourire innocent dévoilant la dent du bas qui manquait et le pousser du coude en disant : « Allez, je te mettais en boîte, petit Larry. T'es vraiment un numéro, toi. »

Or, le poing qui le saisit par le devant de sa chemise pour le hisser en haut de l'escalier était aussi dur qu'un marteau de forgeron, et son propriétaire n'avait rien d'un crétin rigolard tout écorché. Cecil le fit tournoyer et le plaqua contre le mur rugueux dont les vieilles planches grises dégageaient une odeur douceâtre qui lui donna envie d'éternuer. Quelque chose, une larme, une goutte de sang roula sur sa joue. Cecil avait une main pressée sur sa nuque et l'autre dans le creux de ses reins, et Larry sentit les moustaches de l'homme le chatouiller lorsque celui-ci approcha son visage du sien, si près qu'il respira les relents de son haleine chargée de bière, de cigarette et de vieux filaments de viande logés entre ses dents.

« Si seulement tu t'avises de la toucher, siffla Cecil, je te coupe ta petite bite. » La main qui lui emprisonnait la nuque le lâcha, mais avant qu'il ait pu esquisser un geste, cette même main lui écrasait les testicules.

Les genoux de Larry fléchirent, et il se retrouva de nouveau collé contre le mur.

« T'as compris, petite tapette ? »

Larry crut qu'il allait vomir. Quand Cecil s'écarta, il s'effondra. Il entendit des pas sur les planches de la véranda et tenta de se relever.

« Je t'ai demandé si t'avais compris ? Et si jamais t'en parles à ton père…

– Cecil ! » Cindy s'était interposée, et elle repoussa son beau-père.

Lequel éclata de rire et enjamba Larry pour rentrer dans la maison. « Tu peux sortir avec çui-là, lança-t-il. Y va pas être bon à grand-chose ce soir, espèce de petite salope. »

Et la porte claqua.

Cindy voulut l'aider, mais il lui fit signe de le laisser et resta au sol, cherchant à reprendre son souffle.

« Je reviens tout de suite », dit-elle.

Les yeux fermés, il sentait comme de l'eau – pas même des larmes – lui dégouliner sur le visage, le long de son menton. Sur le point de vomir son rôti, il avait des renvois. Il entendait crier à l'intérieur.

L'écran-moustiquaire grinça, la porte claqua de nouveau, et Cindy se pencha pour le relever. Il eut conscience de son corps contre le sien, de son odeur, mélange de parfum, de transpiration et de cigarette.

« Tu peux marcher ?

– Ouais. »

Ils se dirigèrent vers la Buick.

« C'est une ordure, dit Cindy. Je peux pas le blairer. »

Il lui ouvrit la portière. Elle monta sans le remercier. Il referma derrière elle puis, boitillant, surveillant la maison, il fit le tour de la voiture. Il se mit au volant. Cindy avait le regard fixé sur la route.

« La nuit tombera que dans une demi-heure », dit-il.

Elle garda le silence.

« Qu'est-ce que tu veux faire en attendant ?

– Ça, dit-elle. Viens là. »

Il se glissa vers elle, étonné qu'ils s'embrassent déjà ici, mais elle ouvrit sa portière, descendit et vint en courant s'installer sur le siège du conducteur.

Cecil ressortit sur la véranda, alluma une cigarette.

« T'as les bières ?

– Juste deux.

– Merde. Bon, tu les donnes ? »

Il se baissa pour les prendre sous le siège et lui en tendit une.

Elle la prit, jeta un coup d'œil à Larry. « Elle est chaude, dit-elle.

– Excuse-moi. »

Quand elle tira sur la languette, un peu de mousse l'éclaboussa. « Merde ! » Elle secoua ses doigts.

Elle démarra, effectua un demi-tour et fit un doigt à son beau-père. Larry regarda derrière lui. Cecil avait sauté de la véranda et se précipitait vers eux, mais elle écrasa le champignon, projetant une pluie de graviers.

Cindy but une gorgée de bière et grimaça. Elle mit la radio, tourna le bouton jusqu'à tomber sur une station qui passait « Stayin' Alive » des Bee Gees. Elle baissa sa vitre mais comme elle n'arrivait pas à allumer sa cigarette, elle la remonta. Ensuite, elle la redescendit et accéléra sur la route de terre, la canette dans une main, la cigarette dans l'autre. Elle portait une jupe courte que le vent soulevait sur ses cuisses légèrement écartées et toutes bronzées grâce aux bains de soleil. Si Carl apprenait que quelqu'un d'autre avait conduit la voiture, Larry aurait des ennuis. Cecil allait-il le lui dire ? Est-ce qu'en ce moment, il ne se dirigeait pas vers chez lui ?

« Je ferais mieux de conduire, dit-il. T'as le permis, au moins ?

– Écoute, tu veux bien me rendre un service ?

– Oui », répondit-il.

Elle leva sa canette sans regarder Larry. « Faut que j'aille quelque part ce soir, dit-elle. Ailleurs qu'au cinéma.

– Qu'est-ce que tu veux dire ? Où ça ? »

Elle se tourna un instant vers lui. Un filet de fumée s'échappa de ses lèvres pour s'envoler par la portière.

« Ce salaud m'a laissée sortir juste parce que c'était avec toi.

– Moi ?

– Ouais. Il pense que je risque rien avec toi.

– Il a raison, dit Larry.

– Je sais. C'est pour ça que je dois aller à Fulsom. Faut que je le voie.

– Qui ?

– Mon petit ami. »

Les testicules encore douloureux, il remua les jambes avec précaution. « Mais…

– Faut que tu m'aides, l'interrompit-elle. Y a que toi qui le peux. Cecil me lâche pas, et si je réussis pas à voir mon petit ami, je serai coincée.

– Mais… »

Arrivant au croisement, elle ralentit et s'engagea sur la route sans regarder ni mettre son clignotant. Elle prit la direction opposée à celle du drive-in.

Larry ne savait pas quoi dire. Ses nausées disparaissaient, remplacées par quelque chose d'autre.

« Cindy, murmura-t-il enfin. On pourrait pas sortir ensemble comme prévu ?

– Je vais te confier un secret. Un secret que personne connaît.

– Bon.

– Un secret que tu jures de raconter à personne, d'accord ?

– D'accord.

– Tu le jures ?

– Je le jure.

– Devant Dieu ?

– Devant Dieu. »

Elle lança sa cigarette par la vitre.

« Je vais avoir un bébé », dit-elle, prenant une nouvelle gorgée de bière.

Il demeura sans voix. « Un… un quoi ?

– Un bébé. Un tout petit, petit bébé. Et si Cecil l'apprend, il me tuera.

– C'est qui le… le père ? demanda-t-il. Ton petit ami ? »

Elle lui jeta un coup d'œil. « Je peux pas le dire. Et si Cecil apprend qui c'est, il le tuera lui aussi.

– Qu'est-ce que tu veux que je fasse ?

– Je vais le voir pour en discuter. Faut qu'on trouve un plan. T'as qu'à te balader un peu, mais surtout que personne te voie. Va au drive-in, mais attends que la séance soit commencée depuis un moment. Après, on paye plus et tu pourras entrer sans que personne s'aperçoive que je suis pas dans la voiture avec toi. Gare-toi au fond. Mon petit ami me déposera au croisement où on tourne pour aller chez moi. Prends-moi là à onze heures et tu me ramèneras à la maison. Comme ça, Cecil se doutera de rien. »

Il s'était représenté des dizaines de fois cette soirée. Arriver au drive-in, payer les cinq dollars d'entrée, passer au volant de la Buick devant tous les autres installés dans leurs voitures et leurs pick-up au milieu des poteaux où on suspend les haut-parleurs. David lui avait conseillé de se mettre dans les deux derniers rangs où on est le plus tranquille, puis de prendre le haut-parleur et de l'accrocher à la vitre avant de grimper sur la banquette arrière avec la fille, de se glisser sous une couverture – le frère de David, lui, en avait toujours une, cachée sous le siège à côté des bières – et de commencer à se peloter. Le moment venu, une fois que la fille, bien chauffée, écartait les jambes, on enfilait la capote et…

Et maintenant, tous ses rêves s'envolaient à cent à l'heure sur la route en direction de Fulsom. Cindy jeta la canette vide par la portière et demanda : « Tu me passes l'autre ?

– Cindy, dit-il, la lui tendant. Je veux pas faire ça. On peut pas aller au cinéma ?

– T'as donc pas compris ? Merde... » La bière explosa quand elle l'ouvrit. « T'as pas compris ce que j'ai dit ?

– Si. »

S'essuyant la main sur le siège, elle reprit : « J'en ai rien à foutre du cinéma. Bon Dieu, Larry, t'es la seule personne au monde qui puisse m'aider. S'il te plaît ? »

« Tu sauras te retrouver ? » demanda-t-elle. Descendue de voiture, elle était penchée à la portière, côté passager.

Elle avait traversé Fulsom, après quoi la route passait de quatre à deux voies, puis elle avait pris une petite route et emprunté ensuite un chemin de terre. Une couleuvre noire paressait au milieu des pierres, et elle donna un coup de volant pour l'éviter. Larry ne réagit même pas. Elle se gara à l'embranchement d'un autre chemin. Il n'y avait pas une maison en vue. Les arbres étaient grands, verts, pleins d'oiseaux.

« Je t'ai demandé si tu sauras te retrouver ?

– Ouais. » Sans la regarder.

« Sois au croisement près de chez moi à onze heures, d'accord ?

– D'accord.

– C'est sûr ? »

Il fit signe que oui.

« Tu le jures ?

– Ouais.

– Jure-le devant Dieu, Larry. »

Le volant conservait encore la chaleur des mains de Cindy, la voiture puait la cigarette et le siège était mouillé, imprégné de bière. Il faudrait qu'il laisse la vitre ouverte pour aérer afin que sa mère ne sente rien.

« Je le jure devant Dieu », dit-il.

Il démarra, et Cindy s'écarta cependant qu'il reculait pour faire demi-tour. Elle agita la main mais il ne répondit pas. Il serra le volant, écrasa l'accélérateur, et la Buick bondit en cahotant, passa devant la couleuvre qui n'avait pas bougé. Dans le rétroviseur, il vit Cindy qui, dans la forêt petit à petit envahie par la nuit, se mettait à courir – à courir ! – vers son petit ami qui l'attendait sans doute un peu plus loin.

Il fit ce qu'elle avait demandé. Rouler un moment au hasard. Se diriger vers le drive-in. S'arrêter sans être vu, regarder de loin au travers du feuillage des arbres la fin du premier film, puis les gens venus en famille partir, fuyant la maison d'Amityville et ses horreurs, ensuite attendre pendant l'entracte, les publicités pour les glaces et autres sucreries, les bandes-annonces, tandis que la radio diffusait des chansons qu'il n'écoutait pas et parlait de conditions météorologiques que son corps et son esprit engourdis ne percevaient pas. Lorsque le deuxième film débuta, il passa tous feux éteints devant le guichet qui, comme elle l'avait dit, était en effet maintenant fermé. Gardant en point de mire l'écran qui scintillait au-dessus de lui, il engagea la Buick entre les voitures et les pick-up occupés par des hommes et des femmes, des garçons et des filles, parmi les poteaux métalliques où les haut-parleurs hurlaient au milieu des gobelets de pop-corn et de Coca vides qui, poussés par le vent, roulaient dans son sillage. Il se gara à l'avant-dernier rang, presque tout au bout, protégé du clair de lune par les arbres, puis il descendit sa vitre, décrocha son haut-parleur et regarda les silhouettes bouger sur l'écran.

Une demi-heure plus tard, à une rangée devant lui et un peu sur le côté, une voiture recula et, à la lueur de l'écran, il reconnut la Ford Fairmont du père de Ken et il comprit qu'ils avaient dû le voir arriver. Veilleuses allumées, la voiture se dirigea vers l'extrémité de la rangée, tourna, puis revint vers lui. Arrivant près de la Buick, elle ralentit, s'arrêta et se gara juste derrière. Les veilleuses s'éteignirent. D'où ils étaient, Ken et David, ou Ken et la fille qui l'accompagnait, se rendraient compte que Larry était seul.

Il s'empressa de prendre sous le siège la couverture qu'il avait emportée, la drapa sur son poing et la tint contre son épaule comme si c'était la tête de Cindy blottie contre lui. Il jeta un coup d'œil dans le rétroviseur mais ne parvint pas à distinguer l'intérieur de la Ford. Peut-être que ce n'était même pas la leur. Mais rien ne servait de se voiler la face. Il espérait juste qu'ils ne sortiraient pas de la voiture, et il arrondit son bras comme si Cindy se penchait pour lui murmurer quelque chose à l'oreille. Ou pour l'embrasser. Quand son bras commença à fatiguer, il abaissa l'accoudoir et posa son coude dessus. Il suivait à peine ce qui se passait sur l'écran.

Dans le rétroviseur, il vit le plafonnier s'allumer à l'intérieur de la Ford et éclairer les visages de Ken et de David tandis que la portière côté conducteur s'ouvrait. Ken descendit. Peut-être qu'il allait simplement acheter du pop-corn. Néanmoins, se tordant le poignet, Larry tira sur le démarreur situé sous la colonne de direction. Ken s'avançait vers lui, la tête inclinée pour essayer de voir. Larry enclencha le levier de vitesse puis démarra, conduisant de la main gauche et luttant pour garder le bras droit levé autour de la couverture comme s'il enlaçait les épaules de Cindy et qu'ils avaient décidé de partir sans plus attendre la fin du film, laissant Ken planté au milieu de l'emplacement vide.

Il arriva au croisement un quart d'heure en avance dans l'espoir d'apercevoir le petit ami de Cindy. Ou au moins d'identifier la voiture. Il présumait qu'il s'agissait d'un type plus âgé. Le vendredi, la mère de Cindy travaillait à la fabrique de traverses, dans l'équipe du soir, et elle ne serait pas de retour avant minuit, mais au cas où miss Shelia partirait plus tôt, il préféra se garer hors de vue, après les boîtes à lettres. Guettant la lueur des phares, il resta assis, tassé au volant, vitres baissées pour essayer de dissiper l'odeur de cigarette et de bière.

À onze heures, il se redressa sur son siège. Ils allaient être là d'une minute à l'autre.

Mais à onze heures et quart, rien. Une demi-lune de guingois se leva dans le ciel, dessinant les contours des arbres. À onze heures et demie, toujours pas de voiture. Son petit ami l'avait peut-être ramenée plus tôt. Pourtant, Cindy n'aurait-elle pas tenu à maintenir l'illusion de son rendez-vous avec lui, Larry ? Il démarra et, veilleuses allumées, revint vers le croisement, s'attendant à voir Cindy qui l'attendait devant les boîtes à lettres, son sac à la main.

Elle n'était pas là. Gagné par l'inquiétude, il retourna se garer au même endroit.

À minuit moins dix, il descendit de voiture et, debout sur l'accotement, il écouta mais ne distingua aucun bruit hormis le chant des criquets et des grenouilles. Il regarda d'un côté, puis de l'autre. Au-dessus de lui, un avion dont les feux clignotaient traversait le ciel étoilé, éclairé par la face de la lune creusée de cratères. Il s'avança sur la chaussée pour mieux voir. Peut-être qu'ils avaient eu un accident ? Comment pourrait-il alors l'expliquer à Cecil ? Et à son père ? Et peut-être, horrible pensée, qu'ils le savaient déjà, qu'on avait appelé la police.

À minuit dix, il se mit à espérer qu'il les avait d'une manière ou d'une autre ratés. Craignant que Cecil rôde dans les parages, le petit ami de Cindy était peut-être passé tous feux éteints. Larry remit les veilleuses puis s'engagea sur le chemin de terre familier qui conduisait en serpentant chez les Walker et, près de deux kilomètres plus loin, jusque chez lui. Il s'attendait à voir surgir Cindy d'entre les arbres, furieuse contre lui. *Merde, qu'est-ce que t'as foutu ? Je t'avais dit onze heures ! Cecil va me flanquer une trempe, et à toi aussi par la même occasion !* Mais pas de fille en colère dans le pinceau de ses phares, rien que le diorama poussiéreux des arbres couverts d'un enchevêtrement de lianes et griffés de feuilles, rien que le défilé des barbelés qui séparaient le fossé de la forêt.

Il s'arrêta, resta cinq minutes là, tambourinant sur le volant. Ses parents aussi allaient s'inquiéter. Il avait déjà plus d'une heure de retard. Comme c'était la première fois qu'il sortait avec une fille, il ignorait s'ils l'attendraient pour se coucher. Il imagina le visage tendu de sa mère. Alors, comment s'est passé ton rendez-vous ? Il éteignit les phares et repartit. Les pneus crissèrent sur le gravier, et les criquets se turent sur son passage avant de reprendre aussitôt leur chant. Cindy se trouvait peut-être quelque part entre la route et la maison. Peut-être écroulée ivre morte. Il roula au pas, craignant de l'écraser.

Et craignant également d'alerter Cecil. Peut-être qu'il était ivre mort lui aussi. Ils devaient sans doute être tous les deux là, Cindy et lui, pendant que Larry se faisait de la bile pour rien. Il y avait sûrement une explication. À quoi bon se tracasser ainsi ? Tous feux éteints, il s'approcha de la maison.

Un dernier virage avant d'arriver en vue de la cour. Les doigts qui continuaient à tambouriner sur le volant. Il savait ce qu'il fallait faire. Monter sur la véranda et s'assurer qu'elle était rentrée saine et sauve.

La maison était plongée dans le noir. Il ralentit encore, réfléchit. Est-ce qu'ils dormaient tous ? Ils ne laissaient donc pas une lumière allumée pour la mère de Cindy ? Sa voiture n'était pas là, mais elle serait bientôt de retour. Il effleura les freins et posa la main sur le levier de vitesse, prêt à enclencher la marche arrière. Cecil déboucha soudain des ténèbres et se matérialisa devant la vitre, à quelques centimètres de son visage, pareil à une torche enflammée, soufflant une haleine brûlante et avinée, les bras luisants de sueur, les yeux brillants de colère.

« Où t'étais, sale petit merdeux ? »

Il agrippa Larry par le col de sa chemise. La Buick hoqueta tandis que Larry, après avoir tenté de se dégager, écrasait le frein. Cecil le sortit de la voiture. La boucle de sa ceinture se prit dans la poignée de la portière et cassa.

Cecil le plaqua contre l'aile de la Buick.

« Où est-elle ?

– Je sais pas, balbutia Larry. Je pensais qu'elle était rentrée.

– Tu pensais qu'elle était rentrée ? » Cecil le jeta à terre. « Et pourquoi ça qu'elle serait rentrée ?

– Je... je l'ai laissée », dit Larry, cherchant à fuir.

Cecil lui tomba dessus de tout son poids et hurla : « Laissée où ? ». Larry voulut répondre, mais les mains de l'homme lui serraient le cou et l'auraient peut-être étranglé, songea-t-il par la suite, si des phares – miss Shelia rentrant du travail – ne les avaient pas éclairés alors qu'ils luttaient dans la poussière.

Une demi-heure plus tard, le shérif arrivait.

Les parents de Larry étaient déjà là, le pick-up de Carl garé devant la maison et, de ses mains tremblantes, miss Shelia avait préparé du café. Larry, installé sur le canapé élimé, se rendait vaguement compte que c'était la première fois qu'il se trouvait à l'intérieur de cette maison sombre, basse de plafond et au sol inégal. Il y avait un petit poste de télévision équipé d'une antenne intérieure à deux branches où le bouton des chaînes manquait. Des cendriers débordant de mégots et quelques photos de classe de Cindy sur le mur. Larry s'efforçait de ne pas les regarder. En attendant les Ott, miss Shelia, pour s'occuper, avait balayé et ramassé les canettes vides, tandis que Cecil, assis en face de lui sur une chaise de cuisine, fumant cigarette sur cigarette, lui décochait des regards assassins. Il avait abandonné la bière pour le café. « Va pas être soûl quand le shérif arrivera », avait sifflé miss Shelia.

Le shérif, l'air de vouloir aller au fond des choses, en civil et pieds nus dans ses chaussures d'intérieur, était assis à côté de Larry. Il ne prêtait pas attention aux parents et lui redemandait avec patience de raconter ce qui s'était *exactement* passé. Sans rien omettre. Conscient du regard des adultes fixé sur lui, Larry expliqua que Cindy lui avait demandé de la laisser dans la forêt. Quand il en arriva au drive-in, il ne parla pas de la couverture et déclara juste qu'il avait décidé de partir pendant le deuxième film. Comme il le lui avait juré, il ne dit pas qu'elle était enceinte. Le shérif posa ses mains sur ses genoux et se radossa. Les jeunes, soupira-t-il. Pas la peine de se faire du mauvais sang. Elle était sans doute avec un garçon et elle allait rentrer plus tard dans la nuit. Est-ce que ce serait si inconcevable de sa part ? Non, reconnut sa mère, pas trop. Les jeunes, répéta le shérif. Bon, pourquoi tout le monde ne rentrerait-il pas chez soi ? Si elle n'était pas revenue au matin, qu'on lui téléphone et il prendrait l'affaire en main.

Cette solution rallia tous les suffrages, à l'exception de celui de Cecil qui sortit fou furieux. Quand Larry se leva, le shérif l'interpella : « Une seconde, mon petit gars. »

Il glissa la main dans la poche du garçon et en tira son couteau à cran d'arrêt.

« On en a tous un, dit Larry.

– Bon, voyons ce que demain nous apportera. » Le shérif empocha le couteau.

Le lendemain n'apporta pas Cindy. Ni le surlendemain, ni les jours qui suivirent. La rumeur se répandit selon quoi elle avait disparu alors qu'elle était sortie avec Larry. Le lundi au lycée, Ken et David racontèrent qu'ils les avaient vus, Cindy et lui, dans la Buick qui avait démarré en trombe. Le shérif en fut informé. Comme Larry n'avait pas mentionné cet épisode, toute son histoire parut semée de lacunes, plus ou moins suspecte, et le mardi il se retrouva, conduit par son père, en route pour le bureau du shérif en vue du premier de nombreux « entretiens ». Là, le shérif se montra sérieux, Carl furieux, et Larry avoua alors que Cindy lui avait confié être enceinte. Pourquoi ne l'avait-il pas dit l'autre soir ? s'étonna le shérif. Parce qu'il avait juré de ne pas le dire.

Ils partirent tous trois dans la voiture du shérif, Larry sur la banquette arrière, séparé de l'avant par un grillage, pas de poignées aux portières, en direction de l'endroit de la forêt où il avait déposé Cindy. Le shérif lui demanda s'il avait vu des traces indiquant la présence d'une voiture. Ou un mégot de cigarette ? Un préservatif ? N'importe quoi qui aiderait à prouver qu'il ne mentait pas ? Non, non, non. Bon, et Larry ne s'était pas inquiété à l'idée de laisser une jeune fille seule au milieu des bois ? Un jeune homme bien élevé ferait-il ça ? Larry n'avait rien à répondre. Le shérif le reconduisit à la voiture.

On interrogea les amies de Cindy. L'une d'elles savait-elle avec qui elle aurait pu partir, où elle aurait pu aller ? Aucune n'en avait la moindre idée, et toutes juraient qu'elle ne fréquentait personne. Pendant ce temps-là, les policiers fouillèrent les bois de Carl avec des chiens, piétinèrent les feuilles mortes, pataugèrent dans les ruisseaux, explorèrent d'autres parties de la région, draguèrent les lacs, questionnèrent Larry sans répit, envoyèrent et placardèrent des avis de recherche. Larry ne retourna pas au lycée. Les semaines se firent des mois, et alors que même les plus fervents optimistes mettaient en doute l'hypothèse de la fugue, que Silas était parti pour Oxford, Larry passait ses journées à lire dans sa chambre. Son père abandonna la bière pour le bourbon et but de plus en plus, commençant de plus en plus tôt à mesure que les affaires déclinaient et qu'il avait de moins en moins de clients jusqu'à ce que seuls s'arrêtent au garage les automobilistes de passage qui trouvaient dans le bureau un ivrogne dépenaillé qui fumait des cigarettes à la chaîne, un homme qui ne parlait plus à son fils et ne racontait plus d'histoires. La mère de Larry, pour sa part, n'allait plus à l'église et restait chez elle à s'occuper des poules, et on la voyait souvent plantée dans le poulailler, les yeux dans le vide, ou devant l'évier de la cuisine, ses mains protégées par des gants jaunes plongées dans l'eau de vaisselle grisâtre, le regard fixé sur la fenêtre. Leurs vies s'étaient arrêtées, pétrifiées comme sur une image, et les jours n'étaient plus que des cases vides sur un calendrier. Le soir, ils se réunissaient tous les trois autour de la table pour manger en silence un repas qu'aucun n'appréciait, ou, pareils aux personnages d'un tableau, devant un match de base-ball à la télévision dont l'écran constituait le seul éclairage de la pièce et les voix des commentateurs, le claquement des battes et les cris des spectateurs, le seul bruit, auquel s'ajoutait le tintement des glaçons dans le verre de Carl.

Larry, un an plus tard, ne se souviendrait pas qui avait eu l'idée de l'envoyer faire son service militaire. Comme on n'avait pas retrouvé le corps de Cindy, ni la moindre trace d'elle, pas un cheveu, pas une goutte de sang, pas un fil de sa jupe courte, et bien que la plupart des habitants du comté fussent persuadés qu'il l'avait violée et tuée, Larry avait été autorisé à monter dans le car à Fulsom et à regarder par la vitre la silhouette de sa mère rapetisser tandis que, son sac de toile à côté de lui, les cheveux en brosse, il quittait le Sud profond pour aller faire ses classes à Hattiesburg. Le commandant, informé de la situation, avait donné son accord pour que, au cas où l'on découvrirait une preuve contre lui, l'armée le livre à la justice. En attendant, on l'aurait à l'œil.

À bord du car, il surprit son reflet dans la vitre et enleva ses lunettes. Sans elles, il avait l'air plus mince. À l'arrivée à Camp Shelby, il les laissa sur le siège.

Il trouva là-bas l'anonymat de la vie militaire qui lui convenait, l'entraînement qui lui fit perdre une dizaine de kilos, la nourriture fade, l'activité incessante. Quand vint le moment de son affectation, le sergent lui demanda dans quel domaine il se sentait compétent. Aucun, répondit Larry. Le sergent lui demanda alors ce que faisait son père. « Garagiste », dit-il. Le sergent nota quelque chose sur un formulaire et marmonna : « Si c'est assez bien pour lui, mon gars, c'est assez bien pour toi. » Et c'est ainsi que Larry fut affecté à la section mécanique où il passait ses journées au milieu des blocs-moteurs accrochés à des chaînes, des capots soulevés et des garçons de la ville plutôt sympas qui avaient toujours des cigarettes dans les poches de leur uniforme. Larry souriait à leurs plaisanteries, mais il se tenait à l'écart, sur sa couchette, à la cantine, seul devant son poste de travail avec des clés, des tournevis et des pinces dont le poids et la sensation dans sa paume étaient pareils à ceux des outils de son père, et dont l'odeur et l'aspect aussi étaient identiques, et après son année d'apprentissage dans ces baraquements de l'armée où défilaient sans cesse Jeeps et camions, le soldat de première classe Larry Ott, numéro matricule US 53241315, plus « enclin » que ne le prétendait son père, devint un mécanicien compétent. Muni de son barda et d'un sac à provisions bourré de livres de poche, plus mince dans son uniforme, il fut transféré à Jackson, Mississippi, où ce nouveau chapitre de son existence lui apparut plutôt semblable à un rêve différent au cours de la même nuit qu'à un nouveau chapitre dans un livre.

Chaque fois qu'il venait en permission – pour Noël, pour Thanksgiving –, il trouvait ses parents plus vieux et plus bizarres. Sa mère oubliait où était le ramasse-poussière, comment marchait la cuisinière à gaz. Larry avait l'air plus grand que son père qui refusait de le regarder, qui passait ses journées au garage pourtant aussi désert déjà à cette époque qu'il le serait quand Larry aurait repris l'affaire, après que Carl qui s'effondrait tous les soirs ivre mort dans son fauteuil devant la télévision, finirait par quitter la route un soir d'été sur le chemin du retour, par passer au travers du parebrise et se rompre le cou, tandis que le pick-up, qu'on retrouverait sur le toit dans un champ, s'en tirerait sans autre dommage. Vers la fin de sa troisième année de service militaire, le capitaine le convoqua dans son bureau pour lui annoncer la nouvelle. Rendu à la vie civile avec mention honorable, il rentra chez lui où tous – le nouveau shérif, l'inspecteur principal – lui demandèrent de s'occuper de sa mère.

À Chabot, Silas n'était pas revenu. Cindy non plus, et nul chasseur, nul bûcheron, n'était tombé sur ses ossements, et nul chien ne les avait déterrés. Cecil et Shelia Walker avaient déménagé il ne savait où et, sans eux, la vieille maison, après un dernier combat, semblait avoir capitulé et, soulagée d'être enfin vide, s'écroulait. Les mauvaises herbes poussaient dans les fissures des marches, les troènes masquaient les fenêtres et les tiges de kudzu s'enroulaient autour des poteaux de la véranda. Sur le panneau DÉFENSE D'ENTRER qu'on avait cloué sur la porte, les lettres commençaient à s'effacer.

Des années durant, après qu'il avait fait admettre sa mère à River Acres, Larry serait chaque matin réveillé par le hurlement lointain des tronçonneuses qui abattaient les arbres sur les hectares de forêt qu'il avait été contraint de vendre, par le bip aigu des avertisseurs de recul, par le grondement des camions de bois qui roulaient au milieu de la boue et des ornières pour aller livrer leur chargement devant les scies de l'usine. Bientôt, de cette forêt qu'il avait parcourue au cours de son enfance, de ces arbres auxquels il avait grimpé, il ne resta plus que cent cinquante hectares, entourés de coupes claires aussitôt replantées de pins à encens qui poussaient rapidement vers le ciel et qui, comme il le savait, seraient prêts à être abattus d'ici une quinzaine d'années. La journée, il attendait les clients à son garage devenu davantage une tradition qu'une entreprise. Le soir, sur la véranda ou devant la cheminée, il lisait. La nuit, il la passait seul, sans guère penser à la vieille prière de sa mère, celle où elle demandait à Dieu d'envoyer un ami à son fils. Jusqu'à ce qu'elle soit exaucée.

8.

Silas arriva juste avant le rush de midi et s'installa dans un box du fond. Il posa son chapeau à côté de lui puis regarda le bâtiment décrépit du tribunal situé en face avec ses fenêtres cintrées et ses colonnades, les avocats et les juges blancs en costumes qui descendaient d'un côté les marches du grand escalier, tandis que les familles noires qu'ils allaient soit condamner soit acquitter le descendaient de l'autre. La porte du snack s'ouvrit, et tout un groupe de femmes blanches s'engouffra à l'intérieur. En général, Silas évitait cet établissement – sa mère y avait été serveuse pendant plus de vingt ans et elle en rapportait si souvent leur dîner qu'il en était venu à détester cette nourriture. Aujourd'hui, pourtant, l'endroit lui paraissait presque réconfortant. Peut-être parce qu'il le rapprochait un peu d'Alice Jones, morte depuis si longtemps avec ses secrets à elle. Et les siens.

Une jeune serveuse avec des gros seins et de l'eye-liner bleu s'avança, un pichet de thé glacé dans chaque main. « Quoi de neuf, 32 Jones ? Sucré ou pas ?

– Sucré, s'il vous plaît, m'dame, dit-il, lui présentant l'un des verres posés sur la table tout en s'efforçant de se rappeler le nom de la fille.

– Je vous ai vu dans le journal. L'article sur M&M.

– Ah, oui ? » Il avait oublié que le *Beacon Light* paraissait aujourd'hui. Pas de mention du serpent à sonnette dans la boîte à lettres. Avec des cadavres et des filles disparues, ce ne devait pas être une nouvelle digne d'y figurer. Et comme c'était un hebdomadaire, on n'y parlerait pas encore de Larry et de la balle qu'il avait reçue.

« Bon, dit la serveuse. Vous êtes prêt à passer commande ? »

Il répondit qu'il attendait Angie et, cherchant toujours le nom de la fille mais n'osant pas fixer sa poitrine sur laquelle son nom était cousu, il sortit son téléphone. La serveuse était déjà passée à la table suivante. Pas d'appels. Il but son thé à petites gorgées jusqu'à ce qu'Angie entre. Même dans sa chemise d'uniforme bleu clair et son pantalon bleu marine, elle avait fière allure, la bouche toujours un peu de travers, les cheveux nattés. Il appréciait qu'elle ne se maquille jamais, ni ne se vernisse les ongles. Il se leva, ils échangèrent un bref baiser puis se glissèrent dans le box, l'un en face de l'autre.

« T'étais occupée ? demanda-t-il.

– Pas au point que tu puisses pas m'appeler, répondit-elle, tirant du casier l'un des menus plastifiés géants. Tu prends quelque chose ?

– Juste du thé. »

Elle le dévisagea par-dessus le menu. « T'es pas encore patraque à cause d'hier, si ?

– Nan. J'ai mangé deux hot-dogs de Marla tout à l'heure.

– Mon Dieu, 32, tu veux que je demande à Tab d'accourir avec le défibrillateur ? »

La serveuse arriva et remplit le verre de Silas.

« Salut, Shaniqua, dit Angie.

– Salut, ma belle. Comment t'as fait pour convaincre enfin ce type de manger ici ?

– Tu sais bien qu'il fait tout ce que je lui demande. »

Silas, qui regardait dehors, se tourna vers elles et sourit. « Merci, Shaniqua. »

Angie commanda un hamburger avec l'accompagnement. Ah, et aussi un supplément de frites, avec de la moutarde, et un Coca Light.

« Qu'est-ce qui te rend si sombre ? demanda-t-elle après le départ de la serveuse. On t'a de nouveau appelé 31 dans le journal ?

– Nan.

– Quoi, alors ?

– Je pense juste à Larry Ott.

– T'es allé le voir ?

– Nan.

– Il est réveillé ?

– Pas que je sache. Je suis resté toute la matinée chez lui. Roy me charge de l'affaire pendant qu'il s'occupe de la fille disparue.

– Tab croit qu'il a essayé de se suicider, dit Angie.

– Roy aussi. Sinon, y m'aurait pas refilé l'enquête.

– Ces deux-là doivent savoir ce qu'ils disent.

– Ouais, mais pourquoi maintenant ? demanda-t-il. Après tout ce temps, pourquoi vouloir se tuer maintenant ?

– Peut-être qu'il a assassiné cette fille. »

Silas secoua la tête. « Non, je pense pas.

– Réfléchis. S'il a enlevé l'autre fille à l'époque, peut-être qu'il y a pris goût. Peut-être qu'il en a enlevé un tas depuis, sans jamais se faire prendre. Ou alors qu'il avait réussi à se contrôler jusque-là. Que ce soit l'un ou l'autre, il croise la mignonne petite Tina Rutherford et joue son

Hannibal Lecter avec elle. Le lendemain, c'est dans tous les journaux et il apprend qui c'était, la fille d'une famille riche et puissante, et du coup, il panique. » Elle fit le geste de tenir un pistolet et de presser la détente. « Et, pan !

– Et s'il avait pas enlevé la première fille ? Celle du lycée ?

– Tout le monde le juge coupable, et ça a fini par lui peser. Toutes ces années sans que personne lui parle. Tu crois qu'il a déjà couché avec une fille ? Un type qui a une réputation pareille ? Peut-être qu'il a craqué et qu'il s'est dit : “Bon, puisqu'ils me traitent comme ça, je saute la première fille qui passe.”

– Nan, je pense pas que ce soit dans sa nature.

– Comment tu peux savoir ? »

Silas prit une profonde respiration, puis il répondit : « Parce que j'étais copain avec lui. »

Shaniqua arriva avec la commande d'Angie qui parut ne même pas la remarquer.

« De rien, dit la serveuse d'un ton ironique avant de s'éloigner.

– Qu'est-ce que tu veux dire, copain ?

– Y a longtemps. Quand j'étais jeune… » Il hésita, regarda de nouveau par la fenêtre les gens et les voitures qui passaient devant le grand bâtiment blanc consacré à la loi sur deux de ses étages.

« 32 ?

– Quand j'étais jeune, reprit-il, ma mère et moi, on est partis de Chicago en car pour aller à Amos. » Maintenant qu'il était lancé, il raconta des choses qu'il n'avait jamais confiées à personne : leur départ de Joliet, leur emménagement dans la cabane de Carl Ott sans eau ni électricité, la marche de trois kilomètres jusqu'à la route la plus proche, Carl et Larry qui les prenaient dans leur pick-up avant qu'Ina l'apprenne et leur donne ces vieux manteaux, la Chevy Nova dans laquelle Alice Jones était arrivée le lendemain, refusant de dire d'où elle provenait. Il parlait encore lorsque Shaniqua réapparut et dit : « Si tu manges pas, Angie, ça fera plaisir à quelqu'un d'autre. »

Angie ne répondit pas, mais elle commença à manger, déchira les petits sachets de moutarde qu'elle répandit sur ses frites, puis elle mâcha lentement son hamburger en buvant son Coca Light à la paille pendant que Silas lui racontait comment, au début, il avait été déconcerté par le silence qui semblait régner dans la forêt, comparé à Chicago avec ses foules, ses klaxons, ses sirènes, son métro aérien bringuebalant. Pourtant dans les bois, quand on s'arrêtait, qu'on se taisait pour écouter, on percevait toutes sortes de sons nouveaux, le vent qui faisait bruire les feuilles, le cacardement du geai bleu, le chant du moqueur roux, du cardinal rouge et de la fauvette, le croassement du corbeau, le huissement du faucon, le glapissement de l'écureuil, le coassement de la grenouille, l'aboiement lointain du chien, le grognement du tatou fouissant parmi les feuilles mortes ainsi que les dizaines d'autres bruits qu'il apprit petit à petit à identifier. Avant, en ville, il n'avait jamais connu de véritables ténèbres, mais ici, quand on pissait depuis la cabane par une nuit sans lune ou qu'on allait se promener dans la forêt où la cime des arbres cachait le ciel criblé d'étoiles, on oubliait presque qu'on était là, on se sentait invisible. Les ténèbres de la campagne, comme disait sa mère.

« Au début, je me plaisais pas là-bas, poursuivit-il. Mais au bout d'un certain temps, après que Larry m'avait prêté cette carabine et que j'avais commencé à jouer au base-ball, je m'y suis senti chez moi. C'est une des raisons pour lesquelles, beaucoup plus tard, je suis revenu ici. J'ai jamais oublié cet endroit. »

Shaniqua arriva avec ses pichets. « Encore du thé sucré ? » demanda-t-elle à Silas. Il fit signe que oui et elle lui remplit son verre. « Un autre Coca ? demanda-t-elle ensuite à Angie.

– Non, merci. »

Tripotant le bord de son chapeau, Silas avait de nouveau le regard fixé sur la fenêtre. Il parla de Carl et de la bagarre avec Larry, tandis qu'Angie cessait petit à petit de manger. « Après, enchaîna-t-il, ma mère et moi, on est partis. À Fulsom. Elle avait assez d'économies pour qu'on s'installe dans un mobile home. Je suis allé au lycée de Fulsom où j'évitais Larry. J'étais déjà dans l'équipe de base-ball et tout le monde m'appelait 32. J'avais mon nom dans les journaux. Larry Ott, lui, n'était qu'un bouseux que personne aimait.

– Pourquoi ?

– Parce qu'il était bizarre. Il habitait au fin fond de la cambrousse et n'avait pas un seul copain. Il assistait jamais aux matchs, jamais au bal des élèves. Tout le temps plongé dans ses bouquins. Il apportait des trucs au lycée, des serpents qu'il avait attrapés, des trucs comme ça, pour qu'on le remarque. Je me souviens, une fois, pour Halloween, ce devait être la dernière année, il a débarqué avec un masque de monstre. »

Silas n'y avait plus repensé depuis très longtemps. Il s'agissait d'un masque de zombie en plastique muni de faux cheveux et d'une peau comme en décomposition, un masque ensanglanté, plus vrai que nature, l'air d'une tête tranchée. « Je le revois comme si c'était aujourd'hui », dit-il. Lorsque Larry était entré en classe en le portant, tout le monde s'était attroupé autour de lui. Ensuite, devant le gymnase, les jolies filles, les pom-pom girls, l'avaient essayé chacune leur tour. Et quand un Larry aux anges avait récupéré son bien, celui-ci devait sentir le parfum Love's Baby Soft, le shampooing Suave et le bonbon à la menthe. Aussitôt après, un autre groupe de filles l'avait appelé. Est-ce qu'elles pourraient voir son masque, le passer ? Est-ce qu'il l'apporterait ce soir à la Maison Hantée, une église baptiste désaffectée ? Est-ce qu'il le mettrait ?

Bien sûr que oui.

L'après-midi, Silas avait entraînement. Ensuite, M&M, quelques autres membres de l'équipe et lui grimpèrent dans un pick-up pour se rendre au bâtiment abandonné au bord de la Route 5. Larry, rayonnant, était déjà là, habillé d'un drap blanc avec un trou pour laisser passer la tête. Quand, d'un vague geste de la main, il salua Silas, ce dernier lui tourna le dos. Pendant les trois heures qui suivirent, Larry régna sur la chambre qu'il avait préparée dans la maison hantée, une pièce jonchée de faux membres et restes humains où les lumières stroboscopiques et les hurlements jaillis de haut-parleurs dissimulés au milieu des bottes de foin donnaient le vertige. Les gens défilèrent toute la soirée, des groupes d'adolescents qui se bousculaient, des couples, certains accompagnés d'enfants terrifiés. Silas buvait des bières qu'il prenait en douce à l'arrière du pick-up et, un peu à l'écart, observant Larry, il se disait que, ce soir, celui-ci devait se sentir presque normal.

À la fin, vers minuit, Larry sortit de la maison, ôta son masque, le visage écarlate à cause de la chaleur, les cheveux plaqués sur le crâne. Il demeura planté sur le seuil dans l'attente qu'on le remarque, qu'on le félicite pour le spectacle et, peut-être, qu'on l'accueille au sein du groupe, qu'on lui offre une bière. Cindy Walker aussi était là…

« Qui ? l'interrompit Angie.

– La fille, répondit Silas, regrettant d'en avoir parlé. Celle qui a disparu. »

Angie le considéra un instant.

« Quoi qu'il en soit, reprit-il, quand Larry est sorti de la maison hantée, on a tous fait comme si on le voyait pas. Tous sans exception. »

Il raconta que Larry était resté longtemps dans la lumière des projecteurs. À réfléchir, le masque sous le bras. Il finit par partir le long du chemin de terre qui menait à la route. Au croisement, vêtu de son drap qui claquait dans le vent, il attendit comme si une voiture arrivait, il attendit un long moment, alors qu'aucune voiture ne s'annonçait. Les gens l'avaient oublié, se passaient des cigarettes et des bières. Silas, néanmoins, le suivit des yeux lorsqu'il se décida finalement à traverser en direction du parking. Là, il s'arrêta de nouveau, enleva le drap et parut examiner les voitures, comme pour choisir laquelle il allait acheter. En fait, il faisait comme s'il ne savait plus où il avait garé la Buick de sa mère. Au cas où quelqu'un jetterait un coup d'œil par là, l'apercevrait et crierait : « Hé, regardez ! C'est Larry ! Hé, Larry, reviens faire la fête avec nous ! »

Personne ne l'appela, ni Silas, ni Cindy. Larry monta dans sa voiture, resta plusieurs minutes au volant, moteur au ralenti, mais Silas ne se précipita pas vers lui, et quand il démarra doucement, tout doucement sur le gravier qui crissait sous les pneus, que les pleins phares éclairèrent le chemin de terre, tous, éblouis, tournèrent la tête et continuèrent à parler, et Silas ne lui adressa pas le moindre signe lorsqu'il passa devant eux, toujours aussi lentement, après quoi tous regardèrent les stops qui semblaient de temps en temps s'immobiliser au milieu des arbres, comme si Larry s'apprêtait à faire marche arrière. Une fois qu'il eut enfin disparu, se rappelait Silas, Cindy et tous les autres, y compris lui, se mirent à rire.

Angie avait les lèvres serrées, encore plus de travers que d'habitude. Elle réfléchissait. « C'était combien de temps avant que cette fille, Cindy, disparaisse ?

– Peut-être deux mois. »

Il se tut car Shaniqua venait débarrasser l'assiette d'Angie. « Vous voulez encore du thé ? demanda-t-elle à Silas.

– Non, merci, ça ira.

– Merci, jeune fille », dit Angie, puis s'adressant à Silas : « T'es sorti avec elle ?

– Cindy ? » Fuyant son regard, il retourna son chapeau sur la table. Il pensa qu'il devrait lui dire, mais il se contenta de faire signe que non et d'ajouter : « Son beau-père était de ces hommes blancs que tout garçon noir intelligent devrait éviter, et en particulier au Mississippi. »

Angie l'observa. « Qui t'a jamais accusé d'être intelligent ? »

Il sourit.

« Mais Larry, lui, il est sorti avec elle ?

– Ouais.

– Pourquoi ? Si c'était à ce point un loser ? »

Sa radio grésilla et la voix de Tab jaillit. Accident sur la 201.

« Merde. » Elle se leva, son Coca à la main. « Désolée, mon chéri. Je regrette vraiment de partir parce que t'as jamais parlé autant ! »

Elle se pencha pour lui planter un baiser sur la tête. « Faudra qu'on termine cette conversation. » Elle se précipita dehors au moment où l'ambulance, gyrophare en action, se garait le long du trottoir.

Shaniqua s'approcha de la table. « Vous parliez de Larry le Pourri ? »

Il leva les yeux. « Ouais. »

Elle finit de débarrasser. « Ma mère est allée à l'école avec lui. Elle dit que ce mec avait toujours des serpents dans ses poches. »

Après avoir franchi les portes automatiques de l'hôpital, Silas ôta son chapeau, puis il s'arrêta à l'accueil demander où il pourrait trouver Larry Ott. Le bénévole en gilet rouge, un vieil homme blanc aux sourcils épais comme des moustaches, chaussa ses lunettes et, le front plissé, se pencha sur l'écran de son ordinateur.

« Vous êtes de la famille ? » questionna-t-il, esquissant un sourire pour indiquer à Silas qu'il n'avait pas à répondre, que c'était une plaisanterie. « Je m'appelle Jon Davidson. » Il tendit la main. « Jon, sans *h*.

– Enchanté.

– Vous êtes l'agent de police Jones, c'est bien ça ?

– Ouais.

– J'ai lu votre nom dans le journal. » Il montra un exemplaire du *Beacon Light* ouvert sur la page de l'article en question. Silas y jeta un coup d'œil. En titre : « Découverte d'un cadavre ». C'était un bref résumé des faits, voiture en feu, etc. On précisait bien que c'était Silas qui avait découvert le corps mais, comme de coutume, pour le reste on ne citait que French.

« Ah, voilà, reprit Davidson après avoir fait défiler les noms sur l'écran. Il est encore en réanimation. Premier étage, à gauche en sortant de l'ascenseur. Heures de visite, de trois à cinq, mais on fera sûrement une exception pour vous. » Il lui adressa un clin d'œil. « Dites à l'infirmière de service que vous êtes une célébrité. »

Silas le remercia et se dirigea vers les ascenseurs. Il passa devant la boutique, puis il revint sur ses pas.

« Quelqu'un d'autre est venu le voir ? » demanda-t-il au vieil homme.

Celui-ci retira ses lunettes, se frotta le nez. « Attendez, je suis là de midi à six heures, cinq jours par semaine. Non, personne à ma connaissance. Vous voulez que je me renseigne auprès des autres bénévoles ?

– Si ça vous dérange pas. Et si jamais des gens le demandent, vous pourriez prendre leurs noms et me prévenir ?

– Avec plaisir. »

Silas griffonna son numéro de portable sur une carte de visite, puis il monta au premier étage. Il poussa une porte en verre marquée SERVICE DE RÉANIMATION. Le bureau des infirmières était silencieux, occupé seulement par une femme noire en blouse verte assise devant un ordinateur. Derrière elle, on entendait sur un moniteur une respiration laborieuse. Les murs du couloir étaient en verre et on apercevait plusieurs lits, la plupart vides.

« Bonjour », dit-il en s'avançant.

Elle leva les yeux. « Bonjour. Je peux vous être utile ? »

Il tapota son chapeau contre sa cuisse. « Je viens voir Larry Ott. »

Elle ôta ses lunettes et l'étudia.

« Comment il va ? reprit-il.

– Il a été opéré hier soir avec succès, mais il n'a pas encore repris connaissance. Le médecin doit repasser à quatre heures pour l'examiner, mais son état s'est stabilisé.

– Je peux le voir ? »

Elle se leva. « Pas plus d'une minute. »

Il s'aperçut qu'elle jouait au solitaire sur son ordinateur. Il la suivit.

Larry était seul dans le service, entouré de lits vides, branché au moniteur cardiaque, au respirateur et à un goutte-à-goutte. Il était pâle, et des drains étaient posés de part et d'autre de son torse bandé. Il avait d'autres tubes dans les narines et la bouche, maintenus par des sparadraps.

« C'est un miracle qu'il soit encore en vie, dit l'infirmière. Quand il est arrivé, étant donné la gravité de son état, on pouvait pas le transférer à Hattiesburg où ils sont mieux équipés pour traiter ce genre de blessures. Les médecins ont fait de leur mieux, mais… » Elle laissa la phrase en suspens.

« Vous croyez qu'il s'en tirera ?

– Impossible de le dire. Il est cliniquement mort deux fois pendant les opérations.

– *Les* opérations ?

– Oui. Le chirurgien a extrait la balle et nous lui avons transfusé six unités de sang. Le Dr Milton a dit que la balle avait manqué le cœur d'un millimètre. Et quand on l'a ramené ici, il a fait une petite crise cardiaque due au stress et on l'a redescendu en salle d'opération. »

D'où il se tenait, Silas remarqua les premiers fils gris dans les cheveux de Larry. La barbe de plusieurs jours sur son menton était grise elle aussi. Des traces humides couraient de ses yeux le long de la peau sèche de son visage.

« Il est dans le coma ?

– On ne pense pas, mais on peut pas en être sûr, répondit-elle. Il est sous puissant sédatif.

– Quand est-ce que vous en saurez plus ?

– Il faudra demander au médecin », répondit-elle.

La notion de juridiction, il le savait, dépassait la simple notion de territoire. Elle incluait également celle de responsabilité. Il fallait que quelqu'un informe Mrs Ott que son fils avait été blessé, et comme French l'avait collé sur l'affaire, c'est lui qui gara sa Jeep sur le parking de River Acres, une maison de retraite devant laquelle il n'avait fait jusqu'à présent que passer. Les endroits de ce genre le déprimaient, lui comme les autres, supposait-il. Il ajusta son chapeau sur son crâne, respira un grand coup. C'était un bâtiment de plain-pied en briques. Des plants de pins poussaient dans les gouttières autour du toit qui aurait eu grand besoin d'être refait. Sur la façade, il y avait une rangée de fenêtres, nombre d'entre elles fêlées, certaines ouvertes et d'autres flanquées de climatiseurs essoufflés qui gouttaient, soutenus par des planches, et sous lesquels s'étalaient des flaques d'eau.

La porte d'entrée était ouverte et un Noir de la carrure de Silas, assis dans le hall, fumait une cigarette en lisant un magazine de stock-car. Il portait un uniforme blanc couvert de taches jaunes sur le devant. Silas le reconnut – arrestation pour conduite en état d'ivresse un an plus tôt –, le salua d'un signe de tête et se demanda pourquoi ce type ne s'installait pas dehors où il faisait quand même un peu moins chaud.

« Bonjour, dit Silas, ôtant son chapeau. Où puis-je trouver Mrs Ott ? »

Sans lever les yeux, l'homme indiqua le couloir. Silas le remercia, puis il longea le corridor jusqu'à ce qu'il arrive devant un guichet muni d'une vitre coulissante sans personne derrière. L'odeur de désinfectant ne parvenait pas à masquer les effluves d'urine. Il se pencha, vit à l'intérieur un magazine de mots croisés et Oprah Winfrey qui passait sur un petit téléviseur dont le son était coupé. Il appuya sur la sonnette et, quelques instants plus tard, une femme corpulente aux grosses lunettes sortit sans se presser d'une porte adjacente.

« Bonjour, dit Silas. Je suis l'agent de police Jones. »

La femme alla s'asseoir dans son fauteuil et regarda Silas avec une lueur d'amusement dans le regard. « Je sais qui vous êtes. » Elle avait les ongles longs, décorés de minuscules étoiles, et il se demanda comment elle parvenait à taper sur les touches de son téléphone. BRENDA annonçait le nom cousu sur sa chemise. « Vous étiez une classe avant moi à l'école. Je vous regardais jouer au base-ball. »

Il sourit. « La bonne vieille époque.

– Vous me traitez de vieille ? »

Son sourire s'élargit. « Je me permettrais pas.

– Qu'est-ce que vous venez faire ici ? C'est pour Clyde qu'a encore fait des bêtises avec sa liberté surveillée ?

– Pas que je sache. Je suis venu voir Mrs Ott, si elle est en état de recevoir des visites. »

La femme haussa les sourcils. « Vous pouvez toujours essayer. Elle a eu des attaques y a quelques années, et en plus, elle est alzheimer.

– Grave ?

– Assez. La plupart du temps, elle reconnaît personne. Elle a le côté gauche paralysé. Pourquoi vous voulez la voir ? Son fils a des ennuis ?

– Pourquoi vous demandez ça ?

– Parce qu'elle a essayé de lui téléphoner hier. Elle a de temps en temps des bons jours. Mais il est pas venu.

– Il vient souvent ?

– Plusieurs fois par semaine. Ce cinglé, y voudrait que je l'appelle chaque fois qu'elle a toute sa tête, et vous savez ce que j'y ai répondu ?

– Vous y avez répondu non ?

– J'y ai répondu bon sang non. Je suis pas un répondeur. Elle a qu'à l'appeler si elle veut.

– Eh bien, vous aurez peut-être plus à vous inquiéter à son sujet. On lui a tiré dessus. C'est pour ça que je suis là », dit-il.

C'était une chambre pour deux, meublée de deux fauteuils à côté de deux lits d'hôpital. Un poste de télévision sur un bras articulé occupait un coin du plafond. Allongée sur le lit près de la fenêtre, une vieille femme noire fixait le carreau d'un œil vide. À l'odeur qui régnait dans la chambre, on aurait pu croire que le personnel avait oublié de vider les bassins hygiéniques. Mrs Ott, assise dans son fauteuil, le regardait comme si un réverbère venait d'entrer dans la pièce. Sur l'écran du téléviseur passait *La Roue de la fortune.*

La voix forte de Brenda s'éleva dans son dos : « Miss Ina, voici l'agent de police Jones. Il voudrait vous parler de votre fils. »

Elle demeura sans réaction.

« Faites-moi signe si vous avez besoin de moi, dit Brenda, lui effleurant le bras. Je reste devant la porte.

– Merci.

– Qui êtes-vous ? » demanda enfin Mrs Ott avec une note d'inquiétude dans la voix. Elle avait la partie gauche du visage paralysée et la bouche figée sur une espèce de grimace. Elle regarda en direction du couloir où Brenda examinait ses ongles. Sa présence sembla la rassurer.

Silas reconnaissait à peine en elle la femme qui, tant d'années auparavant, leur avait donné des manteaux à sa mère et à lui. Elle avait la poitrine plate et un cou aussi mince que ses poignets. Il tira un tabouret près de son fauteuil et s'assit, le chapeau sur les genoux, se tassant pour paraître moins imposant. Elle avait suivi ses mouvements avec comme une lueur de soupçon dans le regard.

« Clyde, dit-elle. Demandez aux autres d'arrêter.

– Je ne suis pas Clyde, miss Ina. Je m'appelle 32. Je connaissais Larry, votre fils.

– Qui ?

– Votre fils, répéta-t-il doucement. On était amis dans le temps. Vous m'avez donné un manteau, un jour.

– Clyde ?

– Non, m'dame. Mon vrai nom, c'est Silas.

– Comment va Eleanor Roosevelt ? »

Il haussa les sourcils, se tourna vers Brenda.

« C'est l'une de ses poules, expliqua celle-ci.

– Oh. » Puis s'adressant de nouveau à la vieille femme : « Elle va très bien, Mrs Ott. Toutes les poules vont bien. Je les ai nourries hier.

– La meilleure pondeuse, c'est Rosalynn Carter.

– C'est ce que je pensais.

– Mais Lady Bird Johnson est plus jolie.

– Absolument.

– Qui êtes-vous ? » demanda-t-elle.

Il le lui répéta.

« Clyde ? »

Après avoir tenté un moment de la convaincre qu'il n'était pas Clyde, il se leva et prit congé. Dans le couloir, il remit sa carte de visite à Brenda et lui demanda de l'appeler quand Mrs Ott aurait un de ses bons jours.

Dans le parking, il resta assis au volant de la Jeep à l'ombre d'un grand pacanier, le coude à la portière, le chapeau posé sur le siège à côté de lui. Les souvenirs de la journée qu'il avait passée autrefois chez les Ott lui revinrent. Les lézards attrapés avec Larry. Le serpent géant. Les poules dans la grange. Pendant qu'ils constituaient ce que Larry avait appelé leur herpétarium, à savoir une rangée de bocaux remplis de reptiles, Silas avait repéré une tondeuse à gazon logée sous une étagère en bois.

« C'est toi qui t'amuses à tondre l'herbe ? demanda-t-il.

– Qui m'amuse ? » Larry posa le bocal qu'il tenait à la main, tandis que le lézard à l'intérieur l'observait d'un œil inquiet. « Qui suis obligé, tu veux dire.

– Moi, je l'ai jamais fait.

– Tu veux essayer ? »

Ils sortirent la tondeuse et, au soleil, Larry lui montra comment vérifier le niveau d'huile et d'essence, comment amorcer la pompe et tirer sur le cordon pour lancer le moteur. Puis, criant afin de couvrir le bruit, il expliqua comment régler la vitesse du moteur avant de pousser la tondeuse en cercles qui allaient en diminuant vers le centre. Silas s'empara de la poignée et dit, okay, à mon tour. Le vrombissement, les brins d'herbe projetés en l'air et sur ses pieds nus, les oignons sauvages qui frottaient contre le carter, la poignée qui vibrait entre ses mains, les débris de branches mortes broyées recrachés de temps en temps par le bac, tout cela le fascinait. Un jour, quand il était petit, lui raconta Larry en hurlant pendant qu'il marchait à ses côtés, il regardait son père tondre l'herbe. Les lames étaient passées sur une pierre qui avait jailli comme une balle et rebondi sur le ventre nu de Larry, y laissant une marque rouge. Son père s'était esclaffé. Il avait même pris un polaroïd, et il riait chaque fois qu'il le contemplait. « Tout cela pour me rappeler qu'il fallait faire attention à ne pas projeter de pierres vers les gens ou les voitures, tu comprends ? » Silas tourna et continua, ravi de pouvoir admirer le fruit de son travail, le dessin qu'il traçait dans l'herbe. C'était agréable, un peu comme se passer un peigne dans les cheveux. Larry alla s'asseoir sur les marches de la véranda avec un livre. Il observa un moment Silas, sans même faire semblant de lire, puis il lâcha soudain son livre, se précipita vers Silas qu'il bouscula avant de couper le moteur de la tondeuse.

Silas le bouscula à son tour, tandis que le moteur s'arrêtait dans un hoquet. « Me pousse pas.

– Excuse-moi », dit Larry. Ils se mesurèrent du regard. Silas avait encore les paumes qui vibraient.

« J'aime pas qu'on me pousse.

– C'est juste qu'il reste pas beaucoup de temps, dit Larry.

– N'empêche. »

Silas fit redémarrer la tondeuse et repartit. Larry le regarda, puis retourna s'asseoir sur la véranda, les mains sur les genoux.

Un peu plus tard, il bondit sur ses pieds, le bras tendu. Le soir tombait et des lucioles dansaient au-dessus des champs. Silas avait presque fini. Il aperçut des phares qui trouaient la forêt. Laissant le moteur tourner, il traversa la pelouse en courant, soulevant des brins d'herbe sous ses pas, puis il sauta par-dessus la clôture et disparut au milieu des arbres. Larry se rua vers la tondeuse qui crachotait et la poussa. Les phares étaient ceux du pick-up de Carl Ott qui se gara, descendit de voiture avec un sac de glace et un sac en papier brun. Bien que sale après une journée au garage, il prit le temps de regarder le travail accompli et d'approuver d'un signe de tête.

« Bon boulot, petit », cria-t-il à Larry.

Silas l'entendit, car il s'était approché en rampant dans le champ de maïs. Mr Ott ajouta quelque chose que le garçon ne comprit pas, puis il rentra. Larry ramena la tondeuse vers la grange, jeta un coup d'œil dans la direction où Silas s'était enfui, et celui-ci eut l'impression qu'il le voyait.

Bon boulot, petit.

Silas s'en souvenait. Jamais il n'avait ressenti avec une telle acuité l'absence d'un père. Il regagna la cabane à travers la forêt qui s'assombrissait, conscient que toutes ces terres – plus de deux cent cinquante hectares – appartenaient, ou appartiendraient à Larry. Et Silas qui, lui, n'avait rien, leva la tête vers le ciel qui avait maintenant disparu. On ne distinguait même plus la cime des arbres, tandis que la nuit descendait le long des lianes. Il se mit à courir, effrayé non pas par les ténèbres envahissantes, mais par la colère qui lui rongeait les côtes.

La voiture de sa mère était déjà là. À l'intérieur de la cabane, la boîte en polystyrène du dîner attendait sur la petite table en bois entre leurs lits où ils mangeaient tous les soirs, un carton de lait chocolaté posé entre eux. Sa mère portait encore son uniforme, son filet dans les cheveux. Elle était assise au pied de son lit, le chat sur les genoux.

« Petit, où étais-tu ?

– Dans la forêt.

– Dans la forêt, Silas ? La nuit ?

– Pardon, m'man, je me suis perdu. » Il n'avait eu aucun mal à mentir.

Caressant le chat, elle l'avait considéré un instant, se demandant si elle devait ou non le croire, ou peut-être trop fatiguée pour ne pas le croire, parce qu'elle avait fini par dire : « Mange ton dîner. C'est déjà froid. Et le lait va être chaud. »

Absorbé dans ses pensées, il se secoua et fit démarrer la Jeep. Il effectua une marche arrière pour sortir de sa place de parking. Ainsi, il avait eu tout ce temps-là un père, non pas quelque bon à rien de Noir qui avait foutu le camp après avoir mis Alice Jones en cloque, mais un Blanc qui avait couché avec sa domestique, puis qui l'avait expédiée à Chicago quand elle était tombée enceinte.

Toutes vitres baissées, il roula tranquillement parmi les camions de bois et les voitures en direction de chez les Ott. En sortant de la ville, il se demanda si la vieille cabane était toujours là.

Quand il tourna sur la route du cimetière, il aperçut devant lui un quad qui roulait au milieu de la chaussée à environ 60 à l'heure. Arrivé derrière, il lui fit un appel de phares. Le garçon qui conduisait, blanc, maigre, lança un regard par-dessus son épaule, jeta une canette dans l'herbe du bas-côté puis lui fit signe de doubler mais, arrivé à sa hauteur, Silas tendit le bras par la portière pour lui enjoindre de s'arrêter.

Le jeune, assis sur son engin, une jambe passée par-dessus le réservoir, alluma une cigarette et l'attendit. Quand il vit l'uniforme et le pistolet de Silas, il se redressa sur le siège. « Salut, dit-il.

– On est pas censé aller sur la route avec ces engins. »

L'adolescent le regarda sans rien dire.

« Vous avez un permis de conduire ?

– Vous êtes garde-chasse ?

– Constable de Chabot. Permis de conduire, s'il vous plaît.

– J'ai dû le laisser chez moi. Vous êtes 32 Jones. J'ai entendu parler de vous. C'est quoi, un constable ?

– Un agent de police. Votre nom ?

– Wallace Stringfellow.

– Vous habitez dans le coin, Wallace ? »

Le jeune montra du pouce la route derrière lui. « À quelques kilomètres par là.

– Vous auriez pas bu, par hasard ?

– Non, non, monsieur l'agent.

– Vous auriez pas jeté une canette de bière, y a un instant ? »

Le garçon secoua la tête.

« Vous me permettez d'aller voir si je trouve pas une canette avec vos empreintes dessus ?

– Oui, si vous voulez. J'en laisse probablement des tas, j'ai un peu tendance à balancer des détritus n'importe où, mais jamais quand je conduis. »

Silas remarqua dans une sorte de cage derrière le siège une taie d'oreiller sale qui semblait contenir quelque chose, et il se demanda s'il devait y jeter un coup d'œil. Tout comme il se demanda s'il n'y avait pas des trous pour les yeux, bien qu'à vrai dire, le racisme d'aujourd'hui paraisse moins organisé qu'il ne l'était à l'époque de son enfance. « Vous portez une arme ? questionna-t-il.

– Non, monsieur.

– Vous vous promenez souvent dans le coin ?

– Parfois.

– Ces terres, ou la majorité d'entre elles, appartiennent aux Rutherford, et dans ce cas, vous êtes sur une propriété privée.

– Vous voulez dire que c'est illégal de se promener ici ?

– Quand y a des panneaux ou un grillage, oui.

– Eh bien, on en apprend tous les jours. Merci de m'avoir prévenu.

– Vous allez où ?

– Nulle part en particulier. Je profite juste du beau temps. »

Silas l'étudia un instant, mais il pensait surtout à la cabane de chasse. « Bon, dit-il. Cette fois, je vous adresse un simple avertissement. Mais vous retournez chez vous en roulant sur le bas-côté, vous entendez ? Et si je vous revois sur la route, bière ou pas bière, je vous colle une contravention. Ou pire.

– Oui, monsieur. Merci pour l'avertissement. »

Il regarda l'adolescent démarrer au kick, emballer le moteur puis, avec un petit salut, repartir en cahotant sur l'accotement, tandis que la taie d'oreiller claquait dans le vent. Silas le suivit des yeux, l'air consterné.

Le moteur de la Jeep cliquetait en refroidissant devant la maison de Larry. Silas passa au-dessus de sa tête le cordon au bout duquel était attaché son badge puis, crevant de chaud, il retira sa chemise d'uniforme, remit le cordon autour de son cou et noua la chemise autour de sa taille. Il s'éventa avec son chapeau, traversa le champ en direction des arbres, se baissa pour se glisser sous une vieille clôture de barbelés, veillant à ne pas déchirer son T-shirt. L'idée d'affronter aoûtats, tiques, moustiques ou autres serpents ne l'enchantait guère et il ouvrit l'œil tandis que des gratterons s'accrochaient à son pantalon et que des épines de ronces se logeaient dans sa chemise.

Tu comprends donc rien, Silas ?

Sa mère devait cumuler deux emplois et faire en plus des ménages pour payer le mobile home qu'elle avait acheté à Fulsom. À l'époque, il croyait qu'elle voulait simplement se débarrasser de lui, raison pour laquelle elle l'avait expédié au loin. Il se mentait à lui-même, alors qu'il lisait les lettres qu'il recevait d'elle à Oxford et qu'il défroissait les billets de cinq et de dix dollars qu'elle lui envoyait chaque semaine pour qu'il puisse suivre ses cours et jouer au base-ball sans avoir besoin de travailler. Il savait maintenant combien elle l'aimait, malgré le fait qu'il ne lui ait jamais répondu, malgré tous les soucis et toutes les peurs qu'il lui causait, malgré ce qu'il ne comprenait pas. Tout cet amour, il le lui avait rendu en ne revenant que rarement à la maison, et quand il était là, elle se montrait aux petits soins pour lui, comme si chaque repas devait être leur dernier, à lui ou à elle, et elle lui repliait sa serviette en papier, posait une deuxième cuisse de poulet dans son assiette, lui remplissait son verre de lait ou de thé glacé, tout cela au point qu'il ne pouvait plus le supporter. Il refusait de voir la vérité, à savoir qu'elle mourait de solitude. En fait, il arrivait à peine à la regarder. Il se dépêchait de manger et s'échappait le soir (au volant de sa voiture à elle) pour aller rejoindre M&M et ses autres copains de lycée pendant qu'elle restait assise à l'attendre.

Alors qu'il se frayait un chemin au milieu des branches, des lianes, du lierre, des toiles d'araignée et des ronciers, il nota combien la forêt avait changé, si vite, devenue une véritable jungle, jonchée de bois mort blanchi, si différente du paradis éphémère qu'avaient connu jadis les deux garçons. Il parvint en haut d'une butte, puis descendit au fond d'un vallon où il s'arrêta pour se reposer à côté d'un vieux magnolia au tronc noir si gros qu'il aurait eu du mal à l'enlacer et qui lui paraissait familier avec ses nœuds et ses irrégularités constituant d'excellentes prises pour les mains et les pieds. Il leva les yeux et s'imagina voir deux garçons juchés sur les branches, un Blanc, un Noir. Il se hâta de repartir, contourna un amas de ronces, et arriva bientôt devant un autre magnolia familier, celui-là au tronc poli jusqu'à hauteur de poitrine par une vieille balle de baseball. Écartant les ronces à l'aide de son chapeau, haletant, il faillit se cogner au mur de la cabane.

Plus petite que dans son souvenir, d'un bois plus sombre, et plus délabrée. Disparaissant sous les lianes et le kudzu, comme si la végétation cherchait à reprendre possession de la cabane pour la détruire et que la terre en dessous d'elle était soudain devenue un organisme vivant. Silas se figurait presque sentir le malaxage, le gargouillis de la digestion.

Il monta les marches de devant, spongieuses comme de la mousse, jusqu'à la véranda pareille à une grotte, cernée de tous côtés par les plantes sauvages, cependant que des abeilles jaillissaient des fleurs blanches, que les lianes vivantes étouffaient celles, mortes, qui pendaient du toit. Un énorme papillon de nuit gris était collé au mur comme une ventouse. Silas écarta avec précaution les volutes de lierre et, au travers des feuilles de kudzu en forme de têtes de serpent, il distingua la porte fermée par un cadenas rouillé.

Il recula, accrocha son chapeau à une branche puis, marchant sur une couche de feuilles humides, il entreprit de faire le tour de la cabane étouffée par des centaines de lianes épaisses comme des couleuvres ratières et dont les murs semblaient momifiés par le kudzu. Arrivé devant la première fenêtre, il braqua sa lampe sur le carreau poussiéreux et la promena sur la silhouette du petit lit où il dormait en ces temps lointains, puis sur celui de sa mère ainsi que sur la table entre les deux et sur le poêle ventru auprès duquel ils se blottissaient pour trouver un peu de chaleur au cours de ces premiers jours sans manteaux.

Silas essaya de soulever la fenêtre, mais elle était condamnée de l'intérieur et n'avait sans doute pas été ouverte depuis des années. Il se fraya un passage jusqu'à l'arrière de la maison où, là aussi, il trouva la fenêtre fermée. Les feuilles lui chatouillaient la nuque, de même que les toiles d'araignée emprisonnant des carapaces d'insectes, des bouts de feuilles mortes et des débris de bois. Parvenu au mur de l'autre côté, il s'arrêta, sourcils froncés. Quelqu'un avait forcé la fenêtre. On voyait l'endroit où le bois de la glissière fendue était plus clair. L'un des quatre carreaux était cassé, et des éclats jonchaient le sol de la pièce. Il passa un bras à l'intérieur, déverrouilla la fenêtre. Il résista à l'envie de la soulever et préféra se servir de sa torche qui, en l'absence de la vitre, lui offrit une meilleure vue sur le sol en terre battue et sur son petit lit au matelas affaissé dont les ressorts rouillés avaient transpercé la toile crasseuse. Les premières nuits, sa mère venait le rejoindre dans son lit, disant : « Pousse-toi, fils, sinon on va tous les deux geler. » Son haleine était visible à la faible lueur du poêle.

Quelqu'un s'était introduit là. Il y avait une traînée sur le sol. Il imagina l'inconnu tentant d'effacer ses traces avec ses pieds. Lorsque sa lampe vint éclairer le dessous du lit, son pouls s'accéléra. Là où une image rémanente du lit se projetait sur la terre retournée, on avait creusé ce qu'il sut aussitôt être une tombe.

9.

Peu après avoir mis sa mère à River Acres et dix ans avant la disparition de Tina Rutherford, Larry, âgé alors de trente et un ans, commença à remarquer que des choses se volatilisaient dans la grange. C'était à l'époque où Ina Ott avait encore sa tête, quand son alzheimer en était aux premiers stades et qu'il lui rendait visite tous les soirs en rentrant du travail. Le week-end, il restait plus longtemps, tandis que la vieille femme noire silencieuse, tournée vers la fenêtre, regardait dans le vide ou ronflait doucement. Sa mère lui demandait à chaque fois s'il avait eu des clients, et il répondait : « Oui, oui, un ou deux ». Ensuite, elle lui réclamait des nouvelles de ces dames, et il lui disait qu'Eleanor Roosevelt avait pondu ce matin un gros œuf moucheté.

Quand il constata que quelqu'un s'introduisait dans la grange pendant qu'il était au garage, il raconta à sa mère qu'il avait trouvé un soir la porte de derrière entrebâillée et, un autre soir, la fourche par terre. Inquiète, elle lui recommanda de fermer les portes à clé, même si elle pensait que c'était simplement un gamin en quête d'aventure. « Une grange est un endroit passionnant pour un enfant », dit-elle et, se rappelant l'enfant qu'il avait été et qui avait joué dans la grange, il ne pouvait qu'abonder dans son sens.

L'avantage – elle aurait dit la *bénédiction* – de son alzheimer, c'est que le premier pan de souvenirs effacés incluait l'affaire Cindy Walker et toutes ses conséquences. Pour la mère de Larry étendue sur son fauteuil à côté du lit, rien de tout cela n'avait eu lieu et ne pouvait donc avoir de rapport avec les petits méfaits que mentionnait son fils, le coffre à bûches ouvert dans la sellerie, les sacs d'aliments pour les poules renversés, la tronçonneuse déplacée, la boîte à hameçons de Carl en désordre alors que Larry la rangeait toujours avec soin, des leurres et des plombs qui manquaient, les cannes à pêche accrochées de travers. Pour ne pas la perturber plus, il lui cacha qu'un soir en rentrant, il avait constaté la disparition du coq, et une autre fois, celle de sa vieille bicyclette. Il se contenta de lui décrire les petites empreintes de pieds nus qu'il avait découvertes dans la terre derrière la grange. Lors d'une autre visite, il lui raconta comment, le matin même, au lieu de partir travailler, il avait dissimulé le pick-up dans la grange et patienté dans le grenier à foin en lisant un livre – il ne lui dit pas combien il lui avait paru étrange d'être ailleurs qu'au garage, tourmenté par l'idée que ce serait justement le jour où une voiture s'arrêterait – puis que, vers dix heures, il avait entendu craquer sous des pas les feuilles mortes derrière la grange. Il descendit l'échelle et se tapit dans une stalle près de la porte, puis il enfila son vieux masque de zombie qu'il avait emporté. Quelques instants plus tard, la porte s'entrouvrit pour laisser passer une tête surmontée d'une touffe de cheveux blonds. Le garçon était sale, bronzé comme un œuf brun. Larry sourit sous son masque. Il attendit que le garçon – en jeans coupés, torse nu et sans chaussures, un bâton à la main – ait effectué quelques pas à l'intérieur, le temps que ses yeux s'adaptent à la pénombre, avant de jaillir du box, les bras levés, les doigts repliés en griffes, hurlant : « Grrr ! »

Le garçon fit un bond, pareil à un pilote qui s'éjecte, poussa un cri, tournoya en l'air, atterrit sur ses pieds puis se précipita, heurta la porte de plein fouet, se releva presque avant d'être tombé et disparut. Souriant toujours, Larry ôta son masque sous lequel il étouffait, jeta le bâton dehors, ouvrit les portes coulissantes de la grange pour sortir le pick-up et referma derrière lui. Après avoir remis le masque à sa place dans le placard, il était parti travailler.

« Ça devrait lui servir de leçon, dit sa mère avec un sourire, des restes de salade sur le menton. Vous avez entendu ça, Doris ? » poursuivit-elle à l'intention de la femme noire toute menue souffrant de paralysie agitante qui, sur le lit d'à côté, continuait à fixer la fenêtre.

« La pauvre, murmura Ina. Elle a oublié son nom. »

En raison du passé de Larry, les pensionnaires qui partageaient la chambre d'Ina étaient toujours les plus gravement atteintes, celles qui n'auraient pas conscience des visites d'un meurtrier présumé, celles qui n'avaient pas de famille, personne auprès de qui se plaindre.

Les années succédaient aux années, et les femmes noires aussi. Larry en compta quatre mortes durant leur sommeil, tandis que sa mère survivait, perdant au fil des heures, des jours, des semaines et des mois de souvenirs, jusqu'à ce qu'elle aussi ait oublié son nom de même que celui de Larry, et enfin, en dernier, celui des poules, si bien que la femme de plus en plus maigre à qui il rendait visite le samedi reposait sur son lit, attendant la mort sans le savoir, à côté d'une femme noire qui, comme elle, attendait la mort sans le savoir.

Une décennie après que Larry lui avait fait si peur dans la grange, le garçon réapparut. C'était un vendredi de novembre, au retour du garage, alors que Larry lisait sur la véranda, encore vêtu de son uniforme, en nage mais propre, la chemise sur le pantalon, les chaussures à côté de la porte, l'une des habitudes prises au temps de sa mère qui ne tolérait pas qu'on entre dans la maison en chaussures de travail.

Il avait mangé comme tous les soirs son repas de Kentucky Fried Chicken composé de deux morceaux de blanc, jamais d'ailes, et d'une double portion dc purée accompagnée d'un petit pain rond, et il en était à son deuxième Coca qu'il rapportait du garage dans les casiers en plastique jaune, ceux qui étaient naguère en bois. La soirée aurait dû se dérouler comme toutes les autres : lecture, télé, une douche puis lire encore un peu au lit avant de s'endormir. Et le lendemain matin, se lever, se raser, passer une chemise d'uniforme propre, sauf que, comme on serait samedi, il mettrait un jean au lieu de son pantalon de tous les jours avant de partir travailler. Le soir, il rendrait visite à sa mère à qui il apporterait des fleurs et l'album de photos dans l'espoir qu'elle se souviendrait de lui, sinon il resterait assis à côté d'elle à fixer le même espace qu'elle en se demandant ce qu'elle voyait. Il avait comme toujours son portable dans la poche, au cas où elle appellerait, mais cela se produisait si rarement ces temps-ci que tout coup de téléphone pourrait bien être le dernier parce qu'elle aurait basculé dans cet espace qu'elle fixait, disparue à jamais au sein de l'univers inconnu qu'elle contemplait.

Quand il distingua un bruit de moteur sur la route à près d'un kilomètre de là, il s'interrompit dans sa lecture, marqua la page de son doigt dont l'ongle était sans nul doute le plus propre de tous les garagistes du Mississippi. Le véhicule approcha, il entendit bientôt les pneus crisser sur le gravier et perçut des éclairs de blanc au travers des arbres qui bordaient le côté droit de son champ. Il baissa les yeux, s'interrogeant pour savoir s'il devait mettre ses chaussures – accueillir pieds nus un visiteur ne lui paraissait pas poli. Non, décida-t-il néanmoins. Même s'il était le seul à habiter le long de cette route, qu'on vienne le voir *lui*, voilà qui semblait tout à fait improbable. Peut-être quelqu'un qui s'était égaré. Ou quelqu'un venu boire des bières ou alors lancer des pétards. Il posa son Coca par terre, son livre sur le fauteuil, puis il se leva pour attendre.

C'était une camionnette dernier modèle, du genre de celles utilisées par UPS, mais bleue et portant l'inscription DIRECTV. Le conducteur n'avait pas du tout l'air perdu. Il le salua d'un geste et alla se garer sur le bas-côté derrière le Ford. L'homme, lunettes noires, cheveux blond sale, coupa le moteur, prit des papiers sur le siège passager, puis il descendit et claqua la portière. Il grimpa vers la maison, agita de nouveau la main.

« Bonsoir, dit-il. Je m'appelle Wallace Stringfellow. » Il n'avait guère plus d'une vingtaine d'années, constata alors Larry, un peu moins d'un mètre quatre-vingts, un bouc, les joues mal rasées, anguleux, le T-shirt froissé, marqué DIRECTV, une ou deux tailles trop grand pour lui, sorti de son bermuda kaki, des tennis déchirées. Il y avait quelques Stringfellow à Fulsom, mais Larry ne les connaissait pas.

« Bonsoir, répondit-il. Je peux vous aider ? »

Wallace tendit la main, laquelle était petite et plus sale que celle de Larry. Il la considéra un instant, puis la serra. La paume était moite, et on sentait qu'il avait bu.

« Voilà, dit Wallace, coinçant son dossier sous le bras pour prendre un paquet de Marlboro dans la poche sur laquelle était cousu DIRECTV. On installe des antennes, des paraboles. Je me baladais dans le coin, et j'ai vu que vous en aviez pas. Quoi, pas de parabole ? je me suis dit. » Il sortit une clope, l'alluma et désigna le toit d'un geste du menton. « Avec cette antenne de grand-papa, vous avez quoi ? Trois chaînes ?

– Merci d'être venu jusqu'ici, dit Larry. Mais je crois pas avoir besoin d'autre chose. Trois chaînes me suffisent amplement.

– On peut en regarder qu'une à la fois, c'est vrai. Mais vous savez pas ce que vous ratez. Y en a pour tous les goûts. Avec une parabole, vous vous faites vos soirées. » Il montra de nouveau le toit. « Je vous l'installe tout de suite. C'est comme une oreille qui écoute le ciel. Vous aimez les émissions sur la cuisine, hop, vous les avez. Les histoires de crimes ? Les séries policières ? Le catch ? Y a qu'à demander. Il existe une chaîne pour tout.

– Je vous remercie, mais…

– Tenez. » Wallace lui fourra une brochure dans la main. Larry l'ouvrit. Il y avait une longue liste de chaînes. « En effet, y en a beaucoup, dit-il.

– Et encore, vous en voyez que la moitié. Je peux vous en avoir plus de cent vingt, à peine cent dollars par mois. ESPN, HBO, XXL. »

Larry faisait non de la tête.

« Et si je restais juste un petit moment pour me reposer ? reprit Wallace. J'ai eu une longue journée. Je vais pas vous mordre.

– Bon, fit Larry. Excusez-moi, j'ai pas trop l'habitude de recevoir des visites. »

Wallace monta les marches derrière lui et faillit lui rentrer dedans quand il s'arrêta devant l'écran-moustiquaire.

« Pourquoi on se mettrait pas dehors ? proposa Larry. Y fait plus frais.

– C'est vous le patron, mon vieux.

– Je reviens tout de suite », dit Larry.

Il entra et jeta un coup d'œil à la pendule. C'était bientôt l'heure des informations. Wallace regardait à travers l'écran-moustiquaire. « C'est chouette chez vous, dit-il. Vous avez quelqu'un qui vient faire le ménage ?

– Non. »

Larry posa la brochure sur la table de la cuisine, tira une chaise, puis ressortit avec. Wallace, qui avait allumé une cigarette, prit la chaise que Larry lui offrait, la retourna et s'assit à l'envers, les coudes plantés sur le dossier.

« Vous voulez boire quelque chose ? demanda Larry, demeuré près de la porte.

– Voilà qui s'appelle parler. Vous auriez pas un bourbon-7-up ?

– Non, désolé.

– Juste du bourbon, alors ?

– J'ai du Coca.

– Et quoi pour mettre dedans ? » Wallace sourit.

Larry lança un regard par-dessus son épaule. « Rien. Je bois pas d'alcool.

– Même pas une bière ?

– Non.

– Alors, filez-moi un Coca. »

Larry alla en chercher un dans le réfrigérateur, le décapsula à l'aide d'un magnet-ouvre-bouteille et revint sur la véranda. Wallace avait remis la chaise à l'endroit, près du mur, et il se balançait.

« Merci, dit-il, buvant presque toute la bouteille d'un trait. C'est quoi, votre nom ?

– Larry.

– Larry comment ? »

Il hésita. « Larry Ott. »

Le nom ne parut rien lui dire. Wallace finit son Coca et posa la bouteille qui tinta sur le sol. « Eh bien, Mr Ott…

– Juste Larry.

– Eh bien, juste Larry, où est-ce que vous êtes allé au lycée ?

– À Fulsom.

– Comme moi. Vous avez eu votre diplôme quand ? »

Larry haussa les épaules. Il ne tenait pas à répondre, mais Wallace attendait. « Je l'ai pas eu.

– Pourquoi ?

– Je suis parti.

– Moi aussi. » Wallace éclata de rire. « Et pourquoi ?

– Je suis parti, c'est tout.

– Moi, pareil. On fait une jolie paire, tous les deux, hein ? Ma mère me presse de passer mon diplôme de fin d'études, et peut-être que je le ferai, un de ces jours. »

Larry resta un moment à côté de lui. Il se demandait ce que son patron penserait s'il apprenait que Wallace buvait de l'alcool en conduisant une camionnette de la compagnie. Il retourna vers son fauteuil, enleva le livre posé dessus et s'assit.

« Qu'est-ce que vous lisez ? » demanda Wallace, terminant sa cigarette.

Larry montra la couverture. Wallace jeta sa Marlboro sur la véranda et l'écrasa sous sa semelle. « J'ai vu le film. Avec une antenne satellite, plus besoin de lire. » Il pêcha une autre cigarette dans son paquet, l'alluma et sourit à travers un nuage de fumée. « Larry Ott, vous vous appelez ? Y me semble que j'ai entendu parler de vous.

– Vous savez, ici, y a pas beaucoup de gens dont on entend pas parler, dit Larry.

– Attendez. » Le sourire de Wallace s'élargit. « Vous êtes pas celui qu'aurait zigouillé cette fille ? Dans le temps, au lycée ? »

Larry contempla ses pieds, regrettant soudain de ne pas avoir mis de chaussures.

« C'est pour ça que vous avez quitté l'école. Eh ben, ça alors ! Vous êtes une célébrité ! »

Larry se garda de répliquer. Mal à l'aise, il changea de position sur son siège et se contenta de demander : « Vous voulez toujours me vendre vos chaînes ?

– Mon vieux, je me fous de ce que vous avez fait. Si vous voulez une parabole, je vous vends une parabole. Même deux ou trois, si ça vous chante. J'ai qu'à grimper sur le toit, choisir la meilleure orientation, la visser et descendre le câble, mais faudra attendre lundi.

– Lundi ? »

Wallace consulta son portable. « Il est un peu plus de cinq heures et demie et on est vendredi. Mon week-end vient officiellement de commencer.

– Ça, c'est la meilleure. » Larry se leva en même temps que lui. « Passez un bon week-end, Wallace. Et à lundi, donc.

– Sûr et certain. »

Wallace récupéra ses brochures, sauta à bas de la véranda puis traversa la cour au petit trot. Dans la camionnette, il agita la main et Larry, appuyé à la balustrade, lui rendit son salut. Wallace enclencha la marche arrière dans un horrible grincement, fit demi-tour, donna un coup de klaxon et faillit caler. Larry le regarda s'éloigner, zigzaguant sur la route en terre, puis il empoigna la chaise et la porta à l'intérieur tandis que le grondement du moteur de la camionnette résonnait encore au milieu des arbres.

Le soir, couché dans son lit, il repensa à Wallace et sourit dans le noir. Que celui-ci lui ait menti, ça ne le dérangeait pas. Il l'avait presque tout de suite identifié comme le gamin qui s'introduisait dans la grange tant d'années auparavant. Même visage, mais plus large et les cheveux encore plus en bataille. Même petits yeux. Larry se souvint du bond qu'il avait fait, et il sourit de nouveau. Wallace ne paraissait pas dangereux, simplement curieux. Se rappelant les leurres et le coq disparus, il espéra néanmoins qu'il n'avait pas volé la camionnette.

Il se tourna sur le côté.

Comme à chaque fois avant de s'endormir, il pria pour sa mère, pour que le lendemain soit l'un de ses bons jours, que son portable sonne et que, l'heure venue, elle rejoigne paisiblement le Seigneur. Dans son sommeil. Et pour lui, que Dieu lui pardonne ses péchés et lui envoie des clients.

Le lundi, après le travail, Larry attendit sans lire sur la véranda en compagnie de l'armée habituelle de chauves-souris, d'oiseaux et d'insectes ainsi que du carillon éolien de sa mère qui tintait chaque fois que la terre exhalait son souffle. Il se sentit déçu mais non pas surpris lorsque la nuit engloutit les arbres au loin, la clôture de l'autre côté de la route, puis la route elle-même et enfin le ciel, alors que son pick-up avait lui aussi disparu dans les ténèbres et que les étoiles clignotaient déjà comme des trous percés par des clous dans le toit d'une grange.

Quand Wallace revint, deux mois plus tard, Larry ne l'attendait plus. Il lisait quand il entendit un grondement approcher. Il leva la tête et vit un quad émerger d'entre les arbres, piloté par un homme nu tête qui rebondissait sur le siège. L'engin ralentit puis s'arrêta.

« Salut, juste Larry », dit Wallace qui chevauchait son quad comme un cheval. Une cigarette pendait à sa lèvre inférieure et il serrait un sac brun froissé entre ses genoux.

Sans lâcher son livre, Larry se mit debout, une main appuyée contre le poteau de la véranda. « Salut, Wallace. »

Le jeune homme passa une jambe par-dessus le réservoir et descendit de sa selle comme un cow-boy. Il flottait dans son T-shirt et son bermuda qui semblaient être les mêmes que ceux qu'il portait lors de sa visite précédente. Il remonta son bermuda puis s'avança, tenant le sac en papier dans ses deux mains en coupe.

« T'es surpris de me voir ? demanda-t-il.

– Un peu. »

Wallace grimpa sur la véranda et posa le sac par terre. Il en sortit une Pabst qu'il offrit à Larry.

« Non, merci.

– Eh bien, à la tienne. » Wallace tira sur la languette puis but une gorgée.

« Alors, on m'installe plus d'antenne, finalement ?

– Tu vas pas le croire, dit Wallace, avalant sa bière avec une grimace. Ces salauds de DIRECTV m'ont viré. » Il s'assit sur la marche du haut et s'adossa au poteau, les yeux levés sur Larry qui posa son livre avant de s'installer dans son fauteuil.

« T'es donc au chômage ? dit-il, passant lui aussi au tutoiement.

– Nan, je repeins des baraques. Un boulot que je fais de temps en temps. Qu'est-ce que tu lis ? »

Larry lui montra la couverture.

« Merde, c'est un film, aussi. Tu l'as vu ?

– Ouais. Mais le roman est bien meilleur. »

Ils restèrent un moment silencieux.

« Larry, dit enfin Wallace. Tu m'aimes pas trop, hein ? »

La question étonna Larry. Il tourna la tête et vit avec quelle intensité le jeune homme le dévisageait.

« C'est pas grave, reprit celui-ci. Y a pas beaucoup de gens qui m'aiment. Y me trouvent tous bizarre. C'est pour ça que j'ai quitté l'école, j'en avais marre qu'on se foute de moi. »

Larry avait recommencé à se balancer. « C'est pas que je t'aime pas, c'est juste que je te connais pas. » Puis il ajouta. « Et je reçois pas tellement de visites, non plus.

– Pourquoi ? T'as vachement de conversation, pourtant. Je croyais qu'y aurait plein de gens ici jour et nuit, à qui tu raconterais des blagues pour les faire rigoler, à qui tu filerais des bières, des bourbons-7-up et des joints à planer plus haut que la chatte d'une girafe. »

Larry n'essaya même pas de se rappeler la dernière fois où il avait souri ainsi en présence d'un tiers. Puis, selon sa vieille habitude, il mit la main devant sa bouche, et dit : « Le dernier visiteur que j'ai eu, en dehors du représentant de DIRECTV l'autre jour, c'est… enfin, c'était une bande de jeunes à moitié ivres qui ont débarqué ici y a quelques mois vers une heure du matin. Dans un Ford Explorer qui s'est arrêté là. (Il indiqua la route.) Ils ont lancé des bouteilles de bière sur le toit en me criant de sortir.

– Et t'es sorti ? »

Il fit signe que non. Il se souvenait comment il les avait observés en écartant le rideau, heureux que sa mère ne soit pas là pour assister à ça, tandis que les poules derrière la maison s'affolaient. Il avait pensé que même s'ils tentaient d'entrer, il n'utiliserait pas le téléphone pour réclamer de l'aide.

« Y en a un qu'est descendu de voiture, dit-il. Armé d'une batte de base-ball.

– Merde !

– Un grand costaud.

– Qu'est-ce qu'il a fait ?

– Ses copains me criaient toujours de sortir. » Le traitant *d'assassin, de violeur, de pédé, d'enculé*. Rien de plus que ce qu'il avait déjà entendu et entendrait encore. « Finalement, il a cassé les phares de mon pick-up à coups de batte.

– Oh, putain !

– Et ensuite le parebrise.

– T'as pas de fusil ? »

Larry secoua la tête, et Wallace demeura bouche bée, comme s'il était incapable d'imaginer qu'on puisse ne pas en avoir un. « Tu devrais aller au Wal-Mart t'acheter un de ces calibres douze à un coup en solde pour moins de deux dollars. Je viens avec toi, si tu veux. » Il but une gorgée. « Et après, qu'est-ce qu'ils ont fait, ces petits cons ?

– Rien. Ils sont partis. »

Il ne raconta pas la suite, à savoir qu'après leur départ, il était resté sans réaction. Réparer les phares, le parebrise ? Ça lui donnerait quelque chose à faire le lendemain. Quand il se gara devant le magasin de pièces détachées, le parebrise pareil à un filet qui pendait, Johnson le magasinier prit sa commande puis demanda : « C'est pas votre Ford, là-bas ? » Larry répondit que si, et Johnson haussa les sourcils, alla chercher le parebrise et, sans un mot, aida Larry à le porter, enveloppé dans du papier brun, jusqu'au pick-up, se contentant de regarder celui-ci comme si, eh bien, quelqu'un s'était acharné dessus à coups de batte de base-ball.

« Merde, fit Larry. Une bande de bouseux me fait ça, je sors avec mon fusil, dis donc !

– Ouais ?

– Pourquoi t'as pas de chien ?

– Je suis allergique.

– Moi, j'en ai un. Croisement de pit-bull et de bouledogue. John Wayne Gacy, y s'appelle, comme le clown tueur. Le meilleur chien de garde du monde. Y déteste les nègres plus que tout.

– Comment ça se fait ?

– Il doit être intelligent, je suppose. Quand y en a un qui se pointe dans la cour, il devient cinglé. Si tu veux, je te le prête. Avec lui ici, personne viendra t'embêter.

– Non, pas la peine. C'est pas les Noirs qui m'embêtent. »

Wallace finit sa bière, écrasa la canette dans son poing, la remit dans le sac et en prit une autre. Après avoir bu quelques gorgées et fumé une cigarette, il parla des chiens qu'il avait eus avant John Wayne Gacy : « J'avais une vieille chienne blanche nommée Trixie qu'avait la maladie des vers du cœur. Elle se promenait, et d'un seul coup, elle s'arrêtait, se raidissait, tombait et restait une minute allongée sur le flanc, les pattes tendues. » Il ajouta qu'il se tordait de rire à chaque fois, jusqu'au jour où elle ne s'était pas relevée. Un autre, un grand chien brun à longs poils appelé Pal qui avait du colley quelque part dans son pedigree, courait après les voitures, et il avait fini réduit en bouillie par un camion de bois. D'ailleurs, cinq ou six de ses chiens s'étaient fait tuer sur la route. Et puis trois avaient été abattus, dont un qu'il avait dû tuer lui-même (car devenu méchant), et il en avait perdu un qui s'était fait prendre dans un piège, un qui avait bu de l'antigel et un mordu par un serpent. « Le cou enflé comme un putain de goitre.

– D'où y venaient ?

– Des chiens errants, presque tous. » Wallace ouvrit une nouvelle bière. « J'ai eu aussi une vieille salope de chienne appelée Georgia Pineapple. Elle faisait des petits à peu près deux fois par an, comme ça on avait de quoi faire. Jusqu'à ce qu'elle crève. »

Larry ne tenait pas à savoir comment.

« Heurtée par un train, poursuivit le jeune homme. Un jour, elle a eu sa portée sous la maison. Y avait un tuyau de gaz qui fuyait et je savais pas. Quand il faisait trop chaud, elle allait se coucher à côté, et c'est là que les chiots, y sont nés. Tout déformés. » Il rit. « Un, il avait pas d'yeux. Un autre, pas de queue. Et un autre encore, des pattes toutes flinguées.

– Qu'est-ce que t'en as fait ?

– Ma mère m'a dit de m'en débarrasser, alors je les ai balancés dans un étang. Après ça, j'ai eu John Wayne Gacy par un Mexicain qui le faisait combattre. Il avait un sacré caractère. La nuit, il sortait et attrapait des tatous qu'il ramenait dans la cour, et des fois, le matin, j'en trouvais là deux ou trois. Complètement déchiquetés, qu'on aurait dit des vieux sacs en cuir étalés sur la terre battue. Du coup, ma mère m'a obligé à l'attacher. C'est un autre truc qu'on a en commun, moi et John Wayne Gacy.

– Quoi ?

– Je peux pas blairer ces putains de tatous. Un des mecs de ma mère, un type qui pose des canalisations, il les appelait des godes cuirassés. Quand j'étais môme, on les chopait par la queue et on les faisait tournoyer. On les lançait comme des ballons de basket. On les noyait. Seulement, paraît que ces godes cuirassés, ils peuvent te filer la lèpre.

– Wallace, dit Larry, désireux de changer de sujet. Dis-moi la vérité.

– Tant que ça risque pas de me compromettre.

– T'as jamais travaillé pour DIRECTV ou je me trompe ? »

Le garçon sourit et vida sa canette. « Okay, tu m'as eu. La camionnette, je l'ai empruntée au mec de ma mère. C'est lui qui installe les paraboles. La nôtre, on l'a eue gratis. Avec toutes les chaînes à péage et le reste.

– Il savait que tu l'avais empruntée ?

– Putain, non. Lui et ma mère étaient aux courses de lévriers. Si jamais y l'apprend, je vais le payer cher, plus les intérêts. Et à propos de lévriers, c'est des saloperies ces bêtes-là. Rapides comme l'éclair. Tu peux en avoir un quand y sont plus bons pour la course. Mais tu dois faire drôlement gaffe. T'as un môme qui commence à marcher, il passe en trottinant, et ce putain de clebs lui fonce dessus comme si c'était le petit lapin électrique, et il en fait de la charpie.

– Pourquoi t'as pris la camionnette ? T'aurais pu venir sur ton quad.

– Avec la réputation que t'as ? Je me demandais si t'allais pas me découper en morceaux et les enterrer dans la forêt. » Il sourit de nouveau. « Nan, je pensais que ce serait bien pour, tu sais...

– Prendre la température ?

– Ouais. »

Après quelques instants de silence, Wallace écrasa sa canette de bière et la mit dans le sac avec les autres. « T'es sûr que t'as rien à boire ?

– Que du Coca.

– Bon, je ferais bien d'y aller, alors. Quand je commence à picoler, j'aime pas m'arrêter. »

Il se leva, s'adossa au poteau. « Tu sais, Larry, si t'en veux une, je peux demander au type de ma mère de venir te l'installer. Du moment que tu me promets de pas raconter que j'ai piqué sa camionnette.

– C'est pas la peine.

– Ou je peux t'amener John Wayne Gacy. L'attacher à ce poteau.

– Merci, mais je préfère pas. »

« T'as déjà été marié ? » demanda Wallace lors de sa visite suivante.

Larry répondit que non.

« T'as une petite amie ?

– Non.

– Qu'est-ce que tu fais quand le chauve à col roulé se sent d'attaque ? » Il brandit le poing. « T'es quand même pas un de ces puceaux de quarante ans, tout de même ?

– Non, répondit Larry. J'ai quarante et un ans. »

Wallace s'esclaffa comme si c'était la chose la plus drôle qu'il ait jamais entendue, et la fumée lui jaillit par la bouche et par le nez.

« Merde, dit-il après avoir repris sa respiration. Moi aussi, je suis célibataire, mais j'ai une nana à Fulsom. Je la vois de temps en temps. Evelyn, qu'elle s'appelle. Genre relation épisodique. Mais des fois, je vais à Dentonville repeindre des maisons. Là-bas, y a une négresse que je fréquente. Elle fume du crack, et pour vingt dollars, elle te suce à te vider les couilles, et pour trente, tu la baises jusqu'à ce que t'aies les yeux qui se croisent. Elle s'appelle Wanda, un truc comme ça. Tu prends ton pick-up, on y va, et tu perds ton pucelage.

– Merci, mais je préfère pas.

– C'est là que j'ai commencé.

– À repeindre des maisons ?

– Nan, à avoir des ennuis.

– Quel genre ?

– Une bagarre dans un bar. »

Cette fois, il avait apporté une caisse entière de bières, attachée par des élastiques à l'arrière de son engin, et après avoir presque tout bu, il était si soûl que Larry se sentait inquiet. Il faisait plus frais, les feuilles voletaient au-dessus du chemin et des vols d'oies pointaient vers le sud. Larry portait sa veste d'uniforme et une casquette, Wallace un sweat dont il ne cessait de mettre et de rabattre la capuche, et un pantalon long au bas effrangé. Il montra à Larry des photos de John Wayne Gacy, le bâtard de pit-bull qu'il avait sur son téléphone.

« C'est vrai qu'il a l'air méchant.

– Et encore, mon vieux, tu le connais pas. Le mec à ma mère ? Il arrête pas de dire que je devrais l'abattre, mais j'y réponds : "Jonas, tu tires sur ce chien, ça va le rendre encore deux fois plus enragé." » Il but une gorgée de bière.

« Wallace, c'est toi le gamin que j'ai surpris dans le temps, non ? Dans la grange ? »

Le jeune homme jeta un regard par-dessus son épaule et eut un large sourire. « Ouais. Coupable sur toute la ligne. T'as failli me faire crever de peur avec ce putain de masque.

– Je voulais pas que tu risques de te faire mal dans cette vieille grange.

– Eh bien, c'est sûr, après je m'en suis tenu à l'écart. Pendant une semaine.

– T'es revenu ?

– Dans la grange ? Bon Dieu, non. Mais y m'en aurait fallu plus pour que j'aille pas pêcher dans la rivière là-bas. J'ai même découvert ton coin préféré, Larry, le vieux seau de vingt litres que tu laissais et un bouchon tout abîmé coincé dans les racines des arbres. Je prenais ma canne et mon moulinet, des vers de terre, mais j'attrapais jamais rien, et je me disais que tu devais avoir pris tous les poissons.

– Nan, j'avais pas pris tous les poissons. C'est en aval des chantiers d'abattage, et la rivière est tellement pleine de vase qu'y a plus rien depuis des années.

– Je me déshabillais et je me baignais, reprit Wallace. À poil. Tu veux savoir quand j'ai entendu pour la première fois parler de toi ? C'était à l'école. Je devais avoir dans les sept ou huit ans. Tout le monde parlait de ce type flippant qu'avait été dans la même école que nous, qui s'était assis sur les mêmes bancs, et qu'avait enlevé et zigouillé une fille.

– C'est ce que les enfants racontaient ?

– Quelques-uns, ouais. Les instits, y disaient : "Oubliez-le et laissez-le tranquille, il est peut-être dangereux. Ne l'embêtez pas." Et moi, je suis là à t'embêter, pas vrai ?

– Tu m'embêtes pas.

– De toute façon, j'ai jamais été doué pour faire ce qu'on te dit à l'école. Y avait pourtant une prof qui t'aimait bien, Mrs McIntyre. La prof d'art plastique. Elle disait que tu dessinais très bien et elle nous montrait tes dessins. Celui d'un petit camion, un exemple parfait de prespective, elle trouvait.

– *Per*spective, corrigea Larry.

– La première fois que je t'ai vu ? C'était à l'église, y a un peu plus de dix ans. À Dentonville, non ? La Seconde baptiste ? Le mec de ma mère créchait là-bas.

– Celui de DIRECTV ?

– Merde, non ! Çui-là, c'était un mécanicien. Y venait nous chercher pour le week-end. Ce gros con – je me rappelle pas son nom – allait pas à l'église, mais ma mère, elle y était tout le temps fourrée, et elle me tirait du canapé où que je dormais et elle prenait la bagnole du type avec qui elle était à ce moment-là, dans le patelin où il habitait, et elle me traînait à l'église du coin, baptiste quand y en avait une, mais sinon méthodiste, à la limite. N'importe quoi, sauf une nègre. Ou une catholique. C'est toujours les méthodistes que je préférais, passqu'on sortait plus vite.

« En tout cas, avant d'entrer, un jour, je causais avec des mômes de mon âge, ou un peu plus jeunes, et y en a un qu'a dit : "Tu crois qu'y va revenir ?

– Il a pas intérêt, un autre a fait.

– Qui ça ? j'ai demandé.

– Larry le Pourri, a répondu le premier. Tu sais qui c'est ?

– Sûr, que j'ai fait. On a été à la même école, moi et lui. À Chabot, Mississippi.

– C'est pas vrai, il a dit.

– Putain, qu'est-ce que t'en sais ?" j'ai dit. Et ils ont tous été vachement impressionnés que je jure comme ça juste devant l'église.

« À ce moment-là, leurs vieilles sont sorties de l'église pour dire qu'on avait intérêt à rappliquer, parce que les cantiques, ils allaient commencer. On est tous entrés, y se sont assis à côté de leurs vieux, mais moi, je me suis installé au fond. Ma mère, elle s'en foutait que je soye ou pas à côté d'elle, tant que je me tenais tranquille.

« Elles avaient pas raconté d'histoires, ils avaient déjà commencé à chanter, et puis j'ai entendu la porte s'ouvrir et se refermer tout doucement, je me suis retourné, et t'étais là. J'ai su tout de suite que c'était toi, même si je t'avais jamais vu en vrai. La manière que t'étais entré. La manière que tu regardais pas les gens qui te regardaient. T'avais un costume et une cravate. Tu t'es assis de l'autre côté de l'allée, tout au fond comme moi. D'autres aussi t'ont reconnu. Y a eu des têtes qui se sont tournées et des murmures. Je voyais bien que ça leur plaisait pas que tu soyes là, et je me suis dit que t'étais super malin, arriver en retard comme ça. » Wallace s'interrompit pour secouer la cendre de sa cigarette. « Je t'ai observé tout le temps, comment tu te levais pour chanter, tu connaissais toutes les paroles, et puis comment tu t'asseyais pour écouter le pasteur, comment tu suivais les versets de sa bible sur la tienne, comment tu fermais les yeux pendant la prière. Je savais que t'allais partir avant les autres, et hop, après le dernier amen, t'avais disparu.

« Je me suis précipité derrière toi. J'ai été à la porte et je t'ai vu t'éloigner à toute allure, la Bible à la main, et j'ai crié : "Hé !" mais t'as pas regardé derrière toi. T'as couru vers ton pick-up rouge, le même qu'est garé là-bas. » Wallace se pencha. « Tu te souviens ? »

Oui, il se souvenait de Wallace, il revoyait dans son visage celui du garçon d'alors. Celui qui l'avait suivi et qui avait crié « Hé ! » comme jamais il avait entendu avant, aucune colère mais de la curiosité, un gamin aux petits yeux, aux cheveux raides, aux oreilles décollées, un gamin sale et mal peigné pas tout à fait assez bien habillé pour l'église qui était resté assis dans son coin pendant l'office, de l'autre côté de l'allée, et qui n'avait pas cessé de bouger et de lui jeter des coups d'œil à la dérobée. Et c'était surtout à cause de ce garçon qu'il n'y avait jamais remis les pieds.

« Bon, reprit Wallace. C'était y a longtemps. On y est retournés la semaine d'après, mais t'étais pas là. Les mômes, ils ont dit que si tu t'étais repointé, quelqu'un t'aurait écrit une lettre pour dire que t'étais pas le bienvenu dans leur "vertueuse église méthodiste."

– Oui, je suppose, dit Larry. On peut pas leur en vouloir.

– Nan, mais on les emmerde quand même. »

Wallace poursuivit : « Le problème avec la bière ? Tu peux en boire toute la nuit et ça te fait rien sauf te donner envie de pisser. Mais j'ai autre chose. Ça va me remettre les idées en place. » Il tira de sa poche une boîte de pastilles pour la gorge, la posa religieusement sur ses genoux serrés, puis il en extirpa un petit sachet en plastique ainsi que du papier à rouler.

Larry hésita. « J'aimerais mieux que t'attendes d'être chez toi pour ça. » Il contempla le sol de la véranda.

Wallace émietta l'herbe dans une feuille. « Pourquoi ? » Sans même lever les yeux.

« Je tiens pas à avoir des ennuis. Avec la justice.

– Un mec de ta réputation ? Avoir peur d'un peu de marie-jeanne ? Enfin quoi, on emmerde la justice, Larry. Tu vois des flics quelque part ? Rien que deux mecs en marge et des vautours. On peut aller à l'intérieur si tu préfères. »

Il roula sa cigarette, adressa un clin d'œil à Larry, puis il lécha le papier et fourra le tout dans sa bouche pour en ressortir un joint tout tordu. Le premier que Larry voyait. L'adolescent jeta sa Marlboro à moitié consumée, l'écrasa, alluma le joint avec son Bic et inspira une profonde bouffée avant de le tendre à Larry.

« Non, merci.

– T'es sûr, vieux ? » Retenant sa respiration, de la fumée filtrant entre ses dents. « C'est de la super herbe que vend ce nègre à Chabot. On l'appelle M&M. Tu le connais ?

– Non », répondit Larry. Alors qu'en réalité, il le connaissait. Du temps du lycée. Un copain de classe de Silas.

Wallace souffla un filet de fumée. « J'y dis toujours : "M&M ? Choco ou peanut ?" » Il tira une nouvelle taffe puis offrit le joint à Larry. « T'es sûr, sûr ?

– Ouais. »

Le regard fixé sur le champ, le jeune homme continua à fumer. Il semblait avoir oublié où il était, et Larry se balança cependant que des chauves-souris passaient dans son champ de vision, que les criquets chantaient dans la barbe de serpent qui poussait le long de la véranda et que le carillon éolien de sa mère émettait des notes délicates, trop douces pour être métalliques, évoquant le bruit d'os en caoutchouc sur un fil, car il avait toujours trouvé que le carillon sonnait comme un squelette qui jouerait de la guitare, et les deux hommes restèrent assis sur la véranda à regarder le soleil peindre le ciel en rouge et les arbres en noir.

Mercredi 24 décembre, après le travail. Il n'avait pas revu Wallace depuis deux ou trois semaines. Le lendemain matin – Noël étant l'un des quatre jours fériés de l'année où il n'allait pas au garage – il irait à River Acres donner à sa mère les cadeaux qu'il lui avait achetés au Wal-Mart, une chemise de nuit, un pot en forme de poule avec des fleurs, une paire de chaussons. Il en avait également pris une pour la femme qui partageait sa chambre, et il avait passé près d'une heure dans l'hypermarché, l'une de ses meilleures soirées de l'année.

De retour chez lui, il alluma un feu dans la cheminée et regarda les photos de ses parents. Ensuite, il se prépara un plateau-télé de poulet frit et, tout en mangeant, regarda le Grinch voler les cadeaux de Noël avant de les restituer. Ensuite, devant son film préféré pour les fêtes, *Christmas Story*, il sentit les larmes lui venir aux yeux lorsque Ralphie reçut la carabine à plombs tellement désirée. Il but le lait de poule acheté au Wal-Mart, lut un peu et s'endormit dans son fauteuil devant la cheminée.

Vers minuit, il fut réveillé par un bruit, des pas sur la véranda. Il se redressa dans son fauteuil, le livre glissa de sa poitrine et tomba sur le tapis. Personne n'était jamais venu l'embêter un soir de Noël. Il alla à la fenêtre, mais ne vit rien. Doucement, sans allumer la lumière, il ouvrit la porte et scruta les ténèbres froides à travers l'écran-moustiquaire. Le vent aspirait le nuage de son haleine, le carillon éolien tintait sans arrêt et le rocking-chair se balançait tout seul.

Rien.

Se disant que ce devait être une branche poussée par le vent, il s'apprêtait à refermer la porte quand il remarqua quelque chose sur le fauteuil en osier. Il sortit voir. C'était une boîte à chaussures entourée d'un ruban rouge effiloché.

Il jeta un coup d'œil autour de lui, puis il rentra, s'assit dans son fauteuil au coin du feu. Il secoua la boîte, colla son oreille dessus et défit le ruban avant de soulever le couvercle. Elle contenait un vieux pistolet calibre 22, le dessin de la crosse à demi effacé, ainsi que le bleui de l'acier. La crosse elle-même était en bon état, tout comme le cran de mire. Après avoir pris le pistolet pour l'examiner, il constata qu'il avait de la graisse sur les doigts. L'arme venait d'être nettoyée. Au fond, il y avait une boîte de cartouches, des 22 longues, et à côté, une feuille de bloc-notes pliée en deux. Il l'ouvrit et lut : « Joyeux Noël, Larry. Le père Noël. »

Le soir du 31 décembre, Wallace apporta un sac plein de chandelles romaines qu'ils allèrent tirer dans le champ.

« J'ai eu de la visite, dit Larry, admirant les fusées qui illuminaient le ciel.

– Ah, bon ?

– On m'a laissé un cadeau.

– Quoi ?

– Un pistolet. Un beau 22.

– Je suis content de l'apprendre. La prochaine fois que ces enculés viendront t'emmerder, tu tires quelques coups de feu en l'air et je te parie qu'y fouteront le camp en vitesse, morts de trouille.

– Merci, dit Larry.

– Pourquoi ? »

Larry avait pris deux bouteilles de Coca pour les fusées, mais Wallace les tenait par les baguettes pour les allumer, et il attendait un moment pendant que la mèche brûlait avant de les lancer et de les regarder hésiter puis décoller et exploser dans la nuit.

Cela rappelait à Larry le soir de la Saint-Sylvestre où les Walker étaient arrivés avec des feux d'artifice, et alors qu'il racontait l'histoire à Wallace, il se souvint de l'avoir également racontée à Silas qui ne l'avait pas trouvée drôle. Wallace, par contre, rit de bon cœur quand Larry imita Cecil se mettant à courir en tapant sur ses poches pour essayer d'éteindre les fusées.

Plus tard, ils s'installèrent sur la véranda en manteau, Larry dans son rocking-chair, Wallace sur les marches à boire de la bière. Il avait fumé son joint dont il ne restait plus qu'un minuscule mégot qu'il éteignit avec précaution sur le plancher pour le ranger dans la boîte de pastilles qu'il remit ensuite dans sa poche. De temps en temps, il allumait un pétard et le lançait dans la cour. La nuit était si noire que Larry ne le distinguait qu'à cette occasion ou encore à la lueur de sa cigarette, de sorte que, comme chaque soir, la nuit se réduisait à des sons, ceux de leurs voix, du fauteuil qui grinçait, des bières que Wallace ouvrait, des criquets et du squelette jouant de la guitare. Vers minuit, alors que Larry bâillait, Wallace alluma un nouveau pétard au moyen de sa cigarette, le lança, et ils attendirent. La mèche fusa et ce fut tout.

« Raté », dit-il.

« Larry ? »

Celui-ci bâilla, s'étira. C'était un mois plus tard. Wallace venait maintenant une ou deux fois par semaine boire ses bières, fumer ses cigarettes et ses joints dans le soir qui tombait.

Il demanda : « Parle-moi de cette fille.

– Quelle fille ?

– Tu sais bien, celle…

– Oh.

– Tu l'as fait ?

– Non, répondit Larry.

– Ça te gêne d'en parler ?

– Tu sais, personne m'a interrogé à ce sujet depuis longtemps.

– Si tu l'avais fait, tu me le dirais ?

– Je suis sorti avec elle, rien d'autre.

– Qu'est-ce qui s'est passé ? Pendant le rendez-vous ? T'y as mis la main dans la culotte ?

– Nan.

– Pourquoi ça ?

– Je l'ai pas fait, c'est tout.

– T'es bizarre. T'es pas pédé, au moins ?

– Bizarre, peut-être, répondit Larry. Mais pédé, non.

– Tant mieux, dit Wallace. Je peux pas blairer les tapettes. »

Wallace dit : « Tu sais ce qu'on devrait faire, des fois ?

– Quoi ?

– Aller dans cette cabane que t'as.

– Ça aussi, tu l'avais découvert ?

– Ouais.

– Elle devait être prête à s'écrouler, dit Larry.

– Ouais, ouais. Tu sais ce que je faisais ?

– Non.

– Je jouais dedans.

– Y avait pas un cadenas à la porte ?

– Si, mais y avait une fenêtre qu'on pouvait forcer. Celle de derrière. C'était plein de poussière et de toiles d'araignée. Un jour, j'ai même vu un opossum. J'ai cru que j'allais chier dans mon froc et j'y suis plus retourné pendant un mois. Tu sais, j'étais mort de trouille en pensant que je me glissais en douce dans la cabane de Larry le Pourri. En pensant que t'étais cinglé. Mais en même temps, je me disais, peut-être que c'était là que t'avais caché la fille.

« J'ai cherché partout, mais j'ai rien trouvé, même pas un magazine porno ou une capote usagée. Je devrais pas te le dire, mais je plane comme un vautour qu'a respiré une bouffée de gaz hilarant, et tu sais quoi ? Je m'imaginais que t'allais me surprendre là, m'attacher et me garder prisonnier. Mais qu'au lieu de me tuer, tu m'enfermerais et qu'on deviendrait copains. »

Il faisait nuit et Larry l'entendit ouvrir sa boîte de pastilles pour y pêcher un mégot de joint, et il vit la flamme du briquet tandis qu'il l'allumait avant de tirer deux bouffées, de crier : « Merde ! » et de le jeter dans la cour où il rougeoya un instant comme une luciole agonisante.

« Et puis, tu sais, reprit Wallace. Ça m'est égal si tu l'as fait ou pas, pour la fille. On serait toujours copains.

– Je l'ai pas fait.

– Je m'en ficherais, c'est ça que je veux dire. Si tu l'aurais fait. Si tu l'aurais violée et tuée. Des fois, les femmes, elles te rendent dingue, pas vrai ? Tu peux me faire confiance, Larry. On est amis, et un ami, un ami intime, y ferait jamais ça, dénoncer son ami même s'il aurait fait un truc grave. Un ami, c'est un ami. » Il alluma une autre cigarette. « Alors, si tu l'as tuée, je voudrais le savoir, c'est tout. Comment que t'as fait. Si tu l'as violée.

– Je l'ai pas fait, répéta Larry.

– Des fois, elles aiment ça, se faire violer. Elles te demandent de le faire. Les emmener dans la cabane et les jeter par terre. Les bâillonner. Déchirer leurs vêtements et les frapper un peu, taper sur leurs jolis petits culs blancs. Les étrangler avec une ceinture, faire ça comme un chien et les enculer, leur montrer qui c'est le patron.

– Wallace, j'apprécie pas ce genre de conversation.

– T'y penses jamais ? J'écoutais ma mère et les types avec qui elle était. Elle aimait ça, qu'ils lui filent des fessées. »

Larry se leva et ses genoux craquèrent. « Je crois qu'il est temps d'aller me coucher. T'es pas mal défoncé avec ces bières et ces joints, on dirait.

– Attends… »

Larry passa devant lui, longea la véranda dans les ténèbres familières, ouvrit la porte et alluma la lumière. Wallace, ébloui, cligna des paupières, se couvrit les yeux d'une main et l'entrejambe de l'autre, non sans que Larry remarque la bosse qui déformait son pantalon.

« Bonne nuit », dit-il, détournant le regard.

Il entra, ferma l'écran-moustiquaire et la porte. Au verrou.

Dehors, se découpant contre la fenêtre, Wallace était debout, et après avoir rajusté son entrejambe, il essaya de voir à l'intérieur, les deux mains en coupe de part et d'autre de son visage.

« Larry ! cria-t-il. Attends !

– Rentre chez toi, répondit Larry. Sois prudent sur la route. Et reviens quand t'auras dessoûlé.

– Attends !

– Bonne nuit. »

Un instant, Wallace parut sur le point de pleurer, puis il cogna son front contre le carreau. « Va te faire foutre ! hurla-t-il. Va te faire foutre ! Je sais ce que t'as fait ! T'as violé et tué cette fille. Tout le monde a raison ! hurla-t-il plus fort encore. T'es qu'un cinglé. »

Il se cogna de nouveau le front et donna un coup de pied dans le mur. « Espèce de putain de monstre. Je vais te dénoncer aux flics, je vais leur dire que tu m'as tout raconté, comment que tu l'avais tuée… »

Larry déverrouilla la porte et sortit sur la véranda. Wallace recula, dégringola les marches en tourbillonnant comme une toupie et atterrit dans la cour sans cesser de crier : « T'es qu'un cinglé !

– J'ai jamais fait de mal à personne, dit Larry. Alors, rentre chez toi ! »

Wallace, éclairé par la lumière de la véranda, courut vers son quad, toujours en s'époumonant, grimpa sur le siège, s'acharna sur le kick jusqu'à ce que le moteur démarre en crachotant, puis il descendit, traversa la cour vers le pick-up de Larry, shoota dans un phare, le rata, puis dans l'autre qu'il cassa. Après quoi, il sauta à pieds joints sur le capot, puis sur le parebrise en hurlant : « Va te faire foutre ! Va te faire foutre, Larry le Pourri ! »

Larry rentra et attendit que Wallace se fatigue et remonte sur son engin avant d'allumer ses phares, d'accélérer à fond, décrivant des cercles dans l'herbe, puis de disparaître à toute allure.

Un moment, Larry resta planté devant la fenêtre à scruter la nuit. Demain, il lui faudrait remplacer de nouveau le parebrise. Et les phares. Réparer le capot cabossé.

Il alla chercher un autre parebrise au magasin de pièces détachées, ainsi que des phares, et Johnson le gratifia une fois encore d'un haussement de sourcils. À l'aide d'une ventouse, il redressa les endroits où le capot était enfoncé, puis il passa à la résine époxy le rétroviseur endommagé.

Une semaine s'écoula sans que Wallace se manifeste. Puis un mois. Larry commençait à s'inquiéter, et il se résolut à sortir l'annuaire téléphonique du tiroir pour y chercher le nom de Stringfellow. On était à la fin février, l'hiver le plus doux qu'on ait connu dans le sud du Mississippi depuis des années, conséquence du réchauffement de la planète à en croire la météo. Il y avait neuf Stringfellow, mais quand il appela le premier numéro, une voix féminine dit, avant même qu'il se soit présenté : « Larry Ott ? » Affolé, il raccrocha.

Une minute plus tard le téléphone sonnait et un homme hurlait : « Pourquoi tu nous appelles, espèce d'enfoiré de monstre ?

– Excusez-moi, c'était une erreur, répondit Larry.

– Y a intérêt ! Si jamais tu refais ce numéro, je t'envoie les flics. »

Il ne s'était plus souvenu que l'identification des correspondants existait. Il rangea l'annuaire.

La journée, il attendait au garage, et le soir, sur la véranda. Il interrompait de temps en temps sa lecture, levait la tête pour guetter le bruit d'un moteur. Quand il rendait visite à sa mère, il avait envie de lui parler de Wallace, de Dieu qui avait exaucé ses vœux au moment qu'Il avait choisi, qui l'avait guéri de son bégaiement et de son asthme, qui lui avait même envoyé enfin cet ami. Mais sa mère avait oublié son ancienne prière avec tout le reste, si bien qu'il ne lui parlait plus que de ses poules.

Quand elle était réveillée, la vieille femme noire sénile et squelettique que sa famille avait abandonnée ici et qui partageait la chambre d'Ina l'observait, les yeux plissés, soupçonneux – non pas en raison de son passé, songeait Larry, mais de la couleur de sa peau, et il se demandait combien de torts et d'injustices elle avait subis de la part des Blancs au cours de son existence de près d'un siècle. Il lui arrivait de penser à Alice Jones et à Silas, à la manière dont sa mère leur avait donné des manteaux sans leur proposer de monter dans sa voiture. Comment ce qui aurait pu être considéré comme une gentillesse pouvait en réalité être l'inverse.

En mai, alors qu'il faisait ses courses au Wal-Mart, il acheta un pack de bières Pabst Blue Ribbon. Deux ou trois soirs plus tard, il ouvrit une canette pour goûter, et il vida le reste dans l'évier. Parfois, il sortait le pistolet offert par Wallace de la boîte qu'il cachait dans le placard, puis il le chargeait et visait les vautours qui planaient au-dessus de la maison, mais sans jamais tirer.

En juin, deux clients s'arrêtèrent au garage, un représentant en matériel de plomberie venu de Mobile qui se dirigeait vers le nord et dont le radiateur chauffait, puis une Noire de Memphis dont la batterie ne tenait plus la charge. Le soir, après avoir changé la batterie, il sourit ironiquement dans la glace de la salle de bains en se disant qu'avec un tel volume d'affaires, il devrait embaucher quelqu'un. Si jamais Wallace revenait, il lui proposerait de l'engager à condition qu'il cesse de boire et de fumer autant, en tout cas pendant le travail, et de le former en commençant par les tâches les plus simples, vidange, rotation des pneus, vérification des freins, réglages, démontage et remontage d'un carburateur. Larry n'était pas éternel, et il faudrait que quelqu'un reprenne le garage. Peut-être que cela permettrait à Wallace de rester dans le droit chemin.

Assis sur la véranda tard un soir de juillet, il se rappela l'église à laquelle sa mère allait de temps en temps après que l'église baptiste de Chabot lui était devenue « désagréable ». L'Église du Premier Siècle au nord de Fulsom, un groupe de pentecôtistes, les Holy Rollers, qui s'exprimaient dans des langues inconnues, qui croyaient aux offices de guérison et qui exigeaient de leurs membres qu'ils jeûnent pendant trois jours à certaines périodes de l'année. Larry ne l'accompagnait jamais jusqu'au bâtiment métallique préfabriqué où ils se réunissaient, car il savait qu'il était plus facile à une assemblée de fidèles d'accepter la mère d'un assassin supposé que l'assassin supposé en question, mais lui-même en quête de Dieu, il s'abstenait de manger en même temps qu'elle. Les premiers repas sautés étaient les plus durs, et la faim le tenaillait. Petit à petit, le lendemain et le surlendemain, la douleur diminuait jusqu'à ce qu'il ne reste plus que le souvenir de la douleur et, enfin, rien que le souvenir du souvenir. Et ce n'était qu'au moment de remanger qu'il se rendait compte combien il avait faim, combien il avait le ventre vide. Les visites de Wallace lui avaient appris que la solitude était un jeûne en soi et qu'après être demeuré si longtemps sans se nourrir, même la plus infecte des bouchées pouvait rappeler au corps à quel point il avait besoin de manger. Et qu'on pouvait mourir de faim sans même le savoir.

« Seigneur, priait-il le soir, pardonnez-moi mes péchés et envoyez-moi des clients. Faites que maman soit demain dans un bon jour ou accueillez-la dans Votre royaume si son heure est venue. Et, s'il Vous plaît, Seigneur, aidez Wallace. »

10.

Déjà lundi ? Silas avait à peine dormi la semaine précédente, et il ne pouvait s'empêcher de bâiller alors même que derrière lui la scierie grondait et tonnait comme une ville en colère. À travers les vitres teintées, chaque visage considérait le constable avec courroux, ce grand Noir sous son chapeau qui se tenait au milieu de la chaussée, le sifflet à la bouche, tandis que les pick-up qui sortaient de l'usine cahotaient sur les rails de la voie ferrée et que les conducteurs de voitures et de 4×4 qui avançaient parechocs contre parechocs s'impatientaient.

Une semaine auparavant, il découvrait le cadavre de Tina Rutherford enterré dans la cabane de Larry Ott et faisait la une des journaux de la région ainsi que de quelques quotidiens nationaux avec, cette fois, sa photo prise par le reporter attaché aux affaires judiciaires, lui debout à côté de la cabane et regardant les agents de la brigade criminelle emporter le corps. On disait dans l'article qu'il enquêtait sur l'affaire Larry Ott, peut-être une tentative de suicide, et qu'il était tombé par hasard sur cette vieille cabane.

S'il l'avait retrouvée vivante, il aurait été un héros.

« Vous, quoi ? s'écria French sur la radio.

Haletant : « Je crois que c'est elle, Roy.

– Ne touchez à rien, ordonna l'inspecteur principal. Et n'en parlez à personne. Délimitez le périmètre et attendez. »

Le shérif et lui arrivèrent peu après sur un quad puis, munis d'un mandat de perquisition, ils forcèrent le cadenas de la porte et déplacèrent le lit. French dit qu'il avait en personne exploré le terrain à deux reprises et qu'il n'avait pas repéré la cabane, enfouie sous le kudzu comme elle l'était. Comment diable Silas avait-il fait pour la trouver ?

« Simple coup de chance », mentit celui-ci.

La cabane était maintenant éclairée par de puissants projecteurs montés sur trépieds dont les lourds câbles orange étaient reliés à des générateurs portables amenés par quad. French filmait les deux experts en médecine légale de la criminelle qui, équipés de masques et combinaisons de Tyvek, creusaient le sol meuble à l'aide de petites pelles pliantes. Une demi-heure plus tard, l'un d'eux se redressa et se tourna vers French en levant le pouce.

Debout dans un coin près du poêle, Silas se sentait incapable de faire le tri parmi ses émotions, tandis que l'odeur qu'il respirait depuis un moment lui montait à la gorge, si bien qu'il dut se précipiter dehors. Les lianes et le lierre illuminés par les projecteurs se refermèrent derrière lui comme un rideau. Le coroner, deux inspecteurs et le shérif fumaient devant la cabane en discutant. Silas leur adressa un vague signe de tête, s'éloigna en titubant, et dans l'obscurité, à l'abri des regards, il vomit jusqu'à ce que ses yeux le brûlent et ses entrailles se tordent.

Il regagna la cabane peu après. La main sur le nez et la bouche, il se contraignit à regarder ce qu'ils photographiaient. Il constata qu'elle avait été enterrée nue, couchée sur le ventre, car il distinguait une partie de sa colonne vertébrale, mais pas, Dieu merci, ce qui avait été son visage. Ce qu'il voyait n'était plus une jeune fille, plutôt une chose sortie tout droit de l'un des livres d'horreur de Larry, noire, à demi liquéfiée, en décomposition. Ce qui l'obligea à quitter une seconde fois la cabane en toute hâte, ce ne fut pas la terre logée entre les vertèbres qui dessinaient un motif complexe, ni les omoplates encore attachées par des lambeaux de chair ou les mèches de cheveux verdâtres collées à la peau du crâne, mais la main que tenait dans son gant l'un des agents de la criminelle et qu'il brandissait devant l'appareil photo de French, une petite main aux doigts repliés dont les ongles portaient encore des traces de vernis rouge qui s'écaillait, tandis que sur l'un d'eux pendait la bague de son université, maintenant trop grande.

Alors que, devant la scierie, Silas levait le bras pour arrêter les pick-up, son portable sonna. Comme à chaque fois qu'il réglait la circulation, se dit-il. Les appels officiels lui parvenaient par radio, ceux par téléphone étaient presque toujours personnels.

Et puis merde, pensa-t-il. Il prit la communication.

« Agent Jones ?

– Lui-même.

– Brenda, à l'appareil.

– Qui ?

– Brenda, à River Acres. La maison de retraite. »

Comme il entendait mal à cause de la circulation, il se boucha l'autre oreille.

« Excusez-moi, mais je peux pas vous parler en ce moment.

– Vous m'avez demandé de vous appeler quand Mrs Ott serait dans un de ses bons jours.

– Ouais.
– Eh bien, c'est le cas.
– Merci, dit Silas. J'arrive dès que possible.
– Vous avez intérêt à vous dépêcher », dit-elle en raccrochant.

La scierie ferma pour les funérailles de Tina Rutherford. De même que tout Chabot d'ailleurs. Rubans noirs aux portes des bureaux et des magasins, longue file de voitures qui suivit le corbillard jusqu'à l'église baptiste, cependant que, posté au croisement des routes 102 et 11, le carrefour à quatre stops relevant de sa juridiction où l'ombre des oiseaux jouait sur la chaussée et où le cortège risquerait d'être coupé par des camions de bois, Silas dans son uniforme impeccable, le chapeau sur le cœur et au garde-à-vous comme au temps de son service dans la Marine, regardait les voitures passer, phares allumés. À travers les vitres teintées de la limousine des Rutherford, il ne distingua qu'une paire de gants blancs sur le volant. Après qu'une bonne centaine de véhicules avaient défilé devant lui, il était allé à l'église, mais incapable d'entrer il était resté dans la Jeep. Ensuite, il ferma la marche de la procession qui se dirigeait vers le cimetière situé dans la campagne, à plusieurs kilomètres de là, réservé aux seuls Blancs, un bel espace paysager, ombragé par des chênes verts sur lesquels la mousse espagnole s'agitait dans le vent comme des barbes de généraux morts. Rien de comparable au cimetière couvert d'arbres où Alice Jones reposait sous sa petite pierre tombale au flanc d'une colline dévorée par le kudzu et jonchée de fleurs en plastique éparpillées par le vent. Pendant l'enterrement de la jeune Rutherford, alors qu'un beau soleil brillait dans le ciel traversé par deux petits avions, Silas se tint à la lisière des arbres, loin des manifestations de chagrin – c'était French qui avait annoncé à Rutherford la mort de leur fille, et Silas lui en était reconnaissant –, tandis que les Blancs autour de la tombe ouverte et les Noirs à distance chantaient « Amazing Grace », accompagnés par des cornemuses, et que Larry, toujours dans le coma, était attaché sur son lit d'hôpital, surveillé par un policier en faction devant la porte.

Silas avait demandé à French d'assurer le tour de garde de minuit à six heures du matin. Cela n'entrait pas dans le cadre de ses fonctions, mais l'inspecteur principal lui avait donné son accord : « J'y vois pas d'inconvénient, du moment que vous vous endormez pas. J'ai pas de volontaires, et on est plutôt à court de personnel en ce moment. Mais pourquoi ?

– J'ai besoin d'argent », répondit Silas. Un foutu mensonge de plus.

« Bon, je vois. »

Silas se disait que French devait croire qu'il voulait demeurer sur le devant de la scène et continuer à participer à l'enquête. Ce qui était en partie vrai, et ce qui expliquait aussi pourquoi, depuis qu'il avait découvert le corps de la fille, il traînait tout le temps autour de la maison de Larry. Le premier jour, le policier de service, assis jambes croisées dans le rocking-chair de Larry, lisait un de ses livres. Silas se gara derrière la voiture de patrouille, descendit de la Jeep et s'approcha en le saluant d'un geste.

« Qu'est-ce qui vous amène, 32 ?

– Je viens nourrir les poules. »

Le policier le suivit dans la grange et le regarda lancer à la volée les grains de maïs que les poules s'empressèrent de picorer. Silas se demanda ce qu'on penserait de lui s'il prenait le tracteur pour tirer la cage vers un carré d'herbe verte.

« Je peux m'en charger, dit le policier. Ça vous éviterait de faire tout ce trajet.

– Ça me dérange pas.

– Vous devriez en profiter pour ramasser les œufs. Sans coq, y vont se gâter.

– Vous les voulez ?

– Dieu tout-puissant, non ! Si je rapporte à la maison des œufs de chez Larry le Pourri, ma femme, elle me les flanque à la figure.

– Vous pourriez les vendre sur eBay, plaisanta Silas. Ou sur un de ces sites dédiés aux tueurs en série. »

Le policier décocha un petit coup de pied dans les roues de tondeuse. « À quoi elles servent ? »

Silas le lui expliqua pendant qu'il remplissait d'eau le pneu servant d'abreuvoir et chassait les poules qui couvaient pour récolter une demi-douzaine d'œufs bruns mouchetés de fientes. Il les apporta à Marla au *Hub* qui se montra ravie. Des œufs c'est des œufs, dit-elle.

La nuit, il s'installait sur une chaise pliante devant la porte de Larry avec une grande thermos de café, un des sacs graisseux de Marla posé à ses pieds et, à la faible lumière de la veilleuse, changeant sans cesse de position sur son siège inconfortable qui grinçait, il s'efforçait de se convaincre qu'il avait de bonnes raisons d'être là. Il venait avec *Danse macabre*, et comme il finissait par avoir trop mal aux fesses, il arpentait le couloir en lisant ces nouvelles qu'il n'avait pas lues au temps de sa jeunesse.

On avait mis Larry dans une chambre au fond d'un couloir afin de décourager les curieux, mais Silas devait quand même se lever deux ou trois fois pendant son tour de garde pour éloigner un vieillard accroché à la potence de son goutte-à-goutte, une infirmière d'un autre service ou encore, une nuit, une femme enceinte en robe de chambre et tongs d'hôpital qui lui dit qu'elle était en travail.

« Vous êtes bien loin de la salle d'accouchement », répliqua Silas.

Tentant de jeter un regard derrière lui par la porte entrebâillée de Larry, elle déclara : « On m'a recommandé de marcher. » Elle pressa ses mains dans le creux de ses reins. « Pour que ce petit salaud se décide à montrer à quoi il ressemble. »

Larry était désormais un suspect, le suspect numéro un du meurtre de Tina Rutherford. Silas avait remis à French l'empreinte de ses pneus ainsi que les sachets en plastique contenant les morceaux de verre brisé et le mégot de joint. De même que les clés de Larry. Les journaux et les chaînes de télévision qui couvraient l'enquête avaient exhumé l'affaire Cindy Walker et raconté comment, un quart de siècle auparavant, Larry était sorti avec une fille pour, quelques heures plus tard, revenir sans elle. On avait ouvert une route dans la forêt et démoli la cabane afin de pouvoir creuser en dessous et tout autour, car French espérait qu'on découvrirait aussi les ossements de la fille Walker, ce qui permettrait de classer enfin l'affaire. Bien qu'on n'ait rien trouvé, les reporters et les présentateurs de journaux télévisés se demandaient si Larry Ott n'avait pas tenté de se suicider en raison de ce qu'il avait fait à Tina Rutherford et peut-être à Cindy Walker et, qui sait, à d'autres filles. Il y en avait une à Mobile, portée disparue depuis onze ans. Une autre à Memphis. Peut-être que ces deux-là aussi, et d'autres encore, étaient enterrées quelque part sur les derniers hectares de terrain que Larry Ott refusait de vendre à la scierie.

Ayant reçu pour consigne de ne pas parler à la presse, Silas cacha à Voncille qu'il travaillait au noir pour monter la garde devant la porte de Larry, car il savait qu'elle ne cesserait de le surveiller par-dessus ses lunettes dans la crainte qu'il s'endorme au volant et précipite la Jeep contre un camion de bois. Il l'imaginait tout à fait lui dire qu'il ne pouvait pas brûler ainsi la chandelle par les deux bouts ou, pour son propre bien, aller le dénoncer au maire Mo.

Son gros problème, à vrai dire, était Angie. Non seulement elle s'inquiétait pour lui, lui avait-elle dit, mais elle s'était à ce point habituée à ce qu'il passe la nuit avec elle que la présence envahissante de ses longs bras et de ses longues jambes lui manquait et qu'elle n'arrivait plus à trouver le sommeil. Ils dormaient sur le côté gauche, lovés l'un contre l'autre, le bras gauche de Silas sous la nuque d'Angie de manière à ce qu'il puisse tenir son sein droit dans sa paume, et son bras droit autour d'elle pour lui permettre d'emprisonner le sein gauche. Il adorait sentir ainsi son cœur battre. Il ne l'avait pas revue depuis le déjeuner au snack, et il savait qu'il se servait de ses heures de nuit en faction devant la porte de Larry comme prétexte pour ne pas achever la conversation entamée ce jour-là. Tous les soirs, une fois couchée, elle l'appelait sur son portable pour lui parler de sa journée marquée par les accidents et les crises cardiaques, et aussi de Tab, un vieux hippie qui fulminait contre la guerre en Irak. Elle avait une sœur là-bas, qui travaillait à la pharmacie de l'hôpital d'une base militaire à l'est de Bagdad. Ah, et sa deuxième sœur était de nouveau enceinte, d'un autre homme. Elle lui racontait le film qu'elle venait de regarder, combien elle aimait le pasteur de son église. Elle était de service les nuits de samedi et de dimanche, aussi Silas lui promit-il de prendre sa soirée du lundi. Il n'ignorait pas qu'il lui faudrait alors inventer quelque chose, et il craignait d'être obligé de dire la vérité. Du moins le reste de la vérité. Il avait si longtemps refusé d'y repenser que cela lui paraissait parfois irréel. Ce qui s'était passé en 1982. Il se demandait ce qu'il ressentirait en lui avouant tout, en montrant qui il était vraiment, et il redoutait qu'après, elle le regarde d'un autre œil.

Quand, assis sur sa chaise, ses paupières tombaient, il se levait pour arpenter le couloir. Il entrait parfois dans la chambre de Larry et le contemplait, relié à des machines, hérissé de tubes, de fils et de cordons. Les poignets entravés par des sangles. Il avait l'air faible, sans défense mais, selon les médecins, il était dans un état stable. La plaie à sa poitrine, bien drainée, ne s'était pas infectée et devrait guérir sans problème.

Il faisait l'actualité.

Depuis les premiers rapports d'enquête, avant et après les funérailles, les cars de télévision venus de Jackson, de Meridian, de Mobile et même de Memphis, campaient dans le parking de l'hôpital, leurs antennes satellites pointées vers le ciel, mais ils avaient fini par s'en aller, car l'histoire perdait de son intérêt dans la mesure où Larry continuait à dormir et le monde à fournir de nouvelles horreurs, accidents d'avion, attentats-suicides, ados tirant sur d'autres ados. Silas supposait que quand Larry reprendrait connaissance – si toutefois il reprenait un jour connaissance – le parking serait de nouveau bondé.

Chaque soir en arrivant, bâillant déjà, il demandait à Skip, le policier qu'il venait relayer, si quelqu'un était passé. French, signalait Skip. Ou parfois le vieux Lolly, le shérif. Les médecins, les infirmières. Des malades. De temps en temps, un journaliste.

« On le nourrit par sonde, disait Skip. Si c'était moi, je le laisserais crever, cette enflure. »

Le premier soir, Silas avait défait les sangles qui attachaient Larry à son lit, mais le lendemain, Skip lui dit qu'une des infirmières de garde s'était plainte et qu'il ne fallait donc pas toucher à ses liens.

Parfois, après le départ des infirmières, Silas se plantait au-dessus de Larry et le regardait pendant que les petites lumières de son goutte-à-goutte clignotaient, que le moniteur cardiaque émettait des bips et des sifflements et que le respirateur inhalait et exhalait. Il se demandait à quel point Larry avait été endommagé, brisé par les évènements ayant jalonné son existence. Qu'est-ce qu'il lui dirait si jamais il se réveillait ? Il lui arrivait malgré lui d'espérer qu'il ne se réveille pas.

« Larry ? » lui dirait-il.

Pas de réponse.

« Larry ? »

Le deuxième soir, alors que la pluie frappait les carreaux, il jeta un regard vers la porte, puis murmura : « Je sais pas si tu m'entends, Larry, mais quand tu sortiras du coma, ça va barder. » Il fit le tour du lit, roula un tabouret, se pencha sur le visage de Larry et lui chuchota à l'oreille : « Leur dis rien, Larry, tu comprends ? T'as compris ? Y vont essayer de te faire avouer, mais tu dis rien. T'entends ? Rien. »

Dans le hall de l'hôpital, quelqu'un l'appela : « Constable Jones ! »

L'accueil.

« Jon sans *h*. »

Silas pivota, et le vieil homme lui tendit un gobelet de café.

« Merci. Je pensais que vous étiez là seulement l'après-midi.

– Je viens quand on me laisse venir. Croyez-moi, fiston, prenez jamais votre retraite. Vous êtes jeune et la vie est courte, d'autant qu'on en passe la moitié à dormir. Mais quand vous aurez mon âge, le sommeil sera plus qu'un souvenir et vous supplierez qu'on vous donne un travail, même sans être payé.

– J'oublierai pas.

– Bien sûr que vous oublierez. Ou quand vous vous en souviendrez, il sera déjà trop tard. »

Silas bâilla, consulta sa montre.

« Vous m'aviez dit de vous prévenir si quelqu'un venait voir Mr Ott, non ? Eh bien, un des autres bénévoles, il s'est souvenu que quelqu'un l'avait demandé, peu après votre première visite. Avant tout ce cirque. S'il me l'a pas dit plus tôt, c'est que certains d'entre nous deviennent un poil séniles. Si je me souviens du nom, je vous appelle. »

Silas le remercia d'un sourire. « Un journaliste ?

– Nan, y en a eu plein, mais c'est pas ce que vous attendiez, je suppose ?

– Non, en effet.

– Ce type, il a pas dit qui il était. Il a simplement demandé si Larry – il a juste utilisé le prénom – s'était réveillé.

– À quoi il ressemblait ?

– D'après Marlon – c'est le bénévole –, il avait dans les vingt ans, maigre, blanc. Marlon a dit qu'il était, quelle expression il a employée, déjà ? Ah oui, “maigre comme un clou”.

– Merci, dit Silas, jetant un regard par-dessus son épaule. Vous avez des caméras de surveillance ici ? Il a peut-être été filmé.

– Normalement oui, mais le système est en panne depuis un bout de temps. La réparation est prévue dans le budget, mais vous savez comment c'est. On reçoit de l'argent pour une chose, et on s'en sert pour une autre.

– Ouais, je sais », dit Silas.

L'après-midi, quand il passa chez Larry, il trouva dans la maison un autre policier et un inspecteur de la brigade criminelle en civil occupés à fouiller parmi les papiers de Larry. Les deux hommes sortirent et le regardèrent donner à manger aux poules comme s'ils étaient au spectacle. Ici, aucune journée ne ressemblait à la précédente, les représentants de la loi se succédaient dont, une fois, French qui jeta un regard interrogateur à son plouc de constable.

« Qu'est-ce que vous fabriquez ? » demanda-t-il.

Lançant le maïs aux poules : « À propos de quoi ?

– Vous savez très bien. »

Silas se borna à hausser les épaules, puis il alla ramasser les œufs. Il leva la tête vers French qui l'observait de l'autre côté du grillage, et il lui parla du jeune type « maigre comme un clou ». Sans autres précisions, une bande vidéo ou un nom, ça mène à une impasse, dit French. « Maigre comme un clou ? Bon sang, ça correspond à la description de la moitié des habitants du sud-est du Mississippi. »

Le lendemain en arrivant, Silas découvrit la maison et la grange désertes. Des scellés partout et des panneaux avertissant les intrus qu'il s'agissait du lieu d'un crime.

« Comment je vais vous nourrir ? demanda Silas à voix haute. Et ramasser vos œufs ? »

Les poules, massées contre le grillage, ne répondirent pas. Caquetant, grattant la terre, elles attendaient. Elles semblaient s'être habituées à lui et elles le regardaient, la tête inclinée. Il commençait à croire qu'il devenait capable de les distinguer.

Le soir, il alla au Wal-Mart acheter deux sacs d'aliments pour volailles qu'il chargea à l'arrière de la Jeep. Il retourna chez Larry et, au clair de lune, lança les granulés aux poules. Il remplit un vieux pot à lait au robinet à l'arrière de la maison et le transvasa ensuite dans un bol qu'il glissa sous le grillage pour qu'elles puissent boire. Le problème des œufs demeura sans solution.

Les journées se déroulaient dans une espèce de brouillard, et il s'endormait sur le siège de sa Jeep, si bien que les automobilistes coupables d'excès de vitesse poursuivaient tranquillement leur route. La Jeep démarrait avec de plus en plus de difficulté. Un après-midi, il passa au garage de la scierie, et quand le mécanicien souleva le capot, il émit un petit sifflement et dit : « Si cet engin était un cheval, on l'abattrait sur-le-champ. » Il demanda à Silas de la lui ramener le lundi ou le mardi suivants et de la laisser deux ou trois jours, le temps qu'il voie s'il pouvait trouver les pièces de rechange à la casse. « Les carburateurs », ajouta-t-il d'un ton nostalgique.

Après sa ronde du soir, Silas s'écroulait dans un état semi comateux sur ses draps mouillés de sueur dans l'attente que son réveil sonne pour qu'il parte à l'hôpital et regarde Larry dormir. Une nuit qu'il sommeillait sur sa chaise, ses propres ronflements le réveillèrent. Il cligna des paupières et distingua une silhouette maigre comme un clou qui l'observait de loin. Elle disparut aussitôt. Il se leva d'un bond et courut jusqu'au bout du couloir. Rien. Il vit une ombre passer devant le distributeur de Coca. « Arrêtez ! » cria-t-il, et il se précipita dans le corridor.

Il tourna au bout. Rien. D'autres couloirs. Des portes donnant sur les escaliers. Il fit encore quelques pas, puis il revint vers la chambre de Larry, se demandant s'il n'avait pas été le jouet de son imagination. Il ne réussit pas à se rendormir.

Le lundi, donc, après avoir assuré la sortie de la scierie, il étouffa un bâillement. Il espérait que Mrs Ott serait encore dans un de ses bons jours.

À la mairie, Voncille était au téléphone, un jeu de solitaire affiché sur l'écran de son ordinateur. Silas posa son chapeau et ses lunettes de soleil sur son bureau au milieu des papiers éparpillés, puis il alla remplir sa tasse à café à la fontaine à eau et la vida si goulûment qu'il en eut mal à la gorge.

« C'était Shannon du journal », dit Voncille en raccrochant. Elle fit rouler sa chaise pour tendre un message à Silas. « Elle voudrait vous parler de votre coup de trois, comme elle dit. Elle s'imagine sans doute que ça ferait un bon article de fond. Sur le formidable agent de police que vous êtes.

– Elle a pas tort. Bon, je file à River Acres.

– Pour quoi faire ?

– Voir Mrs Ott.

– La mère de Larry ?

– Ouais.

– Très bien. Vous avez l'air de pas avoir dormi depuis des semaines, dit Voncille. Mais je suis ravie que vous vous soyez décidé à passer. Si vous dressez pas quelques contraventions, le maire aura votre peau. »

À cinq heures et demie, à River Acres, il descendit de la Jeep qui marchait à l'image de tous ces derniers temps, comme si elle bégayait.

Dans son bureau, Brenda lisait un magazine. « Elle a voulu appeler son fils avec son portable, dit-elle. Et comme personne répondait, ça l'a toute chamboulée. »

Il se représenta le téléphone qui s'allumait dans la boîte sur le bureau de French, vibrait et faisait tressauter les photos et autres indices réunis.

« Comment elle est, en ce moment ?

– Un peu plus calme. Ce qu'est bien avec les alzheimers, c'est qu'ils restent pas longtemps perturbés. »

Il la remercia, dit qu'il se souvenait du chemin.

En entrant dans la chambre, des relents d'excréments l'assaillirent. Ina Ott était couchée sur le dos, la main droite agitée de tremblements, entourée de mouches qui bourdonnaient, éclairées par les flots de lumière qui se déversaient par la fenêtre. Dans le lit d'à côté, la femme noire toute menue dormait.

« Mrs Ott ? » Silas enleva son chapeau.

Elle le regarda sans le reconnaître. « Je me suis fait dessus. Où est Larry ? »

Il vit la tache brune sur le drap au niveau des cuisses, la main infirme posée juste dessus.

« Je suis désolée, dit-elle.

– Je vais chercher une infirmière. » Il se sentait soulagé à l'idée de quitter la chambre et son odeur.

« La deuxième équipe sera là dans une demi-heure, lui dit Brenda, levant à peine la tête. Ils la nettoieront.

– Depuis combien de temps elle est couchée comme ça ?

– Je sais pas.

– Hein ?

– Rester couchée, elle peut rien faire d'autre.

– Elle a pas besoin de baigner comme ça dans sa propre puanteur.

– Vous sentez pas particulièrement la rose, vous non plus.

– Si son fils arrive et la trouve comme ça, qu'est-ce que vous allez dire ?

– Aux dernières nouvelles, il est pas près de venir.

– C'est comme ça que vous traitez les pensionnaires ? »

Brenda lui lança un regard acéré. « Nègre, viens pas me dire comment faire mon boulot. On a quarante-cinq vieux ici et on les traite aussi bien qu'on peut. T'as pas besoin de jouer les donneurs de leçon parce que t'as ta photo dans le journal !

– Allez vous faire foutre ! », dit-il, et il ressortit du bureau.

Il trouva des draps propres dans un placard ainsi qu'une boîte de lingettes, et prenant le tout sous le bras, il se mit en quête d'un garçon de salle.

Un homme appuyé sur un balai lui désigna le bout du couloir. Il poussa une porte vitrée et aperçut Clyde qui fumait, adossé au mur.

« Suis-moi, lui ordonna Silas. Mrs Ott a eu un petit accident.

– Du calme, mon pote. C'est ma pause. »

Silas s'approcha, presque à le toucher. « Tu vas tout de suite nettoyer Mrs Ott ou je te reflanque en tôle.

– Pour quelle raison ? »

Silas lui arracha sa cigarette de la bouche, la jeta par terre puis lui fourra les draps et les lingettes dans les bras. « T'inquiète pas, je trouverai. »

Il demeura sur le seuil de la chambre pour être sûr que Clyde traite la vieille femme correctement.

« Je m'excuse, l'entendit-il dire. Je me suis encore fait dessus.

– C'est pas grave, Mrs Ott. On va vous laver. Y a quelqu'un qui vient vous voir.

– Mon fils ?

– Nan, quelqu'un d'autre.

– C'est pas vrai, dit-elle. Ce qu'on raconte. »

Clyde sortit, serrant dans sa main protégée par un gant un grand sac en plastique qui contenait la chemise de nuit et les draps souillés. « T'es content, maintenant, espèce de sale con ? »

Silas ne répondit pas et entra. Redressée dans son lit, la vieille femme avait meilleure allure, et avec la fenêtre ouverte, l'odeur s'était presque dissipée.

« Mrs Ott ? »

Elle se tourna vers l'endroit où il se tenait, son chapeau à la main. Son œil mobile s'agrandit, seul signe d'étonnement devant l'intrusion dans sa chambre de cet étrange policier noir à la carrure imposante.

« Je m'appelle Silas Jones, m'dame, dit-il. On me surnomme 32.

– 32 ?

– Oui, m'dame. »

Elle bougea la tête pour le considérer sous un angle différent. Coincée entre les deux lits, il y avait une petite table sur laquelle n'était posée qu'une vieille bible. Par la fenêtre, au-delà de la femme noire qui dormait toujours et du grillage, des voitures passaient sur la route. La vue qu'elle aurait au moment de mourir.

« Je vous connais peut-être, dit-elle. Mais j'ai mauvaise mémoire.

– Oui, m'dame. Je suis déjà venu vous rendre visite, au sujet de votre fils. On était amis, y a très longtemps.

– Il va bien, n'est-ce pas ?

– Oui, oui, dit-il.

– Je l'ai appelé, mais personne ne répond. »

Silas contempla son chapeau. C'était peut-être pour ça que les policiers en portaient, pour s'occuper les mains et l'esprit quand on devait annoncer à des parents que leur fille avait non seulement été étranglée mais aussi battue et violée avant, ou à une femme que son fils avait non seulement reçu une balle mais aussi qu'il avait peut-être tenté de se suicider, et que si jamais il s'en tirait, il serait accusé du meurtre de la fille.

« Oui, il va bien, dit-il.

– Il n'avait pas tellement d'amis », murmura-t-elle.

Quand il leva les yeux, il vit qu'elle le regardait.

« Je suis venu vous parler de ma mère, dit-il.

– Comment s'appelle-t-elle ?

– Alice Jones.

– Qui ? »

Il tira la photo de son portefeuille pour la lui montrer. Alice tenant dans ses bras Larry bébé. Silas songea qu'elle devait déjà être enceinte à ce moment-là.

« C'est mon fils, dit Mrs Ott. Et elle, c'était notre bonne, je ne me rappelle plus son nom.

– Alice, dit-il.

– Oui. Alice Jones. Mais elle a dû partir. » Mrs Ott baissa la voix, mais continua à examiner la photo. « Une jolie fille de couleur. Elle attendait un enfant mais elle n'était pas mariée. J'ignore ce qu'elle est devenue. Comment elle s'appelait ?

– Alice, répéta-t-il doucement. Elle est morte y a quelque temps. Une crise cardiaque dans son sommeil. »

La vieille femme lui effleura la main qu'il avait posée au bord du lit. « Je suis désolée.

– Ce que je voulais vous demander, dit-il, c'est si vous savez qui était le père de cet enfant.

– Redonnez-moi votre nom.

– 32.

– Ce n'est pas un nom. Comment votre mère vous appelait ?

– Silas.

– Je me souviens de toi, Silas. Tu étais le copain de Larry.

– Oui, m'dame, j'étais son copain. »

Elle le contempla un long moment, et il se vit apparaître puis disparaître dans ses yeux selon qu'elle le reconnaissait ou pas.

« Silas ? dit-elle enfin.

– Oui, m'dame ?

– J'ai peur.

– De quoi ? »

Secouant la tête : « Je n'arrive pas à me rappeler. »

Ils restèrent silencieux. La vieille femme dans le lit près de la fenêtre bougea dans son sommeil et émit un petit bruit.

Silas vit briller le bon œil de Mrs Ott, puis une larme gonfler, rouler et se loger dans l'une des rides qui creusaient son visage. « Je regrette, Mrs Ott. » Il constata qu'il l'avait perdue. Elle le regardait comme si elle ne l'avait jamais vu.

« Clyde ? dit-elle.

– Non, m'dame. C'est Silas.

– Qui ? »

Il demeura quelques minutes encore, et il finit par admettre que oui, il était bien Clyde. Il répondit à ses questions à propos des poules, lui raconta qu'Eleanor Roosevelt essayait sans succès de pondre, que Rosalynn Carter devenait de plus en plus grosse, que Barbara Bush avait pondu deux œufs la même nuit, et enfin, tandis que les poules se confondaient dans sa mémoire, elle ferma les yeux et s'endormit. Il dégagea ses doigts de l'étreinte fragile de la vieille femme, récupéra la photo tombée dans les plis des draps et la glissa dans sa main valide avant de sortir et de la laisser, éclairée par la lumière qui tombait de la porte. Il regagna sa Jeep.

Il était en retard pour passer prendre Angie. Elle tendit sa joue à son baiser et, le plantant sur le seuil, elle le précéda dans l'escalier en direction de sa voiture. Il portait un jean et une chemise blanche à col boutonné. Il n'avait pas mis son chapeau qu'elle appréciait uniquement quand il était en uniforme.

Elle prit le volant, signe qu'elle était en rogne. Dix minutes après, il était assis en face d'elle dans un box du Pizza Hut de Fulsom pendant que sur l'écran installé contre le mur du fond, les *Braves* étaient en passe de perdre leur match.

« Chérie, finit-il par dire devant leur pizza Suprême, qu'est-ce qui va pas ?

– Ce qui va pas ?

– Tu sais très bien. Tu dis pas un mot.

– Peut-être parce que je t'ai pas vu de la semaine, que t'étais en retard et que t'as même pas pris la peine de téléphoner. J'ai mis mon plus beau jean et tu m'as même pas dit qu'y m'allait bien.

– Il te va bien. »

Elle secoua la tête. « Je sais, et t'as pas besoin de me le dire. Ce qu'y a, c'est que t'es ailleurs.

– Je suis fatigué, c'est tout. »

Elle mordit dans sa part et mâcha doucement. « Tu sais comment je me doute que tu mens, 32 ? »

Il croisa son regard. « Comment ?

– Quand tu commences à tripoter ton chapeau. »

Il baissa les yeux sur la table, à l'endroit où aurait dû se trouver son chapeau, et il remarqua que ses doigts gigotaient dans le vide. Il posa la main sur ses genoux et ne put s'empêcher de sourire. « Quand est-ce que j'ai menti encore ?

– La semaine dernière au snack. Quand je t'ai demandé si t'étais sorti avec cette fille. »

Cindy Walker.

Il jeta un coup d'œil sur l'écran. Les *Braves* changeaient de lanceur. Il se retrouva soudain sur la pelouse du Fulsom City Park pendant que le coach Hytower parlait à son lanceur et que lui, qui occupait le poste de bloqueur, il regardait vers les gradins, vers la place où elle s'asseyait toujours.

Angie leva la tête. « Alors ?

– Tu veux bien attendre une minute, dit-il, se mettant debout. Je vais chercher mon chapeau.

– Repose ton cul sur cette banquette, 32, et accouche. »

Lorsque Silas jouait au base-ball, Cindy venait assister aux matchs. Elle fumait, assise sur le gradin du haut dans sa minijupe, les jambes croisées, les cheveux retenus par un chouchou. Des lunettes de soleil. Il savait qu'elle le regardait, et il comprit petit à petit qu'il jouait pour elle, bloquant des balles impossibles avant de les lancer à M&M sur la deuxième base ou marquant des home-runs incroyables. Parfois, il se sentait invincible sur le terrain. Blancs comme Noirs le regardaient, lui qui mesurait plus d'un mètre quatre-vingts à seize ans et qui avait grandi si vite qu'il avait comme des vergetures dans le bas du dos. Il défiait la balle, l'attendait et, accroupi sur la base, il la voyait arriver droit sur lui, large comme un ballon de basket.

Debout sur le champ intérieur, tapant avec son gant sur ses chaussures pour les débarrasser de la terre, il voyait Cindy partir à l'avant-dernière manche, mais elle ne manquait jamais de jeter un coup d'œil par-dessus son épaule.

Le jour où il réussit un nombre record de triples et plongea pour rattraper au vol une balle rapide, assurant ainsi la victoire, ses coéquipiers l'entourèrent et le portèrent en triomphe. Juché sur leurs épaules, il vit Cindy qui fumait à sa place habituelle, et il lui adressa un sourire. Elle le lui rendit.

Elle était restée jusqu'à la fin.

Il se passa de douche, s'esquiva et, encore en tenue, sa casquette et son gant à la main, couvert de poussière, il la rattrapa et l'accompagna le long de la petite route de campagne bordée de quelques maisons en retrait. Ils devaient marcher dans l'herbe pour contourner les boîtes à lettres et hâter le pas quand les chiens jaillissaient de sous les vérandas pour aboyer à leur approche.

« T'as vu cette balle que j'ai attrapée ?

– Tu me regardais, là-haut ?

– T'aimes le base-ball ?

– Non.

– Pour une fille qu'aime pas le base-ball, tu viens drôlement souvent aux matchs.

– C'est peut-être pas les matchs que je viens voir. »

Il baissa les yeux. Des traces d'herbe sur son pantalon, un peu de terre. « On m'a mis bloqueur même si je suis gaucher. Le coach dit que j'ai une chance d'avoir une bourse pour Ole Miss.

– T'as de la veine.

– Je pourrais aller loin, il a dit. Si je me concentre. Si je me laisse pas distraire.

– Tu dis ça pour moi ? »

Il avait envie de répondre oui. Elle était mince, de petits yeux bleu clair qui semblaient rayonner, surtout quand elle le dévisageait en fronçant les sourcils. Son nez, sa gorge et ses épaules nues étaient criblés de taches de rousseur pas plus grosses que des grains de sable. Ses cheveux blonds bouclés étaient coiffés en queue de cheval. Même en sueur, elle sentait bon. Ses seins étaient de petites choses sous son top, et il s'efforçait de ne pas les regarder. Elle marchait le ventre rentré, comme si elle s'attendait à recevoir un coup. Elle portait des sandales, et il aima le spectacle de ses pieds tachés de son aux ongles peints en rouge.

« T'es de Chicago ?

– Ouais.
– C'est comment là-bas ?
– Génial. »

Il lui parla du stade, le Wrigley Field, de l'équipe des *Cubs*, de Leon Durham « Le Taureau » à la première base, de Ryno à la deuxième, de Bowa en position de bloqueur et de Ron Cey « Le Pingouin » à la troisième base. De Bobby Dernier, le joueur de champ centre. Ses copains et lui séchaient l'école pour s'emparer des balles de home-runs qui passaient par-dessus le toit du stade et atterrissaient dans la rue, si bien qu'un jour il avait failli se faire écraser par un taxi en courant après une balle et, une autre fois, il avait attrapé une balle extraordinaire en slalomant au milieu des parcmètres et en plongeant dans l'herbe du terre-plein devant un groupe de Blancs installés au Murphy's Bar, d'où un vieil homme était sorti pour lui échanger la balle contre quatre billets d'entrée. Le lendemain, ils y étaient allés, trois copains et lui, pour assister au match, assis au soleil dans les gradins. Ils avaient proposé à un type déjà ivre de lui payer une bière s'il leur en achetait, et Silas, admirant les évolutions des joueurs sur le terrain, avait su qu'il venait de trouver sa voie.

« Et en dehors du base-ball ? » demanda Cindy.

Il lui décrivit la neige qui recouvrait parfois entièrement les voitures, les vieux Noirs qui se réunissaient dans la ruelle autour d'un feu allumé dans une poubelle pour faire circuler une bouteille de Jim Beam et raconter des histoires, rivalisant d'imagination. Il lui dit aussi qu'il sautait par-dessus les tourniquets pour prendre le métro aérien, qu'il allait dans les bars écouter du blues joué par des musiciens qui sortaient fumer de l'herbe dans l'arrière-cour entre les sets, puis il lui dépeignit la circulation bruyante et incessante, le lac Michigan gelé qui scintillait sous la lumière des lampadaires et les grands immeubles qui masquaient le ciel. Chicago où les pizzas étaient les meilleures du monde, cuites dans un moule comme une espèce de tourte, et les *burritos,* plus gros que des ballons.

« Y a des spectacles, aussi ? demanda-t-elle.

– Des films, tu veux dire ?

– Non. » Elle fit une petite moue, fronça les sourcils et continua à marcher. « Des spectacles comme à Broadway.

– Ouais, ouais. » Il se rappelait avoir vu les titres dans le *Chicago Tribune.* Le dimanche matin, allongé sur le tapis, attendant qu'Oliver ait fini de lire les pages sportives. « Ma mère, elle y est allée une fois, pour son anniversaire. Voir *The Wiz.*

– C'est ça que je veux faire, affirma Cindy.

– Être actrice ?

– Non. Juste voir des spectacles. Ici, y a rien.

– Tu pourrais être actrice, dit-il. T'es assez jolie pour ça. »

Elle lui adressa un triste petit sourire, comme si elle avait affaire à un enfant. Elle lui dit cependant qu'elle rêvait de foutre le camp du Mississippi, loin de Cecil et de sa petite souris grise de mère, et alors qu'ils cheminaient côte à côte, longeant maintenant un champ, suivis derrière la clôture par les vaches, et que les crampons des chaussures de baseball de Silas résonnaient sur la chaussée, une voiture arriva à leur hauteur, ralentit, et le Blanc au volant leur adressa un regard incendiaire.

« Tout va bien ? demanda-t-il à Cindy. Ce garçon t'embête ?

– Occupe-toi de tes oignons, abruti », répliqua-t-elle avec un geste obscène.

L'air consterné, l'homme accéléra.

« Bon. » Silas jeta un coup d'œil derrière lui. « Je ferais mieux d'y aller.

– Comme tu veux. »

Il resta néanmoins avec elle.

« Ton beau-père, ça lui plairait que tu te promènes avec un Noir ?

– À ton avis ? Il est con comme un balai. Il essaye même pas de se trouver un boulot. Paraît qu'y s'est bousillé le dos à la scierie. »

Une autre voiture s'annonça, conduite cette fois par une femme qui les dévisagea en passant.

« T'as déjà embrassé une fille blanche ?

– Nan. Et toi, t'as déjà embrassé un garçon noir ?

– Bien sûr. » Elle le prit par la main pour le mener en bas de l'accotement vers un bosquet d'arbres.

À dater de ce jour, ils échangèrent des petits mots au lycée, se retrouvèrent à leur cachette dans la forêt derrière le terrain de base-ball. Il était vierge, elle ne l'était plus, et sur la couverture étendue dans l'herbe, ils devinrent amants, et durant la seconde moitié de son avant-dernière année de lycée, il fut plus heureux qu'il ne l'avait jamais été, l'un des meilleurs joueurs de son équipe et petit ami d'une fille blanche qui l'admirait du haut des gradins. Il savait que beaucoup de gens venaient pour le voir, parfois le vieux Carl Ott lui-même, pressentant qu'il irait loin.

Cindy aimait la bière et Silas buvait avec elle. Personne n'était au courant de leur liaison, même pas M&M, car ils n'ignoraient pas que si on l'apprenait, ils devraient renoncer l'un à l'autre. Ils se cachaient de leurs amis respectifs, comme dans la maison hantée le soir de Halloween, où Larry était arrivé affublé de son masque et où ils étaient partis chacun de leur côté pour se retrouver plus tard.

Dans l'une ou l'autre des voitures de leurs mères, ils allaient au drive-in et, selon les soirs, elle le laissait au croisement ou il se glissait à travers la forêt jusqu'à l'endroit où elle se garait, et la crainte d'être découverte semblait l'exciter, tandis que Silas, pourtant terrifié, était incapable de résister à l'haleine brûlante de Cindy imprégnée d'une odeur de cigarette, au contact de sa langue douce, à la perfection de ses seins et au triangle soyeux de son entrejambe.

Un jour qu'ils étaient allongés sur la couverture, Cindy lui confia qu'elle avait commencé à s'intéresser à lui quand il avait débouché d'entre les arbres pour prendre sa défense contre Cecil qui tentait de lui arracher la serviette dont elle était enveloppée.

« Il fait sans arrêt des saloperies de ce genre. Essayer de me surprendre toute nue, débarquer dans la salle de bains son machin à la main. C'est quand il est bourré, et une fois dessoûlé, y fait semblant de plus se rappeler.

– Et ta mère, qu'est-ce qu'elle dit ?

– T'irais raconter à ta mère qu'elle a épousé une ordure ? De toute façon, elle prend toujours son parti. Elle pense que du mal de moi. Pour elle, je lui ai toujours attiré que des ennuis. C'est vrai que j'aide pas, à jurer, à fumer et à me taper des garçons.

– Te taper ? C'est ça que tu fais avec moi ?

– T'appelles ça comment, toi ? »

Au lycée, un jour, Silas alla la rejoindre dans le coin des fumeurs, et elle lui dit qu'il l'avait giflée. Cecil. La traitant de putain. L'accusant de baiser avec tous les garçons qui passent.

Ils parlaient d'un air décontracté pour que personne ne les remarque.

« Et ta mère le laisse faire ? Te gifler ?

– Elle était pas là. Maintenant, il me permet plus de sortir sauf pour aller en classe. Il m'a dit qu'il lui raconterait que je jouais les allumeuses avec lui. Comme si je ferais un truc pareil avec ce sale type.

– Ta mère, elle le croirait ?

– S'il lui racontait, probablement. Ils me foutraient dehors. »

C'était sa copine Tammy qui venait la prendre en voiture pour la conduire au lycée, et Cecil décréta que désormais, elle devait rentrer tout de suite après les cours, et que si Tammy ne pouvait pas la ramener, il irait lui-même la chercher.

« J'y ai répondu : “T'as même pas de bagnole, crétin”, et il a dit que s'il fallait, il en achèterait une, rien que pour m'éloigner…

– De moi », acheva Silas.

Quelques soirs plus tard, alors qu'il rentrait dans leur mobile home de Fulsom, sa mère l'attendait dans le séjour plongé dans le noir, assise droite sur une chaise de cuisine, son vieux chat à présent à moitié aveugle qui ronronnait sur ses genoux.

« Silas, dit-elle.

– Ouais ?

– Fils, il faut que t'arrêtes avec cette fille blanche. »

Il ne comprenait pas comment elle avait pu l'apprendre.

« Qu'est-ce que tu veux dire ?

– Silas, me mens pas.

– On est juste copains.

– Fils, il sort jamais rien de bon de ces relations entre Noirs et Blancs.

– Maman…

– Ce que tu fais, ça serait déjà dangereux à Chicago, et maintenant t'es au Mississippi. Oublie pas qu'Emmett Till, le garçon noir assassiné, il était de Chicago.

– C'est toi qui nous as fait venir ici. »

Il alla chercher une brique de lait dans le réfrigérateur.

« Silas, mon enfant… » Elle se leva, serrant le chat contre sa poitrine. « …j'ai que toi. Et toi, t'as que toi. Je t'en supplie, dis-moi que tu vas arrêter. S'il te plaît, fils ? »

Il dit que oui. Promit qu'il se consacrerait au base-ball, qu'il travaillerait pour avoir de bonnes notes afin d'obtenir la bourse pour Ole Miss. Il mentait, bien entendu, car il savait qu'il continuerait à la voir, cette fille qui s'endormait sur la couverture dans la forêt, dont les lèvres s'ouvraient et dont il respirait l'haleine, si douce pour lui avec son odeur de bière et de cigarette.

C'est Cindy qui lui annonça qu'elle avait un plan pour qu'ils puissent se voir au cours de ce dernier week-end. S'il arrivait à emprunter la voiture de sa mère, elle aurait Cecil par la ruse. Le vendredi, Alice travaillait au snack jusqu'à sept heures du soir, rentrait à la maison et, épuisée après ses douze heures de service, elle s'endormait dans son fauteuil devant la télévision. Se passant même de manger. Il prit la voiture sans lui demander.

Sa part de pizza était maintenant froide. Les *Braves* avaient perdu, un film avait commencé et la serveuse apporta un autre pichet de bière. Il vida son verre, s'en versa un autre, puis remplit celui d'Angie. Elle n'avait cessé de l'observer durant son récit, les yeux de plus en plus étrécis.

« Je savais pas, reprit-il, que c'était à Larry qu'elle avait donné un rendez-vous.

– Comment elle l'a convaincu de la déposer où tu l'attendais ?

– Elle lui a raconté qu'elle était enceinte.

– Et elle l'était ?

– Non, je crois pas. »

C'est ce qui avait terrifié Silas. Et si elle l'avait été ?

« On est allés dans un coin tranquille, poursuivit-il. Et tout ce qu'on a fait, c'est se disputer. Je lui ai dit que ça marcherait pas, et elle s'est mise à pleurer, affirmant que si, qu'on devait partir ensemble pour de bon. Où ? j'ai demandé, et elle a répondu, Chicago. Je lui ai dit d'y aller toute seule si elle y tenait tant que ça. On a tourné en rond, et j'ai fini par la ramener au croisement de la route qui conduit chez elle. Larry devait passer la prendre. On est arrivés en avance, elle a claqué la portière et elle est partie en courant sur la route, dans l'obscurité. Je suis resté là une minute à réfléchir, mais je pouvais pas la rattraper. Pas avec Cecil là-bas, probablement soûl.

« Quand je suis rentré à la maison, ma mère m'attendait. Rien qu'à mon expression, elle a deviné d'où je venais. Sans un mot, elle a été s'enfermer dans sa chambre. Le lendemain, elle a fait ce que je l'avais jamais vu faire, téléphoner au snack pour dire qu'elle était malade. Je me rendais compte qu'elle en pouvait plus. Le lundi, elle a été trouver mon entraîneur, mais tout le monde parlait que de Larry. Il était sorti avec Cindy, disait-on, et elle était pas revenue. Un mois plus tard, je partais pour le lycée d'Oxford et j'habitais dans le sous-sol du coach. »

Angie ne le quittait pas du regard.

« Pour être franc, reprit-il, j'étais soulagé de m'en aller. C'était beaucoup mieux là-bas. Meilleur stade, meilleur lycée. On te fournissait tout l'équipement. Et peu après, j'avais une petite amie. » Dont il ne se rappelait plus le nom.

Angie demanda : « Et Larry ? »

Silas baissa les yeux sur l'endroit où aurait dû être son chapeau.

Il répondit enfin : « J'y pensais plus. Ni à lui, ni à Cindy.

– T'y pensais plus ?

– C'était pas difficile. À Oxford, j'avais à peine une minute à moi, et dans ses lettres, ma mère en parlait jamais.

– Tout ce temps-là, tu l'as laissé accuser.

– Je croyais qu'elle avait fait une fugue, que tôt ou tard, elle réapparaîtrait et que tout rentrerait dans l'ordre.

– Et t'as cru ça pendant vingt-cinq ans ?

– Les choses sont jamais aussi simples au moment où elles se produisent, Angie. » Il y avait une note implorante dans sa voix. « On est jeune, on joue au base-ball, tout va pour le mieux. Et puis, d'un seul coup, vingt-cinq ans ont passé, on regarde en arrière et on voit quelqu'un de complètement différent. On reconnaît même plus celui qu'on a été. C'est seulement en revenant ici que je me suis rendu compte du beau gâchis que j'avais fait.

– C'est donc Cecil qui l'aurait tuée ?

– Je crois, oui.

– Où il est maintenant ?

– Mort. Et sa femme aussi. »

Il ramena sa main au centre de la table. Il espérait qu'elle poserait la sienne dessus, mais elle n'esquissa pas le moindre geste. Il porta son regard vers la fenêtre où il distingua leur reflet, elle qui l'observait et lui qui se concentrait sur son profil, ce qui lui était plus facile que de lire dans ses yeux les pensées qui devaient l'agiter.

« Des fois, reprit-il, je me dis qu'il aurait mieux valu qu'il meure.

– Mieux valu pour toi ?

– Pour lui.

– Ouais, mais pour toi aussi, non ?

– Ouais, pour moi aussi.

– Regarde-moi », dit-elle.

Il se tourna vers elle.

« Y a une chose que je sais, 32 Jones, dit-elle. Tu l'as pas laissé mourir, pas vrai ? Grâce à toi, cet homme est toujours en vie, et si jamais il se réveille, ça va être encore pire pour lui. T'as pensé à ça ?

– J'y ai pensé.

– Bon, dit-elle. Et qu'est-ce que tu vas faire ? »

Il dormit peu, habitué qu'il était à passer la nuit à monter la garde devant la chambre de Larry. À six heures et demie, il se leva et laissa le lit à Angie en chemise de nuit, la première fois qu'elle en mettait une. Ils n'avaient pas fait ni même essayé de faire l'amour en rentrant, ni l'un ni l'autre n'étant d'humeur, et ils étaient restés allongés côte à côte, silencieux, cependant que le cœur d'Angie battait dans sa poitrine sans que Silas le sente palpiter sous sa paume.

Une fois dehors, il referma la porte derrière lui. C'était un beau matin de septembre. Les fauvettes filaient au-dessus du balcon et ses plantes suspendues. Il promena son regard sur les mangeoires qu'elle avait accrochées aux murs, sur la table et les chaises installées là. Ils avaient passé de nombreuses soirées sur ce balcon. Angie, après avoir mis un CD d'Al Green, lui servait des bières sans même attendre qu'il les réclame.

Il accrocha son badge autour du cou, descendit l'escalier. En chemin, il s'aperçut que ses clignotants ne fonctionnaient plus, et il baissa sa vitre pour tendre le bras et indiquer qu'il tournait sur la route 5 pour aller patrouiller du côté est des terres de Rutherford au milieu des pins à encens, cahotant sur les petites routes gondolées, s'arrêtant régulièrement pour ouvrir les portails à l'aide de son gros trousseau de clés. Lorsqu'il regagna Chabot vers sept heures et demie, il transpirait déjà. Il se gara dans le parking en face de la scierie puis grimpa les marches de la mairie, ravi que Voncille ne soit pas encore là. Il fit du café, feuilleta quelques papiers administratifs, releva ses e-mails. À huit heures moins cinq, il sortit, enfila son gilet orange et traversa le parking pour aller assurer le changement d'équipe à l'usine. Il vit Voncille arriver et la salua d'un coup de sifflet quand elle descendit de son pick-up.

Il n'avait pas faim et il ne passa pas comme d'habitude au *Hub*. Il se rendit chez Larry, coincé entre deux camions de bois pendant presque tout le trajet. Il lança un bol de graines dans le poulailler et regarda les premières dames les picorer. Il glissa un peu d'eau sous la clôture, jeta un coup d'œil sur les boîtes remplies de paillis de pin où elles couvaient, et il se demanda au bout de combien de temps les œufs se gâtaient et au bout de combien de temps les poules commençaient à soupçonner que rien ne résulterait de leurs efforts sinon des coquilles pourries.

Il ignorait s'il s'était écoulé des minutes ou des heures depuis qu'il était là lorsque sa radio grésilla.

« Merci pour le café, dit Voncille.

– De rien.
– Ça va ?
– Ouais.
– Shannon a de nouveau appelé.
– Ouais. Je lui parlerai.
– Bon, eh bien, venez nous voir de temps en temps. Quand vous aurez une seconde. »

Il coupa la communication. La pelouse devant la maison avait poussé, pleine de mauvaises herbes, et Silas se souvint de la manière dont ses paumes vibraient sur la poignée de la tondeuse et des brins d'herbe qui jaillissaient de part et d'autre du capot pendant que Larry l'observait du haut de la véranda. Il avait envie de tondre cette pelouse, de la tondre comme le garçon qu'il avait été, et d'agir autrement vis-à-vis de Larry, d'aller trouver la police et de dire : « Elle était avec moi ce soir-là. »

Tu comprends donc rien, Silas ?

Courage, s'exhorta-t-il.

Pas étonnant qu'il se sente à l'aise parmi ces satanées poules.

Son portable sonna et alors qu'il se dirigeait vers l'endroit où il garait chaque jour sa Jeep, sous la tache d'huile récente, il le tira de sa poche.

« Constable ?
– Oui.
– Jon Davidson à l'appareil, l'hôpital.
– Salut, Jon sans *h*.
– Je pensais que vous aimeriez être au courant. Vu que le shérif et l'inspecteur French viennent d'arriver et qu'ils semblaient rudement pressés, je parierais que votre Mr Ott est sorti du coma. »

11.

Il avait rêvé de Silas et lui perchés dans les hautes branches. Puis de Wallace et lui.

Quand il ouvrit les yeux, le monde était trop brillant, et il les referma, rêva qu'il portait son masque de monstre, qu'il courait dans la grange après des filles qui hurlaient. Plus tard, il vit le téléviseur accroché au mur et il crut d'abord s'être endormi dans le lit de sa mère à River Acres. Était-elle morte ?

Il ferma de nouveau les paupières, les rouvrit dans les ténèbres. Silas était entré dans la chambre, semblant flotter, et il lui murmurait quelque chose, de rien dire, t'entends ? Il ne savait pas où s'arrêtaient et où commençaient les rêves. La fois d'après, lorsqu'il se réveilla, il eut l'impression d'être à l'hôpital, et le lit à côté de lui était vide, le matelas nu. Tourner la tête lui faisait mal, il se sentait ligoté, et il avait la gorge si sèche qu'il ne pouvait pas parler. La fenêtre l'aveuglait et l'empêchait de regarder dehors. Il avait la poitrine douloureuse. Tout lui paraissait réel. Son nez aussi était douloureux. Sa bouche était étirée. Ses orteils qui remuaient lui paraissaient réels. Ses doigts repliés.

Il ferma les yeux, rêva d'une ambulance, entendit la sirène, sanglé sur un brancard. La Noire (*Lèvres de Singe*) penchée au-dessus de lui qui criait : « Reste avec nous, Larry. Reste avec nous. » Là-haut, la télévision, la fenêtre. Des lumières fluorescentes. L'hôpital.

Respirer était une souffrance, mais son souffle s'accélérait. Il sentit des larmes rouler sur sa joue.

Il se réveilla. Il bougea, éprouva un vertige. Il entendit une voix réclamer un médecin, qu'on appelle le poste 202. Il baissa la tête, vit sa poitrine bandée, les tubes plantés dans ses bras. Quelque chose lui bouchait le nez, quelque chose était accroché à ses lèvres. Jamais il n'avait eu aussi soif, et il crut qu'il allait vomir. Il se souvint que dans *Dead Zone*, quand Johnny Smith sort du coma, l'infirmière n'a pas l'air surprise, si bien que Johnny pense qu'il avait déjà dû ouvrir les yeux avant.

Il se rendormit.

Quand il émergea de son sommeil, une infirmière remarqua qu'il la regardait et elle sursauta. « Oh ! » s'exclama-t-elle.

Deux secondes plus tard, un homme en tenue bleue apparut sur le pas de la porte. Parlant dans une radio.

Peu après, le Dr Milton arriva, enfila des gants en latex qui claquèrent et lui demanda comment il s'appelait. Il essaya de le dire pendant que le médecin arrangeait le tube qu'il avait dans la bouche.

« Donnez-lui à boire », dit le docteur, et il sentit une paille effleurer ses lèvres.

« Aspirez doucement », lui conseilla le médecin. Un costume, un stéthoscope autour du cou. Des cheveux gris coupés courts. Des lunettes qui pendaient au bout d'un cordon. Lui braquant une lampe dans les yeux, lui prenant le pouls.

« Comment vous sentez-vous ? »

Mal, aurait-il désiré répondre.

« Vous pouvez dire votre nom ?

– Larry, parvint-il à murmurer d'une voix rauque. Ott.

– Parfait. Quel âge avez-vous ?

– Quarante et un.

– Qui est président ? »

Larry toussa. « On a retrouvé la fille ? »

Le Dr Milton regarda derrière lui. Un flic devant la porte.

« Oui », répondit-il.

Il se sentait mieux, un peu. On lui avait enlevé les tubes du nez et de la bouche, mais il avait le visage en feu, irrité par les sparadraps.

De nouveau, il dormit, rêva, puis se réveilla devant trois hommes qui l'observaient. Le médecin qui s'occupait de lui, adossé contre le mur. Roy French en T-shirt camouflage, un papier à la main, une cigarette derrière l'oreille. Et un troisième, plus âgé, à moitié chauve, qu'il ne connaissait pas. La présence des trois hommes faisait paraître la chambre plus petite, d'autant que l'infirmière entra à son tour, les cheveux tirés en arrière, des gants, en blouse. Elle appuya sur le bouton permettant de redresser le lit de Larry qui se retrouva presque en position assise. Elle lui glissa une paille entre les lèvres et il but à petites gorgées.

« Bon, je vous le laisse, mais pas trop longtemps, dit le médecin. Il est encore très faible. » À l'intention de Larry, il reprit : « Je peux vous dire que c'est un miracle que vous soyez encore en vie. Si l'agent Jones n'avait pas appelé une ambulance, si les infirmiers étaient arrivés une demi-heure plus tard et s'ils n'avaient pas fait exactement ce qu'il fallait… » Il laissa la phrase en suspens et haussa les épaules. « Quant à notre médecin des urgences, le Dr Israel, un véritable génie.

– Il est allé à Bagdad, ajouta French. Deux séjours là-bas.

– Vous avez reçu une balle tout près du cœur, expliqua le Dr Milton. Un joli trou qui saignait comme une fontaine.

– L'agent Jones ? murmura Larry.

– 32 Jones, dit French. Il vous a sauvé la vie, Larry. »

Silas.

« Vous avez de la chance d'avoir une chambre pour vous tout seul, dit French, tapotant le lit vide. J'ai été hospitalisé ici l'an dernier pour des calculs, et on m'a collé avec un vieux machin qu'arrêtait pas de péter. Il était sourd comme un pot et se rendait même pas compte qu'y pétait si fort.

– C'était peut-être moi », dit l'autre homme. Il était blanc, trapu, chemise à col boutonné tendue sur sa bedaine, cravate-lacet. Cheveux courts. Pistolet haut sur la ceinture, étoile épinglée sur la poitrine.

« Il y avait un monsieur ici quand on l'a amené, intervint l'infirmière, mais il a demandé à changer de chambre.

– Bon, vous pouvez disposer, maintenant, lui dit le médecin.

– Si vous avez besoin de moi…

– Je vous appellerai. »

Elle sortit, laissant la porte entrebâillée. French alla la refermer après avoir adressé un signe de tête au policier en faction, puis il revint se planter à côté du lit.

« Vous me connaissez, dit-il à Larry. Mais vous connaissez peut-être pas ce gars-là, le shérif Jack Lolly ?

– Bonjour », dit celui-ci, saluant Larry d'un geste.

French posa son papier et un magnétophone sur le lit vide.

« On a à parler », dit-il.

Larry voulut modifier la position de son bras gauche, raide et douloureux, et il sentit une pression sur son poignet. Il essaya en vain de voir ce que c'était.

Sur son poignet droit aussi. Alors, il comprit.

French prit le magnétophone, appuya sur une touche, puis le reposa. « Si ça vous dérange pas, je vais enregistrer cette conversation. Quand on est vieux comme le shérif et moi, on oublie des choses. C'est okay pour vous ?

– Oui, monsieur », répondit Larry d'une voix plus rauque que jamais.

« Bon, dès que vous avez besoin d'une pause, vous faites signe. On a tout notre temps. Le docteur dit que vous allez vous en tirer. La balle a raté le cœur de peu, heurté une côte et rebondi autour des intestins. Vous avez fait une crise cardiaque, vos organes ont déclaré forfait, on vous a ôté la rate, et pourtant vous êtes là.

– Oui, un vrai miracle, approuva le shérif. Vous avez tenté de vous suicider ? »

Il était incapable de se rappeler. Il se souvenait du pistolet, cadeau de Wallace. Il voulait demander pourquoi il était menotté au lit. Il s'efforça de réfléchir. Il savait qu'il y avait des choses à se remémorer, mais lesquelles ? Sa mère qui regardait, mais rien qu'il puisse voir. Qu'est-ce qu'elle regardait comme ça ? Les choses disparues ?

« Je sais pas, répondit-il.

– Bon, dit French, jetant un coup d'œil à Lolly. Revenons un instant à notre sujet. Le docteur ici présent dit que ce matin en vous réveillant, vous avez tout de suite demandé si on avait retrouvé Tina Rutherford. »

Il ne s'en souvenait pas. Puis ça lui revint. Son vieux masque de zombie, son père qui le considérait d'un air navré, sa mère qui s'exclamait : « Oh, mon Dieu, Larry. »

« Une perte temporaire de mémoire est courante dans votre cas, Mr Ott, dit le Dr Milton. De même que des accès de délire. Détendez-vous. Ne vous précipitez pas.

– Vous pouvez me dire quand vous l'avez vue pour la dernière fois ? » demanda French.

Les yeux de Larry allèrent de French au shérif – ce simple mouvement lui était douloureux. Puis au médecin.

« Elle va bien ?

– Non, Larry, elle va pas bien. Elle était enterrée dans votre cabane de chasse dans la forêt. Depuis neuf jours selon nos estimations. Violée…

– Quoi ? s'écria Larry, voulant se lever, mais retenu par les sangles.

– Battue.

– Non !

– Étranglée. »

Malgré la souffrance, Larry secoua violemment la tête, agita les bras en tirant sur ses liens et donna des coups de pied.

« Calmez-vous, Mr Ott. » Le médecin fronça les sourcils. « Je vous avais bien dit que c'était trop tôt. »

Saisi de convulsions, Larry voyait les trois hommes qui le maintenaient comme au travers d'un brouillard.

« Infirmière ! » appela le Dr Milton, puis s'adressant à French : « Maintenant, sortez tous ! »

La voix sembla s'élever en spirale avant de s'estomper, tandis que Larry retombait à plat sur le matelas et que le plafond s'éloignait, d'abord éblouissant, puis déformé, puis...

Quand il se réveilla, il était seul, la poitrine toujours bandée, les poignets toujours entravés. Il pensa à sa mère et à ses premières dames. Est-ce qu'elles étaient mortes de faim dans leur enclos ? Une infirmière entra, et il dit de sa voix cassée : « Je peux vous demander un service ?

– Qu'est-ce que vous voulez ? répondit-elle sans le regarder

– S'il vous plaît, quelqu'un, répondit-il. Pour nourrir mes poules. »

Lorsqu'il émergea de nouveau du sommeil, ils étaient de retour. French et Lolly. Ils l'observaient.

« Nous vous avons mis sous sédatif, dit le Dr Milton. Si vous désirez reporter cet entretien à plus tard, je demande à ces messieurs de sortir. C'est à vous de décider. »

Larry fit non de la tête. Il lui semblait qu'on était encore le même jour, que les hommes étaient habillés pareil.

« Vous acceptez qu'ils restent ? »

Faible signe d'assentiment.

French s'approcha. « Docteur... » Sans le regarder. « Vous pouvez nous laisser quelques instants ?

– C'est que...

– S'il vous plaît. »

Le médecin se décolla du mur contre lequel il était appuyé et ouvrit la porte. « Je suis dans le couloir. »

French mit le magnétophone en marche, s'éclaircit la voix, énonça la date, l'heure, le lieu et le nom des personnes présentes.

« Comment vous vous sentez, Larry ? »

Il haussa difficilement les épaules.

« On va tâcher de pas vous embêter longtemps. L'infirmière nous a dit que vous aviez demandé des nouvelles de vos poules. Eh bien, je peux vous assurer qu'elles se portent à merveille. C'est votre ancien camarade de classe, 32, qui s'est occupé d'elles. Il est allé voir votre maman, aussi. Elle est toujours dans le même état.

– Pourquoi ? demanda Larry. Pourquoi y ferait tout ça ?

– Vous savez, j'essaye de comprendre les mobiles des gens seulement après qu'ils ont commis un crime. » Il sourit et se tourna à moitié. « Bon, le shérif Lolly, là-bas, il était qu'un simple agent quand l'autre fille, la fille Walker, a disparu. » French céda la place au shérif qui s'assit sur le lit à côté de Larry.

« D'abord, dit-il, je m'excuse pour les sangles. » Il détacha celle de gauche, puis se pencha pour détacher l'autre. « C'est à la demande de l'hôpital. »

Larry posa ses bras engourdis sur sa poitrine, puis frotta ses poignets moites de sueur à la suite du contact prolongé avec la laine du matelas.

« Normalement, on fait pas ça, reprit le shérif. Surtout à un homme qu'a reçu une balle dans la poitrine et qu'a eu une crise cardiaque juste après. Je suppose que vous êtes trop faible pour arracher votre goutte-à-goutte, et encore plus pour vous lever et tenter de vous enfuir. »

Larry opina sans cesser de se masser les poignets.

« Bon, l'inspecteur principal French, il vient de vous dire que j'étais qu'un shérif-adjoint en 1982 quand Cindy Walker a disparu. J'étais dans la police depuis deux ans en ce temps-là, je délivrais des convocations, j'interpellais les conducteurs ivres, des trucs comme ça. Du boulot de bleu. Mais je me souviens très bien de cette histoire, Larry, parce que c'était alors la plus grosse affaire de ma courte carrière.

« Si on vous a pas arrêté à l'époque, c'est qu'on a pas découvert le corps et que vous avez jamais avoué. Sans cadavre et sans aveu, on pouvait pas prouver que vous l'aviez tuée. Y avait que des présomptions, comme on dit. Si mes souvenirs sont exacts, y avait un trou de trois heures et demie que vous pouviez pas justifier, ce qui vous aurait donné largement le temps de l'emmener ailleurs. Vous avez prétendu l'avoir déposée quelque part puis être allé tout seul au drive-in et ensuite, vous deviez la reprendre au croisement de la route qui conduit chez elle. Seulement, on l'a plus jamais revue. Hop, envolée. »

Larry ouvrit la bouche.

« Vous voulez dire quelque chose ?

– Je peux… » Il déglutit. « Je peux parler à Silas ?

– Qui ? » Le shérif se tourna vers French.

« 32, il veut dire », expliqua celui-ci. Il s'avança. « Il enquête pas sur cette affaire, Larry. C'est hors de sa juridiction. Pourquoi vous voulez lui parler ?

– Parce qu'on était amis. »

French acquiesça d'un signe de tête. « Il a mentionné quelque chose, mais il a pas dit que vous étiez amis, juste que vous étiez allés à la même école.

– Si, on était amis, affirma Larry.

– Bon, personne garde le même souvenir des choses, je suppose. » L'inspecteur passa devant le shérif qui s'installa dans le fauteuil près de la fenêtre, puis il jeta un coup d'œil sur le magnétophone. « Je sais que je vous en ai fait baver pendant toutes ces années, Larry, mais on a rien trouvé pour nous permettre de vous inculper pour la fille Walker ou d'autres filles. Jusqu'à aujourd'hui. J'imagine qu'y a pas beaucoup de gens qui connaissent l'existence de cette cabane dans vos bois…

– Moi-même, je l'avais oubliée, l'interrompit le shérif.

– Une cabane sur la dernière parcelle de terre que vous refusez de vendre. Et un de nos hommes tombe sur son cadavre, là-bas, alors qu'on aurait jamais dû le retrouver. Ça donne à réfléchir, Larry. » French se gratta la tête. « Et j'ai réfléchi, un type avec votre réputation, il en a peut-être eu marre de tout ça. Le monde est petit, surtout ici, dans le sud-est du Mississippi. Peut-être que vous en avez eu assez de tous ces gens et de ce qu'y pensent de vous. Bon Dieu, peut-être même qu'on est tous en partie responsables, tout le comté qui vous rejette. Peut-être que vous vouliez juste un peu de compagnie, peut-être même qu'elle est venue vous voir, les filles comment elles s'habillent de nos jours, des anneaux dans le nombril, tout ça. Des tatouages. Avec l'espèce de… de célébrité qu'est la vôtre dans le comté. Peut-être qu'elle a flirté avec vous, pour ce que j'en sais. Une de vos fans. Vous la rencontrez dans un endroit ou un autre, chez le glacier, à la poste, au Wal-Mart, une fille jeune, jolie, les cheveux longs, vous résistez un moment, ou même longtemps.

« Mais un homme, une fois excité, il a ses limites, et vous buvez un tas de ces Pabst Blue Ribbon qu'on a vues dans votre frigo, ou vous fumez un peu d'herbe, vous êtes un peu parti, et puis vous l'emmenez. Rien que pour parler, peut-être. Pour avoir de la compagnie. On se sent seul, des fois. Et puis, vous savez comment elles sont, les filles, elles deviennent hystériques, et peut-être que vous prenez peur. Peut-être qu'elle vous frappe. Qu'elle vous menace. Qu'elle essaye de s'enfuir. Et vous voulez pas que ça se passe comme ça. C'était peut-être un accident, sa mort. Si ça se trouve, vous vous rappelez même pas clairement ce qu'est arrivé ni comment c'est arrivé. Un type que je connais, y s'est mis à picoler avec un de ses potes de l'armée de l'air, et le matin quand il s'est réveillé, y avait un couteau de boucher planté dans la poitrine du pote en question.

« C'est peut-être pour ça que vous vous êtes tiré une balle dans la poitrine, Larry. Le sentiment de culpabilité qui pèse de plus en plus lourd. Vous vouliez pas faire ça, mais les choses vous échappent. On peut enterrer le passé, mais il finit toujours par réapparaître d'une manière ou d'une autre. Un visage aux infos. Dans le journal. Le monde entier qui la recherche, et vous êtes le seul à connaître la vérité. »

French, de sa voix calme, donnait au viol et au meurtre une explication presque logique, et Larry, bourré de drogues, les pensées confuses, comprenait combien il était normal qu'il l'ait fait, qu'il ait étranglé la fille avant d'enterrer son cadavre, car ces hommes-là savaient analyser sa vie ainsi que le cœur et le cerveau des hommes, ils savaient de quoi ils étaient capables quand ils buvaient un tas de bières Pabst Blue Ribbon et fumaient des tonnes d'herbe, capables de poignarder leur meilleur copain, et ils savaient que les femmes ne demandaient parfois qu'à être violées, alors on enfilait un masque, de sorte que ce n'était pas vous qui le faisiez, qui faisiez ce que de toute façon elles réclamaient, c'est ce que French disait, que peut-être elle ne désirait que ça, et pendant qu'il parlait, Larry s'efforçait de voir à l'intérieur de cet espace que sa mère regardait, là où se cachaient la mémoire, la vérité. Il savait que la vérité l'attendait, qui flottait dans la pièce comme un fantôme, mais son cerveau, selon le médecin, avait été privé de sang, et il pouvait souffrir d'absences ou de délires, et il se souvenait du masque, il se souvenait du pistolet, il avait l'impression d'être en personne l'homme au masque qui attendait près de la porte qu'entre l'autre lui-même, qui regardait Larry descendre de son pick-up, traverser la cour, monter les marches de la véranda, ouvrir avec ses clés, faire un pas dans la maison puis se retourner, tandis que Larry au masque s'avançait vers Larry sans masque, lui appliquait le pistolet sur le cœur, les deux Larry n'en faisant alors plus qu'un, avec un seul cœur, et c'est lui qui pointe l'arme sur sa poitrine, songeant combien il serait facile d'avouer, de contenter ces hommes raisonnables qui font leur travail raisonnable et nécessaire.

« Larry ? »

Il cligna des paupières, fixa son regard sur French. « Vous me croyez coupable ? »

L'inspecteur jeta un coup d'œil en direction du shérif. « Oui, Larry. Je crois que vous avez tué les deux filles. Tina Rutherford et Cindy Walker. Le shérif aussi, il le croit. On sait pas pourquoi vous l'avez fait, mais si vous voulez nous le dire, ça nous aiderait, pour sûr.

– Je sais pas pourquoi, répondit-il. Pourquoi j'aurais fait ça. Je connaissais même pas la fille Rutherford. Je connais personne sauf ma mère, et elle me connaît plus. Des fois, je passe une semaine entière à parler juste aux serveuses du Kentucky Fried Chicken.

– Oui, dit French. Parfois, on fait des choses graves sans savoir pourquoi, c'est possible. Comme j'ai dit, les choses peuvent vous échapper si vite qu'on a l'impression que le monde marche en accéléré. Mais comment vous vous sentez maintenant, Larry ? Et quand vous avez appuyé le canon contre votre poitrine et pressé la détente ? Vous oublierez jamais. Ça sera de pire en pire. Ça fait un bail que je suis dans la police, et je peux vous garantir que la seule solution pour vous sentir mieux, c'est d'avouer et de payer le prix.

– Bon, très bien », dit Larry.

12.

Rempli d'appréhension, triturant son chapeau, Silas attendait l'ascenseur arrêté depuis si longtemps au deuxième étage qu'il s'imaginait que quelqu'un bloquait la porte. Il se doutait de ce qui se passait là-haut dans la chambre : Lolly et French faisant pression sur Larry, usant de paroles doucereuses pour lui arracher des aveux, un art de *l'entretien*, comme il l'appelait, dans lequel French excellait au point qu'on le disait capable d'amener une souche à se confesser et à prononcer le mot « arbre ».

L'ascenseur arriva enfin, Silas entra et appuya sur le 2. En sortant de la cabine, il s'effaça pour laisser passer deux infirmières, cigarettes et briquets à la main, puis il s'engagea dans le couloir à grandes enjambées. Skip lâcha son journal et se leva pour l'accueillir. Un médecin parlait dans son portable.

« Salut, 32, dit Skip.

– Salut, Skip. » Indiquant la porte d'un signe de tête. « Ils sont là ?

– Ouais. Depuis près de vingt minutes, ce coup-ci. »

Le médecin referma son téléphone d'un geste sec. « Je

peux vous être utile ? Je suis le Dr Dan Milton, le médecin de Mr Ott. »

Silas lui tendit la main. « 32 Jones. »

Milton la lui serra. « Le policier qui a découvert le corps de la fille Rutherford ? »

Silas acquiesça, puis son regard alla de Skip au médecin. « Je peux entrer ? »

Sans leur laisser le temps de répondre, il poussa la porte, tandis qu'ils s'écriaient en chœur « Attendez ! » avant de lui emboîter le pas.

French se retourna et Lolly se leva de son fauteuil, la main sur la crosse de son pistolet.

« Quand on parle du loup… », dit French. Il montra la porte. Skip comprit et sortit, mais le médecin resta.

Larry dressa la tête et, à la vue de Silas, il sourit, le regard voilé par les drogues, ce qui ne l'empêcha pas de mettre la main devant sa bouche comme il le faisait quand il était gamin. La sangle avait laissé une marque rouge sur son poignet.

« Bonjour, Silas. T'es venu.

– Bonjour, Larry. Ouais, je suis venu. » Il se demanda s'il devait lui tendre la main. « Comment ça va ?

– Pas trop bien. Ils racontent que je me suis tiré une balle dans la poitrine et que j'ai tué la fille, mais je me souviens pas avoir fait l'un ou l'autre. Et en plus, ils veulent que j'avoue aussi avoir tué Cindy Walker.

– Ce n'est pas trop pour vous, Mr Ott ? intervint le Dr Milton. Vous voulez que je demande à ces messieurs de revenir demain ?

– Non, docteur, répondit Larry. Je suis content que Silas soit là.

– Si vous avez besoin de moi, appuyez sur la sonnette », dit le médecin. Il jeta un regard à French, au shérif, puis il sortit.

« Chef, dit Silas, on pourrait parler une minute ou deux en tête-à-tête, Larry et moi ?

– Pas maintenant, répondit French. Mais vous pouvez assister à l'entretien. »

L'entretien !

« T'es entré dans ma chambre la nuit ? demanda Larry à Silas.

– Ouais. » Silas aurait voulu qu'il se taise, qu'il attende qu'ils soient seuls. Il fixa le garde-corps du lit en acier où pendait l'une des sangles. Il se sentait comme un enfant pris en flagrant délit de mensonge. « Des fois.

– T'as donné à manger aux poules de maman, aussi ?

– Ouais. Mais j'ai pas déplacé la cage comme tu faisais.

– C'est toi qui m'as apporté *Danse macabre* ? »

Les policiers suivirent son regard en direction du livre posé sur la petite table entre les deux lits. La main entourée de gaze figurant sur la couverture, les yeux dans la paume, qui voyaient tout.

« Ouais, répondit Silas.

– Merci.

– De rien.

– Tu l'as lu ?

– Ouais.

– T'as aimé ?

– Non, répondit Silas. L'horreur, c'est pas mon truc. Y en a déjà assez dans la vie réelle. » Il voulut dire que les histoires que Larry racontait à l'époque étaient bien meilleures, mais French toussota.

« On pourrait peut-être remettre à plus tard votre petite émission littéraire. Donc, on disait justement à Larry que son sentiment de culpabilité le quittera pas tant qu'il aura pas reconnu les faits. Vous êtes pas d'accord, 32 ?

– Uniquement s'il est coupable. » Silas sentit French se raidir et entendit Lolly sursauter dans le fauteuil où il s'était rassis.

« Dis-leur, Silas, fit Larry. Qu'on était amis.

– Ouais, dit French. Dites-nous, Silas.

– C'est vrai, dit ce dernier à Larry.

– Amis, hein ? » French ne quittait pas Silas du regard. « Vous vous êtes connus à l'école ?

– Non. » Larry semblait avoir repris des forces et ses joues avoir retrouvé un peu de couleurs. Il bougea dans son lit, fit jouer ses doigts. « On pouvait pas être amis à l'école, parce que Silas est noir. On jouait ensemble dans la forêt. Tu te souviens, Silas ?

– Justement, ça nous ramène à notre sujet, dit French. Si vous nous racontiez ce qui est vraiment arrivé à Cindy Walker, Larry ?

– Une seconde », dit Silas.

Derrière eux, le shérif toussa, et French riva son regard sur Silas comme pour lui signifier : *Foutez pas tout en l'air !*

« Je l'ai déposée où qu'elle m'avait demandé, reprit Larry, apparemment inconscient de la tension qui régnait dans la pièce. Elle est descendue de voiture et je suis reparti.

– C'est ce que vous avez répété pendant toutes ces années, dit French. On aimerait entendre la suite. C'est le moment, Larry. Comme j'ai dit, ça vous soulagera.

– C'était pas lui, affirma Silas.

– Constable Jones, intervint le shérif, allez attendre dans le couloir.

– Non. »

Le silence se fit dans la chambre, brisé seulement par les bips et le ronronnement des machines de Larry. Silas sentait le regard brûlant de l'inspecteur fixé sur son visage et celui du shérif sur son dos, pareils aux points rouges d'un viseur laser.

« Vous avez peut-être quelque chose à dire, alors ? » demanda French.

Et voilà. Le poids d'un quart de siècle qui lui pesait soudain sur les épaules, un camion qui pilait et dont le chargement de bois glissait, s'écrasait sur la cabine, fracassait les vitres, l'arrière de son crâne, et se renversait sur la route.

« C'était moi, dit-il, évitant le regard de French.

– Vous !

– Oui, moi. Quand Larry l'a laissée, elle m'a rejoint dans ma voiture. Dans la forêt. C'est moi qui l'ai ensuite déposée au croisement. »

– Quoi ? » s'exclama Larry.

French saisit Silas par l'épaule et le força à se tourner. « C'est vous qu'elle venait voir ce soir de 1982 ? »

Oui, c'était lui.

« Vous voulez dire, poursuivit French, que pendant tout ce temps-là, Larry n'a fait que répéter la vérité ? Et que vous êtes le dernier à l'avoir vue vivante ? »

Silas acquiesça.

« C'était toi ? dit Larry.

– Ouais.

– Elle était enceinte de toi ? »

Silas avait agrippé le garde-corps du lit.

« C'est pour ça que t'es parti ? » Larry le dévisageait. « À Oxford ?

– Une des raisons.

– Pour la retrouver ?

– Larry…

– C'était un garçon ou une fille ?

– Quoi ?

– Le bébé. Ton bébé ?

– Y avait pas… pas de bébé », répondit Silas.

Avec une expression de dégoût, French ôta sa main de l'épaule de Silas. « Mon Dieu.

– Roy…, murmura Lolly.

– Larry. » Silas se contraignit à le regarder en face. « C'est moi qui te dois des excuses. Plus que ça. Tu comprends, Cindy était même pas enceinte. Elle a juste… prétendu ça pour être sûre que tu me l'amènerais. Je savais pas qu'elle ferait ça. On était amoureux, ou en tout cas, on le croyait. »

Larry, le visage à nu, gardait le silence.

« Ce soir-là, poursuivit Silas, quand tu l'as laissée, elle est montée dans ma voiture et on est allés dans un champ où on avait l'habitude de se retrouver, et on s'est disputés. Elle voulait qu'on s'enfuie tous les deux, mais je… » Il ne savait pas trop comment le formuler. « … j'avais ma carrière de joueur de base-ball qui m'attendait, et ma mère voulait plus que je la voie. Ça aurait pas marché, pour une dizaine de raisons. Alors, je l'ai ramenée chez elle.

– Ramenée chez elle, répéta Larry.

– Ouais.

– T'es arrivé en avance ?

– Ouais. Elle t'a pas attendu parce qu'elle était en colère contre moi. Elle est partie sur la route en courant. Dans le noir.

– Où y avait Cecil.

– Ouais. »

Ils restèrent ainsi, face à face, et Silas devinait les images que Larry devait avoir à l'esprit. Cecil qui se lève quand elle ouvre la porte, elle a la figure rouge, les joues sillonnées de larmes, et lui, sa bière à la main, il s'avance vers elle en titubant, s'approche, hurle. Et pendant ce temps-là, Silas fonce au volant de la voiture de sa mère, tandis que Larry arrive de son côté, et les deux garçons se ratent de quelques minutes, peut-être même qu'ils se croisent sur la route, pleins phares, l'un et l'autre trop préoccupés pour passer en feux de croisement, éblouis par la lumière.

« Il l'a tuée », dit Larry.

Le médecin entra, tapota sa montre.

« Cet entretien… » Lolly s'interposa entre Silas et French pour passer un bras paternel autour des épaules des deux hommes. « … on le terminera plus tard, les gars.

– Un instant, dit Larry, alors que French s'apprêtait à lui entraver de nouveau les poignets. On était amis, pas vrai, Silas ? »

Avoue donc cette putain de vérité, 32. Silas.

« Parle pour toi, Larry, dit-il. Moi, je sais pas ce que j'étais. »

Silas suivit French et Lolly jusqu'au bureau du shérif, et il se gara à côté du Ford Bronco de l'inspecteur. Celui-ci descendit, lança son mégot sur l'asphalte et l'écrasa de la pointe de sa botte, les yeux levés vers un banc de gros nuages noirs qui, pareil à un raz-de-marée, semblait près de déferler sur l'immeuble. Silas sentait le vent sur ses joues, le drapeau du Mississippi claquait en haut de son mât et la chaussée était luisante de pluie. Lolly courut remonter la vitre de sa voiture parquée dans son emplacement réservé à côté de celui des handicapés, puis il rejoignit French qui tenait la porte, et les trois hommes entrèrent, Silas comme tant d'autres avant lui, convoqué dans ce bâtiment de briques pour y subir un interrogatoire. Un entretien. Ils s'arrêtèrent à l'accueil, French et Lolly pour prendre leurs messages, cependant que Silas, l'air abattu, attendait à quelques pas derrière.

Ils le précédèrent dans l'alcôve aux murs couverts de classeurs où officiait French. L'inspecteur jeta le magnétophone sur son bureau. En dessous s'entassaient les cartons contenant les preuves diverses et au-dessus il y avait une étagère bourrée de vidéocassettes, de manuels de droit et de classeurs à anneaux. Sur la gauche, un tableau où figuraient les affaires en cours – en premier Tina Rutherford, puis venaient M&M, divers cambriolages, un vol de voiture, un viol et, tout en bas, Larry Ott. Silas s'installa sur une chaise pliante tandis que Lolly fermait la porte et que French mettait en route la machine à café. Le shérif, un bras appuyé sur le haut d'un meuble classeur, tira de sa poche une boîte de tabac à chiquer Skoal dont il prit une pincée.

French dégagea son fauteuil de dessous le bureau et s'assit pendant que le café passait.

« Bon, dit-il. Je vous écoute. »

« C'est une sacrée histoire », dit French quand Silas eut fini de tout raconter, passant cependant sous silence qu'il était le demi-frère de Larry.

L'inspecteur lui servit un café, puis il en fit un autre pour Lolly. « Vous voulez un petit conseil ? Si j'étais vous, je parlerais pas trop de tout ça. Vous voyez ce que je veux dire ? C'était en 1982. Ça fait un bout de temps. C'est vrai, on aurait pu soupçonner aussi Cecil Walker à l'époque. Au moins l'interroger. Mais puisqu'il est mort depuis un moment…

– Cancer, précisa le shérif. Si ça peut vous consoler, il en a salement bavé à la fin.

– Et vous avez gardé pour vous cette information pendant un quart de siècle, reprit French. Je comprends vos raisons. Mais comme on a jamais retrouvé le corps de la fille Walker et qu'Ott a jamais été en prison…

– Merde, le coupa Silas. Larry a passé sa vie entière en prison.

– Ça, c'est une question d'éthique. Ou de droit civil. Et tous les deux sont un poil hors de notre juridiction. Mais comme il a jamais été condamné, vaut mieux pas réveiller le chat qui dort. On va se concentrer sur l'autre affaire. S'il est innocent, on finira par le savoir.

– Alors, ça a servi à rien tout ce que j'ai dit ? demanda Silas. Pour Tina Rutherford ?

– À quoi, par exemple ?

– Eh bien, à en déduire que celui qui l'a tuée comptait sur la réputation de Larry pour qu'on lui colle le crime sur le dos. Si j'étais le meurtrier, où est-ce que je l'aurais enterrée ?

– On sait très bien où, répondit French. Mais y a pas une masse de gens qui connaissent l'existence de ce petit cimetière, pas vrai ? Et Ott, avant que vous débouliez pour tout foutre en l'air, il avait fait ce que je considère comme des aveux préliminaires. Vous en pensez quoi, shérif ?

– Pour moi, je crois que c'est lui le coupable. En tout cas, on en a assez pour le laisser attaché sur son lit et que Skip reste en faction devant la porte.

– Mais plus vous, ajouta French à l'intention de Silas. Je suppose que vous comprendrez pourquoi je vous relève de cette tâche. »

À l'hôpital, les épaules et le chapeau mouillés par la pluie, il s'arrêta discuter un moment avec Skip qui s'était levé de sa chaise à côté de la porte.

« T'es en avance, dit-il. Tu sais qu'il a avoué ?

– Ouais. » C'était bien le jour. « Je reste pas.

– Tu peux le garder une minute ? J'ai envie de fumer une clope.

– Vas-y. »

Silas le regarda s'éloigner dans le couloir à pas vifs, et une fois sûr qu'il n'allait pas revenir tout de suite, il se glissa dans la chambre. Tourné vers la fenêtre, les paupières closes, Larry paraissait dormir. Sa poitrine bandée se soulevait et s'abaissait régulièrement.

Silas murmura : « Larry. »

Il remua, ouvrit les yeux et les fixa sur Silas qui se tenait au pied du lit, son chapeau à la main.

« Salut », dit Silas.

Larry continua à le regarder, puis il prononça quelques mots mais d'une voix si basse que Silas s'approcha et se pencha vers lui.

« Qu'est-ce que t'as dit, Larry ?

– Tout ce temps, souffla-t-il. Elle est morte depuis tout ce temps ?

– Je sais pas. Peut-être. Probablement.

– Et c'est toi qu'elle allait retrouver.

– Je te demande pardon.

– Et tout ce temps, les gens, ils ont cru que c'était moi.

– Écoute, on peut en parler et on en parlera. J'ai un tas de choses à te dire. Plus encore que tu crois, bon Dieu, mais pour le moment, faut qu'on tire au clair l'histoire de la fille assassinée. La fille Rutherford. Ils s'imaginent que t'as avoué. Mais on sait tous les deux que c'est pas toi le coupable.

– Comment tu le sais ?

– De la même façon que je sais que c'est pas toi qui t'es logé une balle dans la poitrine.

– Comment ? Parce que tu m'as connu pendant trois mois y a vingt-cinq ans ? Qu'est-ce qui te permet de croire que tu me connais maintenant ?

– Dis-moi juste qui t'a tiré dessus. J'ai dans l'idée que c'est peut-être le même qui a tué la fille. »

Un coup de tonnerre. Larry se tourna vers la fenêtre.

« Tu m'as téléphoné, dit Silas, une note de supplication dans la voix. Juste avant de recevoir la balle. Tu disais que c'était important. De quoi il s'agissait ?

– T'as jamais rappelé.

– J'ai pas eu ton message à temps.

– Les autres fois non plus.

– Je suis désolé, mais...

– Ce que je voulais te dire la première fois, l'interrompit Larry, quand tu voulais plus me parler, c'est que je regrettais. Ce que je t'ai dit quand papa nous a obligés à nous battre.

– C'est oublié, Larry. C'était y a si longtemps.

– Mais aujourd'hui, reprit Larry, je sais plus quoi penser. Ou même si je regrette encore.

– Comme tu voudras, mais est-ce que tu sais qui t'a tiré dessus ? Pourquoi tu m'as téléphoné ?

– 32 ? » Skip était sur le seuil. « Qu'est-ce que tu fais ?

– Rien », répondit Silas.

Il jeta un regard à Larry qui s'était de nouveau tourné vers la fenêtre et semblait s'être rendormi. Il attendit un moment, puis il quitta la chambre et ferma la porte derrière lui.

« Le chef vient d'appeler, dit Skip, l'air perplexe. Tu fais plus la nuit ?

– Je suppose que non.

– Pourquoi ? Qu'est-ce qui se passe ? »

Silas fit un pas dans le couloir. « C'est une longue histoire », répondit-il.

Assis à une table en plastique sur une chaise en plastique au fond du *Chabot Bus*, il passait pensivement le doigt le long de sa bouteille de Budweiser, regrettant de ne pas avoir de verre. La foule des ouvriers de l'usine, bruyante et sale, était partie, et il avait l'endroit pour lui tout seul. Il se demandait ce qu'on ressentait en apprenant qu'on vous avait volé vingt-cinq ans de votre vie. Larry lui faisait l'effet d'un condamné dont un test ADN venait de prouver l'innocence, tandis que Silas, le vrai coupable, était enfin démasqué.

Il était onze heures du soir. Il ne pleuvait plus. Chip, le barman, un Blanc avec un bouc, perché sur son tabouret derrière le comptoir, coupait des quartiers de citron vert qu'il mettait dans une jatte tout en chassant les moustiques à grands moulinets de son couteau. Il faisait ce métier depuis assez longtemps pour savoir quand il valait mieux ne pas déranger un client. Il apportait une nouvelle bière à Silas au moment voulu et reprenait la bouteille vide qu'il jetait dans la poubelle où elle s'entrechoquait avec les autres. Shannon, la journaliste attachée aux questions de police, l'avait rappelé sur son portable, mais il ne tenait pas à lui parler.

Derrière la rangée de fenêtres se trouvaient d'autres tables et d'autres chaises, et la ravine, envahie de kudzu, était jonchée d'ordures prises dans les lianes comme des insectes dans une toile d'araignée. Silas se souvenait que longtemps auparavant, après qu'ils avaient quitté la cabane dans la forêt des Ott pour s'installer à Fulsom, il montait dans le bus scolaire où le paysage flou défilait derrière les vitres sur le chemin de l'école, du base-ball et de son avenir. Qui sait, peut-être qu'il avait pris ce même bus avant qu'il soit reconverti en bar. Et maintenant ? Rien qu'un fossé rempli de mauvaises herbes, une véritable décharge. Tout était figé. L'enfance se résume-t-elle à ça, des choses qui passent à toute allure devant une fenêtre, des arbres soudés par un mouvement trop rapide pour qu'on en mesure les conséquences ? Dans ce cas, qu'est donc l'âge adulte ? Le bus qui s'arrête ? Un homme de quarante ans et quelque qui se heurte à son passé, alors que le kudzu continue de pousser ?

« Salut, le flic. Où est votre chapeau ? »

Il leva les yeux, prêt à envoyer promener l'importune, mais il reconnut Irina de l'Avenue de la Racaille blanche qui se tenait devant lui, déhanchée, un petit sourire canaille aux lèvres, la peau luisante de pluie.

« Un autre serpent dans votre boîte à lettres ? lui demanda-t-il.

– J'ai bien trop la frousse pour l'ouvrir. Et les mômes sont en planque dans l'espoir que çui qu'a fait ça, il essaye de recommencer. » Elle s'était fait des mèches rouges dans ses cheveux blonds et portait une minijupe en jean et des bottes de cow-boy rouges mouillées elles aussi, de même qu'un top qui laissait voir son tatouage. Était-ce une feuille de marijuana ? Il hésitait à regarder de trop près. Elle avait un tas de bracelets en toc qui tintaient à son poignet, une cigarette entre les doigts et les ongles peints en rouge. « J'ai dû aller payer moi-même ma note de téléphone à Bell-South. Je peux m'asseoir ? »

Il désigna d'un geste la chaise vide à côté de lui.

« Chip ? appela-t-elle. Une Bud.

– Et vous, 32, pareil ?

– Ouais, sûr. Vous les mettez sur mon compte. »

Silas dégagea la chaise du bout de sa chaussure, et la jeune femme se laissa tomber dessus, un serpent qui se glissait dans sa boîte à lettres à lui si jamais Angie débarquait. Il avait plus ou moins espéré la trouver ici. Ils ne s'étaient pas reparlé depuis la veille, et il interprétait son silence comme la manifestation de sa désapprobation. *Je suis déçue par ton comportement.* Bon, qui ne l'était pas ?

Irina se pencha pour le regarder dans les yeux, lui offrant une vue plongeante sur son décolleté et les bonnets d'un soutien-gorge de dentelle noire retenus par de fines bretelles. « Ça va ? » demanda-t-elle.

Les mains de Chip apparurent, posèrent deux Budweiser devant eux.

« À la vôtre », dit-elle, choquant le goulot de sa bouteille contre celle de Silas.

Il trinqua à son tour. Elle écrasa sa cigarette dans le cendrier.

« Vous avez l'air de vouloir vous soûler, dit-elle.

– Seulement l'air ?

– Dans ce cas, je ferais bien de combler mon retard. » Elle commanda un petit verre de tequila, sans sel, puis le vida d'un trait. « Voilà, ça va mieux, dit-elle, les yeux qui pleuraient. J'allais à une petite fête quand j'ai vu votre Jeep dehors.

– Difficile de la rater.

– Elle est mignonne comme tout. Au fait, dit-elle, tapotant de son poing le bras de Silas, ce qui fit de nouveau tinter ses bracelets. J'ai un tuyau pour vous.

– Je suis pas de service, mais allez-y quand même. Un tuyau, ça peut toujours être utile. »

Irina but une gorgée de bière, s'affala davantage sur la table, les seins pressés dessus.

« Evelyn, l'autre fille qui habite avec moi, elle était au boulot quand vous êtes venu l'autre jour. Hier soir, on a causé du serpent, tout ça, et elle s'est excusée, un truc qu'elle nous avait pas dit, le type bizarre avec qui elle sortait. Avant de s'installer avec nous. Un soir, donc, Ev elle va chez lui, ils s'amusent un peu, vous voyez ce que je veux dire, et ce type, il a un tas d'armes. Des pistolets. Une carabine dans un coin.

– C'est ça, votre tuyau ?

– Les armes ? Putain, non. Les armes, Ev ça la dérange pas. Elle adore tirer. Ce qu'y a, c'est aussi des tas de serpents vivants. Dans des aquariums, sur des étagères, sur la table de la cuisine. Là, dans son séjour. Il les collectionne, il lui a dit. »

Silas ne l'avait pas quittée du regard pendant qu'elle parlait. Pupilles dilatées. De l'herbe. Du speed, peut-être.

« Bon, alors ils se pelotent, et c'est drôle, elle a dit, faire ça devant les serpents. Y clignent même pas des yeux. Quand ça devient trop chaud, elle veut arrêter, mais il insiste. Là, ça commence à mal tourner, et elle a la trouille. Son deuxième ex-mari, il lui a donné un petit pistolet. À un coup. Pour le glisser dans son sac. Elle réussit à le prendre, elle en menace le type pour qu'y la laisse partir. Un long moment, une éternité, elle a dit, il la regarde avec un drôle de sourire, tend la main vers un de ses pistolets à lui posés sur la table, comme pour la mettre au défi de tirer, et elle se dit qu'elle va être obligée de le descendre ce fumier. Finalement, il la traite de conne, de salope, et y lui gueule de foutre le camp.

– Elle a porté plainte ?

– Pas vraiment. C'est pas le genre d'Evelyn, vous comprenez. »

Irina ne lui disait sans doute pas tout, une histoire de drogue, probablement. La fille avait peut-être craint que si elle le dénonçait, il la dénonce à son tour.

La jeune femme prit une cigarette dans son paquet et l'alluma. « Elle a pas demandé son reste. Elle a appelé quelqu'un sur son portable. Pour qu'on vienne la chercher.

– Donc, vous croyez que ce type, c'est lui qu'a mis le serpent dans la boîte à lettres ?

– Ouais, peut-être. Elle a quitté l'autre appart à cause de lui. Il arrêtait pas de passer devant en voiture. De lui téléphoner.

– Comment y s'appelle ?

– Wallace. Wallace Stringfellow. Il habite après l'élevage de poissons-chats. »

Il tâta ses poches à la recherche d'un stylo, puis griffonna le nom sur une serviette en papier qu'il fourra dans la poche de son jean. Ce nom lui rappelait vaguement quelque chose. Le type sur son quad ? Et la taie d'oreiller. Oui, c'était ça. Larry n'avait-il pas raconté un jour que pour transporter des serpents, rien ne valait une taie d'oreiller ?

« Vous feriez bien d'y aller, dit-il. À votre fête. Si vous continuez à boire, vous serez plus en état de conduire.

– Vous voulez venir ?

– Moi ? Le constable de Chabot ? Vous êtes sûre ? Ma présence risquerait de gâcher certains des petits plaisirs des invités. »

Elle sirota sa bière, le bout de la langue léchant le bord du goulot. « Je vois ce que vous voulez dire. »

Aussi, après quelques autres tournées de bière et de tequila, ils prirent la Jeep pour aller chez elle. Il n'y avait personne : Marsha était partie pour la semaine chez sa mère avec son bébé, et Evelyn était à la soirée. La pluie rendait les routes glissantes, et il roula doucement. Elle trouvait super d'être bourrée à côté d'un flic bourré au volant ; on n'avait pas à craindre de se faire arrêter pour conduite en état d'ivresse. Dans la cour, ils pataugèrent au milieu des chiens couverts de boue puis, pendant que la jeune femme se baissait pour prendre la clé sous le paillasson, il s'appuya au mur à côté de la porte pour garder l'équilibre. Elle alluma la lumière, et il se dirigea vers le canapé tandis qu'elle allait chercher des bières. Jonchée de jouets d'enfant, la pièce était relativement propre, une lampe à bulles glougloutait sur la table basse et les rideaux étaient ouverts sur la nuit. Les doigts pressés sur ses tempes, il essayait d'empêcher la tête de lui tourner et se demandait : Qu'est-ce que tu fabriques, 32 Jones ? Fiche le camp d'ici !

Elle revint avec deux Bud Light, s'assit à côté de lui et, après lui avoir tendu une bouteille, posa la sienne sur la table basse et les pieds sur les genoux de Silas. « Vous voulez bien me les enlever, monsieur l'agent de police », dit-elle. Ses bottes. Il se leva, ôta la première lentement, fit glisser la petite chaussette, aidé par ses orteils qui gigotaient, les ongles peints en rouge au bout d'un pied qui dégageait une légère odeur musquée. Il laissa son regard remonter le long de la jambe jusqu'au slip rouge qu'il distinguait sous sa jupe, ainsi qu'un autre tatouage (une pomme dans laquelle mordre) à l'intérieur de la cuisse. Elle l'observait, un sourire ensommeillé aux lèvres. Il passa à la seconde botte, perdit l'équilibre et, entraîné par son élan, se rattrapa de justesse à la poignée de la porte. Elle pouffa de rire, agita son pied dans sa direction. « Reviens ici ! » Vacillant, il regarda par la fenêtre, vit une voiture approcher au ralenti, veilleuses allumées. Il songea qu'il avait laissé ses empreintes sur la poignée, sur la bouteille de bière, sur les bottes de cow-boy. Sans compter un témoin dans une voiture qui venait de disparaître dans la nuit. Il songea à Larry dans son lit, à Angie dans le sien. Qu'est-ce qu'il foutait là ?

« Faut que je parte », dit-il.

13.

Larry zappait sur le câble, et il pensait à sa boîte à lettres au bout du chemin. Au fil des ans, il l'avait réparée au moins à cinq ou six reprises le matin en partant au travail après l'avoir découverte qui pendait sur son poteau ou carrément renversée dans la boue, tandis que les magazines voletaient parfois sur la route comme des poules en liberté. Un jour, il n'avait retrouvé ni le poteau ni la boîte. Il n'ignorait pas que des jeunes rôdaient souvent en voiture, penchés par la portière et armés de battes de base-ball. Savoir que ça arrivait aussi aux autres l'aurait peut-être réconforté, mais ces derniers temps, sur le trajet du garage, il avait remarqué que toutes les boîtes à lettres étaient intactes. On ne vandalisait que la sienne.

Il était fatigué. Bien qu'il n'ait fait que dormir, jamais il ne s'était senti aussi fatigué.

Fatigué d'acheter des boîtes à lettres.

Redressé sur son lit dans la pénombre de la pièce, il tenait la télécommande dans la main. Dehors, de gros nuages avaient envahi le ciel de sorte que la nuit était tombée tôt, mais maintenant que les éclairs se déchaînaient, le monde semblait bizarrement éclairé d'une lueur stroboscopique, étranger à lui-même, comme si le jour et la nuit luttaient pour le pouvoir, à l'exemple de Dieu et du diable. La télévision continuait à fonctionner au contraire de celle de chez lui qui, par mauvais temps, se brouillait. Il s'arrêta sur un Dracula du début des années 1970 avec Christopher Lee. S'il ne se trompait pas, il disposait de soixante-six chaînes. C'était ça le câble. Pas DIRECTV. Sur DIRECTV il y en avait encore plus. Wallace le lui avait dit.

Wallace.

Il était fatigué de n'avoir que trois chaînes.

Il braqua la télécommande, passa sur un débat. Puis sur *Bonanza*. Puis sur les infos. Une sitcom qu'il ne connaissait pas. Un vieux Jerry Lewis. Il pensa de nouveau à Silas, sentit une chaleur gagner ses oreilles et quelque chose de curieux couver dans sa poitrine. Il pensa à Cindy. Il changea de chaîne, une histoire d'homme et de femme qui vendent des bijoux. De gens qui les achètent, qui parlent au téléphone. Son cœur se serra quand il se rappela le visage de Silas adolescent, de Cindy adolescente. Sur l'écran apparut l'image d'un homme debout devant un chevalet qui donnait des leçons de peinture. Larry ferma les yeux, et il se retrouva des années en arrière. Pendant l'été 1979, en plus de sa carabine, il a emporté dans la forêt du papier et des crayons de couleur. Silas et lui les étalent sur un coin de terrain plat et, allongés côte à côte, ils font des bandes dessinées, la sienne, très classique, basée sur l'un des exploits de ses superhéros. Il jette à la dérobée des regards sur ce que fait Silas. Ses personnages sont curieusement disproportionnés mais fascinants avec leurs têtes étirées, leurs pieds et leurs mains énormes. Pas de paysage en arrière-plan, rien que des panneaux représentant des gens. Il dessine quelque chose genre Frankenstein, un savant fou qui ressuscite un mort, et Larry remarque dans une bulle le nom de son assistant : Ergo. Il se le répète. C'est un nom qu'il aime bien. Il repousse sa feuille, roule sur le dos et fait jouer ses doigts. Silas continue à dessiner. « Hé, lui demande Larry. Comment tu prononces le nom de ce mec ? » Désignant de son crayon rouge le mot Ergo. « Igor », répond Silas.

Larry ouvrit les yeux, inquiet à l'idée que son cœur fasse sauter les agrafes qui refermaient ses plaies. Dehors, le tonnerre grondait. Combien de temps avait-il attendu sur sa véranda, dans son séjour avec ses trois chaînes et son feu qui s'éteignait, ou dans son garage, affalé dans le vieux fauteuil du bureau de son père à lire et relire les mêmes livres, combien de fois avait-il effectué ce même trajet dans le pick-up de son père, sorte de métaphore de sa propre vie, dans l'attente du retour de Cindy et de Silas, pendant que celui-ci parcourait le monde dans ses chaussures à crampons. Et que Cindy était sans doute enterrée dans un endroit connu du seul Cecil. Il zappa. Des gens qui chantent. Des soaps. Encore des infos. De la pub. Des extraits de matchs de base-ball. Il revoyait Silas, crâneur, acrobatique, lançant une balle rapide. Il se revoyait avant son rendez-vous avec Cindy, se rappelait son sourire devant la glace de la salle de bains, l'histoire de Cecil tombé dans la ravine que racontait son père, et tous trois qui riaient aux éclats, leur dernière bonne soirée. La fenêtre s'illumina. Il se revoyait le matin du rendez-vous, parlant avec Cindy dans le coin des fumeurs pendant que Silas les observait depuis le terrain, et il revoyait Silas et ses copains à la maison hantée, et puis Cindy, alors qu'ils étaient ensemble sans que personne le sache, et ni l'un ni l'autre ne lui avait accordé le moindre regard et tous lui avaient tourné le dos lorsqu'il était parti, son masque sous le bras. Le masque. Wallace. Le poignet douloureux, il changea de chaîne, des dessins animés, ni Bugs Bunny ni Daffy Duck mais un nouveau truc genre japonais, une étape qu'il avait ratée, une étape parmi d'autres. *Clic.* Un western. *Clic.* JT. Irak. Pubs. *Clic.* Un tueur en série et un autre tueur en série qui cherche à l'imiter. Télécommande moite dans sa paume. Météo, tennis, hommes, femmes, enfants, chiens, avions, le président qui salue, un télévangéliste qui demande de l'argent en priant, les yeux fermés, *clic*, un cobra royal qui se dresse, déploie son capuchon, et la caméra qui panoramique pour montrer le dessin en forme de lunettes sur son dos. Tant de chaînes. *Clic.* Gros plan d'un moustique au milieu des poils sur un bras, son suçoir planté dans les replis de la chair.

La chaîne locale. Il s'arrêta sur une scène familière, l'hôpital, un coin du parking, le jour. Puis son visage à seize ans, sa photo de classe. Il appuya sur un bouton de la télécommande et la voix du journaliste s'éleva : « ...sorti du coma après avoir reçu une balle dans la poitrine, peut-être une tentative de suicide, à l'hôpital général de Fulsom. » Changement de décor, images d'ambulanciers portant une housse mortuaire qui traversent un parking vers leur véhicule, voitures de police gyrophares en action, puis images d'une jolie fille qui sourit. « Larry Ott est soupçonné de l'enlèvement, du viol et du meurtre horrible de Tina Rutherford, une jeune étudiante de l'Université du Mississippi âgée de dix-neuf ans dont le corps a été découvert enterré sous une cabane abandonnée située dans un bois appartenant au suspect dans le comté rural de Gerald, Mississippi. Les enquêteurs se refusent à toute déclaration, mais un policier est en faction devant la chambre d'hôpital de Larry Ott. »

Respirant difficilement, Larry avait la poitrine douloureuse. Il pleuvait à verse et, entre deux éclairs, la fenêtre était totalement noire. Il se tourna vers la porte.

« Excusez-moi », lança-t-il à l'intention du policier qui montait la garde. Il dut appeler quatre fois avant que l'homme – SKIP HOLLIDAY avait-il lu cousu sur sa chemise – se lève et passe la tête dans la chambre, sourcils froncés.

« Ouais ?

– Je voudrais parler à Roy French, s'il vous plaît. »

Skip le dévisagea. « Vous avez changé d'avis ?

– Dites-lui que je viens de me souvenir de quelque chose.

– Il est parti. Y sera pas de retour avant demain. Vous voulez voir quelqu'un d'autre ? Le shérif ?

– Non, j'attendrai French. »

Le policier referma la porte.

Larry allait dire ce qu'il savait. Jusqu'à aujourd'hui, il aurait préféré s'adresser à Silas, mais c'est à French qu'il raconterait que deux ou trois soirs après la disparition de la fille Rutherford, un bruit l'avait réveillé. Il avait regardé l'heure. Trois heures et quart du matin. Il s'était levé, avait enfilé une robe de chambre et s'était rendu dans le séjour. Un instant, il avait envisagé de prendre le pistolet, mais après avoir déverrouillé la porte d'entrée, il était sorti sans. Assis sur les marches de la véranda, Wallace, le dos tourné à Larry, fumait, les épaules voûtées, l'air tout petit dans l'obscurité. La lune, bien que basse dans le ciel, projetait l'ombre du pick-up de Larry sur une voiture garée à côté dans la cour.

« Wallace ?

– Salut, dit celui-ci sans se retourner.
– T'as bu ?
– Ouais.
– Il est trois heures du matin.
– J'ai fait quelque chose.
– Quoi ? »

Wallace ne répondit pas, se contenta d'aspirer et de souffler la fumée.

« Depuis combien de temps t'es là ?
– Je sais pas.
– Où t'étais passé ? »

Il garda le silence. Larry alla s'asseoir dans son fauteuil, penché en avant, les mains plaquées sur les genoux, les pieds nus sur le sol de la véranda. « C'est quelque chose de mal, ce que t'as fait, Wallace ? » demanda-t-il.

Pas de réponse.

« Comment va John Wayne Gacy ?

– Toujours aussi méchant. Je suis parti de chez ma mère passqu'elle en avait trop peur. Ce fumier de chez DIRECTV s'est installé chez elle. J'ai loué un truc près de l'élevage de poissons-chats. Y a un type qui fait des rondes en quad pour surveiller les bassins, mais j'arrive de temps en temps à me glisser là pour pêcher un peu.

– Comme dans ma rivière ?

– Ouais, sauf que là-bas, j'attrape des fois un putain de poisson. Y en a des gros là-dedans.

– Ils te laisseraient pêcher si tu demandais, dit Larry. Ça te coûterait presque rien. Paraît qu'y a un étang exprès pour ça. Les gens viennent avec leurs mômes. Un prix à la livre, je crois.

– Tu me connais, Larry, je suis contre les lois. Quand c'est permis, c'est pas marrant.

– T'as une nouvelle voiture ?

– Ouais. Mais c'est un vrai veau.

– J'ai une idée, dit Larry.

– Ah bon ?

– Ouais. Ça te plairait pas d'apprendre à réparer les bagnoles ?

– Qu'est-ce que tu veux dire ?

– T'aimerais pas venir bosser à mon garage ? »

Wallace se tut.

« Tu pourrais être mon apprenti.

– Je crois pas que ça marcherait, Larry.

– Pourquoi ?

– Parce que je suis qu'une merde.

– Pourquoi tu dis ça, Wallace ? Si j'ai pu apprendre, tout le monde peut. Mon père, y disait que j'étais pas “enclin à la mécanique”. Mais à l'armée, on m'a appris et j'ai vu que j'étais pas si nul que ça. Fallait juste qu'on me donne ma chance. »

Wallace écrasa sa cigarette sur une marche. « On est encore venu t'embêter ?

– Pas depuis un moment.

– Pas depuis moi, c'est ça ?

– Tu m'as jamais embêté, Wallace. »

Ils demeurèrent un moment silencieux.

« Tu peux toujours y réfléchir, dit enfin Larry. Au garage. »

Wallace ne tarda pas à partir sans dire ce qu'il avait fait, et Larry passa le reste de la nuit sur la véranda. Il vit les rayons du jour s'infiltrer au travers des arbres comme une armée de soldats furtifs.

Quand French arriverait, il lui parlerait, décida-t-il. Il lui dirait tout ce qu'il se rappelait. D'abord, comment il avait éprouvé une espèce de sentiment protecteur envers l'homme qui lui avait tiré dessus. Qui avait été son ami. Mais il avait cru aussi que Silas était son ami, non ? Peut-être qu'il se trompait sur le sens du mot « ami », peut-être qu'il avait été si longtemps repoussé par tous qu'il n'était plus qu'une éponge à absorber les méfaits des autres. Peut-être que, après toutes ces années, il avait commencé à croire qu'il était celui pour qui on le prenait.

Plus maintenant.

Ce type, dirait-il à French, l'avait vu un jour à l'église. Et gamin, il traînait du côté de chez lui. Peut-être que Larry se reconnaissait un peu en lui, un enfant étrange, solitaire. Aux yeux du gamin, dans ce monde dont Larry était exclu, peut-être faisait-il figure de héros.

Mais en regardant les images de ce monde, il se sentait prisonnier de ce qu'il était devenu. Ce n'était plus le monde des feuilles vertes où son père venait à l'école avec un fusil qu'il rangeait dans un coin près du poêle afin, sur le chemin du retour, de tuer des écureuils pour le dîner. L'été, le jeune Carl Ott se promenait torse nu, bruni par le soleil, des tiques dans les cheveux et des aoûtats qui se régalaient de son sang. Aujourd'hui, on déboisait, les moustiques vous transmettaient le virus du Nil et les tiques, la maladie de Lyme. Le soleil vous donnait le cancer de la peau, et si vous apportiez une arme en classe, c'était pour tuer vos camarades.

Je suis couché ici depuis longtemps, dirait-il à French, et je crois savoir qui m'a tiré dessus. Et qui a assassiné la fille Rutherford.

Il boit de la bière Pabst, dirait-il. Conduit un quad. Achète de la marijuana à un Noir nommé Morton Morrisette, dit M&M. Il a un chien méchant appelé John Wayne Gacy. C'est lui qui m'avait donné le pistolet avec lequel il m'a tiré dessus. Il m'a raconté que les filles ne demandaient qu'à être violées, qu'elles aimaient ça. Il a débarqué chez moi en me disant qu'il avait fait quelque chose. J'ai reconnu ses yeux derrière le masque qu'il portait. Mon masque. Et il n'y a que quatre personnes encore en vie qui connaissent l'existence de la cabane où la fille Rutherford a été enterrée. Moi, ma mère qui ne se souvient plus de rien, Silas Jones et Wallace Stringfellow.

Larry coupa le son de la télévision. Changea de chaîne. Tâcha de ne plus penser à Wallace, ni à Silas et à Cindy. Chaque fois qu'il ne pouvait s'en empêcher, sa poitrine lui faisait mal, une douleur qui ne ressemblait en rien à celle infligée par la balle qu'on lui avait extraite. Ni aux cicatrices qui lui déchiraient le cœur, ce triste petit muscle.

Il avait trouvé la solution pour contrer ceux qui s'acharnaient sur les boîtes à lettres à coups de battes de base-ball. Il suffisait d'en acheter deux, une petite et une assez grande pour contenir l'autre, un peu comme une enveloppe. On mettait la petite dans la grande et on coulait du béton tout autour, pour l'enchâsser. Après quoi, on cimentait un poteau métallique dans le sol. Et quand une voiture arriverait, qu'un voyou se pencherait par la portière, la batte prête, qu'il frappe donc et se casse le bras.

Clic. Une émission sur les ours polaires. *Clic.* Une fois rentré chez lui, il bétonnerait sa boîte à lettres. Une pub pour de la pâtée pour chiens. De retour à la maison, il prendrait un chien. *Clic.* Encore un prédicateur, beau costume, qui monte sur une estrade décorée de lis, qui prêche en silence, la Bible brandie.

Clic.

14.

Quand Silas se réveilla, il constata qu'il avait dormi tout habillé, les bottes aux pieds. Bien qu'en retard de quelques minutes, il resta sous la douche jusqu'à ce qu'il n'y ait plus d'eau chaude. Il cracha son bain de bouche infect dans le lavabo puis, la tête cotonneuse, fit claquer ses lèvres à plusieurs reprises devant la glace. Frémissant à l'idée du bourdonnement du rasoir qui allait lui vriller les tempes, il se contenta de poser avec précaution son chapeau sur son crâne, finit de boutonner sa chemise en sortant et emporta sa gueule de bois au travail, secoué au volant de la Jeep qui dégageait une vague odeur de tabac mêlée à celle du parfum d'Irina. La fin de la soirée demeurait confuse dans son esprit. Il se rappelait s'être lâchement enfui, cependant que, sautillant sur un pied, la jeune femme se précipitait derrière lui et, le traitant de pauvre type, lui criait qu'il pourrait au moins la reconduire à la fête.

Il était à peu près sûr de ne pas l'avoir ramenée, mais il ne se souvenait pas d'être rentré chez lui. En tout cas, il s'était réveillé dans son lit. Il y avait un message d'Angie sur son portable, laissé vers onze heures, lui demandant s'il comptait venir. Un autre à minuit. Qu'est-ce qu'il fabriquait ?

Il arriva à la mairie de Chabot à sept heures et demie. C'était le jour de congé d'Angie et il était trop tôt pour la rappeler. Il traversa le parking et prit son poste tandis que le bruit de la circulation le faisait grimacer, que l'usine semblait lui hurler dessus et que chaque coup de sifflet lançait un trait de feu dans l'épais brouillard qu'il avait derrière les yeux.

« Je connais bien cette tête-là, dit Marla quand il entra au *Hub* portant encore son gilet et déjà baigné de sueur. Je t'ai vu traîner ton cul sur le parking. » Elle descendit de son tabouret, lui tendit une tasse de café. Il la remercia, alla s'installer à sa place au fond. Il ôta son gilet et son chapeau, résista à l'envie de plaquer son front sur la table. Marla bavarda avec un autre client, puis elle lui apporta quelques minutes plus tard deux de ses hot-dogs sur une assiette en polystyrène et, surtout, un flacon de comprimés d'aspirine. Elle se glissa sur la chaise en face de lui, posa l'assiette sur la table et ouvrit le flacon.

« Merci, dit-il, prenant trois comprimés qu'il avala avec une gorgée de café.

– Une sévère ?

– Plus que sévère.

– Je me souviens, à l'époque où que je buvais.

– Le truc, c'est que moi, je me souviens pas.

– C'était quoi, la raison ?

– Sentiment de culpabilité », répondit-il.

Marla alluma une cigarette. « Ah, la culpabilité. L'opium des baptistes. Tu veux en parler ?

– Nan. Je l'ai déjà trop fait, et ça a pas eu l'air d'aider beaucoup. »

La cloche au-dessus de la porte tinta et Marla se leva, une cigarette entre les doigts. « Bon, mon chou, sois pas trop dur avec toi. De temps en temps, ça fait pas de mal de prendre les choses avec un peu de détachement. »

C'était bien là son problème, non ? Prendre les choses avec détachement, il n'avait fait que ça toute sa vie.

Il passa à la mairie. Voncille travaillait sur le budget de la ville, et des accents de gospel s'échappaient des écouteurs de son iPod.

« J'espère que vous mettrez quelques contraventions aujourd'hui dit-elle.

– J'essayerai. » Il s'assit à son bureau. Les hot-dogs lui restaient sur l'estomac.

« Devinez qui a appelé.

– Shannon.

– Elle prétend que vous l'évitez. »

Il fit semblant de se plonger dans ses rapports.

« Avant, vous hésitiez pas à lui parler, 32. Qu'est-ce qu'est arrivé ? »

Le téléphone sonna avant qu'il ait eu le temps de répondre, et il s'éclipsa.

Il prit la route de Fulsom, passa devant *Ottomotive* où quelqu'un avait bombé SERIAL KILLER sur la porte. En outre, deux des fenêtres du bureau étaient cassées et les pistolets des pompes à essence avaient disparu. Sans doute volés. Silas accéléra.

Devant l'hôpital, il repéra trois nouveaux cars, leurs antennes paraboliques pointées vers le ciel, tandis que les journalistes fumaient à l'ombre. La nouvelle s'était répandue : l'assassin était sorti du coma. À partir de maintenant, songea Silas, les choses ne feront qu'empirer pour Larry. Il se gara dans le parking et appela par radio le bureau du shérif pour demander où était French. Le type au standard lui répondit qu'il était parti à Oxford interroger et, avec un peu de chance, arrêter Charles Deacon, le principal suspect dans l'affaire du meurtre de M&M. Il ne serait pas de retour avant le soir. Est-ce qu'il voulait parler au shérif ?

« Non, merci », dit Silas.

Il resta un moment dans la Jeep, le regard rivé sur la fenêtre de la chambre de Larry, puis il redémarra. Il roula jusqu'à Larry Ott Road, passa devant la boîte à lettres défoncée. Arrivé devant la maison, il descendit, un sac d'aliments pour volailles à la main. Se dirigea vers la grange au milieu des hautes herbes. Nourrit les poules. Les regarda manger. La pluie leur avait fourni de quoi boire. Il savait que French reviendrait voir Larry pour tâcher d'étayer ses aveux arrachés alors qu'il se trouvait sous l'effet des drogues. L'inspecteur était parti, ce qui laissait une journée à Silas. Il quitta la grange, marcha vers l'endroit où il avait pris les empreintes du quad, celui avec un clou dans un pneu. C'était bizarre, non, que quelqu'un pénètre ainsi sur la propriété de Larry le Pourri ? Les traces étaient encore là, à demi effacées par la pluie. Il demeura quelques instants à les contempler, puis il s'engagea dans le champ. Les mauvaises herbes effleuraient le bas de son pantalon qui fut bientôt trempé. Alors qu'il allait et venait à la lisière des arbres sans trop savoir ce qu'il cherchait, il aperçut une canette de Pabst et, cependant qu'il promenait son regard autour de lui, en quête d'une branche pour la planter à côté en guise de repère, il remarqua d'autres traces de quad, toutes fraîches celles-là. Et qui présentaient le petit cercle formé par le clou. Le conducteur de l'engin était donc revenu.

Il nota autre chose, des empreintes dans la boue à côté des traces. Des empreintes de pas. Le type était descendu ici de son siège.

Silas consacra une heure encore à explorer les lieux. Il glissa la canette de bière dans un sac, puis tant qu'il y était, il décida de rendre une petite visite à ce Wallace Stringfellow. Afin de lui poser quelques questions à propos d'un serpent à sonnette dans une boîte à lettres.

La Jeep grimpa la côte en pétaradant, puis il descendit en roue libre et passa devant l'élevage de poissons-chats où il aperçut l'employé chargé de contrôler les taux d'oxygène qui circulait en quad entre les bassins. Silas le salua de la main et ralentit en arrivant près du chemin qui aboutissait à une maison délabrée posée sur des parpaings et aux murs revêtus d'aluminium sale. Cour en terre battue et arbustes rabougris. Un chien à l'air méchant, un bâtard de pit-bull attaché à un pieu, se dressa sur ses pattes et se mit à aboyer, tirant sur sa corde. Le poil marron, les oreilles pointues, la queue basse, la tête de la taille d'une pastèque. Pas de bol à eau en vue, pas d'ombre. Il tenait un motif si nécessaire. Mauvais traitement à animal. Il pourrait s'en servir pour frapper à la porte et entrer peut-être. French affirmait tout le temps qu'il valait mieux interroger un suspect dans son bureau, sur son propre terrain où on se sentait plus à l'aise. Mais Silas voulait voir les serpents.

Il y avait une voiture toute cabossée dans l'allée et un quad garé à côté de la petite terrasse. Pas de nom sur la boîte à lettres, rien que le numéro. Roulant au pas, il prit sa radio.

« Miss Voncille ?

– Ouais ?

– Vous pourriez chercher qui habite au 60215 County Road ?

– Sûr. Donnez-moi une minute.

– Merci. »

Il s'arrêta un peu plus loin et attendit. Son mal de crâne commençait à diminuer. Il se dit qu'après, il irait au bureau du shérif étudier de plus près les empreintes de pneus.

« 32 ?

– Oui, m'dame.

– J'ai un nom.

– Wallace Stringfellow ?

– Ouais. Qu'est-ce qui se passe ?

– C'est peut-être l'homme au serpent à sonnette. Je vais lui parler s'il est chez lui.

– Vous avez besoin d'aide ?

– Nan. Si y a quelque chose, j'appellerai.

– Soyez prudent.

– Oui, m'dame. »

Il posa la radio sur le siège passager, repartit, puis se gara dans l'allée. Le chien, tête baissée, la corde attachée à un vieux collier en cuir, ne cessait de gronder.

« Doucement, Cujo », lui dit Silas, descendant de voiture.

Le chien écumait, battait l'air de ses pattes de devant.

« Doucement, mon vieux. »

Espérant que le pieu tiendrait, Silas contourna le cercle de terre piétinée qui délimitait le territoire de l'animal, défit la lanière de son holster et se dirigea vers la maison sans quitter le pit-bull du regard. Il savait qu'avec tous ces aboiements Stringfellow serait averti de son arrivée. La cour était sillonnée de traces de voitures et de quads, et c'étaient ces dernières qu'il désirait examiner pour voir si elles portaient la même marque de clou que celles autour de chez Larry.

Un homme sortit de la maison.

Silas jeta encore un coup d'œil sur le chien, puis il s'avança vers la véranda où se tenait Wallace Stringfellow, torse nu, une cigarette à la main, une tasse de café dans l'autre. Des canettes de Pabst étaient posées sur la balustrade.

« Bonjour », dit Silas, planté au pied des marches. Il avait parlé fort pour se faire entendre au milieu des aboiements.

« Qu'est-ce que vous voulez ? dit l'autre, sans un regard.

– Vous habitez ici ? »

Se tournant vers la route, vers le pit-bull : « Ouais.

– C'est votre chien ? »

Stringfellow ferma la porte derrière lui. « Ouais. Ta gueule ! » cria-t-il au pit-bull. Puis il répéta : « Qu'est-ce que vous voulez ?

– Discuter un peu. Vous avez une minute ?

– Je suis plus allé sur la route. Juste sur les petits chemins, comme vous avez dit.

– Tant mieux. » Le chien avait repris ses aboiements. Silas mit la main à son oreille. « On s'entend pas. On peut entrer ? »

Le jeune homme regarda par-dessus son épaule, saisit le bouton de la porte. « Là, j'ai pas le temps. J'ai un truc à faire. »

Silas monta l'escalier et Stringfellow recula d'un pas. Il lança sa cigarette dans la cour. Il était pieds nus. Il considéra la tasse qu'il tenait à la main, puis la posa sur la balustrade au milieu des canettes de bière. « Pourquoi vous voulez entrer ?

– Pour qu'on puisse parler.

– De quoi ?

– De ce chien. »

Stringfellow regarda d'abord la route, puis derrière lui. Il haussa les épaules, prit sa tasse de café et ouvrit la porte. Silas lui emboîta le pas, inspira profondément mais il ne décela pas d'odeur de marijuana ou de crystal meth comme il l'avait espéré. Rien que celle du tabac, de la bière et de la crasse. Il repéra un cendrier sur la table basse, mais sans trace de mégot de joint ou d'attirail pour en rouler. La pièce était petite et sombre avec ses stores vénitiens baissés. Des emballages de fast-food jonchaient la table, et sur le comptoir s'alignaient des aquariums fermés sur le dessus. Il était difficile de déterminer s'ils contenaient un, deux ou trois serpents, car ils étaient enroulés autour de branches ou lovés dans les coins, tous parfaitement immobiles, comme s'ils étaient en caoutchouc.

« Vous collectionnez les reptiles ? » demanda Silas, se rappelant que Larry avait parlé d'un herpétarium. Il ne quittait pas des yeux Stringfellow qui, réfugié contre le mur du fond, caressait sa tasse comme s'il passait une balle de base-ball à la colophane. Quand il se rendit compte de ce qu'il faisait, il la posa sur le rebord de la fenêtre et fourra ses mains dans ses poches.

« C'est mon hobby, dit-il, sortant un paquet de Camel et un briquet.

– Permettez que je jette un coup d'œil ? demanda Silas. Les serpents et moi, on fait pas toujours bon ménage. C'est comme ça que je les préfère, derrière une paroi de verre. »

Stringfellow se débattait avec son briquet. « Ouais, allez-y. »

Silas contourna le comptoir et entra dans la cuisine qu'il parcourut du regard puis, la rangée d'aquariums entre Stringfellow et lui, il se pencha, le visage à quelques centimètres d'un mocassin d'eau qui lui évoqua un bras humain brûlé. Il distingua sa tête triangulaire avec des pupilles en forme de fente et sa langue dardée, seul signe indiquant qu'il était vivant. Au travers de la paroi sale, il constata que le jeune homme avait enfin réussi à allumer sa cigarette.

« Bon, qu'est-ce que vous me voulez ? dit celui-ci. Je suis pas mal occupé. »

Silas passa à l'aquarium suivant dans lequel se trouvait un serpent plus petit, noir, rouge et d'un orangé éclatant.

« C'est un serpent corail ? demanda-t-il, se souvenant de la comptine que Larry lui avait apprise : rouge sur noir, copain d'un soir, rouge sur orangé, danger.

– Nan, répondit Stringfellow. Un serpent roi.

– C'est vrai qu'ils peuvent avaler un crotale ? Un crotale tout entier ?

– Ouais, y paraît. Mais j'ai jamais vu faire. »

Silas se redressa et, maintenant accoutumé à la pénombre, il aperçut un masque de monstre sur une étagère de bibliothèque au-dessus d'un autre aquarium. Un masque familier, celui d'un zombie.

« Ce masque... », commença-t-il.

Stringfellow suivit son regard.

« … vous l'avez eu où ? »

L'homme eut un geste d'impatience : « Je sais pas.

– Vous savez pas ?

– Quelque part. »

Dehors, le chien continuait à aboyer.

« Attendez une seconde, reprit le jeune homme. Une petite seconde. » Il transpirait. Il tira une bouffée de sa cigarette. Fila vers la porte.

« Hé ! » Silas fit le tour du comptoir et se précipita derrière lui sur la véranda, pensant que Stringfellow allait s'enfuir. En fait, il s'avançait vers le chien en lui hurlant de la fermer.

Silas dévala les marches, la main posée sur la crosse de son arme dans son étui. « Hé ! cria-t-il de nouveau.

– Un instant ! » De ses mains tremblantes, le jeune homme saisit le pit-bull par le collier. L'animal, le regard fixé sur Silas, grognait et montrait les crocs. « J'essaye juste de le calmer. »

Le chien tourna la tête et mordit Stringfellow au poignet. Il retira sa main pleine de sang avec laquelle il frappa le chien sur la tête, sans le lâcher. « Saloperie de clebs.

– Reculez », dit Silas, cherchant en vain sa radio. Il prit son portable. « Arrêtez ! » ordonna-t-il.

Stringfellow lâcha alors le chien qui jaillit comme un boulet de canon. Il toucha une fois le sol puis bondit sur Silas avant que celui-ci ait eu le temps de sortir son arme, grondant comme un moteur emballé. Ils tombèrent par terre. Silas s'efforça d'échapper aux mâchoires écumantes, de protéger son visage et d'étrangler l'animal. Il ferma les yeux, détourna la tête et martela de ses poings le crâne du pit-bull qui lui planta de nouveau ses crocs dans le bras.

Quelqu'un, lui sans doute, hurlait tout en luttant avec le chien dans la boue. Il réussit à lui enfoncer son coude dans la gueule et entendit un os craquer. De sa main libre, il agrippa la peau sous la gorge du fauve, sentit la trachée sous ses doigts, tira de toutes ses forces.

Un coup de feu éclata, tout près. Il roula sur le dos. Une deuxième détonation, plus forte. Le chien poussa un aboiement aigu et son poil se couvrit de sang. Il était touché. À moins que ce ne soit lui, Silas. Le pit-bull chercha à s'échapper, mais Silas refusait à présent de le lâcher. Il l'utilisait comme bouclier. Stringfellow criait : « Tue-le ! Tue-le ! » Ils roulèrent sous la véranda. Silas entendit un nouveau coup de feu, vit les jambes du jeune homme qui courait, ses pieds nus. Il sentit de la boue éclabousser son bras. Couché devant lui, le chien tremblait. Il tenta de dégager son arme. Odeur de merde partout. Encore une détonation, de la boue dans les yeux. Il s'accrocha au pit-bull qui, pris de grands frissons, tenta faiblement de le mordre. Silas parvint enfin à sortir son pistolet qu'il leva d'une main mal assurée. Il appuya le canon sur la tête du chien, pressa la détente. L'animal tressauta puis demeura immobile. Bruits de pas et violentes explosions tandis que Stringfellow tirait à travers le plancher en hurlant : « Vous avez tué mon chien ! »

Silas rampa sous la maison. Incapable de se servir de son bras gauche, il sentait le sang jaillir de ses plaies à chaque battement de cœur. Au-dessus de lui, la porte d'entrée claqua et les lourds bruits de pas de Stringfellow résonnèrent. Il continuait à crier quelque chose à propos de son chien. Dans la boue jonchée de canettes de bière, dans un enchevêtrement de conduites, de tuyaux, et dans une puanteur d'égout, Silas se glissa vers la lumière à l'autre bout, et il déboucha au moment où le jeune homme bondissait par la porte du jardin, armé d'un long revolver. Il ne vit pas Silas qui, derrière lui, brandissait son pistolet de sa main droite qui tremblait. Il tira, rata sa cible, tira de nouveau. Stringfellow poussa un cri, tomba mais se releva en se tenant la cuisse et fit un écart en boitant avant de faire feu à son tour. Un carreau se brisa en éclats et la détonation se répercuta sur l'aluminium du revêtement extérieur. Le blessé fila en direction des pins à la lisière de la cour, passa sous les barbelés puis disparut.

Respirant difficilement, luttant pour ne pas perdre connaissance, Silas resta allongé. La bouche trop sèche. Il regarda son bras. Vit combien il saignait. Un éclat d'os, de la terre et des brins de paille dans la plaie. Il posa son pistolet et essaya de déchirer sa chemise pour se faire un garrot, mais la force lui manqua. Il jeta un coup d'œil sous la maison, au-delà du cadavre du chien, aperçut son Taser dans la boue, les pneus de sa Jeep. Il se redressa, s'appuya contre le mur.

Il se souvint de son portable, mais ne le trouva pas.

La porte était ouverte, à la hauteur de sa hanche, pas de marches. Il se hissa sur le seuil, tira ses jambes à l'intérieur. Tenant son bras blessé, il se mit à genoux. L'air sentait la cordite. S'aidant de la paroi, il parvint à se relever. Tout tournait. Il attendit un instant que son vertige cesse. Pas de téléphone, juste la base d'un sans-fil sur la table basse. Il serra plus fort son bras. Le sang coulait entre ses doigts. Chancelant, il s'avança de quelques pas, tomba contre une table, renversa un aquarium qui se cassa. Le bruit de crécelle du crotale envahit la pièce. Silas roula sur le dos, vit le serpent ramper vers lui. Vit le masque de monstre qui paraissait le regarder du haut de son étagère. Il voulait se mettre debout, mais il ne pouvait pas lâcher son bras déchiqueté. Il avait froid. Le serpent n'était plus qu'à quelques centimètres de sa tête.

15.

Après le petit-déjeuner, quand le policier qui le surveillait lui dit que non, French n'était pas encore de retour, Larry demanda à l'infirmière de placer *Danse macabre* à sa portée, et il passa la matinée à se promener au travers des nouvelles familières, bien qu'il ait du mal à tenir le livre et à tourner les pages d'une main fatiguée. Les mots lui semblaient plus difficiles à lire, et il réalisa que ces dernières années, il tenait les livres de plus en plus loin de son visage. Il avait sans doute besoin de lunettes, et lorsqu'il sortirait d'ici, il prendrait rendez-vous avec un ophtalmo.

L'après-midi, il appela de nouveau le policier : « Y devait venir dans la journée. J'ai une information pour lui.

– Y a eu un problème, répondit le policier nommé Skip. Il enquête sur une tentative de meurtre. Ça risque de durer.

– Qu'est-ce qui s'est passé ?

– On a un agent blessé.

– Blessé ?

– Ouais. Le Noir qu'est venu tout le temps vous voir. Çui qui vous gardait la nuit.

– Silas Jones ?

– Ouais.
– Et alors ?
– Il est allé interroger un type, et le type lui a lâché son pit-bull dessus et lui a tiré dessus. »
Larry connaissait la réponse avant même de poser la question. « Ce type, ce serait pas Wallace Stringfellow ? »
Skip le dévisagea. « Merde, c'est déjà à la télé ?
– Non. »
Le policier, perplexe, continua à le dévisager.
« C'est grave ?
– Je sais pas. Paraît qu'il est en salle d'opération. Le chien lui a arraché un sacré bout de viande. L'inspecteur French, le shérif et les autres, y sont chez ce Stringfellow en ce moment.
– Est-ce que je pourrais joindre l'inspecteur French ? C'est important. À propos de Stringfellow. »
Skip lui dit d'attendre et sortit dans le couloir. Il revint quelques instants plus tard avec sa radio, et Larry entendit la voix de l'inspecteur au milieu des parasites. Le policier lui tendit l'appareil et expliqua : « Vous parlez quand j'appuie sur le bouton.
– Inspecteur French ? »
Bruits de fond, d'autres radios. Des voix d'hommes. « Ouais, je vous écoute.
– C'est Larry Ott, de l'hôpital. »
Friture. « Allez-y.
– Je voulais vous parler. Je crois que c'est Stringfellow qui m'a tiré dessus. Et qui a tué la fille, aussi.
– Comment vous le savez ? »
Larry commença à raconter, tandis que Skip qui lui tenait la radio ouvrait une bouche de plus en plus grande à mesure que Larry expliquait que Wallace connaissait

l'existence de la cabane où on avait découvert le corps de la fille, puis qu'il parlait de la dernière visite du jeune homme et disait avoir reconnu ses yeux derrière le masque quand il avait appuyé sur la détente, de même que sa voix qui lui criait : *Crève*.

« Un masque, l'interrompit French. Décrivez-le. »

Larry s'exécuta. Adossé à l'oreiller, il avait le dos moite de sueur. « Et Silas, ça va ? »

Nouveaux parasites. « Faut que j'y aille, dit French. Merci pour l'information. Je passe vous voir dès que possible. »

Plus tard dans la nuit, Larry se réveilla et entendit French parler dans le couloir. L'inspecteur s'entretint quelques instants à voix basse avec le policier de garde, puis il entra dans la chambre. Vêtu d'un T-shirt sur lequel figurait un pistolet pointé sur Larry avec le slogan : CONTRÔLE DES ARMES = ATTEINDRE SA CIBLE, il sentait le tabac et la sueur. Il avait à la main un grand sac en plastique contenant ce qui ressemblait à une tête coupée. Le masque de zombie.

L'inspecteur le posa sur le lit d'à côté, puis il détacha doucement la sangle qui entravait le poignet droit de Larry avant de renouveler l'opération avec le gauche. Il se débarrassa des liens, s'assit sur le lit inoccupé, ôta ses lunettes et, l'air épuisé, se massa l'arête du nez.

« Sacrée journée », dit-il. Il prit le masque aux yeux maintenant morts pour le montrer à Larry. « Vous pouvez l'identifier ?

– Oui, répondit Larry. C'est le mien. »

French reposa le masque et croisa les bras. Larry se rappelait comment, après l'avoir commandé, il fonçait tous les matins en vélo jusqu'à la boîte à lettres dans l'espoir de trouver le carton que, trop grand pour entrer dans la boîte, le facteur aurait adossé au poteau.

« Vous le récupérerez, dit French. Pour le moment, on doit le garder.

– J'en veux pas. Vous pouvez le jeter. »

La radio de l'inspecteur crachota, et il marmonna quelque chose en réponse.

Une fois la communication terminée, Larry demanda : « Comment va Silas ?

– En réanimation.

– Il s'en tirera ?

– Ouais, on dirait. On sait pas s'il pourra se resservir de son bras. Cette saloperie de pit-bull le lui a presque arraché.

– John Wayne Gacy, dit Larry.

– Pardon ?

– C'est le nom du chien.

– *C'était.* » French remit ses lunettes, tira un carnet de sa poche de derrière et nota l'information. « Ce qui reste de sa tête, on l'a envoyé à Jackson pour l'analyser et savoir s'il avait pas la rage. Le corps, il est en route pour l'incinérateur.

– Et Wallace ?

– Mort.

– Qu'est-ce qu'est arrivé ?

– Regardez les infos, répondit l'inspecteur. Vous le saurez. »

Larry se rallongea.

« Comment vous définiriez vos relations avec lui ? reprit French. Avec Wallace Stringfellow ?

– Je le croyais mon ami.

– Vous avez de drôles de goûts, question amis.

– Je sais pas si vous l'avez remarqué, répliqua Larry. Mais j'avais pas beaucoup le choix. »

French cessa d'écrire mais ne leva pas les yeux.

« Vous étiez le seul à être entré chez moi depuis le départ de maman, reprit Larry. D'une certaine façon, vous étiez la personne la plus proche de ce qu'on pourrait appeler un ami avant l'arrivée de Wallace.

– Bon, bon. Vous pouvez me parler de lui ? »

Larry pensa à l'histoire du tueur en série et de celui qui cherche à l'imiter. Il pensa au temps où lui-même attrapait des serpents pour les amener à l'école. Il pensa au garçon dans la grange, au garçon à l'église, au jeune homme qui avait débarqué chez lui une décennie plus tard au volant d'une camionnette DIRECTV volée. Il pensa à la bière Pabst et à la marijuana. Au pistolet, l'unique cadeau de Noël qu'il ait reçu en vingt-cinq ans. « On se sentait tous les deux solitaires, dit-il. Je crois que c'est pour ça qu'il venait au début. Je suppose qu'il avait personne à qui se confier, un père ou un oncle, et aussi bizarre que ça ait l'air, c'est moi qu'il a choisi.

– Vous avez dit qu'il était revenu vous voir. C'était quand ?

– La veille du jour où j'ai reçu la balle.

– Et il vous a dit qu'il avait fait quelque chose ?

– Ouais, mais il a pas dit quoi. Après, j'ai pensé que c'était peut-être la fille Rutherford.

– Pourquoi vous l'avez pas signalé ?

– J'ai essayé.

– Vous avez appelé 32 ?

– Il est passé. Silas. Hier, après que vous m'avez interrogé. À toute vitesse, comme s'il avait pas le droit d'être là. Il m'a dit qu'il savait que j'avais pas tenté de me suicider et que j'avais pas tué la fille. Il voulait savoir si j'avais un indice qui lui permettrait de trouver le vrai coupable. J'avais commencé à rassembler les faits, le pistolet, la cabane, et à en déduire que c'était probablement Wallace, mais je lui ai pas dit. Je voulais pas lui parler.

– Je suis pas le mieux placé pour donner des conseils, dit French. Mais y me semble qu'il est largement temps que vous vous parliez tous les deux. » Il prit les sangles. « Faut que je vous les remette pour cette nuit, mais j'espère qu'on pourra vous les enlever demain. Pour de bon. »

Après son départ, Larry resta seul avec ses machines. Il songea à Silas, au temps qui empilait les nouvelles années sur les anciennes, lesquelles demeuraient cependant toujours là, pareilles aux premiers et plus petits anneaux dans le cœur des arbres, les plus cachés, enfermés dans les ténèbres et protégés des intempéries. Mais quand une scie pénètre dedans en hurlant, que l'arbre bascule, que les anneaux sont blessés par le soleil et que la sève luit, la souche se retrouve exposée aux yeux de tous.

Larry songea aussi à Wallace, à cette pauvre fille qu'il avait violée, tuée et enfouie sous la terre. En pensant à ce qu'il aurait pu faire pour l'en empêcher, à ce qu'il aurait pu dire, il se reprochait d'être d'une certaine manière responsable, car les désirs troubles de Wallace étaient liés dans son esprit au crime qu'il croyait que Larry avait commis. Et il l'avait renvoyé chez lui sans comprendre. Puisque ce garçon s'efforçait de l'imiter, Larry n'y était-il pas pour quelque chose ? N'était-ce pas sa faute ? Et s'il avait dit à

Silas ce qu'il savait lorsque ce dernier l'avait interrogé, le résultat aurait-il été différent ? Wallace vivant, Silas avec deux bras valides ?

Il tâchait encore de démêler la confusion qui régnait dans son esprit quand la porte s'ouvrit, poussée par l'extrémité d'un lit roulé par deux infirmières, un lit sur lequel était allongé un Noir endormi, le bras gauche dans le plâtre.

« Vous avez de la compagnie », dit l'une des infirmières.

Silas.

16.

Quand Silas ouvrit les yeux dans les heures noires du petit matin, éprouvant une sensation de chaleur provoquée par les calmants, il ne fut pas étonné de se retrouver plâtré, couché sur le dos devant une fenêtre d'hôpital. Près de lui, Larry, adossé dans son lit, zappait à l'aide de la télécommande sans savoir que Silas avait repris connaissance. Un instant, ce dernier s'imagina que les choses avaient toujours été ainsi, qu'ils avaient été des frères pendant toute leur enfance, l'un et l'autre noirs ou bien l'un et l'autre blancs, dormant côte à côte dans des lits jumeaux. Alors qu'en réalité, ils étaient là comme deux étrangers. Les fils de Carl Ott, blessés, couverts de bandages, l'air de survivants après une explosion.

Hormis la lueur de l'écran de télévision, la chambre, toujours gardée par Skip, était plongée dans l'obscurité. Silas souleva son bras alourdi, suspendu en traction au-dessus de sa poitrine. Ses doigts, brûlant aux extrémités, le démangeaient. Au service de réanimation, on l'avait prévenu qu'il lui faudrait du temps et de nombreuses séances de rééducation après les dommages dûs aux années de pratique du base-ball et surtout à la suite de ceux qu'il venait de subir : le bras non seulement fracturé mais broyé, les tendons arrachés, les muscles déchirés. Il conservait cependant une bonne chance de récupérer en grande partie l'usage de son bras et le contrôle de sa main. Où il risquerait d'avoir le plus de difficultés, ce serait pour écrire et faire des choses dans ce genre-là. Il avait eu de la veine. De la veine que Wallace l'ait raté avec son .38 Special. Il avait tiré six balles et atteint le chien une fois. « Vous avez eu affaire à un sacré pit-bull, lui avait dit le médecin des urgences. À en juger par la profondeur et l'étendue des morsures, c'est un miracle que vous soyez encore en vie. » « Ouais, mais c'est lui qu'est mort », avait répliqué Silas d'une voix épaisse. Il se souvenait de la mine inquiète d'Angie aux urgences. Elle reniflait, il ne savait pas si c'étaient ses allergies ou si elle avait pleuré, mais il était content qu'elle soit là pour tenir sa main valide.

Après l'opération, il avait demandé à ce qu'on le mette dans la même chambre que Larry Ott. On avait appelé French qui, à la surprise de Silas encore un peu dans les vapes, avait donné son accord.

Larry s'arrêta sur les infos de Canal 6 et sa mignonne petite présentatrice rousse. Elle souhaita le bonjour aux lève-tôt et ouvrit son journal sur ce qu'elle baptisa « une histoire locale de violence et de justice. » Elle raconta comment Silas Jones, le constable de Chabot, surnommé 32, alors qu'il enquêtait sur un homme qui avait glissé un serpent à sonnette dans la boîte à lettres d'une femme de la ville, était tombé lui-même sur un nid de serpents. Plans d'extérieurs de la maison de Wallace – avec la Jeep de Silas encore là –, puis plans d'intérieurs, les aquariums, l'énorme mocassin d'eau, le serpent roi, le crotale. « Lorsque l'agent Silas a voulu interroger le suspect, un certain Wallace Stringfellow de Chabot, celui-ci aurait lâché son chien, un redoutable pit-bull, sur le policier. » Photos du cadavre du chien dans la boue, de la taille d'un verrat, photos des trous faits par les balles dans le plancher de la véranda. « L'agent Silas a été grièvement blessé et le chien aurait été tué au cours de la fusillade par une balle destinée au policier. »

Ce que Silas se remémorait avec le plus de netteté, c'était le masque de zombie. Leurs existences auraient-elles été différentes si, en ce jour lointain à la maison hantée, il avait suivi Larry jusqu'à la Buick de sa mère ? S'il lui avait posé la main sur l'épaule et dit : « Attends-moi » ?

La journaliste racontait que l'employée de la mairie de Chabot, Voncille Bradford, ne parvenant pas à joindre le constable Jones par radio, avait appelé le bureau du shérif du comté de Gerald qui avait envoyé deux voitures sur les lieux. « Les adjoints du shérif ont découvert Jones évanoui dans la maison, saignant abondamment, enchaîna-elle. Il y avait un crotale diamantin tout près de sa jambe. Les policiers ont réussi à s'emparer du serpent et Jones a été conduit en ambulance à l'hôpital de Fulsom où il se trouverait aujourd'hui dans un état stable.

« L'occupant de la maison, Wallace Stringfellow, s'est enfui dans la forêt, traqué par les policiers. Après un bref échange de coups de feu, Stringfellow se serait suicidé avant d'être arrêté. Il n'y aurait pas eu d'autres blessés.

« Mais, reprit-elle tandis que ses narines se dilataient – ce que Silas aimait depuis toujours (il le remarqua, car cela lui rappelait Angie) – c'est là que l'histoire prend un tour étonnant. En fouillant la maison et ses environs, les policiers ont découvert non seulement des produits interdits et tout un attirail de toxicomane, mais aussi des éléments de preuves concernant une autre affaire. »

L'image passa sur le visage de French qui, sous un mauvais éclairage, tenait une conférence de presse improvisée devant la maison de Stringfellow. « En fouillant chez Stringfellow, déclarait French, nous avons trouvé un portefeuille ayant appartenu à Tina Rutherford. »

« Tina Rutherford, expliqua la journaliste, est l'étudiante de Ole Miss disparue dont l'agent Jones a découvert le corps la semaine dernière. Elle avait été sauvagement assassinée et enterrée dans une cabane située sur les terres d'un garagiste local du nom de Larry Ott, lequel était depuis soupçonné du meurtre. »

Retour sur French :

« Nous n'avons pas de déclaration à faire pour le moment…

– Est-ce que, l'interrompit un journaliste hors champ, cela n'innocente pas Larry Ott ?

– Comme je viens de le dire, pas de déclaration », répéta French.

« Il semblerait que nous ayons affaire à une commune rurale qu'on ne pourrait guère qualifier de paisible, conclut la journaliste. Nous vous tiendrons informés de l'évolution de la situation. Et maintenant, retour sur l'Afghanistan où… »

Silas tâtonna à la recherche du bouton qui permettait de redresser son lit. L'entendant bouger, Larry coupa le son.

« T'es un héros, dit-il, se tournant vers Silas.

– Hé, fit celui-ci, à présent assis dans son lit. On est deux, non ? »

Larry reporta son attention sur le téléviseur, rétablit le son puis se remit à zapper.

Silas baissa la tête et réfléchit à la manière de dire ce qui devait être dit. Il ne savait pas par où débuter.

« Larry, commença-t-il. Y a une chose, des choses qu'il faut que je te dise. »

Larry continua à jouer avec sa télécommande. « Je t'écoute.

– Tu peux éteindre cette télé ? »

Larry fit comme s'il n'avait pas entendu.

« Bon… » Silas se tourna vers lui. « … étant donné que t'es toujours attaché à ton lit, t'as pas tellement d'autre choix que m'écouter. »

Larry écouta donc. Au bout d'un moment, il coupa de nouveau le son. Un peu plus tard, il éteignit le poste et la chambre se retrouva plongée dans l'obscurité où luisaient les yeux vigilants, gris et verts, de leurs machines. Silas put ainsi constater combien Larry avait l'air concentré quand il lui parla de la photo d'Alice le tenant dans ses bras, puis de sa visite à River Acres. Lorsque Silas eut terminé, ils restèrent silencieux, côte à côte dans leur lit d'hôpital, sans bouger, tandis que la lune étirait les ombres sur le sol et baignait les murs de sa douce clarté. Silas semblait comme écrasé par la vérité et le fait de l'avoir dite, les poumons vidés, à vif, cependant que l'espace derrière ses paupières palpitait douloureusement.

« Nous sommes frères, dit-il alors.

– Demi-frères.

– Tu le savais ?

– Non », répondit Larry. Puis : « Si. Depuis le jour que t'es monté dans notre pick-up, ce matin-là. Je devinais quelque chose. Et puis maman vous a donné ces manteaux… »

Silas se remémorait la respiration sifflante de la mère de Larry, si différente de ce qu'elle était aujourd'hui, disant à Alice qu'elle ne devrait pas avoir de problème à les accepter puisque ça ne l'avait jamais gênée d'emprunter les affaires des autres.

« Il aurait voulu que ce soit toi le Blanc », dit Larry.

Silas se souvenait de Mrs Ott qui redémarrait alors qu'il passait le manteau, remontait la fermeture éclair jusqu'au menton et enfouissait ses mains dans les poches, lesquelles étaient doublées de fourrure. Mais sa mère, elle, était restée plantée dans l'air glacial, le manteau sur les bras. « Tu le mets pas, m'man ? » avait-il demandé tandis qu'ils repartaient à pied, Alice portant le long manteau gris comme si on lui avait remis un enfant mort. Un peu plus loin, elle avait enfilé une manche, puis l'autre avant de le boutonner en commençant par le haut. Silas la suivait sans se rendre encore compte combien le manteau symbolisait la défaite, la honte, la perte et le désespoir. Après s'être montré à ce point incapable de comprendre, il voyait clairement comment le garçon d'alors était devenu l'homme qu'il était aujourd'hui.

« Tu crois que c'était mieux de vivre avec lui ? demanda Larry.

– Non, reconnut Silas. Je suppose que non. » Puis il ajouta : « Mais sans père, c'était pas facile non plus. J'aurais voulu être à ta place, toutes ces terres, tous ces fusils. La maison chauffée, la grange.

– Je parie que maintenant, t'en voudrais pas », dit Larry.

Silas ne savait quoi répondre, mais c'était sans importance. Larry sonna pour appeler l'infirmière.

Elle entra une minute plus tard. « Oui ?

– Ça vous dérangerait beaucoup de me changer de chambre ? » lui demanda Larry.

Elle cligna des paupières. « Vous… vous voulez changer de chambre ?

– Ouais. S'il vous plaît, remplissez les papiers. Je payerai ce qui faut. Je veux juste une chambre seule.

– Bon. Il sort demain, dit l'infirmière, indiquant Silas d'un signe de tête. Il sera parti avant qu'on vous mette ailleurs. Mais si vous insistez…

– Oui, j'insiste », dit Larry.

17.

Alors que les seuls visiteurs de Larry avaient été des policiers, ceux de Silas affluaient de toutes parts. Peu après que Larry avait demandé à changer de chambre, une jolie jeune femme noire en tenue d'auxiliaire médicale entra, adressa un petit sourire à Larry, puis se dirigea vers le lit de Silas, laissant dans son sillage des effluves de chèvrefeuille. Larry avait exigé qu'on tire le rideau séparant les deux lits, de sorte qu'il ne pouvait plus qu'entendre ce qui se passait à côté.

« Ça va, mon chéri ? demanda-t-elle.

– Ouais », répondit Silas. Il s'éclaircit la voix.

« Je m'excuse, dit-elle. Pour ma conduite de ces derniers jours.

– T'as pas à t'excuser. T'avais raison. »

Froissements. Bruits de draps.

« Attention à ton bras.

– Il est à moitié foutu, non ?

– Tu vas avoir droit à une pension d'invalidité ?

– Paraît, ouais.

– L'équivalent de ton salaire ?

– Paraît, aussi.

– J'y croirai quand je le verrai. »

Ils parlèrent du chien, et la fille déclara qu'elle était contente de ne pas être arrivée la première sur les lieux. Elle ne savait pas ce qu'elle aurait fait en cas de malheur. Il ne cessa de la rassurer sur son état. Elle connaissait un excellent kiné, dit-elle, et elle veillerait à ce que 32 aille le consulter. Avec le temps, il récupérerait l'usage de son bras. Puis ils se mirent à chuchoter, et Larry s'imagina qu'ils parlaient de lui. Il avait rallumé la télévision, pas trop fort. Silas avait lui aussi une télécommande, et bien que le poste soit en principe pour tous les deux, seul Larry le regardait. Il y eut d'autres bruits, et il comprit qu'ils s'embrassaient.

Quelques instants plus tard, la jeune femme passa la tête par le rideau. Elle avait un beau front haut, de grands yeux et un léger sourire.

« Larry ? dit-elle.

– Oui, m'dame.

– Je m'appelle Angie Baker. » Elle s'avança, lui effleura le poignet toujours entravé par la sangle de cuir. Elle n'avait pas les ongles peints, et il constata qu'elle se les rongeait. Elle le dévisagea si franchement qu'il détourna le regard. « Je suis l'amie de 32, reprit-elle en se penchant pour l'obliger à la regarder.

– C'est vous qui m'avez trouvé, dit-il.

– 32 nous avait appelés.

– Merci.

– Je voulais juste vous dire, reprit Angie, que je suis désolée pour tout ce que vous avez subi. Silas m'a raconté. Et je tenais aussi à vous dire que si jamais vous voulez retourner à l'église, vous serez le bienvenu à la Troisième église baptiste de Fulsom. »

Larry ne savait quoi répondre. C'était une église noire. Il finit par demander : « Silas y va ?

– Vous inquiétez pas pour lui, dit-elle. Il approcherait jamais son gros cul de Noir d'une église. À moins qu'on ait tué quelqu'un dedans. »

Elle resta presque toute la nuit, et elle était encore là quand Larry finit par glisser dans le sommeil.

Au matin, elle était partie, remplacée par une femme forte, un bouquet de marguerites à la main, qui salua Larry d'un signe de tête en allant chercher de l'eau pour les fleurs avant de ranger un peu la chambre. Silas l'appelait Voncille. Il la remercia pour avoir envoyé les policiers à sa recherche. Et pour les fleurs.

Puis un homme arriva, le maire de Chabot, qui demanda en plaisantant à Silas s'il pourrait encore régler la circulation avec son plâtre. Et utiliser son bras droit pour braquer son pistolet radar, et sa main droite pour rédiger les contraventions. Mais blagues mises à part, conclut le maire, ils étaient tous fiers de lui.

Deux policiers vinrent ensuite bavarder avec Silas. Ils avaient emporté à titre de preuves les serpents de Wallace, et il y avait eu quelques instants de comédie noire quand un boa qu'ils n'avaient pas vu avait rampé sur le sol de la cuisine avant qu'ils le tuent. Ils avaient également trouvé dans la chambre du fond un aquarium rempli de rats destinés à servir de nourriture aux serpents. Ils s'étaient demandé quoi en faire. Les relâcher ? Les noyer dans les toilettes ? Ils avaient fini par décider de les donner à une boutique d'animaux de la ville. En ce moment, ils étaient dans le coffre de la Bronco de l'un des policiers.

En partant, tous deux adressèrent un petit signe de tête à Larry.

French débarqua vers neuf heures, tout pimpant, vêtu pour la première fois, à la connaissance de Larry, d'une chemise à col boutonné et d'un pantalon kaki. Le teint frais, l'air reposé, il se tint au bout du rideau qui séparait les deux lits pour pouvoir les voir tous les deux.

« Messieurs, les salua-t-il.

– Vous devez avoir encore d'autres télés, aujourd'hui, dit Silas.

– Et vous aussi, lui répondit l'inspecteur. Quand vous sortirez. La jolie petite journaliste veut vous interviewer.

– Avant, vous pouvez peut-être détacher Larry.

– En effet, je peux, dit French qui s'approcha du lit de celui-ci pour défaire ses liens. Excusez-moi pour tout ça. »

Larry se frotta les poignets et leva les yeux sur le téléviseur. Une publicité pour une marque de croquettes pour chats.

« Bon. » French passa du côté de Silas. « On a quelqu'un qui fait la circulation à votre place.

– Merci. »

L'inspecteur tira le rideau. Larry avait le regard rivé sur l'écran.

« Je vais vous causer une minute à tous les deux, dit French. Mr Ott, vous voulez bien éteindre ce truc. »

Larry s'exécuta.

French leur apprit qu'en plus du portefeuille de la fille Rutherford, ils avaient découvert chez Stringfellow onze armes à feu, pistolets, carabines, fusils et des tas de munitions. Ainsi que près de quatre grammes de cocaïne, des amphétamines, un sachet de marijuana, un bong et une petite pipe.

Du Wallace tout craché, songea Larry.

L'inspecteur continua. On avait trouvé sur le masque de zombie une trace de sang qui correspondait à celui de Larry, ce qui, étayé par son témoignage, ne laissait guère de doute sur l'identité de celui qui avait pressé la détente. Et puis, grâce aux informations fournies par Larry, on avait établi le lien entre Stringfellow et M&M, ce qui allait permettre de reprendre l'enquête sous un nouvel angle. L'avis de French ? C'était également Wallace qui avait tué M&M.

« Quant à vous deux, poursuivit French, les regardant tour à tour, c'est une autre histoire. Mais pour le moment, on a toute une tapée de journalistes et de caméras de télévision, même CNN et Fox News. Ils tiennent tous à entendre votre récit quand vous sortirez, et je vois aucune raison pour cacher quoi que ce soit. Les parents ont été mis au courant et ils adressent leurs excuses à Mr Ott. » Il se tourna ensuite vers Silas. « Et puis leurs remerciements à vous, 32. Mais je vous recommande de pas trop parler de vos affaires personnelles. Ils se jetteront sur le moindre os que vous leur donnerez à ronger pour essayer d'en tirer une foutue histoire à dimension humaine. Vous, je sais pas, mais moi, je veux pas qu'on s'intéresse à ma dimension humaine. »

Peu de temps après, une infirmière vint chercher Silas dans un fauteuil roulant, et en arrivant à la porte, il dit : « Je reviendrai te voir, Larry. »

L'infirmière réapparut avec un deuxième fauteuil, destiné celui-ci à Larry. « Votre chambre est prête.

– C'est pas la peine, dit-il. Je reste ici. »

18.

Angie lui avait apporté son chapeau de cow-boy et deux hot-dogs de Marla. En le conduisant à la mairie de Chabot, elle ne pouvait s'empêcher de le tâter partout, et il finit par lui prendre la main droite pour la serrer dans la sienne et ne plus la lâcher. Son bras plâtré en écharpe lui faisait horriblement mal. Il était épuisé, mais c'était bon d'être sorti de l'hôpital et coiffé de son chapeau. Il revenait d'un entretien avec Shannon, et il n'avait pas l'intention d'accepter d'autres interviews. Qu'elle donne donc son scoop à CNN et à Fox News. Ils s'étaient retrouvés au snack où elle avait enregistré son récit, de plus en plus excitée à mesure qu'il racontait. Elle préparait déjà son papier, et le photographe qu'elle avait amené avec elle, debout, accroupi ou juché sur une chaise, ne cessait de le mitrailler sous tous les angles. L'article, l'informa-t-elle en prenant des notes, paraîtrait jeudi. « Il pourrait me valoir le Pulitzer, dit-elle. Larry Ott confirmera tout ça ? »

Angie bavardait, et il voyait qu'elle était heureuse. Ils avaient décidé qu'il passerait à son bureau avant d'aller chez elle où elle le mettrait au lit et le dorloterait le temps de quelques jours.

Elle se gara dans le parking en face de la scierie bourdonnante d'activité. « Tu veux que je vienne avec toi ?

– Nan, répondit-il en ouvrant la portière. Je crois que le maire va m'engueuler, et je tiens pas à ce que t'assistes à ça. Tu pourrais perdre tout le respect que t'as pour moi.

– Je pourrais ? dit-elle. Bon, je t'attends ici. »

Le maire Mo et Voncille étaient installés chacun derrière son bureau. Ni l'un ni l'autre ne parla lorsque Silas entra et enleva son chapeau avec sa main valide. Il le jeta sur son propre bureau, tourna son fauteuil pivotant comme il le faisait toujours pour les réunions de cet embryon de conseil municipal, puis il s'assit. Tous d'eux l'observaient avec une expression qu'il ne parvenait pas à déchiffrer.

Il se résolut à briser le silence : « Bon, je vais commencer. J'ai des choses à dire.

– À quel propos ? » Le maire consulta le bloc-notes posé devant lui. « Pour avoir négligé vos fonctions d'agent de la circulation ? Creusé un énorme trou dans notre modeste budget en mettant quoi, trois contraventions au cours de ces trois dernières semaines ? Injurié la réceptionniste de River Acres ? Coûté une fortune en frais d'hôpital ? Je pourrais continuer longtemps comme ça, conclut-il en tapotant son bloc-notes.

– Il a toujours aimé les listes, dit Voncille.

– Écoutez… » dit Silas.

Le maire Mo lança son bloc-notes derrière lui et se leva. « Qu'est-ce qu'on va faire de lui, Voncille ?

– Vous devriez le virer, répondit celle-ci. Mais qui vous trouveriez pour le remplacer au même salaire ? »

Le regard de Silas allait de l'un à l'autre.

« La seule chose qui me vienne à l'esprit, reprit le maire, c'est d'engager quelqu'un à mi-temps pour le seconder. Qu'est-ce que vous en pensez, Voncille ? »

– Ouais, dit-elle, souriant à présent. J'ai déjà préparé une annonce à passer dans le journal. (Lisant sur son bloc-notes) : "Recherchons personne pour régler la circulation." »

Silas ne savait plus quoi dire.

« Mr Rutherford, ajouta le maire Mo, a donné son accord. Il estime que vous nous seriez plus utile en faisant davantage de rondes. Ce qu'on appelle un vrai travail de policier.

– Il a dit ça ?

– Oui. Et j'ai ajouté qu'il serait temps qu'on songe à vous fournir aussi un meilleur véhicule. L'année prochaine. Peut-être un Bronco d'occasion tout neuf ? »

Silas les dévisagea en silence. « Merci, dit-il enfin. Mais je peux pas accepter. Pas tout de suite. Faut que vous attendiez la parution du journal.

– Pourquoi ? s'étonna le maire. Qu'est-ce qu'il y aura dans le journal ?

– Parce que faut que vous attendiez », répéta Silas. Il se leva. « En tout cas, merci. Maintenant, vaut mieux que je rentre m'allonger. »

Il se reposa tout le reste de la matinée et de l'après-midi. Angie le chouchouta, installa des coussins pour qu'il puisse appuyer son bras dessus, lui apporta son steak grillé au lit, et prit une journée de congé au cas où il aurait besoin de quoi que ce soit. Il passa son temps à observer le petit poisson-chat qui explorait le fond de l'aquarium. Le soir, ils regardèrent des films au lit et dormirent blottis l'un contre l'autre. Il se réveilla dans le noir, pensant à Larry.

Le lendemain, il demanda à Angie de le conduire d'abord chez Larry, puis à l'hôpital. Elle l'aida à s'habiller, s'attarda un peu sur la fermeture éclair, et ils partirent dans la Mustang d'Angie qui, durant tout le trajet, garda la main sur le genou de Silas.

Dans le parking de l'hôpital, elle lui glissa sous le bras la boîte contenant la pile de courrier. Trop difficile avec une seule main.

« Tu veux que je t'accompagne ? demanda-t-elle.

– Merci, non, répondit-il. Je sais pas ce que je vais lui dire.

– T'as pas besoin de parler. Tu entres, tu t'assois à côté de lui et t'attends. »

C'est exactement ce qu'il fit. Il entra et s'assit au bord du lit. Larry refusait de le regarder. Il avait les yeux fixés sur la télévision qui diffusait un match des *Cubs*, lesquels perdaient, comme d'habitude. Silas posa le courrier aux pieds de Larry qui feignit de ne rien remarquer.

« J'allais souvent à ce stade, dit Silas, désignant l'écran. Le Wrigley Field. Quand j'étais gamin. »

Larry pointa la télécommande et changea de chaîne. Un talk-show.

« Ouais, t'as raison, dit Silas. Y sont vraiment trop mauvais. »

Pas de réaction. « Je vais toujours nourrir les premières dames, reprit-il alors. Je ramasse les œufs. Tu sais ce que j'en fais ? Je les apporte à miss Marla au *Hub* à Chabot. Tu connais ? Des œufs de ferme, elle les appelle. »

Toujours rien. « Faudra que j'engage quelqu'un pour tondre ta pelouse, elle a drôlement poussé. Je l'aurais bien fait, mais tu vois. » Montrant son bras en écharpe.

Il resta près d'une heure, puis il se leva. « Bon, dit-il. Je reviendrai demain. Avec le courrier. »

À River Acres, il s'assit jambes croisées afin de pouvoir poser son bras plâtré sur son genou. Putain, qu'il était lourd ! Son coude lui faisait tout le temps mal, mais il avait résolu d'arrêter les analgésiques. Il ne se racontait pas d'histoires : la souffrance était sa pénitence. Ses visites à Mrs Ott aussi, peut-être.

Installée dans son fauteuil, elle le regardait comme s'il était un simple balai, tandis qu'il fouillait dans ses souvenirs pour lui parler de Larry ainsi que des poules, lui raconter comment, en ce lointain après-midi, alors qu'ils étaient tout seuls, ils avaient parcouru la forêt et les champs, deux garçons invincibles, pour saisir au vol les sauterelles bondissantes et les enfermer dans un bocal au couvercle percé de trous afin de laisser passer l'air, puis retourner les souches pour attraper les cafards et autres insectes qui se carapataient et arracher les araignées de leur toile, et ensuite apporter le bocal rempli dans le poulailler où les poules se précipitaient…

« Qui êtes-vous ? demanda Mrs Ott.

– Silas, répondit-il, soulevant son bras.

– Oh, fit-elle. Qui ? »

Plus tard, debout devant sa Jeep dont le moteur au ralenti cliquetait, il balaya du regard la propriété des Walker. Envahie par le kudzu et les troènes, la maison paraissait entourée d'une nouvelle aura de mystère. Quelque chose remua à côté de son pied. Il baissa les yeux et vit une mince forme cylindrique noire frôler sa botte. Il retint son souffle. L'herbe bruissa, ondula, puis redevint immobile. Il ôta son chapeau, se tourna vers l'emplacement de la fenêtre d'où elle guettait autrefois son arrivée et se demanda si derrière les lianes et les planches qui la bouchaient, son fantôme n'était pas là, laissant dans son sillage des effilochures blanches tandis qu'elle allait de pièce en pièce.

Le lendemain, il arracha les scellés que le bureau du shérif avait apposés sur la porte de Larry et les jeta dans une poubelle. Derrière lui, Angie, en vieux jean, les cheveux emprisonnés sous un foulard, monta sur la véranda. Elle portait un seau avec une brosse et de l'Ajax. Elle entreprit de laver le plancher taché de sang pendant que Silas vidait l'armoire à fusils et empilait sur la table de la cuisine les vieux catalogues et le courrier publicitaire. Il lui fallut longtemps pour tout débarrasser et épousseter. Après quoi, il ressortit et alla prendre quelque chose dans le coffre de la Mustang. Il revint dans la maison, passa devant Angie qui, à genoux, les mains protégées par des gants en caoutchouc, frottait le plancher en chantonnant, puis il retourna dans le couloir.

Il soupesa un moment la vieille carabine qu'Angie l'avait aidé à nettoyer ce matin. Elle lui semblait plus légère que dans son souvenir. Il saisit le devant en noyer entre ses doigts malhabiles, fit jouer le levier à l'aide de son autre main, écouta le bruit feutré du mécanisme, respira l'odeur d'huile et admira la qualité du travail, le quadrillage de la crosse, le bleuté de l'acier qui reflétait son visage, le chien de chasse à demi effacé gravé sur le devant en bois. Il revit alors l'enfant qu'il avait été, le monde qui avait été le sien tant d'années auparavant, un monde plein d'inconnues, de possibilités d'avenir, puis il reposa l'arme dans son étui, la crosse d'abord dans son ovale de velours vert, puis le canon dans sa gorge également de velours vert, et elle resta là, un objet revenu à l'endroit où était sa place. Silas inspira profondément : il était un homme maintenant, plein d'inconnues encore, mais avec, peut-être, un avenir qui l'attendait. Des possibilités. Il contempla longuement la carabine, puis il retourna dans la pièce où son Angie se redressait et s'étirait, les mains dans le creux des reins.

19.

Silas était venu le voir quatre jours de suite. Larry ne savait pas quoi lui dire, aussi il se taisait. Il appréciait ses visites, se rendait compte de la nervosité de Silas, mais il était content qu'il vienne si souvent et, de fait, il se réjouissait de le sentir si mal à l'aise. Ne pas parler était facile quand on ne savait pas quoi dire et, pensait-il, c'était de toute façon son droit. Hier, dans son courrier, il y avait de nouveaux livres, *Lonesome Dove* ainsi que plusieurs John Grisham. Silas lui avait également apporté des vêtements de rechange, pantalon de toile et chemise de batiste. De même qu'une paire de bottes qu'il avait rangée dans le placard. Larry en conclut que Silas était allé chez lui et avait sans doute fouillé partout. De sa propre initiative, il apporta aussi à Larry son carnet de chèques pour qu'il puisse régler ses factures. De plus, il passait prendre le courrier au garage. Comme pour devancer ses questions, Silas lui parlait des poules, ce qui conduisait inévitablement à Ina Ott dont l'état demeurait inchangé. Il demanda à Larry s'il savait quand il rentrerait chez lui, mais il ne paraissait pas attendre de réponse.

Le cinquième jour après que Silas était sorti de l'hôpital,

le Dr Milton passa ausculter Larry et examiner sa blessure qui avait bien meilleure allure et commençait à se cicatriser. Il braqua une lampe dans ses yeux, lui posa quelques questions, le palpa çà et là et parut satisfait. Il déclara que la plaie semblait en voie de guérison, que son cœur battait à peu près normalement, mais qu'il devait modifier son régime alimentaire, manger moins gras et davantage de verdure. Et faire de l'exercice.

« Levez-vous et marchez dans le couloir, dit-il.

– Je savais pas que je pouvais.

– Vous pouvez et vous devez. » Le médecin fronça les sourcils. « J'aimerais vous féliciter, mais ce n'est pas tout à fait ce qui convient. Pas après ce qui vous est arrivé. Vous êtes un cas unique, Mr Ott, et je ne parviens pas à imaginer tout ce que vous avez dû subir. Quoi qu'il en soit, je suis content pour vous que ce soit terminé.

– Quand est-ce que je pourrai rentrer chez moi ? »

Le Dr Milton se retourna sur le seuil : « Peut-être dans deux ou trois jours. Je veux juste surveiller encore un peu votre blessure. »

Le médecin parti, Larry sonna, et l'infirmière qui avait paru le traiter avec froideur entra.

« Le docteur a dit qu'y fallait que je marche. »

Elle hocha la tête, abaissa le garde-corps du lit. On lui avait ôté son cathéter quelques jours auparavant, et l'infirmière posa son bassin vide sur la table de chevet. Elle l'aida à se mettre debout et lui prit le coude pour le soutenir.

« Merci, dit-il.

– De rien. Vous voulez que je vous accompagne ? »

Il répondit qu'il pensait pouvoir s'en tirer seul.

Il longea le couloir dans sa robe de chambre d'hôpital. Il se demanda si le médecin avait raison, si tout était vraiment terminé. Il descendit au rez-de-chaussée par l'ascenseur. Il fit un pas dans le hall, et au-delà des portes en verre, il aperçut les cars de télévision et des groupes de gens, tous bien habillés. Qui l'attendaient. Ils ne regardaient pas dans sa direction et personne ne le vit. Des hommes et des femmes, dont un certain nombre munis d'appareils photo. Silas leur avait probablement déjà donné sa version des faits, et ils voulaient maintenant la sienne. La porte de l'ascenseur commença à se refermer, et il se hâta de rentrer dans la cabine.

Le soir même vers dix heures, au moment où la plupart des infirmières prenaient une pause, il se glissa hors de son lit. Essoufflé après s'être habillé, il quitta sa chambre et emprunta l'ascenseur, se demandant s'il commettait un délit. Il n'avait ni ses clés, ni son portefeuille, ni son téléphone, et il regrettait de ne pas les avoir réclamés à French.

Il flottait dans son pantalon et il resserra sa ceinture d'un cran. Il faisait chaud dans le hall mal éclairé où luisait au fond le panneau EXIT. Il entendit tousser du côté de la boutique plongée dans le noir. Il baissa la tête et passa le plus vite possible devant le bénévole à l'accueil, un vieil homme qui remettait ses lunettes. Tout aussi vite, il se retrouva dehors, près de deux aides-soignants qui fumaient une cigarette. Il les salua d'un bref hochement de tête auquel ils répondirent puis, évitant leurs regards, il s'éloigna.

Les cars de télévision étaient fermés, les journalistes et caméramans sans doute au motel. Il fourra ses mains dans ses poches, traversa aussi rapidement que possible le parking jonché de feuilles mortes et envahi de touffes d'herbe.

Le vent nocturne était frais. Son ombre solitaire dansait à la lueur des lampadaires, chacun entouré d'une ronde d'insectes.

Déplorant que Silas ne lui ait pas apporté une casquette, il s'engagea sur le trottoir bordant la route qui menait vers le centre de Fulsom situé à plus de trois kilomètres, au-delà d'une étendue de champs et de forêts et d'une succession de lotissements faiblement éclairés par des becs de gaz d'autrefois où, dans les cours des maisons aux fenêtres ornées de jardinières, les enfants le regardèrent passer, tandis que les chiens attachés aboyaient. Il n'y avait pas de taxis à Fulsom. Et des agences de location de voitures ? Peut-être, mais comment aurait-il pu payer ? S'il parvenait à gagner son garage, tout irait bien. Il avait dépassé le centre-ville, et il lui restait encore quatre bons kilomètres. Une longue marche.

Il longea un bois de pins dont la cime masquait les lampadaires. Une fois encore, il se demanda si tout était vraiment terminé. Larry le Pourri. Si les choses allaient vraiment changer. Plus tôt dans la soirée, à l'hôpital, il avait regardé les informations sur la chaîne régionale. Le journaliste avait annoncé que la mort de Wallace avait été classée comme suicide, que Silas « 32 » Jones se remettait chez lui de ses blessures et que le garagiste local Larry Ott avait été innocenté du meurtre de Tina Rutherford. On soupçonnait Wallace Stringfellow d'avoir tué la fille ainsi que, peut-être, Morton Morrisette dont l'agent Jones avait découvert le corps deux semaines auparavant.

La jambe raide, boitant bas, Larry continuait à marcher le long du trottoir inégal, la main pressée sur son cœur. Chaque battement lui paraissait plus laborieux que dans son souvenir, et il s'interrogeait sur ce que cela signifiait.

Il avait le visage et le dos baignés de sueur. Sa respiration se faisait de plus en plus difficile et il ressentait des élancements dans la poitrine.

Il poursuivit son chemin.

Silas contemplait un flacon de comprimés analgésiques et s'efforçait de résister à l'envie d'en prendre un quand son portable qu'il avait laissé sur le comptoir à l'autre bout de la pièce sonna et que la lueur de son écran se refléta dans l'aquarium d'Angie. C'était la semaine où elle était de nuit, et elle n'avait trouvé personne pour la remplacer, de sorte qu'il se trouvait seul pour douze heures. Elle le dorlotait tant qu'elle lui rappelait sa mère, et il n'avait rien contre.

Il se souleva du canapé, coupa le son de la télévision, et posa la télécommande à côté du téléphone.

« Allô ?

– Agent Jones ?

– Tiens, bonsoir Jon sans *h*.

– Vous allez bien ?

– Pas trop mal. Qu'est-ce qui se passe ?

– Voilà, je viens de consulter mon ordinateur, et il est marqué nulle part qu'il devait sortir ce soir, pourtant je l'ai vu partir à l'instant. Et en principe, on vous met dans un fauteuil roulant.

– Une seconde, Jon. De qui vous parlez ?

– De Larry Ott. J'ai l'impression qu'il a décidé de lui-même de s'en aller. »

Dix minutes plus tard, Silas descendait les marches de chez Angie, ajustant son chapeau et enfilant son blouson par-dessus son bras en écharpe. Il avait une bouteille d'eau dans une poche, un sac en plastique dans l'autre. Il éprouva des difficultés à ouvrir de la main droite la portière de la Jeep et davantage encore à s'installer au volant. Le démarreur manifesta de la mauvaise volonté et une odeur de gaz d'échappement envahit l'habitacle. Il attendit quelques instants avant de réessayer, et le moteur finit par réagir en toussant. Il arrivait à conduire à l'aide de son genou gauche tout en passant les vitesses de la main droite, une habitude à prendre, comme le reste. Le vent dans la figure, il roula dans la nuit du Mississippi peuplée d'insectes, d'oiseaux et de grenouilles. Son coude lui faisait mal, sinon il se sentait alerte, lucide. Après l'hôpital, il continua vers l'est et ralentit. Pour rentrer chez lui, Larry était certainement parti dans cette direction.

En effet, il marchait au bord de la route en claudiquant, traînant sur ses talons son ombre étirée par la lumière des lampadaires.

Silas arriva à sa hauteur, baissa la vitre côté passager. Larry était pâle, le visage en sueur.

« Je te dépose quelque part ? » Silas lui ouvrit la portière.

Sans un mot, Larry monta. Il haletait. Il se cala sur le siège et ferma les yeux.

« Tu veux retourner à l'hôpital ? »

Larry secoua la tête. « À la maison, murmura-t-il.

– C'est peut-être pas tout à fait autorisé, dit Silas. Mais on y va. »

Ils roulèrent un moment en silence. Larry tâchait de reprendre son souffle. Silas lui tendit alors la bouteille d'eau. Larry s'en saisit et, une minute plus tard, l'avait bue presque en entier.

Ils traversèrent la place de Fulsom endormie où l'ancienne quincaillerie avait été transformée en institut de bronzage/pédicure-manucure et le drugstore en vidéo-club déjà flanqué d'un panneau « À louer ». Les deux salons de coiffure étaient fermés et leurs enseignes couvertes d'autocollants et de graffitis. Une rue plus loin, éclairé par un lampadaire, un chien qui mangeait quelque chose au milieu de la chaussée s'écarta à leur approche. Un carton de poulet frit.

Ils passèrent ensuite devant une succession de petits magasins. Larry, paupières closes, semblait content de se laisser conduire tandis que les ténèbres se refermaient sur eux. L'un et l'autre savaient que derrière les vitres de la voiture défilaient des forêts de pins à encens qui, protégées par des grillages, attendaient la scie des bûcherons.

La respiration de Larry redevint régulière. Il ouvrit les yeux, finit la bouteille, puis promena son regard sur l'intérieur de la Jeep. « C'est quel modèle ? Soixante-quinze ?

– Soixante-seize.

– Quatre cylindres.

– Ouais. »

Silas roulait doucement, comme avec Cindy, réalisa-t-il, quand il voulait rester le plus longtemps possible avec elle. Ces soirs-là, il aurait souhaité la garder pour toujours à ses côtés.

« Ton carburateur, dit Larry, penchant la tête pour écouter. Il a besoin d'une sérieuse révision.

– Ouais, on m'a dit. »

Quelques minutes plus tard, Silas tourna devant la boîte à lettres de Larry pour s'engager en cahotant sur le chemin gravillonné familier, illuminé par le pinceau des phares, cependant que les arbres qui le bordaient apparaissaient un instant avant d'être avalés par la nuit. Un cerf traversa devant eux en un éclair, si bien que Silas eut à peine le temps de lever le pied de l'accélérateur. Il ralentit néanmoins. Il y en avait peut-être d'autres et, en effet, un deuxième bondit sur le chemin.

Ils arrivèrent devant chez les Walker où la végétation avait envahi l'allée, de sorte qu'on ne distinguait plus leur ancienne maison étouffée par le kudzu et les troènes. La nature savait cacher les méfaits des êtres humains.

« Si je t'apportais cette vieille Jeep, dit Silas, tu crois que tu pourrais jeter un coup d'œil sur le carburateur ? »

Larry mit un moment à répondre. « Je sais pas quand je rouvrirai. On m'a dit que je devais pas trop me fatiguer au début.

– Ouais, c'est vrai. »

Silas s'arrêta devant chez Larry où le vieux Ford attendait à sa place habituelle. Larry ouvrit sa portière puis descendit, la bouteille d'eau vide à la main. Il resta un instant planté là, à la seule lueur des phares. « Merci de m'avoir ramené.

– De rien, dit Silas. Ah, une seconde, j'ai failli oublier. » Il tendit à Larry le sac en plastique qui contenait son portefeuille, ses clés et son portable.

« Merci, Silas. » Larry referma la portière.

Silas le suivit des yeux pendant qu'il gravissait lentement l'allée. À mi-chemin, Larry se retourna et dit : « Silas ? Peut-être que tu pourrais m'amener la Jeep demain. J'ai les outils qui faut dans le pick-up là-bas.

– D'accord. »

Ils échangèrent un regard, puis Larry repartit, grimpa laborieusement les marches, tira ses clés du sac en plastique, entra et alluma la lumière. À travers la vitre, Silas le vit esquisser un mouvement de surprise au spectacle de la pièce propre et bien rangée. La tache de sang avait été effacée et la maison sentait bon. Silas pensa aux lis qu'Angie avait laissés sur la table, à la corbeille de fruits et aux bougies parfumées à la cannelle. Larry l'ignorait encore, mais son réfrigérateur était rempli (quelques bières avaient disparu, remplacées par les hot-dogs de Marla). Il ignorait de même que Silas avait fait installer la télévision par satellite. Et aussi que Silas avait appris à conduire d'une main le tracteur afin de déposer la cage des poules sur des carrés d'herbe verte, et que deux douzaines d'œufs l'attendaient.

Silas enclencha la première et démarra. C'était une nuit de la campagne comme l'appelait Alice Jones, de ces nuits où nulle lumière ne brillait hormis celle qu'il y avait sur la table. Il accéléra, les yeux fixés droit devant, en route vers chez lui.

Les feux de la Jeep disparurent et l'obscurité régna de nouveau. Un chien aboya au loin, un autre lui répondit. Larry se leva de son fauteuil sur la véranda, regagna le séjour, longea le couloir puis contempla un long moment la carabine. En secouant la tête. Après quoi, il entra dans chacune des chambres de sa maison et éteignit les lumières, sa lampe de chevet en dernier. Juste avant de s'endormir, il songea qu'il faudrait qu'il appelle Silas demain matin pour lui demander de passer au magasin de pièces détachées acheter un kit de carburation pour la Jeep. Silas connaissait le modèle.

REMERCIEMENTS

Merci à Beth Ann, Nat, Judith, la « dream team » des lecteurs : Judith, voix patiente de la raison, entendue surtout dans ton living, un chat sur les genoux ; Nat, oncle béni, roi des soigneurs, je suis si heureux de t'avoir dans mon coin ; et B.A, première lectrice, parfaite correctrice, meilleure amie : il faut qu'on arrête de s'embrasser en public. Merci à David Highfill qui a posé de bonnes questions dès le début ; à Michael Morrison qui continue d'appeler ; à Gabe Robinson à qui je dois nombre de bières ; et à Sharyn Rosenblum, ma chère amie et attachée de presse. Michael Knight et Jack Pendarvis ont lu ce livre très tôt ; Joey Lauren Adams, Audrey Petty et David Wright l'ont lu plus tard ; Lucky Tucker l'a lu tout du long ; merci à vous tous, pour vos critiques, votre perspicacité, vos idées et votre temps. Merci à Ron Baggette, inspecteur principal du comté de Clarke, Alabama, appartenant au bureau du shérif, généreux de son temps, patient dans ses explications, conteur d'histoires formidables. S'il se présente un jour comme shérif, nous devrions tous élire domicile dans son comté. Merci à Robert Israel, docteur en médecine, qui m'a aidé pour les détails sur les questions médicales. Il veille sur la santé de mon père, et pour cela aussi, je lui dois des remerciements. Merci à mes vieux amis de plume, Barbara Spafford, Tammy Thompson,

Winston Williams, Wayne Coates et Gary Cunningham pour leur soutien et leur amitié. Merci à Dennis Lehane pour renvoyer toujours l'ascenseur. Merci à mon père, Gerald Franklin, qui a lu de nombreuses fois le manuscrit de ce livre, et à mon oncle, D Bradford : pendant mon enfance, j'ai regardé des heures et des heures ces deux garagistes travailler, j'ai écouté leurs histoires et je leur ai tendu des outils. Et, enfin, un dernier adieu aux membres de ma famille et aux amis trop tôt disparus : Monica Bradford, Barry Hannah, Harold Norman « Skip » Holliday Jr., Jim Larrimore, Graham Lewis, Jay Prefontaine et Julie Fennelly Trudo.

DU MÊME AUTEUR

Aux Éditions Albin Michel

LA CULASSE DE L'ENFER

BRACONNIERS

SMONK

« Terres d'Amérique »

Collection dirigée par Francis Geffard

SHERMAN ALEXIE

Indian Blues, roman
Indian Killer, roman
Phoenix, Arizona, nouvelles
La Vie aux trousses, nouvelles
Dix Petits Indiens, nouvelles
Red Blues, poèmes
Flight, roman
Danses de guerre, nouvelles

GAIL ANDERSON-DARGATZ

Remède à la mort par la foudre, roman
Une recette pour les abeilles, roman

DAVID BERGEN

Une année dans la vie de Johnny Fehr, roman
Juste avant l'aube, roman
Un passé envahi d'ombres, roman
Loin du monde, roman

JON BILLMAN

Quand nous étions loups, nouvelles

TOM BISSELL

Dieu vit à Saint-Pétersbourg, nouvelles

AMANDA BOYDEN

En attendant Babylone, roman

JOSEPH BOYDEN

Le Chemin des âmes, roman
Là-haut vers le nord, nouvelles
Les Saisons de la solitude, roman

KEVIN CANTY

Une vraie lune de miel, nouvelles

DAN CHAON

Parmi les disparus, nouvelles
Le Livre de Jonas, roman
Cette vie ou une autre, roman

BROCK CLARKE

Guide de l'incendiaire des maisons d'écrivains en Nouvelle-Angleterre, roman

CHRISTOPHER COAKE

Un sentiment d'abandon, nouvelles

CHARLES D'AMBROSIO

Le Musée des poissons morts, nouvelles
Orphelins, récits

CRAIG DAVIDSON

Un goût de rouille et d'os, nouvelles
Juste être un homme, roman

RICK DEMARINIS

Cœurs d'emprunt, nouvelles

ANTHONY DOERR

Le Nom des coquillages, nouvelles
À propos de Grace, roman

DAVID JAMES DUNCAN

La Vie selon Gus Orviston, roman

DEBRA MAGPIE EARLING

Louise, roman

GRETEL EHRLICH

La Consolation des grands espaces, récit

LOUISE ERDRICH

L'Épouse Antilope, roman
Dernier rapport sur les miracles à Little No Horse, roman
La Chorale des maîtres bouchers, roman
Ce qui a dévoré nos cœurs, roman
Love Medicine, roman
La Malédiction des colombes, roman

BEN FOUNTAIN

Brèves rencontres avec Che Guevara, nouvelles

JUDITH FREEMAN

Et la vie dans tout ça, Verna ?, roman
Dernières épouses, roman

JAMES GALVIN

Prairie, récit
Clôturer le ciel, roman

DAGOBERTO GILB

Le Dernier Domicile connu de Mickey Acuña, roman
La Magie dans le sang, nouvelles

LEE GOWAN

Jusqu'au bout du ciel, roman

PAM HOUSTON

J'ai toujours eu un faible pour les cow-boys, nouvelles
Une valse pour le chat, roman

RICHARD HUGO

La Mort et la Belle Vie, roman
Si tu meurs à Milltown

KARL IAGNEMMA

Les Expéditions, roman

MATTHEW IRIBARNE

Astronautes, nouvelles

THOM JONES

Le Pugiliste au repos, nouvelles
Coup de froid, nouvelles
Sonny Liston était mon ami, nouvelles

SANA KRASIKOV

L'an prochain à Tbilissi, nouvelles

THOMAS KING

Medicine River, roman
Monroe Swimmer est de retour, roman
L'Herbe verte, l'eau vive, roman

WILLIAM KITTREDGE

La Porte du ciel, récit
Cette histoire n'est pas la vôtre, nouvelles

KARLA KUBAN

Haute Plaine, roman

RICHARD LANGE

Dead Boys, nouvelles
Ce monde cruel, nouvelles

CRAIG LESLEY

Saison de chasse, roman
La Constellation du Pêcheur, roman
L'Enfant des tempêtes, roman

BRIAN LEUNG

Les Hommes perdus, roman

DEIRDRE MCNAMER

Madrid, Montana, roman

DAVID MEANS

De petits incendies, nouvelles

DINAW MENGESTU

Les belles choses que porte le ciel, roman
Ce qu'on peut lire dans l'air, roman

BRUCE MURKOFF

Portés par un fleuve violent, roman

JOHN MURRAY

Quelques notes sur les papillons tropicaux, nouvelles

RICHARD NELSON

L'Île, l'océan et les tempêtes, récit

DAN O'BRIEN

Brendan Prairie, roman

LOUIS OWENS

Même la vue la plus perçante, roman
Le Chant du loup, roman
Le Joueur des ténèbres, roman
Le Pays des ombres, roman

KEVIN PATTERSON

Dans la lumière du Nord, roman

BENJAMIN PERCY

Sous la bannière étoilée, nouvelles

SUSAN POWER

Danseur d'herbe, roman

ERIC PUCHNER

La Musique des autres, nouvelles
Famille modèle, roman

ELWOOD REID

Ce que savent les saumons, nouvelles
Midnight Sun, roman
La Seconde Vie de D.B. Cooper, roman

JON RAYMOND

Wendy & Lucy, nouvelles

EDEN ROBINSON

Les Esprits de l'océan, roman

GREG SARRIS

Les Enfants d'Elba, roman

NATHAN SELLYN

Les Caractéristiques de l'espèce, nouvelles

GERALD SHAPIRO

Les Mauvais Juifs, nouvelles
Un schmok à Babylone, nouvelles

LESLIE MARMON SILKO

Cérémonie, roman

MARK SPRAGG

Là où les rivières se séparent, récit

MARLY SWICK

Dernière saison avant l'amour, nouvelles

WELLS TOWER

Tout piller, tout brûler, nouvelles

DAVID TREUER

Little, roman
Comme un frère, roman
Le Manuscrit du Dr Apelle, roman

BRADY UDALL

Lâchons les chiens, nouvelles
Le Destin miraculeux d'Edgar Mint, roman
Le Polygame solitaire, roman

GUY VANDERHAEGHE

La Dernière Traversée, roman
Comme des loups, roman

VENDELA VIDA

Se souvenir des jours heureux, roman

WILLY VLAUTIN

Motel Life, roman
Plein nord, roman

JAMES WELCH

L'Hiver dans le sang, roman
La Mort de Jim Loney, roman
Comme des ombres sur la terre, roman
L'Avocat indien, roman
À la grâce de Marseille, roman
Il y a des légendes silencieuses, poèmes

SCOTT WOLVEN

La Vie en flammes, nouvelles

Composition Nord Compo
Impression CPI Bussière, janvier 2012
à Saint-Amand-Montrond (Cher)
Éditions Albin Michel
22, rue Huyghens, 75014 Paris
www.albin-michel.fr
ISBN : 978-2-226-23842-9
ISSN : 1272-1085
N° d'édition : 19216/02. – N° d'impression : 120333/4.
Dépôt légal : janvier 2012.
Imprimé en France.